Bernadette Calonego
Die Fremde auf dem Eis

Das Buch

Valerie Blaine kann ein dunkles Kapitel in der Vergangenheit ihrer Familie nicht mehr verdrängen: den gewaltsamen Tod ihrer Mutter während einer Arktis-Expedition. Ihr Vater, einst ein berühmter Eishockeyspieler, wollte nie über die Tragödie sprechen. Aber jetzt, nach dreißig Jahren, verschlägt es Valerie als Reiseleiterin mit einer Gruppentour in die Nähe des Unglücksortes. Und in die Nähe eines verwegenen Mannes. Im Inuit-Dorf Inuvik ist jedoch ein anderer Tod in aller Munde: Die Leiche einer jungen Frau wird am Rand der Eisstraße nach Tuktoyaktuk gefunden. Einige Tage später fliehen Inuit-Jäger, die einem Eisbären auflauern, vor einer riesigen Explosion auf dem Eis des Arktischen Ozeans. Weitere beunruhigende Ereignisse folgen ... die örtliche Polizei erhält Verstärkung aus der Hauptstadt, die Ermittler stoßen bei der Aufklärung der Vorfälle auf erschreckende Geheimnisse.

Die Autorin

Bernadette Calonego wurde in der Schweiz geboren und wuchs am Vierwaldstättersee auf. Bereits im Alter von elf Jahren veröffentlichte sie in einer Schweizer Zeitung ihre erste Geschichte, ein Märchen. Nach dem Studium an der Universität Freiburg unterrichtete sie zuerst in England und der Schweiz, später arbeitete sie als Journalistin für die Agentur Reuters und als Auslandskorrespondentin einiger renommierter Zeitungen wie der Süddeutschen Zeitung. Nach dem Umzug nach Kanada startete sie ihre Karriere als Schriftstellerin und hat seitdem neben Texten in Vogue, GEO und dem SZ-Magazin bereits vier Romane veröffentlicht. Sie lebt in der Nähe von Vancouver.

Mehr über die Autorin können Sie auf www.bernadettecalonego.com erfahren.

Bernadette Calonego

Die Fremde auf dem Eis

Roman

Deutsche Erstveröffentlichung bei
Edition M, Amazon Media EU S.à r.l.
5 Rue Plaetis, L-2338 Luxembourg
September 2016
Copyright © der deutschsprachigen Ausgabe 2016
By Bernadette Calonego
All rights reserved.
Umschlaggestaltung: bürosüd⁰ München, www.buerosued.de
Umschlagmotiv: © Robert Postma / Design Pics /Getty Images;
© Vladimir Sazonov /Shutterstock; © M Trebbin /Shutterstock
Lektorat: Gisa Marehn
Printed in Germany
By Amazon Distribution GmbH
Amazonstraße 1
04347 Leipzig, Germany

ISBN: 978-1-503-94029-1

www.amazon.de/editionm

Für Rosa und Peter

1

Sein Auge registrierte es sofort. Am Rand der Eisstraße.
 Erst nur einen winzigen Punkt. Er kam näher. Dunkelblau. Nicht zu verfehlen in dieser weißen Wüste. Sicher nicht für ihn. Seine Augen sahen alles, was nicht hierherpasste.
 Im Winter war er ständig auf dem Eis. Tag für Tag. Er mit seinem Truck. Eine Maschine, die sechzig Tonnen auf dem Buckel aushält. Heute hatte er eine Baracke für die neuen Gasarbeiter hintendrauf. Diese Typen aus dem Süden skypen ihren Familien zu Hause, dass sie im Arktischen Ozean nach Gas bohren. Nicht dass sich Leute, die dreitausend Meilen weit entfernt wohnen, etwas darunter vorstellen könnten.
 Muss ein blauer Pick-up sein. Hat wahrscheinlich auf dem Eis eine Pirouette gedreht. Natürlich unfreiwillig. Er konnte sich schon denken, was ihn erwartete. Die Kühlerhaube in die Schneewehe gebohrt. Die Reifen ausgekugelt wie ein Schultergelenk. Hatte er alles schon oft gesehen.
 Sicher die üblichen Aufschneider. Blutige Anfänger. Städter mit einem Mammutego wie ein aufgeblasener Frosch und einem noch größeren Erfahrungsdefizit. Diese Asphalt-Cowboys aus Calgary. Oder Vancouver.

Vielleicht ein Ingenieur von ORS Gas & Oil. Oder so 'n Globetrotter aus Italien. Noch schlimmer, ein Yankee aus Texas. Letztes Jahr waren es Engländer gewesen, die Moschusochsen filmen wollten. Nicht hier, sondern auf Banks Island. Mussten natürlich erst die Eisstraße runterrasen. Statt der Ochsen fingen sie sich einen Achsenbruch ein.

Solche Idioten haben nicht die geringste Ahnung, was eine Eisstraße erfordert. Nicht den geringsten Schimmer, wie man eine Maschine auf vier Meter dickem Glas fährt. Sie würden ihn auslachen, wenn er ihnen sagte: ›Dieses Glas lebt. Man nennt es Eis.‹

Er weiß schon, wo die Großstadtbabys ihren Wahnsinn getankt haben. Sicher von der Mattscheibe. Von Ice Road Truckers. Einer dieser Realityshows. Er hätte sich so was nie angesehen. Aber Judy, seine Frau, hatte ihn überredet. »Damit du siehst, wie sie das machen«, hatte sie gesagt.

Ihm waren fast die Augen aus dem Kopf gefallen. Diese Fernsehleute rühren wirklich mit der großen Kelle an. ›Abenteuer am Polarmeer! Nur für die kühnsten und wagemutigsten Fahrer. Sie riskieren ihr Leben auf der Winterstraße über das gefrorene Delta des mächtigen Mackenzie-Stroms. Sie fahren mit dem Teufel im Nacken und sechzig Tonnen auf den Trucks. Jederzeit können sie im Eis einbrechen.‹

Sein Kumpel Poppy Dixon war mit einem Kasten Bier vorbeigekommen, und sie hatten vor Lachen wie die Wölfe geheult. Poppy hatte ihm so wild auf den Rücken geklopft, dass er fast vom Sofa gekippt wäre. »Was für verdammte Helden wir sind, was, Todd? Das wussten wir gar nicht!«

Abenteuer? Na bitte. Poppy war im Winter zuvor mit 'nem Lastwagen durchs Eis gebrochen. Achtzig Tonnen sackten hinten ab. Betonröhren für eine Gasfirma da draußen. Ein paar von Helvin Wests Leuten und ein Kran holten ihn wieder raus. Damals hatte Poppy nichts zu lachen. Schneeweiß war sein Gesicht gewesen.

Jetzt konnte er den blauen Pick-up deutlich sehen. Die Schnauze tief im Schneewall am Rand der Eisstraße. Was für ein Schlamassel. Und was war das da im Schnee? Ein rotbrauner Umriss. Ein toter Elch. Oder was davon übrig geblieben war: der Kopf. Aus dem Maul hing die lange Zunge. Rote Schlieren rundherum. Rot wie Judys Nagellack.

Sein Fuß streichelte das Gaspedal. Mit dieser schweren Last konnte er nicht mehr als Tempo fünfzig riskieren. Ende März und schon Sonne, Sonne, Sonne. Vier Tage nichts als Sonne. Vier verdammte Tage hintereinander. Und es war nicht mal April. Das Eis hielt immer noch. Aber wie lange, wer konnte das schon wissen. Nur Clem Hardeven, der Eismeister. Wenn der sagte, die Eisstraße wird gesperrt, dann wurde sie gesperrt. Da hörte selbst Helvin West auf Clem. Und Helvin war Clems Boss.

Er drosselte den Motor. Langsam, langsam, langsam. Todd, mein Guter, genieß den Anblick dieses Deppen, der sich sein eigenes Grab im Schnee geschaufelt hat. Der Dummkopf hat sicher auf dem Eis zu heftig auf die Bremsen gedrückt, als er den Elchkopf sah. Darauf hätte er wetten können.

Bremsen auf dem Eis muss gelernt sein. Anfänger. Er konnte nur sagen, Anfänger. Vielleicht hatte der Typ im *Crazy Hunter* ein paar Bier zu viel gehabt. Großer Fehler. Man spielt nicht mit dem Feuer auf dem Eis.

Plötzlich, noch bevor er zum Stehen kam, ging ein Licht in seinem Gehirn an. Mehr noch, es heulte wie eine Sirene. Blau, der Pick-up war leuchtend blau. Mit einer weißen Aufschrift. Er musste sie gar nicht lesen. Ach, du liebe Scheiße.

Er zog Handschuhe und Fellmütze über und den Reißverschluss seiner Daunenjacke hoch. Dann sprang er aus dem Lastwagen und watschelte über das glänzende Eis wie ein Curlingspieler. Fahren fiel ihm leichter als laufen. Die Eisstraße war spiegelglatt.

Kein Achsenbruch. Das konnte er gleich sehen. Er schob seine Sonnenbrille zurecht. Zu viel Sonne und zu viel Weiß rundherum für seinen Geschmack. Keine Bewegung im Innern des Wagens. Er versuchte, die Tür zu öffnen. Ging nicht. Er versuchte die andere Seite. Er zog und zerrte, und als die Tür aufsprang, fiel er mit ihr fast um. Er spähte hinein. Nichts. Alles leer. Der Vogel ausgeflogen.

Was sollte er tun? Am besten nichts wie weg nach Inuvik. War ja nicht mehr weit. Die Polente wusste sicher schon, was los war. Er hatte genug Zeit verloren.

Er setzte seine Fahrt fort, ließ den Pick-up im Rückspiegel verschwinden. Schade, dass sich die Kiste nicht in Luft auflöste. Er wollte nichts damit zu tun haben.

Noch eine lange Kurve, und er konnte Inuvik schon fast riechen.

Doch da war noch etwas. Ein dunkles Bündel am Straßenrand. Himmel, Arsch und Zwirn! Er wusste gleich, dass es diesmal kein Elch war. Sein Truck schlitterte, bis er stand. Noch mal raus in die Kälte.

Er bewegte sich mühsam vorwärts. Eine Frau. Sie lag direkt auf dem Eis. Zusammengekrümmt wie ein leidender Embryo. Unbeweglich. Das Gesicht auf einen Arm gelegt, die Augen geschlossen. Die Kappe immer noch auf dem dunklen Haar. Die Kapuze nach hinten gerutscht. Wie eingeschlafen. Er beugte sich zu ihr hinunter und schüttelte sie. Rief »Hallo, Hallo«. Obwohl er es bereits wusste. So starr und eiskalt. Sie war jung. Und sie war tot.

Er kannte die Frau nicht. Nur den Pick-up kannte er. Aber er brachte die beiden nicht zusammen. Er brachte die beiden einfach nicht zusammen.

Wie ein Pinguin wackelte er auf dem Eis zurück zu seinem Truck und griff nach dem Satellitentelefon.

2

Um Valeries Kopf spannte sich ein enges Band aus Stahl. Wenigstens fühlte sich ihre Stirn so an. Die verstopfte Nase ließ praktisch keine Luft durch. Durch ihren Körper liefen Fieberschauer. Sie zitterte. Den heißen Tee, von ihrer Nachbarin Faye gebraut, hatte sie vor Stunden leer getrunken. Sie versuchte aufzustehen, um in die Küche zu gehen, da wurde ihr schwarz vor Augen. Sie behalf sich mit einem Kräuterbonbon und schnappte immer wieder nach Luft.

Wenn sich doch die schlaflose Nacht einfach auflösen würde und mit ihr die Schmerzen in Kopf und Gliedern.

Aber heimlich war sie auch froh. In zwei Wochen würde sie sechs Kunden von Whitehorse nach Inuvik und von dort ans Polarmeer führen. Bis dahin war die Grippe sicher vorbei. Eine kranke Reiseleiterin war der Tod einer Firma, die nur aus dieser einen Reiseleiterin bestand.

Sie versuchte, den Kopf wieder flach hinzulegen. In ihrem Schädel hämmerte ein böser Kobold gegen die Decke. Das braune, lange Haar klebte ihr an den Schläfen. Ihr Herz pumpte wie das eines Gewichthebers, der seine Hanteln stemmt. Sie wagte nicht mehr, Fieber zu messen.

Plötzlich weckte sie das Gedudel ihres Handys auf. Sie musste endlich eingeschlafen sein. Das Licht war noch an. Vor ihren Augen verschwamm alles, trotzdem drückte sie wie ein Roboter auf die Antworttaste.

»Hallo?« Ihre Stimme klang wie Schleifpapier.

Von weit her schwammen Worte an ihr Ohr.

»Val? Bist du es?«

Ihr Ja quietschte.

»Val, ich bin's, Sedna. Ich brauche deine Hilfe. Es ist sehr dringend. Verstehst du?«

Sedna. Ausgerechnet. Ihre neue Freundin, die jetzt keine Freundin mehr war. Mit der sie sich zerstritten hatte und die sich offenbar vor fünf Monaten irgendwohin abgesetzt hatte.

»Nein. Ich versteh nicht.«

»Doch, Val, doch. Du musst mir helfen. Ich stecke in einer sehr gefährlichen Lage. Wo bist du?«

»Wo … was meinst du? Ich liege im Bett. Ich bin krank.«

Und es ist mitten in der Nacht.

Drei Sätze und schon keine Luft mehr.

»Du musst Hilfe holen. Ich brauche Hilfe – sofort!«

»Wie? Was … ich liege im Bett und habe eine schwere Grippe.«

Ihr Kopf dröhnte, der Puls raste. Das Denken fiel ihr schwer.

Was sie wirklich sagen wollte, war: Sedna, ruf jemand anderes an. Ich kann dir nicht helfen. Diesmal nicht. Ich hab dich gewarnt, aber du hast nicht auf mich gehört.

»Val, reiß dich am Riemen! Das ist ein Notfall. Jemand will mich umbringen!«

Was sagte Sedna da? Valerie tropfte die Nase. Wo waren die verdammten Taschentücher?

»Wo bist du, Sedna?«, schniefte sie. »Warum rufst du nicht die …«

Die Stimme am anderen Ende verlor sich in lautem Knistern.

»Sedna, ruf die Polizei an, ruf doch die Polizei an.«

»Ich kann nicht. Ich …« Wieder dieses Rauschen. Dann war die Leitung tot.

Valerie saß wie erschlagen da. Rote Blitze schossen ihr durch den schmerzenden Kopf. Sie schloss die Augen vor dem hellen Licht der Nachttischlampe.

Sie wartete. Sinnlos, schlafen zu wollen.

Sedna würde wieder anrufen. Oder sie würde sich tatsächlich an die Polizei wenden.

Was hatte sie gesagt? ›Jemand will mich umbringen.‹

Typisch Sedna. Aus allem ein Drama machen. Die Königin der Verschwörungstheorien.

Sie hatte Sedna gewarnt. Man ging nicht einfach ins Camp einer Goldmine, mit Leuten, die Schusswaffen und Alkohol unter ihrer Pritsche verstauen. Schon gar nicht als einzige Frau. Diese Minen ziehen Verrückte und Außenseiter an, die sonst nirgendwo unterkommen. Dort schützt niemand eine unerfahrene Frau, auch nicht, wenn der Minenbesitzer ihr Freund ist.

Vielleicht war Sedna gar nicht in einem Camp. Es war Mitte März. Niemand grub nach Gold im März. Im Norden Kanadas war noch alles verschneit und vereist. Und Sedna liebte es zu fabulieren. Nie wusste Valerie, woran sie mit ihr war.

Das machte vielleicht ihre Faszination aus. Valerie fand Exzentriker spannend.

Schon bei ihrer ersten Begegnung vor zwei Jahren hatte sie herausgefunden, dass Sedna anders war.

Ihre Haarfarben erst einmal. Sie saß Valerie in der Autofähre von Langdale nach Horseshoe Bay gegenüber. Eine modisch gekleidete Frau, vielleicht Mitte dreißig oder ein bisschen darunter, mit einem unkonventionellen Kurzhaarschnitt, den Valerie heimlich den Edelmetall-Look nannte: Die Frau hatte sich Strähnchen in Silber, Kupfer, Gold und Kobaltblau einfärben lassen.

Sie kamen ins Gespräch, beide waren auf dem Weg nach Vancouver, und die Frau sagte nach zwanzig Minuten: »Ich heiße Sedna.«

Valerie wusste gleich, woher der Name kam. Sie konnte Sedna damit beeindrucken. Wenn es kein Zufall ist, dachte sie damals, ist es Vorsehung.

Sedna, die Göttin der Inuit in Alaska und Grönland. Mächtige Göttin des Ozeans, die ihre Fingerspitzen bei einem tragischen Bootsunfall verlor. Die Fingerspitzen verwandelten sich in Wale, Robben und andere Meeresbewohner. Valeries Mutter – genauer, ihre Stiefmutter Bella – hatte ihr oft aus einem Buch über die Mythen der Arktisbewohner vorgelesen. Die Geschichten waren ihr in der Kindheit so vertraut gewesen wie Alice im Wunderland. Valerie liebte die Figur Sedna. Eine andere Göttin, die Fische schuf, aber einige ihrer Kinder opferte, damit andere überleben konnten, machte ihr hingegen Angst.

Sie erzählte ihrer neuen Bekannten davon, während die Fähre an kleinen bewaldeten Inseln mit Holzhäusern vorbeifuhr. Sedna sagte nichts dazu. Sie schaute nur aufs Wasser, wo der Wind die weißen Segel einiger Boote aufblähte.

Dann schlug sie vor, etwas in der Cafeteria der Fähre zu trinken. Die schneebedeckten Gipfel der Küstenberge erschienen in Sichtweite. Valerie fragte: »Wie kamen Sie zu Ihrem Namen?«

Sedna nippte an ihrem Cappuccino. »Meine Eltern waren Hippies. Sie suchten nach einem ungewöhnlichen Namen. Meine Mutter fand Sedna in ihren Orakel-Karten. Das Thema lautete Göttinnen alter Kulturen.« Sie verdrehte die Augen, was Kommentar genug war.

Valerie lächelte.

Sedna leerte ihre Tasse. »Nun, es gibt Namen, die schlimmer sind als meiner.«
»Zum Beispiel?«
»Edna.«
Sie kicherten wie Teenager.

Nicht lange darauf hatte sie Sedna auf dem Bauernmarkt in Gibsons getroffen, einem beschaulichen Dorf mit einem Hafen voller Jachten und einigen wenigen Fischerbooten. Valerie war kurz nach ihrer Scheidung von Vancouver an die zwei Stunden entfernt gelegene Sunshine Coast gezogen, um hier eine neue Existenz aufzubauen. Sie hatte vor, ihr kleines Reiseunternehmen auf rüstige Senioren auszurichten. Und die gab es in der ländlichen Idylle und den milden Wintern an der Sunshine Coast in Scharen.

Sedna überzeugte sie, an Patrouillen der freiwilligen Nachbarschaftswache teilzunehmen. Es ging darum, mit einem Auto durch die Dorfstraßen zu fahren und nach Verdächtigem Ausschau zu halten. In jenen Tagen wäre Valerie sogar dem Hula-Hoop-Klub beigetreten und mit einem fluoreszierenden Reifen um die Taille im jährlichen Umzug durchs Dorf marschiert, um Freunde zu finden. Die Patrouillen in Sednas rotem Mazda bereiteten ihr anfänglich Spaß. Sedna kannte fast jedes Haus und die Leute in der Nachbarschaft. Manche ihrer Geschichten klangen zu gut, um wahr zu sein, aber mit Sedna war es nie langweilig. Sie wechselte ihre Frisur alle paar Wochen. Valerie dagegen band ihr langes kastanienbraunes Haar im Alltag zu einem Pferdeschwanz zusammen, weil es so praktisch war. Die Stirnfransen schnitt sie selbst. Sedna experimentierte mit Make-up und manchmal trug sie falsche Wimpern. Ihr hübsches Gesicht legte sich in tausend haarfeine Fältchen, wenn sie lachte, und war völlig glatt, wenn sie ernst blieb.

Sie hatte diese wunderbar verrückten Verschwörungstheorien. Sie glaubte zum Beispiel, dass die Behörden von Gibsons das Trinkwasser absichtlich verschmutzten. Es galt lange als das beste Trinkwasser der Welt: Bei internationalen Wettbewerben landete es immer auf dem ersten Platz. Jedermann konnte es seit Generationen kostenlos aus einem Brunnen abzapfen und riesige Kanister füllen. Dann erhob die Gemeinde plötzlich eine Gebühr darauf. Das versetzte Sedna und viele Bürger in Rage. Die Empörung kochte über, als Krankheitserreger im Trinkwasser entdeckt wurden und die Leute Mineralwasser im Laden kaufen mussten.

»Das haben sie mit Absicht getan«, sagte Sedna. »Die Behörden haben das Wasser verseucht, um sich an uns zu rächen.«

»Findest du das nicht ein bisschen weit hergeholt?«, hatte Valerie gefragt.

Sedna hatte den Kopf geschüttelt, wie es Eltern gegenüber einem uneinsichtigen Kind tun. »Vielleicht ist deine Weltsicht ein bisschen naiv, Val. Du glaubst wahrscheinlich auch, was in der Zeitung darüber steht, wer hinter der Zerstörung der Twin Towers in New York steckt?«

Valerie war klug genug zu schweigen.

Sie betrachtete Sedna weiterhin als Freundin. Im folgenden Sommer unternahm sie eine Erkundungsreise nach Inuvik, einem Dorf in der Arktis, und Sedna kam mit. Normalerweise führte sie Reisegruppen Anfang April auf die Eisstraße und an das Nordpolarmeer. Weil diese Reise so erfolgreich war, plante Valerie eine Sommertour in die Arktis.

Die Exkursion mit Sedna lief ziemlich schief. Schon im Yukon-Territorium gab es Probleme mit ihr. Sie verschwand ohne Ankündigung einen Tag lang in Dawson City und tauchte erst abends wieder auf, ohne Valerie zu sagen, wo sie gewesen war. In Inuvik wurde es noch schlimmer. Valerie fand morgens eine hingekritzelte Nachricht auf einem Blatt Papier: Sie solle sich nicht um sie kümmern, sie werde in drei Tagen wieder im Hotel sein.

Valerie war aufgebracht. Sedna hielt ihr indes vor, sie wie ein Kind im Laufgitter zu behandeln. Sie hätten schließlich keine Abmachung gehabt, dass sie alles zusammen tun müssten. Das war der Anfang vom Ende ihrer Freundschaft. Valerie ahnte es, und trotzdem brach sie aus unerklärlichen Gründen die Nachbarschaftspatrouillen mit Sedna nicht sofort ab. Der Todesstoß kam, als eine Bekannte Sedna im Restaurant Cardero's in Vancouver sah. Mit Valeries Exmann. Die Bekannte hatte keine Ahnung, wer die Frau war, die mit Matt Shearer flirtete. Ihre Beschreibung ließ indes keine Zweifel offen: eine Frau mit einem Dutzend Farben im Haar und silbernen Ohrhängern in der Form von Indianerkanus. Ohrhänger, wie sie Sedna besaß.

Valerie rief ihren geschiedenen Mann an.

»Bist du allein?«, fragte sie Matt und bereute ihre ungeschickte Einleitung augenblicklich.

Er sagte nichts.

Sie seufzte. »Das war nicht gut. Kann ich noch mal von vorne anfangen?«

»Jungfrau in Nöten?«, fragte er. Er klang nicht sarkastisch, eher überrascht. Und vorsichtig.

Sie war erst einundzwanzig Jahre alt, als sie Matt das Jawort gegeben hatte. Zehn Jahre später wollte sie nicht mehr verheiratet sein. Weder mit Matt noch mit jemand anderem. Sie wollte frei sein und all die Möglichkeiten ausprobieren, die das Leben angeblich für sie bereithielt. Der Gedanke, dass sie bis zum Ende ihrer Tage mit einem einzigen Mann intim zusammen sein würde, erschreckte sie. Sie wollte, dass sich das Leben wie eine unbewohnte Ebene vor ihr ausbreitete und sie ganz unterschiedliche Pfade wählen konnte. Nicht den Weg, den sie bisher kannte und der in ihren Augen völlig voraussagbar war.

Sie mochte Matt immer noch, aber als er mit ihr nach Paris ziehen wollte, weil er dort eine Stelle in Aussicht hatte, geriet sie in Panik. Sie fand den dümmsten Vorwand, um aus der Ehe zu fliehen: eine Affäre. Die heimlichen Treffen mit dem Liebhaber waren ihr nicht wichtig, außer der Tatsache, dass es eine neue Erfahrung war. Als Matt von ihrer Untreue erfuhr, sagte er: »Du bist nicht mehr die Frau, die ich kannte«, und zog aus der gemeinsamen Wohnung aus. Sie mochte ihn auch nachher noch, aber sie konnte nicht mehr zurück. In Sachen Herzensdingen traute sie sich selbst nicht mehr. Sie wünschte sich damals, sie hätte ihre Stiefmutter Bella fragen können, aber es zeigten sich schon die ersten Alzheimersymptome, und Valerie wollte sie nicht noch mehr belasten.

Nur Matt konnte sie jetzt fragen.

»Ich würde gern etwas von dir wissen. Warum bist du mit meiner Freundin Sedna Mahrer ausgegangen?«

Seine Antwort kam ohne Zögern. »Sie hat mit mir Verbindung aufgenommen und mich gefragt.«

»Wie ... hat sie dich gefunden?«

»Ich nehme an, du hast ihr geholfen.«

»Nein, ich hatte keine Ahnung, dass ... dass sie das vorhatte.«

»Ist sie nicht deine Freundin?«

»Ich bin mir nicht mehr sicher.« Valerie wusste plötzlich nicht weiter.

Matt fuhr fort: »Ich habe sie getroffen, wir aßen im Cardero's, und seitdem hab ich sie nicht wiedergesehen.«

»Sie hat dich nicht mehr kontaktiert?«

»Nein. Sie schien auch nicht sehr an mir interessiert.«

»Oh.« Valerie suchte nach Worten. »Wie ...«

Matt unterbrach sie. »Ich hatte den Eindruck, sie wollte über dich sprechen, Val. Sie stellte mir viele Fragen über dich. Und Fragen über deine Familie. Sie ging sehr raffiniert vor, muss ich sagen. Ich habs trotzdem bemerkt und war nicht sehr gesprächig. Darüber musst du dir also keine Sorgen machen.«

Sie wusste genau, was er ihr mit dem letzten Satz mitteilen wollte. Valerie und ihre Zwillingsbrüder hatten genug vom Interesse der Öffentlichkeit.

»Was wollte sie über mich wissen?«

»Deine Herkunft, deine Eltern, wie du aufgewachsen bist – Val, es tut mir wirklich leid, ich muss auf eine Sitzung. Vielleicht solltest du eher mit Sedna sprechen als mit mir.«

Dann war er weg.

Valerie wartete, bis sie wieder mit Sedna auf Patrouille war. Im Wageninnern würde sie ihr nicht ausweichen können.

»Warst du mit meinem Exmann im Cardero's?«, fragte sie sofort, als sie auf dem Beifahrersitz Platz genommen hatte.

Sedna hielt sich nur sekundenlang zurück.

»Ja. Warum?«

»Warum? Was denkst du dir dabei?«

»Ich bin mit ihm ausgegangen.« Ihre Stimme blieb völlig ruhig.

»Ach ja. Denkst du nicht, dass das ein bisschen ... daneben ist?«

Sedna sah ihr direkt in die Augen.

»Daneben? Nur weil du mal mit ihm verheiratet warst? Ihr seid geschieden, Val. Du hast ihn verlassen. Er ist frei zu tun und zu lassen, was er will.«

»Ich hab mich dir anvertraut! Ich hab dir von meiner Beziehung mit Matt erzählt.«

»Ja, das stimmt. Du hast mir sehr viel Positives über ihn erzählt. Das hat mir Lust gemacht, ihn kennenzulernen.«

»Du hättest mich wenigstens fragen können, was ich davon halte. Das hätte ich an deiner Stelle getan.«

»Val, du hättest einen Weg gefunden, ein Treffen zu verhindern, wenn du davon erfahren hättest. Deswegen hab ich dich nicht gefragt.«

Valerie starrte Sedna an. Sedna starrte mit ihren intensiven blauen Augen zurück.

»Wenn Blicke töten könnten«, murmelte sie.

Sedna hielt den Wagen an, Valerie öffnete die Tür und stieg aus.

Zu spät kam ihr in den Sinn, Sedna zu fragen, warum sie so viel über ihre Familie herausfinden wollte.

Zwei Wochen darauf erfuhr sie, dass Sedna zu einer großen Reise aufgebrochen war. Und niemand wusste, wohin.

3

Clem Hardeven tigerte von der Küche seines kleinen Reihenhauses in den Wohnraum und dann wieder zurück in die Küche, weil er vergessen hatte, was er eigentlich wollte. Auf seinem Schlafplatz neben dem Holzofen hob Meteor, sein Hund, den Kopf und beobachtete ihn. Clem war genervt und konnte nichts dagegen tun.

Verdammt, verdammt, verdammt.

Er konnte niemanden erreichen, und jene, die seine Anrufe entgegennahmen, wussten keinen Dreck mehr als er. Elende Zeiten, wenn man den Hörer vor Wut nicht mehr auf die Ladeschale knallen konnte. Würde ihm jetzt richtig guttun.

Etwas brodelte in Inuvik, er hatte nie eine solche Spannung in der Luft gespürt. Er war der Mann in diesem Dorf, der hätte wissen sollen, was los war. Er war der Manager der Eisstraße. Der Eismeister, der Mann für alle Fälle. Aber seit dem Auffinden der Leiche wurde er außen vor gelassen. Buchstäblich in der Kälte stehen gelassen. Es trieb ihn in den Wahnsinn.

Er *musste* wissen, was vor sich ging. Helvin, sein Boss, war unauffindbar. Unansprechbar. Seit Stunden! Er war nicht im Büro und nicht zu Hause. Angeblich. Seine Büromamsell gab sich unwissend.

Wenn eine Leiche gefunden wurde, dann wusste Helvin West davon. Nichts geschah auf der Eisstraße ohne Helvins Zustimmung. Clem konnte nicht mal mehr raus zum Bohren. Um zu sehen, ob die Dicke des Eises noch reichte. Ob die Eisstraße noch sicher genug für schwere Laster war. Das hatte ihm die Büromamsell ausrichten lassen: bis auf Weiteres keine Bohrungen. Und bis auf Weiteres keine Fahrzeuge auf der Eisstraße. Es machte ihn verrückt. Was zum Teufel ging hier vor sich? Todd, der Truckfahrer, hielt das Maul. Sagte keinen Pieps über den Leichenfund. Nicht etwa wegen der Polizeiuntersuchung. Sicher nicht. Bullshit. Es gab Kräfte, die waren mächtiger als das Dutzend Bullen, die in Inuvik stationiert waren. Todd sagte nichts, weil Helvin es ihm verboten hatte. Und das machte Clem wirklich nervös.

In Inuvik verbreiteten sich sonst Neuigkeiten so schnell, wie eine Robbe tauchen kann. War ja nicht schwer bei nur dreitausendfünfhundert Leuten im Dorf. Vielleicht wusste Hisham etwas.

Er stieg in den Schneemobilanzug und griff nach seiner Jacke. Meteor war schon an der Tür, sein Schwanz wedelte schneller als ein Scheibenwischer. Der Hund wusste, wohin es ging. Clem trat in den Schnee hinaus und erforschte den Himmel. Grau, aber keine Anzeichen eines nahenden Sturms. Dieser Winter hatte den Menschen in Inuvik einige Charaktertests beschert. Stromausfälle und gefrorene Wasserleitungen. Manchmal tagelang. Nicht nur das Trinkwasser gefror, sondern auch das Abwasser, das in Metallröhren über dem Boden zirkulierte.

Inuvik kam Clem vor wie eine Menschenpuppe in der Anatomiestunde: alle Rohre und Leitungen verliefen draußen vor den Gebäuden, für alle zu sehen. Wie ein Gewirr von Riesenschlangen, dieses verflochtene Leitungssystem einige Fuß über der Erde, mit freundlicher Genehmigung des allgegenwärtigen Permafrosts, wie der dauerhaft gefrorene Boden hier genannt wurde. In der Arktis bewegte sich der Untergrund wie eine lebendige Bestie, er gefror und dehnte sich in der Kälte aus, bei Wärme taute er wieder auf und zog sich zusammen.

Clems Augen brannten nicht so stark in der Kälte wie noch vor einer Woche.

Vier sonnige Tage hintereinander. Vielleicht war der Frühling wirklich im Anzug.

Er steuerte sein Schneemobil zu einem grün bemalten Gebäude mit dem Schild Computer-Reparaturen@Netpolat. Wenn Gerüchte herumschwirrten, landeten sie genauso schnell bei Hisham wie Rechner mit Problemen. Hisham war einer von Inuviks hundert Muslimen, die in der nördlichsten Moschee auf dem nordamerikanischen Kontinent beteten. »Die erste Moschee der Welt auf Permafrost«, erzählte Hisham allen Touristen. Das Gebetshaus war von einer wohltätigen Organisation in Winnipeg gestiftet und gebaut worden, in der Stadt Winnipeg, notabene, viertausend Kilometer entfernt.

Die letzten tausendvierhundert Kilometer kam die Moschee auf einem Lastkahn den Mackenzie-Strom heruntergeschwommen. Es war der letzte Kahn vor dem Wintereinbruch gewesen. »Ich hätte die Eisstraße nie für so was freigegeben«, hatte Clem gescherzt, um Hisham auf die Palme zu bringen. Hisham gab damals kühl zurück: »So was entscheidest du sowieso nicht, wir hätten Helvin gefragt.«

Als Hisham die Tür zu seinem Laden öffnete – nicht nur für Clem, sondern auch für Meteor –, schien er nicht besonders gut aufgelegt. Das wollte allerdings nichts heißen, denn an Hisham war ein Schauspieler verloren gegangen.

»Warum sagt mir niemand etwas?«, rief er. »Was hab ich verbrochen? Ich sollte wissen, was genau passiert ist, ich hab schließlich drei Töchter.«

Was zum Teufel weiß ich denn, hätte Clem am liebsten gerufen, er biss sich jedoch auf die Zunge. Er war nicht gewohnt, dass *er* um Informationen bitten musste.

»Die Polizei ermittelt, die können nicht rumgehen und alles ausquatschen.«

»Alles ausquatschen?« Hisham warf ein Computerkabel in die Ecke. »Polizeiuntersuchung? Das interessiert mich nicht die Bohne. Mich interessiert das Blut.«

Blut. Genau das roch Clem nun. »Wer redet hier von Blut?«

»Todd hat die Leiche gefunden. Er sagt, er schweige wie ein Grab. Aber weißt du was?« Er öffnete die Arme, als wollte er den breitschultrigen Mann vor sich umarmen. Es war eine Geste, der eine Eröffnung folgte. »Weißt du was, Todd redet im Schlaf!« Er sah Clem triumphierend an. »Er hat im Schlaf gequatscht, und seine Frau hat es gehört.«

»Hisham, um Gottes willen, woher hast du diesen Käse!«

Der gläubige Muslim ignorierte Clems Wortwahl.

»Ja, Clem, hör doch. Sie war hier mit ihrem iPad. Todd hat über viel Blut geredet. Im Schlaf. Im Schlaf!«

Clem ärgerte sich wieder. Es konnte sich, verdammt noch mal, um einen Mord handeln, einen Mord auf der Eisstraße, und er hatte keinen blassen Schimmer.

»Ist das alles, was du weißt?«

»Ist das nicht genug? Eine tote Frau und Blutvergießen! Wie sollen sich meine Töchter nun noch sicher fühlen?«

»Sperr sie ins Haus, wie du's immer machst, wenn ich hier aufkreuze.«

»Du hast gut reden, Clem, du hast ja keine Töchter. Vielleicht solltest du langsam mal mit einer Ehefrau anfangen. Du kannst ja nicht deinen Hund heiraten.«

Clem sah Hishams Töchter nie, wenn er zum Netpolat-Laden kam. Obwohl die computerkundigen Mädchen dem Vater oft halfen. Sein Kumpel Phil Niditichie, ein Gwich'in-Indianer, hatte ihn deswegen geneckt. »Du bist ein Christ und einfach viel zu schön.« Das hatte Phil eine Runde Bier im Crazy Hunter gekostet.

Hier am Mackenzie-Delta gab es kein böses Blut zwischen den Weißen und den Muslims oder den Ureinwohnern vom Stamm der Gwich'in, und auch nicht zwischen den Weißen und den Inuvialuit, wie sich die Inuit in der westlichen Arktis nannten. Keine Bosheit, nur jede Menge gutmütiger Witze. Und alle waren vereint in der kollektiven Umsetzung von Delta Time, der Delta-Zeitzone, die gar keine Zeitzone war, sondern die allseits akzeptierte Sitte, nicht pünktlich zu sein.

Nein, Streit gab es kaum. Aber jetzt eine Tote.

Und Hisham wusste nicht mehr darüber als das, was Todd im Schlaf gebabbelt haben soll.

Clem öffnete die Tür. »Ruf mich an, wenn du was hörst.«

»Inschallah«, sagte Hisham.

Meteor hatte das Crazy Hunter schon lange erreicht, bevor Clem vor der Kneipe anhielt. Der Hund wusste, dass er viel Zeit haben würde, die Umgebung auszuschnüffeln, bevor er wieder den vertrauten Motor hören würde. Clem betrat das Lokal, das von außen mehr wie eine Autogarage aussah als eine Bar.

Die Luft stank nach feuchten Kleidern, Bratenduft von Hamburgern und alkoholgeschwängertem Atem. Rauchschwaden versperrten ihm die Sicht, niemand hielt sich an das Rauchverbot.

Die Gäste drängten sich um den Tresen, obwohl es noch nicht mal fünf Uhr abends war. Clem registrierte, wie sich ein Augenpaar ums andere auf ihn richtete. Die begierigen, hungrigen Blicke verrieten ihm, dass er im Crazy Hunter nicht die Antworten finden würde, die er sich erhoffte. Er überflog die Menge nach einem Gesicht, das mehr Informationen versprach, ignorierte die Fragen, die von allen Seiten auf ihn einprasselten, und winkte dem Barmann zu, bevor er sich rasch wieder davonmachte.

Meteor war nirgends zu sehen. Er rief nach ihm und startete den Motor des Schneemobils. Der Hund kam angerannt und sauste gleich wieder auf die andere Straßenseite. Ein Mann stand dort. Clem erkannte das Gesicht hinter dem Kapuzenbesatz aus Wolfspelz. Lazarusie Uvvayuaq, ein Inuvialuk aus der Ortschaft Tuktoyaktuk, begrüßte ihn mit einem breiten Grinsen. Clem klopfte ihm freundschaftlich auf die Schulter.

»Hey, Laz. Suchst du ein warmes Bett?«

Was so viel bedeutete wie: Möchtest du wissen, ob ich wieder Kunden für dich habe?

Clem brüstete sich heimlich damit, dass er Lazarusies Talent als Jagd- und Angelführer für Touristen entdeckt hatte. Vielleicht nicht entdeckt, aber sicher gefördert. Er nutzte seine Verbindungen mit anderen Teilen Kanadas, vor allem nach Ontario, um Kunden für Lazarusie anzuwerben.

Laz brauchte das Geld für seine sieben Kinder und dreizehn Enkel. Nur noch seine Adoptivtochter Tanya und Danny, einer der Söhne, lebten noch bei Laz, soweit Clem wusste. Doch Inuvialuit-Familien waren eine eng verbundene Gemeinschaft und die Großeltern oft weiterhin die Hauptversorger für die ausgezogenen Kinder. Clem stand tief in Lazarusies Schuld. Er hatte ihm einmal das Leben gerettet, als er mit seinem Schneemobil im Eis eingebrochen war.

»Kann nicht nach Hause«, sagte Lazarusie lachend und zeigte dabei mehrere Zahnlücken. Er war den ganzen Weg auf der Eisstraße von Tuktoyaktuk auf seiner Schneemaschine gefahren. Das wären fünf Stunden hin und zurück.

»Ich weiß, die Eisstraße ist gesperrt«, sagte Clem, ohne preiszugeben, dass nicht er hinter der Weisung steckte. Lazarusie wusste, dass er bei Clem unterkommen konnte, es war ein Ritual zwischen ihnen.

»Die Tür ist offen. Machs dir schon mal gemütlich. Ich bin in einer halben Stunde da.« Er wendete seine Maschine. Plötzlich dämmerte ihm etwas, und er hielt inne.

»Wann bist du in Tuktoyaktuk losgefahren?«

Lazarusie schaute weg, als ob er nicht wüsste, warum Clem ihm die Frage stellte.

»Vorgestern.«

Sekundenlanges Schweigen.

Dann sagte Clem: »Geh zu mir und wart auf mich.«

Lazarusie nickte, und Clem sah seiner Schneemaschine hinterher. Meteor folgte Lazarusie eine Weile und kam dann hechelnd zurück.

»Geh mit Lazarusie, Meteor, geh heim, ich besuche die Höhle des Löwen«, sagte Clem.

4

»Es ist wahrscheinlich Humbug. Trotzdem müssen wir die Polizei informieren.«

Faye, Valeries Nachbarin in der anderen Doppelhaushälfte, saß im Sessel, weit genug von Valeries Bett entfernt, um nicht die Grippekeime einzuatmen, aber nahe genug, um nicht unsensibel zu erscheinen. Sie hatte die Müllhalde im Krankenzimmer wortlos zur Kenntnis genommen. Orangenschalen, leere Joghurtbecher, zerknüllte Tempotaschentücher und feuchte Waschlappen auf dicken Handtüchern. Faye war nicht nur Valeries Nachbarin. Sie war Gold wert. Als Valerie auf der linken Seite des Doppelhauses einzog, hatte sich Faye sogleich als die Mieterin neben ihr vorgestellt.

»Wir alleinstehenden Frauen müssen aufeinander aufpassen, sonst könnten wir verletzt oder tot in der Wohnung liegen, und niemand merkt es«, hatte sie erklärt. Valerie war damals frisch geschieden, und ein solches Schreckensszenario erschien ihr sehr realistisch. Sie hatte kaum je allein gelebt. Sie wollte sich aber nicht symbiotisch mit Faye verkletten, was sie ihrer Nachbarin gleich klarmachte. Faye hatte fröhlich gelacht. »Ihr westlich geprägten Frauen habt wirklich Beziehungsangst, es gibt doch eine ganz praktische Seite für solche Hilfe.«

Faye wurde nicht zur Klette. Eigentlich erfuhr Valerie all die Zeit über nicht viel über sie, außer dass ihre Familie vor der Armut und Diktatur in Haiti nach Kanada geflüchtet war. Faye hatte als Sozialarbeiterin in Toronto gearbeitet und war dann als Vierzigjährige an die Sunshine Coast gezogen, um zu malen. Den Lebensunterhalt verdiente sie sich allerdings nicht mit der Kunst, sondern mit kleineren Renovierungsarbeiten an Häusern.

Valerie ertappte sich öfter dabei, dass sie ihren Blick zu lange auf Fayes Gesicht verweilen ließ, denn ihre Nachbarin war eine Augenweide. Valerie beneidete sie um die großen Augen, die langen, dichten Wimpern und den klar definierten vollen Mund. Fayes makellose Haut schimmerte in einem warmen Ton wie dunkler Honig (Valerie konnte es nicht anders beschreiben, obwohl es klischeehaft klang). Irgendwann musste sich das Erbgut von weißen Kolonisatoren mit den Genen ihrer Familie vermischt haben. Faye konnte es sich leisten, ihr gekräuseltes Haar nicht zu glätten, denn ihr perfekt geformter Kopf saß graziös auf ihren Schultern, und ihr Körper wirkte stark und muskulös. Faye arbeitete nicht nur hart, sie ging auch gern zum Krafttraining.

Valerie mit ihrer mädchenhaften Knochenstruktur hätte ein solches Muskeltraining gutgetan, aber sie vermied jeglichen Sport außer Badminton und Zumba. Lange, anstrengende Spaziergänge gehörten zu ihrer Routine, nur zählte sie diese nicht mit. Ihre Haut neigte dazu, sich in der Sonne zu röten, und ihre Lippen hielt sie ständig mit Pomade geölt, weil sie sonst austrockneten. Als Reiseleiterin hätte sie sich gern als braun gebrannte, groß gewachsene, athletische Blondine im Kakitropenanzug präsentiert. Stattdessen sah sie eher wie eine zerbrechliche Balletttänzerin aus, mit dünnen Armen (Schwanenhälse hatte sie Matt genannt) und kleinen Füßen. Sie empfand es als Trugbild, denn zerbrechlich fühlte sie sich überhaupt nicht. Ständig musste sie das anderen Leuten beweisen. Wenigstens war sie mit perfekten Zähnen, olivgrünen Augen und ebenmäßig geschwungenen Augenbrauen gesegnet. Diese Attribute hatte sie von ihrer leiblichen Mutter geerbt, deren Schönheit den bekanntesten Sportler Kanadas betört hatte.

Aber das wusste Faye nicht.

Valerie zog die Decke bis ans Kinn.

»Es war ein merkwürdiger Anruf.«

»Bei Sedna ist merkwürdig normal, das wissen wir doch.« Faye hatte Sedna in einer Toastmasters-Gruppe getroffen, einem Klub, in dem Frauen ihre Fähigkeit übten, in der Öffentlichkeit Reden zu halten. Sedna war mit ungewöhnlichen Themen aufgefallen. Etwa, warum sich jede Familie zu ihrer Verteidigung eine Schusswaffe zulegen sollte.

»Sie hat mich gebeten, ihr zu helfen«, wiederholte Valerie, obwohl sie das Faye bereits berichtet hatte.

»Um sie aus den Klauen irgendeines Hinterwäldlers zu befreien?«

»Sie sagte, jemand wolle sie umbringen.«

»Bist du sicher, dass du nicht im Fieber halluziniert hast?«

»Ich glaube nicht.« Jetzt kam ihr indes alles tatsächlich wie ein Albtraum vor.

»Wo ist sie?«

»Ich hab sie gefragt, nur konnte ich nicht alles hören. Ihre Stimme kam und ging…«

»Hast du die Nummer ihres Handys? Nein, warte, ich hab sie auf meinem Handy gespeichert.« Faye nahm ihr Gerät heraus, tippte auf die Tasten und wartete. Ihre Füße, die in schwarz-weiß gepunkteten Strümpfen steckten, wackelten.

»Ich hab ihr eine Nachricht geschickt. Gib mir mal dein Handy, ich will sehen, woher der Anruf kam.«

Valerie kam der Aufforderung nach, aber Faye runzelte die Stirn, als sie auf das Display schaute. »Unbekannte Nummer. Das ist nicht gerade hilfreich.«

Sie sah um sich, als würde sie irgendwo einen Hinweis finden.

»Wir müssen die Polizei benachrichtigen. Und ihre Familie. Weißt du etwas über Sednas Familie?«

»Nein.« Valerie fühlte sich wie ein Baumstamm, der hilflos im Ozean treibt. Faye sah sie mitleidig an.

»Ich kümmer mich drum. Du siehst aus wie der lebende Tod. Du brauchst Ruhe und nicht noch mehr Aufregung.«

Ruhe. Schlafen. Das klang wunderbar in Valeries Ohren.

Faye schulterte ihre Handtasche und stand schon im Korridor, als sie nochmals ihren schönen Kopf zur Tür reinsteckte.

»Nur falls mich die Polizei fragt: Warum in aller Welt hat sie ausgerechnet dich angerufen?«

Ja, warum? Sie hatte seit Oktober nichts von Sedna gehört. Ein halbes Jahr. Von der Nachbarschaftswache hatte sich Valerie abgemeldet, weil sie mit Reisegruppen in British Columbia, Quebec und Ontario unterwegs gewesen war. Sie hatte viel Energie und Vorbereitung in diese Kulturreisen gesteckt, die zu ihrer Freude bei den Kunden sehr gut ankamen. An Sedna hatte sie kaum noch einen Gedanken verschwendet. Und niemand hatte sie ihr gegenüber erwähnt. Auch Faye nicht.

Valerie wälzte sich unruhig hin und her. Sedna verstand es wirklich, befremdliche Vorfälle heraufzubeschwören. Sie erinnerte sich an einen Besuch bei Sedna im vergangenen Frühling. Valerie fand sie in ihrem Schuppen beim Töpfern. Sedna legte sich ständig ein neues Hobby zu, dem sie einige Monate nachging und das sie dann plötzlich wieder aufgab. Valerie hatte sie beispielsweise beim Stricken mit Riesennadeln angetroffen, dann schenkte ihr Sedna ein selbst gemachtes Glasmosaik, später schüttete sie Schokolade in metallene Gussformen mit erotischen Szenen (und verkaufte die Ergebnisse auf dem Weihnachtsmarkt in Gibsons). Sie nähte auch Strandtaschen aus alten Fallschirmhüllen. Nachdem Sedna mit Töpfern begonnen hatte, erwarb Valerie drei Blumenschalen, obwohl sie fünfmal teurer als die Töpfe im Gartenzentrum waren.

Sedna saß an jenem Tag am Töpfertisch und legte sogleich einen Finger an die Lippen, wo er eine graue Schliere hinterließ. Sie wischte sich die Hände an einem verblichenen Lappen ab und langte nach einem Kugelschreiber. Wieder legte sie einen Finger an die Lippen, als ob ihr jemand das Sprechen verboten hätte. Auf den Rand einer alten Zeitung kritzelte sie etwas und bedeutete ihrer Besucherin, näher zu treten. Valerie hatte zunächst Mühe, das Gekritzel zu entziffern.

Hast du dein Handy dabei?, las sie schließlich.

Sednas seltsames Getue fesselte sie wider Willen, und sie nickte.

Leg es in den Eingang im Haus, schrieb Sedna.

Valerie nahm ihr den Kugelschreiber aus der Hand und kritzelte ein Wort: Warum?

Sedna setzte drei Worte darunter: Mach es einfach.

Valerie lief ins Haus und legte ihr Handy auf den kleinen Tisch im Eingang. Dann kehrte sie zum Schuppen zurück.

»Jetzt kann ich es dir erklären«, sagte Sedna und nahm ihre Arbeit an der Töpferscheibe wieder auf.

Valerie vernahm eine wilde Geschichte, die mit einem Agenten des amerikanischen Geheimdienstes begann, offenbar ein faszinierender Mann, der sich in Sedna verliebte, während sie nicht wirklich an ihm interessiert gewesen sei. Der Mann habe sie belauert, sie mit Spionageprogrammen auf dem Computer und durch Abhörsoftware in ihrem Handy bespitzelt.

Valerie, die sich amüsierte, täuschte Interesse vor. »Spitzelprogramme auf deinem Handy? Wie das?«

»Diese Leute können mithilfe deines Handys belauschen, was in deiner Umgebung vorgeht. Du kannst das nur stoppen, indem du die Batterie herausnimmst.«

Valerie schwieg. Sedna war intelligent, das erkannte sie. Aber warum würde sie solche Geschichten erfinden? Sedna spürte offenbar ihre Skepsis.

»Ich war bei der Polizei in Vancouver. Ich habe sie gefragt, ob ich recht habe, ob es tatsächlich möglich ist, die Vorgänge im Haus von Leuten zu belauschen, indem man sich Zugang zu deren Handys verschafft.« Sie sah Valerie vielsagend an. »Sie stimmten mir zu. Sie sagten, ja, das sei technologisch möglich.«

»Wie?«

»Es kann mittels Fernbedienung programmiert werden.«

Valerie lief im Schuppen hin und her. Sie hatte damit gerechnet, einen neuen Topf zu kaufen – und nun dies.

»Wie hast du den Geheimagenten überhaupt kennengelernt?«

»Durch eine Webseite, die sich mit … interessanten politischen Theorien befasst.«

»Und du hast ihn getroffen?«

»Natürlich. In Seattle. Ich habe ihn mehrfach getroffen. Wir hatten interessante Gespräche.«

»Sedna, hast du mir nicht gerade gesagt, dass er ein Geheimdienstmann ist? Warum würdest du dich mit solchen Leuten treffen wollen?«

»Weil Agenten auch Menschen sind, und sie haben eine wichtige Aufgabe. Ich war früher Privatdetektivin. Wir haben ein bisschen gefachsimpelt, was mir Spaß gemacht hat.«

»Was? Das hast du mir nie erzählt!«

Sednas Lippen umspielte ein schwer zu deutendes Lächeln.

»Nun, du erzählst mir auch nicht alles über dein früheres Leben.«

Es war eine leichthändig hingeworfene Bemerkung. Nicht genug, um Valerie wirklich misstrauisch zu machen. Das kam erst später.

In ihrem Kopf begann es wieder zu hämmern. Ein Gedanke setzte sich darin fest. *Ich lasse Sedna nicht mehr in mein Leben. Auch wenn sie das jetzt mit aller Macht versucht.*

5

Das Schicksal der Eisstraße war besiegelt. Clem wurde jedes Mal daran erinnert, wenn er zu Helvin Wests Firmengebäude fuhr. In einigen Jahren würde niemand mehr im Winter über das gefrorene Delta des Mackenzie-Stroms fahren. Bald wird kein Fahrzeug mehr vier Meter dickes Eis unter sich haben und darunter das Wasser des Flusses und das Wasser des Arktischen Ozeans. Über das zweitgrößte Delta in Nordamerika werden keine Reifen von Autos und Trucks mehr rollen und keine Kufen von Schneemobilen gleiten. Aus mit der Eisstraße und vorbei mit Clem, dem Eismeister. Bald wird man niemanden mehr wie ihn brauchen, der den Bau der gläsernen Piste überwacht. Der den Schall elektronisch messen und Löcher in die Tiefe bohren lässt, damit er immer weiß, wie dick das Eis auf den ganzen einhundertfünfundachtzig Kilometern ist. Keinen mehr, der Planiermaschinen hinausschickt und Schneepflüge. Und manchmal Retter, falls doch ein Truck Dummheiten macht und einbricht.

Es gab kein Zurück mehr. Die Überlandstraße zwischen Inuvik und Tuktoyaktuk war fast fertig gebaut. Eine Straße auf Permafrost. Eis und darauf eine dünne Schicht Erde. Auf einem Boden, der sich ausdehnt und zusammenzieht. Bauen können die Kerle nur im Winter, wenn es gefriert. Da war Clem die Eisstraße hundertmal lieber.

Sein Boss war da anderer Meinung. Helvin West hatte sein Firmengebäude rechtzeitig in den neuen Teil von Inuvik verlegt. Ein guter Schachzug, das musste Clem zugeben. Früher hatte diese Gegend kein Schwein interessiert, weil keine Straße dort hinführte. Jetzt konnte der Sitz von Helvins Firma Suntuk Logistics leicht von dem neuen Highway aus erreicht werden. West hatte sich schon früh Boden entlang der Überlandstraße unter den Nagel gerissen. Er ließ Dutzende von identischen Fertighäusern für die Bauarbeiter hinstellen. Helvin hatte geahnt, wo die neue Straße entlangführen würde. Er baute jetzt einen Teil davon. Das war der früheren kanadischen Regierung willkommen, die begierig darauf gewesen war, ihre Präsenz in der Arktis zu zementieren. Sie segnete die Pläne ab. Wie hatte doch ein kanadischer Premierminister über die Arktis gesagt? ›Use it or lose it.‹ Mach was mit ihr oder verlier sie.

Clem passierte den üblichen Wust von Fahrzeugen in Helvins Maschinenpark, Sechzig-Tonnen-Laster, Planiermaschinen und Bagger, und dann erblickte er das Polizeiauto beim Eingang von Suntuk Logistics. Er überlegte kurz, ob das seine Chance war oder der falsche Zeitpunkt. Wenigstens wusste er jetzt, dass er Helvin im Büro finden würde. Er schwang sich von seinem Schneemobil und stürmte ins Gebäude. Die Büromamsell protestierte – ihr richtiger Name war Laura Minetti –, aber er lief entschlossenen Schrittes an ihr vorbei, klopfte an Helvins Bürotür und verschaffte sich Einlass.

Drei Köpfe drehten sich zu ihm um, zwei Polizeibeamte, die er kannte, und einen, den er noch nie gesehen hatte. Helvin West musste den Kopf nicht drehen, denn er saß in Clems direkter Schusslinie, in den Bürosessel zurückgelehnt. Demonstrativ locker. Sein Boss war nicht groß, fast einen Kopf kleiner als Clem, und stämmig. Ziemlich einschüchternd, hatte Valerie

Blaine ihm einst gestanden. Ein eckiges Gesicht mit vorstehendem Kinn. Wäre er dunkler gewesen, hätte er als ein halber Gwich'in-Indianer durchgehen können. Helvin war jedoch ein blonder Nachfahre schottischer Walfänger, die sich nie wie andere europäische Siedler mit den einheimischen Inuvialuit oder den Gwich'in vermischt hatten. Clem sah, wie sich die hochgezogenen Augenbrauen seines Chefs wieder entspannten – war es Erleichterung, als er erklärte: »Clem, ich bin beschäftigt, wie du siehst. Kannst du später vorbeikommen, sagen wir … um sechs?«

»Okay«, sagte Clem und zog sich zurück, aber nicht, ohne noch einmal die Augen über das seltsame Treffen gleiten zu lassen. Die Büromamsell warf ihm Blicke wie brennende Pfeile zu, aber zu seinem Erstaunen folgte keine ihrer berühmten Tiraden. Laura Minetti stammte ursprünglich aus Italien und hatte sich nicht so schnell an die freundlichen Umgangsformen in Kanada gewöhnt wie an die Kälte des Winters in Inuvik. Helvin tolerierte Lauras Hochnäsigkeit, weil er nicht deren Ziel war und weil andere importierte Sekretärinnen nach kurzer Zeit wieder aus Inuvik geflohen waren.

Clem eilte nach draußen, bevor sich Lauras Zorn entzünden konnte. Die bitterkalte Luft füllte seine Lungen, als er tief einatmete. Er hatte gesehen, was er sehen wollte. Das Treffen im Büro hatte nicht wie eine Befragung gewirkt. Er konnte trotzdem nicht beschreiben, *wonach* es ausgesehen hatte. Sein Schneemobil glitt an den Fertighäusern mit den bunten Fassaden vorbei, die ihm wie Monopoly-Häuschen vorkamen.

Er hörte von ferne Hunde aufgeregt bellen, es klang wie der Chor eines Gespanns, bevor der Musher das Signal zum Aufbruch gab. Das musste Alana Reevely sein, die zusammen mit ihrem Boyfriend Duncan Divinsky für das Hundeschlittenrennen in zwei Wochen trainierte. Alana war sehr hübsch, und Clem wäre einer Annäherung nicht abgeneigt gewesen, aber Alanas Leidenschaft waren das Mushen und die Hunde. Sie redete von fast nichts anderem. Clem liebte Meteor, seine Interessen waren indes breiter gefächert. Immer wieder hatten Männer Alana das Herz gebrochen. Dann war Duncan auf der Bühne erschienen, und sie verliebte sich Hals über Kopf. Duncan sah unverschämt gut aus, und Clem erwartete erneut Herzschmerz bei Alana. Er irrte sich. Die beiden waren seit drei Jahren zusammen, und Duncan entpuppte sich als ruhiger, zuverlässiger Kerl, ein Musher mit Leib und Seele, genau wie Alana.

Clem bog links ab und fuhr zum gefrorenen Mackenzie hinunter. Er wusste, wo er die beiden finden würde. Auf einer flachen Uferpartie waren die Bahnen für das Rennen präpariert. Er sah den Anhänger mit den kleinen Transportboxen für die Hunde. Aus einigen Öffnungen quoll Stroh. Alana zog einen ihrer Vierbeiner heraus und beruhigte ihn mit sanftem Zureden. Das war Alanas großes Talent, worum sie viele Musher beneideten. Sie brachte Disziplin in die Hunde, ohne zu schreien oder zu schlagen. Sie hatte einen siebten Sinn, wenn es darum ging, die richtigen Hunde miteinander zu einem guten Gespann zu kombinieren.

Etwas lag in der Luft. Clem bemerkte es sofort, als er sein Schneemobil parkte. Duncan hielt eine Leithündin fest. Es war jedoch nicht Booster, nach der Alana ihre Outdoor-Firma benannt hatte: Booster Adventures.

»Wo ist Booster?«, rief Clem.

Alana band den Hund am Anhänger fest.

Sie sah ihn mit traurigem Gesicht an.

»Tot.« Ihr liefen die Tränen hinunter, sie wischte sie sofort weg.

Clem war schockiert. Booster war ein starkes, intelligentes Alphatier, dem sich die anderen Hunde unterwarfen. Booster war Alanas Chance auf einen Sieg beim Muskrat Jamboree gewesen, dem Frühlingsfestival der Inuvialuit.

»Was ist mit ihr passiert?«

»Sie hatte Krämpfe, gestern. Ganz plötzlich. Sie hat sich am Boden gewunden und aus dem Maul geschäumt. Wir haben sie sofort zum Tierarzt gebracht. Sie ist in der Nacht gestorben.«

»Was sagt der Tierarzt?«

»Er möchte Booster obduzieren lassen. In Yellowknife. Um herauszufinden, was es war.«

»Wow.« Clem hätte sich am liebsten gesetzt, wenn es möglich gewesen wäre. »Tut mir so leid für euch. Booster war eine fantastische Hündin.«

»Sie war die beste Leithündin, die ich je hatte.« Alanas Stimme nahm einen trotzigen Ton an. »Das Rennen mach ich trotzdem, die Hunde sind noch jung und unerfahren, aber schnell und ausdauernd. Ich nehm Bolter als Leithund. Duncan hat ihn trainiert.«

Sie flüsterte beinahe. »Duncan glaubt, jemand habe Booster vergiftet.«

Clem schaute zu Duncan hinüber. Er sah niedergeschlagen aus.

»Was für ein Verlust«, sagte Clem. »Und so kurz vor dem Rennen.«

»Wir haben trotzdem eine Chance. Raven Link aus Alaska ist derzeit unschlagbar, nur Cole Baker aus Dawson City, dem will ich's geben. Diesem verdammten Großmaul.«

»Ich kann dir nur recht geben«, sagte Clem, der von Baker nichts Gutes gehört hatte.

Alana streichelte den angebundenen Hund. »Wann kommt Valerie?«

»In zwölf Tagen, glaub ich.«

»Sie hat bei uns eine Hundeschlittenfahrt gebucht. Sie mochte Booster auch.«

»Alana, wir müssen uns beeilen!« Das war Duncan.

Clem winkte den beiden zu und machte sich wieder auf den Weg.

Seine Gedanken wanderten. Das Frühlingsfest. Valerie Blaine.

Viermal war sie mit ihren Touristen schon beim jährlichen Fest der Bewohner des Mackenzie-Deltas dabei gewesen. Er konnte sich das Jamboree ohne sie gar nicht mehr vorstellen. Wollte er gar nicht. Wenn die Sonne nach der ununterbrochenen Dunkelheit des Winters nach Inuvik zurückkehrte, freute er sich auf Valeries Rückkehr. Er sah sie vor sich, wie sie vom Hundeschlitten stieg, die Wangen gerötet und mit einem strahlenden Lächeln für ihn, der zufällig am richtigen Ort aufgetaucht war. Oder wie sie ihn am Tisch in der Bar des Hotels Great Polar geneckt hatte, weil er unbedingt Sieger beim Schneemobilrennen werden wollte.

Im vergangenen Jahr hatte er es auch fertiggebracht, dass Valerie beim Pfannkuchen-Frühstück neben ihm saß, es war ein Fundraiser für Inuviks Suppenküche. Sie sprachen über die Vergangenheit und die Zukunft der Arktis und ihrer Bewohner. Er war erstaunt gewesen, wie belesen und artikuliert sie war, jedoch nie besserwisserisch. Statt des vertrauten Pferdeschwanzes war ihr glänzendes Haar offen auf ihre Schultern gefallen. Die olivgrünen Augen leuchteten in ihrem schmalen Gesicht, und ein Duft ging von ihr aus, der ihn an die Blumenfelder seiner Heimatprovinz Ontario erinnerte. Gleichzeitig war sie auch auf der Hut gewesen, das war ihm nicht entgangen, sie löste knisternde Spannungen sofort mit einer trockenen Bemerkung auf. Vielleicht die Narben ihrer Scheidung. Oder ein neuer Mann.

Eine leise Angst befiel ihn. Hatte Sedna etwas verraten? Bislang hatte er geglaubt, dass Valerie nichts ahnte. In den seltenen Telefongesprächen nach der Reise im Sommer hatte sie sich nichts anmerken lassen. Der Name Sedna war in ihren Mitteilungen nie gefallen.

Und nun die Tote auf dem Eis. Es war nur eine Frage der Zeit, bis Valerie davon erführe. Er musste sie anrufen, sobald er im Bilde über die Lage war.

Ein Schneemobil kam ihm entgegen. Er erkannte den Fahrer von Weitem. Pihuk Bart. Ein ernsthafter Konkurrent im Schneemobilrennen des Muskrat Jamboree. Er war ein Mann, den sich niemand zum Gegner wünschte. Pihuk war ein Schamane.

Pihuk Bart war der einzige Überlebende einer rätselhaften Tragödie, die auch nach Jahren noch die Menschen in der kanadischen Arktis bewegte. Als Clem vor sieben Jahren nach Inuvik gezogen war, kam ihm die Geschichte schnell zu Ohren. Nicht dass er einen Bedarf an tragischen Berichten hatte. Er war selbst vor einer ganz persönlichen Tragödie in die Arktis geflohen. Aber davon erzählte er niemandem.

Das schreckliche Unglück hatte die winzige Siedlung Inuliktuuq im Winter 1989 getroffen. Eine Woche hatte man nichts von den zwei Dutzend Menschen gehört, die rund hundert Meilen von Inuvik entfernt lebten. Schließlich brach eine Gruppe von vier Männern aus Inuvik auf. Mehr aus Neugier als aus Sorge überquerten sie die gefrorene Tundra. Erst als sie Inuliktuuq erreichten, stellte sich bei ihnen ein unheimliches Gefühl ein. Etwas stimmte in diesem Weiler nicht. Kein Rauch stieg aus den Kaminen, Türen standen trotz der brutalen Kälte offen. Die Männer hatten den Eindruck, dass die Bewohner ihre Häuser in größter Eile verlassen hatten. Sie fanden gebrauchte Tassen auf den Tischen, Schlitten an die Hauswand gelehnt, überall *kiiyallak* zurückgelassen, als ob man ohne diese warmen Stiefel aus Robbenleder überhaupt im Schnee laufen könnte. Die Männer folgten den Spuren im Schnee, Spuren von nackten Füßen, nicht von Sohlen. Sie führten sie rund einen Kilometer weit, bis sie die Toten fanden. Einige lagen einfach auf dem Schnee, als seien sie eingeschlafen. Andere hatten sich aneinandergeschmiegt, schutzlos der Kälte ausgeliefert, ohne ausreichende Kleidung, alle mit bloßen Füßen. Manche ohne Handschuhe. Vierzehn Erwachsene und zehn Kinder. Alle tot, alle erfroren. Alle außer einem Säugling, den man weinend und hungrig in einer der Behausungen fand, unter Rentierfellen in einer Kiste. Fast wie Moses in der Bibel. Der Säugling wurde ins Krankenhaus von Inuvik gebracht und überlebte. So begann Pihuk Barts Aufstieg zum mächtigen Schamanen (in den Augen seiner Freunde) oder sein Abstieg in das Verlies der Dunkelheit (gemäß seinen Kritikern).

Als die Schreckensnachricht aus Inuvik in die Welt hinausging, landete sie nicht auf den Titelseiten der Zeitungen. Denn am selben Tag fiel die Berliner Mauer und der Kalte Krieg zwischen der Sowjetunion, Westeuropa und den Vereinigten Staaten war zu Ende. Der Kalte Krieg, was für eine interessante Bezeichnung, dachte Clem, als sein Fahrzeug den Schneehaufen beim *Hungry Bear Market* im Zentrum Inuviks auswich. Der Kalte Krieg war vielleicht in Europa und den Vereinigten Staaten vorbei. In der Arktis dauerte er fort. Nur nannte man ihn nicht mehr so. Bei den Diskussionen im Crazy Hunter und an der Bar des Hotels Great Polar hielt sich Clem mit seiner Meinung zurück.

Er konnte nur hoffen, dass die Polizei den Tod der Frau auf der Eisstraße schneller aufklärte als das Drama in Inuliktuuq. Die Ermittler fanden damals keine schlüssige Erklärung für das merkwürdige Verhalten der Menschen, die offenbar in Panik aus ihren warmen Häusern geflohen und in den sicheren Tod gegangen waren. Manche Leute in Inuvik glaubten, dass Eindringlinge die Unglücklichen mit Waffengewalt zum Verlassen ihrer Häuser gezwungen hatten. Aber niemand konnte erklären, warum diese Unbekannten keine Spuren hinterließen.

Spekulationen und Theorien über die Urheber der Tragödie florierten: ein Flugzeug, das zu tief flog und die Bewohner erschreckte. Ein Erdbeben – obwohl es kein Anzeichen dafür gab. Drogen. Ein Ritualmord (die Lieblingsthese der ausländischen Sensationspresse). Eine Panik auslösende Geräuschfrequenz. Diese Erklärung kam zum zwanzigsten Jahrestag der Tragödie auf.

Pihuk äußerte sich nie zu den Ereignissen. Worauf einige Leute spekulierten, Pihuk verschweige ein dunkles Geheimnis.

Dieser Gedanke erinnerte Clem an Lazarusie Uvvayuaq.

Als er zu Hause ankam, fand er den Inuvialuk in seiner Küche vor, immer noch im Anorak. »Laz, um Himmels willen, zieh dein Eisbärfell aus, oder ist mein Haus nicht warm genug?«

Laz grinste und entledigte sich des Anoraks, während Clem Wasser aufsetzte. Er wies Meteor zurecht, der sich benahm wie ein verrückt gewordenes Huhn. Clem stellte zwei Tassen auf die glänzende Resopal-Oberfläche des runden Tischs, ein Relikt der sechziger Jahre.

»Hast du mir was Gutes mitgebracht?«

Lazarusie zuckte die Schultern. Er mochte solche direkten Gesprächseröffnungen nicht.

Clem setzte sich und rührte Zucker in den dampfenden Tee. Ein Blick auf seinen Gast verriet ihm, dass etwas los war. Er klaubte Kekse aus einer grünen Blechdose und schob sie über den Tisch.

»Wie war die Fahrt auf der Eisstraße?«

Lazarusie saß schweigend da, den Blick auf die Kekse gerichtet.

»Bedien dich, mein Freund.«

»Ungemütliche Fahrt, das kann man wohl sagen«, antwortete Lazarusie.

Clem warf seine Angel aus.

»Haste was Besonderes bemerkt?«

Wieder Schweigen.

»Laz, du weißt, dass nichts aus dieser Küche rausgeht ohne dein Einverständnis.«

Etwas huschte über das dunkle Gesicht auf der anderen Seite des Tischs. Lazarusie nahm sich Zeit, er schlürfte seinen Tee, als ob er nicht kochend heiß wäre. Clem beobachtete ihn fasziniert. Er musste die raue Zunge eines Wals haben. Plötzlich lockerte sich diese Zunge.

»Eine Frau«, sagte Lazarusie.

Clem legte den Teelöffel hin.

»Die tote Frau?«

»Japp.«

»Niemand sagt mir was, Laz. Was hast du gesehen? Du musst vor Todd die Eisstraße runtergefahren sein.«

»Ich hab nach Elchen Ausschau gehalten, mit meinem Feldstecher. Da hab ich was gesehen.« Er wartete. Clem wartete.

»Einen abgetrennten Kopf.«

»Was? Den Kopf der Frau?«

»Nein, einen Elchkopf.«

»Jesses, Laz! Und die Frau?«

»Die hab ich auch gesehen. Weiter vorne. Etwa ein, zwei Meilen weiter.« Er rieb sich das Gesicht mit der Hand. »Sie lebte nicht mehr.«

»Kennst du sie?«

Lazarusie schüttelte den Kopf. »Eine weiße Frau. Hab sie noch nie gesehen.«

»Blond? Dunkles Haar?«

»Weiß nicht mehr genau.« Er dachte nach. »Nicht blond.«

»Was noch?«

»Hab auch 'nen Pick-up geseh'n.«

»Wo?«

»Nicht weit vom Elchkopf. Steckte im Schnee auf der Seite. Ich dachte, der Typ hat 'nen Elch gesehen und ist in die Schneemauer gefahren.«

»Was für ein Typ? Kennst du ihn?«

Lazarusie rutschte auf seinem Stuhl nach vorne.

»'n blauer Pick-up. Helvins Pick-up.«

Clem starrte ihn an.

»Nein«, sagte er.

»Doch, Suntuk Logistics stand drauf.«

»Das darf doch nicht wahr sein«, sagte Clem – und dann fast tonlos: »Jetzt stecken wir wirklich in der Scheiße.«

6

Valerie sah in die erwartungsvollen Gesichter vor sich und versuchte, begeistert und gleichzeitig gelassen zu wirken. Obwohl sie angespannt und nervös war. Dabei hätte sie eigentlich Grund zur Erleichterung gehabt. Faye hatte ihr vor drei Tagen eine gute Nachricht überbracht: Die Polizei habe einen Bruder von Sedna ausfindig gemacht, der Entwarnung gegeben habe. Sedna gehe es gut, er stehe in regelmäßigem Kontakt zu ihr und es gebe keinen Grund zur Beunruhigung. Die Polizei ihrerseits sah keinen Anlass, die Sache weiterzuverfolgen, besonders da Valerie in jener Nacht hohes Fieber gehabt und sich vielleicht alles eingebildet hatte.

»Na siehst du«, sagte Faye, »das war eine von Sednas finstenreichsten Vorführungen in Theatralik.« Valerie fand das elegant ausgedrückt, aber sie war nicht wirklich überzeugt. Sedna hatte ihr gegenüber nie einen Bruder erwähnt. Sie wusste indes von Valeries Brüdern, den Zwillingen Kosta und James. Hätte sie da nicht irgendwann eine Bemerkung über ihre eigenen Geschwister fallen gelassen?

Valerie verdrängte diese Gedanken und stellte sich lächelnd vor ihr Publikum. Die Frauen und Männer vor ihr waren zu wichtig, um zerstreut zu wirken. Schließlich rührte sie hier die

Werbetrommel für künftige Reisen. Ältere Leute planten gern lange im Voraus, das hatte Valerie beobachtet, weil für diese Menschen Vorfreude ein fast so großes Vergnügen war wie die Reise selbst. Ihre Kunden lasen sich ein und informierten sich, und manche fertigten sogar vorher ein Notizbuch mit Bildern und Informationen an. Valerie fand das beeindruckend.

Auch jetzt hatte sie allen Grund, erfreut zu sein, denn fast fünfzig Leute waren zu ihrer Veranstaltung in der Bibliothek von Gibsons gekommen.

Sie begann die Diaschau mit einem Bild von drei Inuvialuit-Frauen, die zum Ältestenrat in Inuvik gehörten. Das Trio hatte sie vor zwei Jahren fotografiert, sie kannte ihre Namen und auch einen großen Teil ihrer Familien. Sie hatte ihren Geschichten zugehört und süßes Bannockbrot und noch süßeren Tee mit ihnen geteilt.

Valerie ließ Bild um Bild laufen, während sie ihre Zuschauer durch die wichtigsten Stationen und Höhepunkte der Arktisreise führte: Ankunft in Whitehorse im Yukon-Territorium. Hundeschlittenfahrt am Takhini-Fluss entlang. Auf dem Alaska Highway zur Goldgräberstadt Dawson City. Sorry, kein Glücksspiel im Kasino und keine langbeinige Cancan-Tanzschau in der Spielhalle *Diamond Tooth Gerties*. Ende März war es für all das noch zu früh. Dafür eine Fahrt zum Rabbit Creek, wo 1896 Gold entdeckt wurde und den großen Goldrausch auslöste. Ein Besuch im Zelt eines Goldgräbers. Und dann ein nächtlicher Umtrunk im historischen Bordell.

Gelächter und Gemurmel unterbrach ihren Vortrag, womit sie gerechnet hatte. Es war schon ein bisschen Routine geworden, ein Ritual, das sie aber immer noch mochte. Sie kam nun auf den Dempster Highway zu sprechen, siebenhundertfünfunddreißig Kilometer verschneite, eisige Dreckstraße mit atemberaubenden Aussichten auf Seen, Flüsse und Berge. »Und wenn wir Glück haben, was bisher häufig der Fall war, sehen wir wilde Tiere, ein paar Karibus, Schneehühner, Elche und vielleicht sogar einen Luchs.«

An diesem Punkt baute sie stets die Geschichte von Jack Dempster ein, einem Mitglied der Northwest Mounted Police, der berittenen Polizei der Northwest Territories. Dempster hatte 1911 ein Rettungsteam für die Männer einer verirrten Polizeipatrouille angeführt, die unter dem Namen Lost Patrol in die Geschichtsbücher einging. Mitten im schlimmsten Winter hatte Dempster fünf Polizisten gesucht, die auf Hundeschlitten die Post an die isolierten Siedlungen verteilten und gleichzeitig auf die Menschen in den entlegenen Gegenden aufpassten. Mit solchen Polizeipatrouillen bekräftigte Kanada seinen Anspruch auf die arktischen Territorien. Im Jahr 1910 verirrten sich diese unerschrockenen Männer in den Ogilvie-Bergen – Valerie zeigte eine Landschaftsaufnahme der Gegend dazu – und Jack Dempster und seine Mannschaft fanden sie im März 1911 tot auf. Vier waren verhungert, einer hatte sich vor Verzweiflung umgebracht. Nur noch fünfunddreißig Meilen hatten sie bis zum bemannten Handelsposten von Fort McPherson gehabt, wo sie Rettung vor dem Tod gefunden hätten. Nur wussten das die armen Männer nicht, die wahrscheinlich völlig die Orientierung verloren hatten.

»So nah waren sie ihrer Rettung, was für eine Tragödie«, rief Valerie.

Die Geschichte packte sie jedes Mal auf Neue, und niemand im Saal ahnte, weshalb. So glaubte sie jedenfalls. Ein älterer Mann meldete sich. »Warum wird Jack Dempster eigentlich als Held gefeiert, er hat ja die fünf vermissten Männer nicht gerettet. Sie waren schon tot, als er sie fand.«

Valerie stutzte nur kurz. Fragen sah sie als Zeichen von Interesse, und Interesse war gut.

»Sie haben recht, er konnte sie nicht retten. Aber schon ein Rettungsversuch in einem arktischen Winter – und einem sehr schlimmen Winter dazu – ist eine Heldentat. Dempster und seine Helfer hätten selber leicht umkommen können. Vergessen Sie nicht, wie brutal dort das Klima ist. Ich rede von Schneestürmen, von der eisigen Kälte, von Whiteouts und möglichen Verletzungen, die nicht behandelt werden können.«

Sie trat nahe an ihre Zuschauer heran. »Unter diesen Umständen werden die Leichen oft nicht gefunden, und die Angehörigen erfahren nie, was mit den vermissten Personen passiert ist. So viele Menschen sind im Eis verschollen, und ihr Schicksal bleibt für immer im Dunkeln. Jack Dempster hat sein Leben riskiert und wenigstens die Ungewissheit blieb den Familien der Polizisten erspart.«

Der Mann bedankte sich und schnell ging sie zu Fotos von Nordlichtern über, die Ahs und Ohs auslösten, dann zum Muskrat Jamboree, dem Frühlingsfestival der Inuvialuit. Sie zeigte das Schlittenhunderennen und den Ausflug mit Schneemobilen in das Mündungsgebiet des Mackenzies, des längsten Stroms in Kanada. Dann die Erkundung eines traditionellen Eiskellers der Inuvialuit im Untergrund des Permafrostbodens, in dem die Familien ihre Vorräte lagerten: vor allem Beluga, den Weißwal, Fisch, Robben, Karibu, Elch und Gänse. Und schließlich den Höhepunkt am Schluss: die Eisstraße von Inuvik nach Tuktoyaktuk, einer Ortschaft an der Beaufortsee, die die Einheimischen einfach nur Tuk nannten. »Die Eisstraße ist einhundertfünfundachtzig Kilometer lang und die längste nicht private Eisstraße der Welt sowie die einzige, die auch über Salzwasser führt«, schloss Valerie ihren Vortrag.

Als sie das Licht anschaltete, sah sie Staunen und Ergriffenheit in den Gesichtern. Der stille Zauber der Arktis hatte viele von ihnen gepackt und, wie sie wusste, er würde manche von ihnen nicht mehr loslassen. Sie würden sich den Traum des ewigen Eises viel kosten lassen. Manche bezahlten nicht mit Geld, sondern mit dem Leben. Für ihre leibliche Mutter

Mary-Ann Strong war die Arktis ein Traum gewesen, aus dem sie eines Tages nicht mehr aufgewacht war. Ein Traum, den sie weiterverfolgte, auch nachdem sie drei Kinder geboren hatte. Ihre Kinder ließ sie zurück, aber nicht die Verlockungen des weißen Planeten.

Das kostete sie das Leben. Unter welchen Umständen, hätte Valerie niemandem sagen können.

Am Ende des Vortrags wurde sie wie immer mit Fragen bestürmt oder mit Reisegeschichten, die sie sich interessiert anhörte. Eine Bekannte hatte ihr einmal gestanden, sie könnte nicht mit Senioren umgehen. Valerie verzieh ihr und verbiss sich die Bemerkung, dass sie eines Tages auch alt sein werde. Valerie hatte eine Schwäche für ältere Menschen. Während ihre Eltern in der Arktis umhertrekkten, hatte sie den Großteil ihrer Kindheit in der Obhut der geliebten Großeltern verbracht – bis das Schicksal grausam zuschlug.

Valerie verstaute ihren Laptop und die Broschüren. Elf Personen hatten sich vorläufig für die Eisstraßentour im nächsten Jahr angemeldet. Das waren fünf mehr, als sie in einigen Tagen begleiten würde. Als sie die Bibliothek verließ, wartete draußen eine grauhaarige Dame in einem blassgelben Regenmantel auf sie.

»Ich habe mir immer gewünscht, Sie eines Tages zu treffen«, sagte sie mit weicher, aber überzeugter Stimme.

Valerie war nicht überrascht. Fast immer gab es eine Person, die sie allein sprechen wollte, wenn alle gegangen waren.

»Ich kannte Ihre Mutter sehr gut«, sagte die Dame.

Valerie schaute sie fragend an. Welche Mutter? Ihre Stiefmutter? Oder ihre leibliche Mutter?

»Sie war meine Jugendfreundin. Wir haben viel Zeit zusammen verbracht, wir hatten solch schöne Zeiten. Wir sind

zusammen nach Paris gegangen, um Französisch zu studieren.«
Über das Gesicht der Dame in Gelb legte sich ein warmes Lächeln.

Paris. Mary-Ann Strong. Ihre leibliche Mutter. Wusste die Dame, dass sie tot war?

»Sie haben wahrscheinlich noch nie von mir gehört. Ich bin Christine Preston.«

»Nein«, sagte Valerie und hielt sich am Griff ihres kleinen Koffers fest. »Nein, ich hab tatsächlich bisher nie von Ihnen gehört.«

»Ich lebe in Ontario, derzeit besuche ich meine Tochter in Vancouver. Ich bin sechzig und nehme mir jetzt die Zeit zum Reisen. Und so hab ich von Ihrer Präsentation gehört. Ich dachte, das ist die Chance, Mary-Anns Tochter zu sehen.«

Valerie strich eine Strähne zurück, die sich aus ihrem Pferdeschwanz gelöst hatte. »Woher ... woher wussten Sie, dass ich ihre Tochter bin?«

Sie hatte versucht, ihre Identität zu verbergen, um nicht ständig als Tochter eines berühmten Vaters erkannt zu werden. Peter Hurdy-Blaine war immer noch ein Begriff, früher war er Kanadas bester Eishockeyspieler gewesen. Viele kannten seine Geschichte. Die Hochzeit mit einer jungen Schönheit. Und dann ein gescheiterter Arktisforscher. Was für eine menschliche Tragik.

Sie konnte es nicht mehr hören.

»Ach, sehen Sie, es ist logisch, dass ich neugierig bin, was aus Mary-Anns Kindern geworden ist. Mary-Ann war ein wichtiger Teil meines Lebens.«

Es nimmt nie ein Ende, dachte Valerie. Leute, die mich und meine Brüder verfolgen. Nicht unseretwegen, immer wegen der Eltern.

Christine Preston schien etwas in ihrem Gesicht zu lesen. Sie musste enttäuscht sein, dass die Tochter ihrer Jugendfreundin nicht offener auf ihre Informationen reagierte.

»Ich will Sie nicht aufhalten«, sagte sie. »Aber ich möchte Ihnen etwas mitgeben. Es könnte Sie interessieren.«

Sie zog einen Umschlag aus ihrer Handtasche. Valerie nahm ihn entgegen, ohne zu überlegen.

»Wenn Sie mit mir Kontakt aufnehmen möchten – meine Adresse steht da drin.« Christine Preston sah sie liebenswürdig, fast mitfühlend an.

Valerie dankte ihr und suchte nach passenden Abschiedsworten, da drehte ihr Christine Preston schon den Rücken zu.

Sie dachte daran, ihrem Bruder Kosta in Vancouver von der unerwarteten Begegnung zu erzählen. Als sie nach Hause kam und die Haustür hinter sich schloss, fiel ihr ein, dass sie ihr Handy nach der Präsentation nicht wieder angeschaltet hatte. Wie sie feststellte, wartete eine Nachricht sie. Clem Hardeven.

Sie hängte ihre Jacke auf und rief ihn sofort an.

Clem war ihr Ohr und Auge in Inuvik. Er wusste immer, was los war. Sie misstraute allerdings seinem anziehenden Raubein-Charme und der abenteuerlustigen Ausstrahlung – was sicher mit ihrem Vater zu tun hatte. Solche Männer konnten Frauen ins Verderben ziehen. Oder ihre Unabhängigkeit untergraben. Alana Reevely hatte ihr einmal bei einem feuchtfröhlichen Abschiedstreffen erklärt, dass die weißen Männer in Inuvik entweder vor etwas hierher geflohen oder nicht beziehungsfähig seien oder nicht wüssten, was Frauen bräuchten. Und sie seien unverbesserliche Machos. Eine britische Krankenschwester hatte ihr praktisch dasselbe mit anderen Worten gesagt. Aber Alana war nun offenbar glücklich mit einem Musher namens Duncan, der auch noch beziehungsfähig zu sein schien. Und den Rest würde sie Alana in zwei Wochen aus der Nase ziehen.

Bei aller Vorsicht gegenüber Clem musste sie zugeben, dass er sich immer für ihre Anliegen einsetzte und freundlich und verlässlich war. Im vergangenen Sommer hatte er auch nicht auf Sednas Flirterei reagiert.

Seine Stimme riss sie aus ihren Gedanken. Sie hatte Glück und erreichte ihn sofort, was sonst praktisch nie der Fall war. Auf der Eisstraße hatte Clems Handy keinen Empfang.

»Ich bin im Büro, weil die Eisstraße gesperrt ist«, erklärte er.

Valerie wusste, dass Whiteouts und Blizzards immer wieder vorübergehende Schließungen nötig machten. Trotzdem war sie überrascht, denn sie hatte auf der Internetseite von Inuvik einen guten Wetterbericht gelesen. Der Unterton in Clems Stimme machte sie stutzig.

»Ist was los?«

»Erzähl niemanden, dass du's von mir hast. Auf der Eisstraße wurde eine Person tot aufgefunden. Erfroren.«

Ihr Herz setzte sekundenlang aus.

»Wer? Was ist passiert?«

»Die Polizei hält noch alle Informationen zurück, aber es soll eine junge Frau sein.«

»Wurde sie in einem Auto gefunden?«

»Nein, sie lag auf der Straße.«

»Oh mein Gott. Wurde sie überfahren?«

»Es ist nicht offiziell, aber ich habe aus der Gerüchteküche erfahren, dass sie unverletzt aussah, sie dürfte erfroren sein. Bitte, Val, dies ist alles vertraulich, okay?«

»Ja, du kannst dich auf mich verlassen. Meine Lippen sind versiegelt. Nur … ist es irgendwie gefährlich? Soll ich mich vorsehen?«

»Du weißt doch, wir sind alle gefährlich hier oben. Vergiss dein Schießeisen nicht.«

Als sie nicht sofort reagierte, sagte er: »Kleiner Scherz, nicht ernst gemeint.«

Sie hoffte, er hörte ihr Aufatmen nicht.

»Sag mir – die Tote ... Ist es eine Einheimische oder eine Fremde?«

»Eine Weiße. Offenbar eine blutjunge Person. Dunkles Haar. Mehr weiß ich nicht.«

Sedna war nicht blutjung und ihr Haar war auffällig gefärbt, aber sie musste Clem trotzdem informieren.

»Sedna hat mich vor einigen Tagen angerufen. Es war nur ein kurzer Anruf. Die Verbindung wurde nach wenigen Sätzen unterbrochen. Sie sagte mir, sie brauche Hilfe, weil jemand sie umbringen wolle.«

Am anderen Ende der Leitung entstand eine Pause. Sie konnte sich vorstellen, wie Clem in seinem kleinen Büro saß, den starken Rücken an die Stuhllehne gepresst, sein Schreibtisch, der viel zu niedrig für seine ein Meter achtzig Körperlänge war, voller Papier und irgendwelcher Werkzeuge. Sie sah das attraktive Gesicht mit den Adleraugen und der geraden, großen Nase vor sich, total konzentriert (diesen Ausdruck der gänzlichen Konzentration mochte sie mehr, als ihr lieb war) auf das, was sie ihm gerade anvertraute. Sedna hatte Clem nach ihrem vergeblichen Verführungstanz für ›arrogant und humorlos‹ erklärt, worüber Valerie fast hätte lachen können, wenn sie Sednas Verhalten nicht so daneben gefunden hätte.

»Könntest du vielleicht in Betracht ziehen, dass er eine Freundin hat?«, fragte sie Sedna damals.

»Könntest du vielleicht in Betracht ziehen, dass er homosexuell ist?«, fragte Sedna im selben Tonfall zurück.

Diese Reise war, was ihre junge Freundschaft betraf, wirklich ein Misserfolg gewesen.

»Woher hat sie denn angerufen?«, hörte sie Clem fragen.

»Das ist es ja gerade. Ich hab keine Ahnung. Sie ist vor etwa fünf Monaten von hier verschwunden.«

»Und niemand weiß etwas? Hat sie niemandem etwas gesagt?«

»Ich hab seit vergangenem Herbst keinen Kontakt mehr zu ihr. Ich war verärgert wegen … etwas, was sie … spielt eigentlich keine Rolle. Aber früher hat sie mir mal erzählt, sie habe Lust, einige Monate in einem Goldgräbercamp zu verbringen. Sie hat offenbar jemanden kennengelernt, einen Mann, der sie dazu überredet hat. Vielleicht jemand in Dawson City?«

»Ich hab nichts über sie gehört«, sagte Clem in seiner sachlichen Art. »Und ich hätte mit großer Sicherheit etwas gehört, wenn sie in unserer Gegend wäre.«

»Ich hab die Polizei informiert, aber ihr Bruder sagte den Beamten offenbar, dass er Kontakt zu ihr habe und dass es ihr gut gehe.«

Clem räusperte sich. »Ich habe 'nen Anruf auf der andern Leitung. Wir sprechen uns sicher noch, bevor du abreist. So long.«

Sie hielt den Telefonhörer in der Hand und sah aus dem großen Wohnzimmerfenster. Der sanfte Wind bewegte die Äste der mächtigen Gelbzedern. Ein Kolibri naschte vom Zuckerwasserbehälter, den sie auf der Terrasse aufgehängt hatte. Hier an der Sunshine Coast war schon längst der Frühling eingekehrt. Das junge Gras leuchtete in sattem Grün. In Inuvik dagegen musste sie mit fünfundzwanzig bis dreißig Grad Kälte oder mehr rechnen.

Was war wohl mit der jungen Frau auf der Eisstraße geschehen? Musste sie ihre Kunden über den Vorfall informieren? Was sollte sie ihnen sagen? Clem schien irritiert, dass er nicht mehr darüber wusste. Das konnte sie nachfühlen: Die Eisstraße war sein Territorium, er fühlte sich verantwortlich dafür. Sie war froh, dass er sie ins Vertrauen gezogen hatte. Es wäre peinlich gewesen, wenn sie einer der Teilnehmer der kommenden Tour mit der Neuigkeit überrascht hätte.

Sie entdeckte noch eine weitere Nachricht auf dem Handydisplay.

O nein, dachte sie, nicht auch das noch.

In diesem Augenblick klingelte es an der Tür. Es war Faye. Sie waren zu einem Spaziergang im Cliff-Gilker-Park verabredet.

»Du siehst bekümmert aus«, sagte Faye, »bist du nicht froh, dass du die Sorge um Sedna los bist?«

Valerie seufzte. »Ich such immer noch einen Fahrer für meine Tour, weil sich der erste den Arm gebrochen hat. Jetzt hat schon wieder einer abgesagt. Wenn das nicht Murphy's Law ist. Jetzt hab ich noch genau eine Woche Zeit, einen zu finden.«

»Ach du liebes Lieschen! Das ist wirklich Pech. Komm, zieh deine Turnschuhe an, wir geh'n an die frische Luft. Ich muss dir auch was erzählen.«

Fünfzehn Minuten später bogen sie in einen Waldpfad ein, über den Wurzeln wie Blutadern liefen. Das Schild Achtung: Bär gesichtet! ließen sie außer Acht. Die Luft roch nach feuchtem Moos und vermodernden Zedern. Spitze Schreie von Eichhörnchen zerrissen die Stille.

Übergangslos sagte Faye: »Sedna hat mein Bankkonto leer geräumt.«

7

Valerie blieb vor Überraschung stehen.

»*Was* hat sie?«

Faye lief weiter, und sie stolperte hinterher, um den Rest zu hören.

»Ich hab's dir nie gesagt, aber sie wollte mir bei der Renovierung meiner Wohnung helfen.«

»Sedna? Warum Sedna?«

»Sie hat auch bei Emily renoviert. Emily Sears. Du kennst sie sicher. Sedna hat gute Arbeit geleistet, Emily hat sie mir empfohlen.«

»*Du* bist doch die Handwerkerin, nicht sie.«

»Es geht nicht um die eigentliche Arbeit, es geht um das Design. Das hat Sedna bei Emily gemacht. Und es sieht total gut aus.«

»Wirklich? Das wusste ich nicht. Mir hat sie erzählt, sie sei mal Privatdetektivin gewesen.«

Faye lachte trocken. Sie trug einen bunten Schal um den Kopf und sah wie eine abessinische Prinzessin aus. Eine Prinzessin in Turnschuhen.

»Da hat sie dich ganz schön auf den Arm genommen. Aber ich sollte eigentlich über mich selber lachen, denn mich hat sie ausgenommen, richtiggehend ausgenommen.«

»Wie das? Wie ist es dazu gekommen?«

Faye hielt den Blick gesenkt und blieb stehen, sie scharrte mit den Schuhen den weichen Waldboden auf.

»Sie meinte, sie könne Holz für den Parkettboden und Fliesen und eine neue Küche zum Sonderpreis kaufen. Und alles für mein neues Bad. Sie habe gute Beziehungen zu gewissen Lieferanten und bekomme einen Rabatt. Und das stimmt auch alles, das hat mir Emily bestätigt. Sedna wollte, dass ich das Geld auf ein Sonderkonto lege, zu dem wir beide Zugang hätten.«

Valerie ahnte halb, was nun kam. »Das hast du doch nicht getan, oder?«

»Doch.« Sie waren an der Brücke über den Wasserfall angelangt.

»Wie viel?«

»Fünfundzwanzigtausend.«

Valerie stand der Mund offen.

»Du machst einen Witz, nicht wahr, das ist ein Scherz?«

Faye schüttelte traurig den Kopf.

»Jetzt ist das Konto leer und Sedna ist weg. Und wir hatten noch nicht mal mit dem Renovieren begonnen.«

Valerie starrte in die Wassermassen, die sich schäumend über einen Felsvorsprung stürzten.

»Hast du das der Polizei gemeldet?«

Faye zog eine Grimasse. Valerie hatte sie noch nie so beschämt gesehen.

»Nein, natürlich nicht, denn sieh mal – ich hab ihr Zugang zu meinem Konto gegeben, freiwillig.«

»Das ist eine Menge Geld! Habt ihr vorher einen Vertrag gemacht?«

Als sie Fayes zerknirschtes Gesicht sah, kannte sie die Antwort.

Sie lehnten sich beide über das Brückengeländer. Unter ihnen toste es.

»Ich vermute«, sagte Faye, »es war ein Akt der Verzweiflung. Sie … sie hat es sich einfach ausgeliehen. Sie muss es sehr dringend gebraucht haben.«

Valerie schüttelte den Kopf in Zeitlupe und schwieg. Dafür redete Faye.

»Ich glaube, Sedna ist irgendwo in der Gegend von Inuvik. Sie erwähnte Inuvik oft nach eurer Reise.«

»Was hat sie denn gesagt?«

»Dass es ihr dort oben gefällt, die Atmosphäre einer wilden Gegend … die Leute. Nichts Spezifisches.«

Valerie lief weiter. Sie hätte Faye von Clems Information erzählen können, dass er nichts über Sedna gehört habe, aber irgendetwas hielt sie zurück.

Plötzlich fragte Faye: »Kann ich deine Tour mitmachen? Vielleicht kann ich Sedna finden.«

»Faye, du … du hast doch gerade …« Valerie stolperte über ihre Worte. »Ich meine, das ist eine teure Reise und … und du … dir fehlen fünfundzwanzigtausend Dollar.«

»Nimm mich doch als Fahrerin mit. Ich habe eine Fahrerlaubnis und einen Busführerschein.«

Valerie wusste nicht, was sie Faye antworten sollte. Es klang nach einer unerwarteten Lösung für ein dringendes Problem. Aber nach den Erfahrungen mit Sedna hatte sie sich geschworen, nie mehr eine Freundin auf eine Tour mitzunehmen.

Heiliger Bimbam! Fünfundzwanzigtausend Dollar.

Faye war doch sonst so vernünftig und sparsam. Sie konnte sich das nicht erklären. Vielleicht enthielt diese merkwürdige Geschichte noch Facetten, die ihr die Nachbarin nicht verriet.

»Du brauchst mich nicht zu bezahlen«, sagte Faye. »Ich will nur ein eigenes Zimmer. Damit wir uns nicht in die Haare geraten.«

Valerie musste gegen ihren Willen lachen.

»Ich werd's mir überlegen.«

Sie schlugen schweigend den Rückweg ein.

Als sie beim Auto ankamen, sagte Valerie: »Du könntest es bereuen. Sieh nur, wie es mit Sedna ausgegangen ist. Sie dachte, sie sei meine Freundin, und dann hab ich sie im Stich gelassen. Ich bin nicht gut in Beziehungen. Ich habe meinen Ehemann betrogen und ihn verlassen, obwohl er mir treu war.«

Faye hielt die Hände in vorgetäuschter Verzweiflung hoch.

»Können wir diese Selbstmitleid-Farce Oh-was-bin-ich-doch-für-eine-schlechte-Person weglassen? Wir … wir werden nett zueinander sein, weil wir ja mit deinen Kunden zusammen sind. Und ich verspreche dir, ich werd dich nicht hängen lassen.«

Als Valerie später in der Küche einen Joghurt löffelte, sah sie den weißen Umschlag auf dem Tisch. Sie ertappte sich dabei, wie sie ziellos durchs Haus lief, den Müll in die Garage brachte und die alten Zeitungen zu einem Bündel zusammenschnürte, bevor sie sich aufs Sofa setzte. Auf der Terrasse hörte sie ein Geräusch. Bestimmt Waschbären. Sie streckte die Wirbelsäule und öffnete Christine Prestons Mitbringsel. Christines Name stand tatsächlich auf einer Visitenkarte, die an eine dünne Kunststoffmappe geheftet war. Sie blätterte durch Kopien von Beschreibungen von Inuvik und der Geschichte des Dempster Highways, die aus Geschichtsbüchern zu stammen schienen. Dachte die Dame in Gelb, wie Valerie sie heimlich nannte, dass sie nicht selbst solche Bücher hatte? Dann zog ein Zeitungsartikel ihre Aufmerksamkeit auf sich, oder vielmehr ein Foto ihrer leiblichen Mutter, das Valerie noch nie gesehen hatte.

Es war vor ihrer Heirat aufgenommen worden. Mary-Ann Strong als Studentin in Paris stand darunter.

Hatte Christine Preston der Zeitung dieses Foto zur Verfügung gestellt? Eine weitere Aufnahme zeigte ihre Eltern vor dem Aufbruch zu einer Expedition in der Arktis. Ihre Gesichter waren hinter den pelzigen Kapuzenrändern nur vage zu erkennen. Auf dem dritten Bild stand ein einheimischer Junge neben einem Zelt. Siqiniq Anaqiina, der Junge, der Peter Hurdy-Blaine als Führer diente.

Was war das? Nie hatte jemand einen Jungen erwähnt. Sie dachte, ihre Eltern seien ganz allein zum Dempster-Erinnerungstreck aufgebrochen, einer Schneemobilexpedition auf den Spuren der Rettungspatrouille von Jack Dempster.

Ihre Magennerven begannen zu flattern.

In diesem Fall gab es also vielleicht noch einen lebenden Zeugen des geheimnisumwitterten Todes ihrer Mutter. Der Junge auf dem Foto war ungefähr vierzehn Jahre alt.

Ihr Vater hatte nie, kein einziges Mal, mit seinen Kindern über die Tragödie gesprochen. ›Er ist zu traurig, um darüber zu reden‹, war die Standarderklärung, die sie von den Großeltern und Verwandten zu hören bekamen. Später dieselben Worte von ihrer Stiefmutter Bella Wakefield. Peter Hurdy-Blaine hatte Bella zwei Jahre nach seiner Rückkehr aus der Arktis geheiratet. Die Arktis, die er als Paradies erlebte und die zu seiner ganz persönlichen Hölle wurde.

Valerie wusste nur, dass ihre Eltern vor dreißig Jahren zu einem Treck mit Schneemobilen aufbrachen. Einige Tage nachdem sie losgefahren waren, kam Mary-Ann Strong durch eine Gewehrkugel um. Was damals genau geschah, wurde nie im Detail öffentlich gemacht. Auf wessen Weisung die Sache geheim gehalten wurde, war Valerie immer noch unklar.

Es war nicht etwa so, dass sie oder ihre Brüder ausgedehnte Recherchen angestellt hätten. In der Familie galt die ungeschriebene Regel, keine schlafenden Hunde zu wecken. Aber die Zwillinge stimmten mit Valeries Vermutung überein, dass es ein Selbstmord gewesen sein könnte. Der Umstand, dass ein Inuvialuit-Junge mit ihren Eltern unterwegs gewesen war, untergrub Valeries Neigung, in dieser ganzen Sache den Kopf in den Sand zu stecken.

Woher stammte Siqiniq Anaqiina? Lebte er noch? Und warum tauchte er nicht in anderen Berichten auf? Der Name der Zeitung war aus der Kopie herausgeschnitten worden, Valerie hatte den Eindruck, dass es ein kleines regionales Blatt war. Wie kam Christine Preston zu diesem Artikel? Und warum, bei all den Zeitungsberichten aus jener Zeit, brachte sie ihr ausgerechnet diesen?

Valerie konnte ihren Vater nicht mehr fragen. Er starb vierzehn Jahre nach dem Unglück an einem tödlichen Virus in Westafrika. Die Arktis hatte ihn nicht umgebracht, sondern ein Urlaub in der Hitze der Savanne. Sie konnte auch ihre Stiefmutter Bella nicht fragen, die sie Mama nannte, denn die Alzheimerkrankheit hatte sie ihres Gedächtnisses beraubt. Die Krankheit hatte damit begonnen, dass ein Nachbar anrief, weil Bella den Weg nach Hause nicht mehr fand. Einige Wochen später vertraute Bella Valerie an, dass sie Zahlen nicht mehr erkennen konnte. Nach den Zahlen wurden Buchstaben unlösbare Rätsel für sie. Und dann verlor sie ihr Zeitgefühl. Statt zu lesen, hörte sie Radio. Bella hatte früher in der Woche mindestens zwei Bücher gelesen. Sie versuchte es mit Hörbüchern, konnte aber bald den Inhalt nicht mehr erfassen. Valerie und ihre Brüder waren schockiert. Sie wollten es erst nicht wahrhaben. Bella blieb noch so viel Verstand, dass sie sich selbst in ein Pflegeheim begab. So war sie immer gewesen, praktisch. Und entschlossen, für ihre Kinder, die nicht ihre eigenen waren, das Beste zu tun.

Es schien für Bella so natürlich: Sie liebte Peter Hurdy-Blaine, und deshalb liebte sie auch seine Kinder. Valerie und die Zwillinge erwiderten ihre Liebe uneingeschränkt.

Beim jüngsten Besuch hatte sie versucht, Bella Fragen zu stellen. Zum Beispiel, wo sie das verschollene Tagebuch ihres

Vaters finden würde. Bella hatte sie nur angelächelt. Und dann hatte sie eins ums andere Mal das Wort Wasserfall gerufen. Zuerst sanft, dann immer dringlicher. Valerie konnte sich keinen Reim darauf machen. Als sie sah, wie ihre Frage Bella aufwühlte, nahm sie in die Arme und wiegte sie wie ein Baby. »Ist schon gut, Mama, ist schon gut«, sagte sie.

Valerie schloss die Augen. Der allmähliche Rückzug der Stiefmutter in eine unerklärliche, dunkle Welt tat weh. Die zweite Mutter, die aus ihrem Leben verschwand. Sollte sie Kosta und James von Christine Preston erzählen? Und von der Existenz eines möglichen Zeugen in einem Zeitungsartikel?

Plötzlich fühlte sie sich hungrig und müde. Sie schmiegte sich in die Sofakissen. Zeit für die Abendnachrichten im Fernsehen.

Der Bericht über die tote junge Frau in Inuvik kam nach einer Meldung über das Attentat einer Terrororganisation und einer Reportage über ein Lawinenunglück in den Rocky Mountains. Ein Ausschnitt aus der Pressekonferenz in Inuvik ließ sie aufhorchen. Die Tote von der Eisstraße war als die einundzwanzigjährige Gisèle Chaume aus einer Kleinstadt in der Provinz Quebec identifiziert worden. Ihre Leiche war von einem Truckfahrer nicht weit von einem Pick-up entfernt gefunden worden, den Helvin West, Geschäftsführer von Suntuk Logistics in Inuvik, zuvor als gestohlen gemeldet hatte.

Die Todesursache werde noch abgeklärt, sagte der Nachrichtensprecher. Die Polizei behandle die Todesumstände als ›verdächtig‹. Man habe einen Sonderermittler aus Yellowknife hinzugezogen.

Die Stelle, an der die Tote aufgefunden worden war, erschien im Bild. Und dann Clem Hardeven.

Sie zuckte zusammen. Er stand irgendwo auf der Eisstraße. Sein Gesicht wirkte bekümmert. Er drückte den Eltern sein

Mitgefühl aus und sagte, er hoffe, der Fall werde rasch aufgeklärt. »Wir tun alles, um die Sicherheit auf der Eisstraße zu gewährleisten«, sagte er. »Es ist uns schleierhaft, wie so etwas geschehen konnte. Der Tod dieser jungen Frau hat die Menschen von Inuvik und Tuktoyaktuk bis ins Mark erschüttert.« Dann war der Bericht zu Ende.

Valerie stellte den Ton ab. Vor dem Fenster war es dunkel geworden.

Sonderermittler. Verdächtig. Unbekannte Todesursache.

Das klang doch ganz nach – Mord.

8

Der Eisbär war ausgezehrt, er bewegte sich schwerfällig und langsam. Er hockte sich vor ein großes Atemloch im Eis, aus dem die beiden Jäger nur wenige Minuten zuvor hatten Robben auftauchen sehen. Nuyaviaq Marten war nicht hinter *natchiq* her. Er überließ die Robbenjagd seinen Söhnen. Der Mann aus Tuktoyaktuk war der erfolgreichste Eisbärjäger in der Gegend – ein Ruf, der ihn mit Stolz erfüllte. Seinen ersten *nanuq* hatte er im Alter von dreizehn Jahren erlegt. Sein Vater hatte ihn aufs Eis mitgenommen und gelehrt, wie man die Fährte des mächtigen Raubtiers aufspürt. Sie waren vier Tage draußen auf der zugefrorenen Beaufortsee gewesen, hatten im Zelt übernachtet und waren westwärts vorgerückt, zuerst auf Schneemobilen, dann zu Fuß. Sein Vater hatte ihm gezeigt, wie man die Spuren von *nanuq* findet. Vor allem brachte er ihm Geduld bei. *Nanuq* besitzt scharfe Zähne und Klauen, aber wir besitzen Geduld, hatte er dem Sohn eingetrichtert.

Seinem Vetter Henry Itagiaq, der ihn heute begleitete, fehlte die Geduld. Stattdessen hatte er Fieber, brennendes Jagdfieber. Nuyaviaq konnte es beinahe riechen. Sie lagen bäuchlings auf dem Eis und beobachteten den Bären durch ihre Feldstecher. Er hockte nicht mal hundert Meter vor ihnen in Windrichtung.

Er konnte sie nicht wittern. Henry wollte näher herankriechen, wie eine Robbe auf dem Bauch. Nuyaviaq hielt ihn mit einem Handzeichen davon ab. Er wusste, wann der Augenblick richtig war. Er wusste es einfach.

Er nahm noch etwas anderes wahr. *Nanuq* agierte nervös. Abgelenkt. Ahnte der Eisbär, dass ihm Jäger auf den Fersen waren? Nuyaviaq beobachtete den gelblichen Riesen gebannt. Warum packte er nicht eine der Robben, die in regelmäßigen Abständen den Kopf aus dem Atemloch steckten? *Nanuq* musste sehr hungrig sein. Seine Flanken waren eingefallen, trotz der Fülle von Robben in diesem Winter. Sein Fell war zottelig und stumpf. Nuyaviaq wusste, dass er keinen guten Preis dafür bekommen würde. Es tat weh, *nanuq* in einem solchen Zustand zu sehen.

Der Eisbär fuhr plötzlich auf. Etwas hatte ihn aufgeschreckt. Dann begann er in Richtung der zwei Jäger zu laufen. Nuyaviaq raunte: »Bleib liegen, bis ich …«

Es war zu spät. Henry stand schon auf beiden Füßen. Nuyaviaq hatte keine Wahl. Er schnellte ebenfalls hoch. Sie standen still, die Gewehre im Anschlag. Der Eisbär drehte sich nach rechts und beschleunigte sein Tempo. Scheiße, dachte Nuyaviaq. Aber bevor er seiner Frustration laut Luft machen konnte, krachte es im Eis.

Wumm! Ein ohrenbetäubender Knall.

Sie warfen sich auf den harten Boden. Instinktiv. Der Nachhall des Knalls raste durch die Luft wie flackernde Nordlichter. Das Eis bebte.

Und dann Stille.

Henry sprach als Erster: »Was zum Teufel …?«

Nuyaviaq richtete sich vorsichtig auf, kniete sich hin und schaute umher. Zuerst konnte er nichts sehen. Er suchte den Horizont mit dem Feldstecher ab.

»Dort!«, schrie er. »Rauch!«

In der Ferne bauschte sich eine riesige dunkle Rauchwolke gen Himmel. Ein merkwürdiger Geruch stieg ihnen in die Nase. Henry griff auch zu seinem Fernglas. »Was zum Teufel …!«, sagte er wieder.

Dann, als er begriff, dass sich etwas ereignet hatte, das mehr als nur Neugier verdiente, schulterte er sein Gewehr.

»Nichts wie weg«, sagte er.

Sie liefen, so schnell sie konnten, zu ihren Schneemobilen zurück.

Noch lange konnten sie aus der Distanz eine graue Schliere in der Luft über dem Eis sehen. Und in der Ferne einen gelblichen Punkt.

Nanuq war auf der Flucht, genau wie seine Jäger.

Sie brauchten mehr als zwei Stunden nach Tuktoyaktuk, wo sie direkt auf die Hütte mit dem grünen Metalldach zusteuerten. Hinter dem kleinen Fenster brannte Licht. Nuyaviak hielt seine Maschine an und nahm die wenigen Stufen, auf denen der Schnee geräumt worden war, in großen Sätzen. Im Büro blickte ein Mann, untersetzt und Inuvialuk wie er, überrascht von seinem Telefongespräch auf. Nuyaviaq galt nicht als jemand, der aufgeregt hereinstürmt. Roy Stevens, der Mann hinter dem Schreibtisch, kannte ihn gut genug, um zu wissen, dass irgendwo die Hölle los war. Stevens war seit acht Jahren als Ranger in Tuktoyaktuk stationiert, als Mitglied der Freiwilligen-Truppe der kanadischen Armee, die vornehmlich aus indigenen Einwohnern besteht und in entlegenen Landstrichen wie die Arktis patrouilliert.

Nuyaviaq gab dem Ranger ein unmissverständliches Handzeichen, und Stevens beendete das Telefongespräch abrupt.

»Es gab eine Explosion«, sagte Nuyaviaq. »Draußen auf dem Eis.«

Er sprach nie überstürzt, auch jetzt nicht. Er war ein Inuvialuk. Er gab seinen Worten das Gewicht, das nötig war. »Eine riesige Explosion etwa zwei Stunden nordöstlich. Riesig.«

Henry Itagiaq war auch hereingekommen und nickte heftig.

»Und dann haben wir schwarzen Rauch gesehen, wie eine riesige Wolke. Riesengroß.«

Roy Stevens sah ihn blinzelnd an. Sein Gehirn verarbeitete noch die Informationen. Sein Körper reagierte schneller. In ihm zog sich alles zusammen.

Nuyaviaq setzte noch eins drauf.

»Etwas Merkwürdiges geht da vor sich. Etwas Unheimliches. Wir sind so schnell wie möglich zurückgefahren.«

Der Ranger katapultierte sich aus der alltäglichen Routine.

»Wer war bei euch?«

»Nur wir zwei.«

Stevens konnte nicht übersehen, dass die beiden Jäger erschüttert waren. Und einem Inuvialuk war sonst ein Schreck nicht so leicht anzusehen. Er war einer von ihnen, nur mit ein bisschen mehr Ehrgeiz in den Adern. Als die kanadische Regierung Leute suchte, die als Kundschafter und Wächter in der Arktis dienen wollten, hatte er die Gelegenheit beim Schopf gepackt. Inuit- und Inuvialuit-Rangers hatten Fähigkeiten, die sich normale Soldaten nur mit unendlicher Mühe aneignen konnten. Es brauchte einen erfahrenen Arktisbewohner, um sich in der Leere dieses gefrorenen Universums zurechtzufinden, um die brutale Kälte und die endlose Dunkelheit im Winter zu überleben und dem permanent drohenden Tod durch Hunger und Durst zu entgehen.

Roy Stevens nahm einen Kugelschreiber und ein Formular zur Hand. »Ich schreibe einen offiziellen Bericht, okay? Wollt ihr Tee?«

Die Männer sahen ihn nur an. Sie machten keine Anstalten, sich zu setzen. Er goss Tee in drei Tassen und gab Zucker und Kondensmilch hinzu. Dann begann er, das Puzzle ihrer Geschichte zusammenzusetzen. Und während der Ranger sorgfältig alle Einzelheiten aufs Papier brachte, baute sich in seinem Kopf die Überzeugung auf, dass Nuyaviaq Marten und Henry Itagiaq nicht Opfer einer Sinnestäuschung geworden waren. Das war keine Fata Morgana gewesen. Sondern eine gigantische Explosion.

Mit aller Macht versuchte Roy Stevens, den Gedanken zu verdrängen, was das bedeuten könnte.

9

Clem Hardeven knallte die Heckklappe seines Pick-ups zu. Auf der Ladefläche war Lazarusie Uvvayuaqs Schneemobil mit Seilen gesichert. Im hinteren Teil der Doppelkabine verschob sich Meteor erwartungsvoll von einem Fenster zum anderen und stieß Lazarusie, der vorn auf dem Beifahrersitz saß, seine feuchte Nase in den Nacken. Die Eisstraße war wieder geöffnet, und Clem wollte die Strecke bis Tuktoyaktuk so schnell wie möglich abfahren. Er lenkte den Pick-up hinunter zum gefrorenen Mackenzie-Strom. Über dem blauen Himmel hing ein transparenter weißlicher Schleier, dünn wie Seidenpapier. Sobald er sich verflüchtigte, würde die Sonne ungebremst aufs Eis strahlen.

Sie fuhren an den Schleppbooten vorbei, die sich bei Einbruch des Winters auf der Böschung zur Ruhe gelegt hatten. Auf einer Barge, die gut dreißig Meter lang war, wartete ein zweistöckiges kastenartiges Gebäude mit kleinen Fenstern auf die Eisschmelze. Schwimmende Unterkünfte. Es war die billigste Art, temporäre Behausungen in einer Permafrostregion zu erstellen. Bald nach den weißen, gigantischen Lagertanks erschien rechts das Straßenschild der Regierung der Northwest Territories, um allen klarzumachen, dass es sich hier nicht um eine private

Straße handelte. Was für ein Witz, dachte Clem. Natürlich war die Eisstraße unter Regierungsverwaltung, aber in Wirklichkeit regierte Helvin West darüber. Er erließ die Regeln, und Clem stellte sicher, dass sie von allen befolgt wurden.

Sie passierten kurz darauf die Stelle, wo die junge Frau aus Quebec tot aufgefunden worden war. Ein Stück gelb-schwarzes Polizeiband schlängelte sich am Straßenrand.

»Willst du aussteigen und mir zeigen, wo sie genau lag?«, fragte er seinen Passagier.

Lazarusie schüttelte den Kopf. Er war alles andere als gesprächig heute, was untypisch für ihn war. Clem musste sich eingestehen, dass ihm selbst auch nicht der Sinn nach einem Schwatz stand. Er dachte an Valerie. Bestimmt hatte sie am Abend zuvor die offiziellen Informationen der Royal Canadian Mounted Police mitbekommen. Er hatte erwartet, von den RCMP-Leuten mehr zu erfahren, aber er wurde enttäuscht. Er hoffte für Valerie, dass keine Kunden wegen der Sache in letzter Minute abspringen würden. Oder noch schlimmer: dass sie die Tour absagen würde. Nichts hätte er sich weniger gewünscht als das.

Wenn er mit ihr sprach, lauschte er stets auf etwas in ihrer Stimme, das ihm verraten würde, ob sie von seinem One-Night-Stand mit Sedna wusste. Im vergangenen Sommer hatte er mit Sedna geschlafen, nur konnte er das Valerie nicht sagen.

Eine Frau aus einer Großstadt wie Vancouver verstand die Lage eines Mannes in einer kleinen Siedlung im arktischen Norden nicht. Einem isolierten Dorf, in dem es noch Dutzende anderer alleinstehender, sexuell ausgehungerter Männer gab und nur eine ganz kleine Auswahl potenzieller Bettpartnerinnen. Nicht viele urbane Frauen würden in einem Ort wie Inuvik leben wollen, wo sie zum Beispiel nie auf sonnenbeschienenen Terrassen vor Restaurants oder trendigen Cafés Leute beobachten konnten. Seine letzte Freundin, eine Sprachtherapeutin aus dem

Krankenhaus mit einer großen Liebe zu Tieren (über die Liebe zu ihm war er sich dagegen nicht sicher gewesen), nahm Abschied von Inuvik, weil sie den Anblick von Schlittenhunden nicht mehr ertrug, die Tag und Nacht an extrem kurzen Stricken in dreißig Grad Kälte angebunden waren. Andere Frauen, die in Inuvik eine Stelle fanden, vermissten frisches Obst und Gemüse im Laden, eine Banane, die nicht schon braun im Lieferwagen ankam, oder einen Sommer ohne den Terror der Mückenschwärme. Ihnen fehlten Buchläden, Wellnesseinrichtungen oder die Aussicht auf beruflichen Aufstieg. Joan, die Frau aus Toronto, die eine Weile mit dem frisch geschiedenen Poppy Dixon zusammen war, konnte es nicht ausstehen, dass sie wie eine dicke Wurst in ihren daunengefütterten Winterjacken und Hosen aussah. Für dieses Problem hätte Clem eine Lösung gehabt. Als Sedna die Hüllen in seiner Wohnstube ablegte, griff er zu, ohne lange zu überlegen. Natürlich ging die Sache nicht gut aus. Sedna war aufgebracht, dass er am folgenden Tag einen Ausflug im Hubschrauber zu den Moschusochsen auf Banks Island machte – nicht mit Sedna, sondern mit Valerie. Ein Trick, den er sich ausgedacht hatte, um einige Stunden allein mit ihr zu verbringen.

Nicht dass er sich große Hoffnungen wegen Valerie machte, mit ihrem strikt professionellen Vorgehen, was ihre Gruppentouren betraf. Er hatte sie wiederholt beobachtet, etwa im Crazy Hunter oder in der Great-Polar-Bar, wie sie freundlich, aber unmissverständlich alle Annäherungen von Männern abblockte. Also kein Jagdgrund für ihn: Ablehnung war das Letzte, was er brauchte. Trotzdem mochte er sie.

Ein Schneepflug näherte sich. Clem winkte dem Fahrer zu, einem der Angestellten von Suntuk Logistics. Es gab nicht viel Schnee auf der Eisstraße. Die Oberfläche glich einem Eishockeyfeld. Der Ruf der Straße war angesichts der möglichen

Gefahren ausgezeichnet, und er war stolz darauf. Und nun hing ihnen ausgerechnet eine Tote am Straßenrand wie ein Joch um den Nacken.

Blaue Stellen zeigten sich am Himmel, die Sonne brach durch und ließ das Eis glitzern. Clem setzte seine Sonnenbrille auf. Lazarusie richtete sein Fernglas, das er immer bei sich trug, auf die niedrigen weißen Hügel jenseits des Deltas, auf denen zerzauste, knochige Tannen herausstachen wie Bartstoppeln auf einem Bleichgesicht. »Luchs«, sagte er.

Clem gab sich nie der Illusion hin, dass er die Inuvialuit und ihre Kultur völlig verstehen würde. Auch nach sieben Jahren Zusammenarbeit mit ihnen blieben sie in vielen Aspekten ein Rätsel für ihn. Weniger rätselhaft war der Grund, warum Lazarusie manchmal zwei Nächte in seinem Gästezimmer verbrachte. Oft begleitete ihn seine Frau. Die beiden mussten sich von den Eskapaden ihrer ungebändigten Adoptivtochter Tanya erholen. Clem wusste, dass Inuvialuit-Eltern ihre Kinder nicht bestraften oder disziplinierten. Der Nachwuchs lernte, das Beispiel der Eltern nachzuahmen, das war ihre Erziehung. Schon seit Menschengedenken.

Irgendwann war die moderne Welt über die Inuvialuit hereingebrochen, und alles änderte sich. Die Jungen steckten zwischen Tür und Angel, zwischen den Traditionen und der Lebensweise ihrer Vorfahren und dem Lebensstil der Weißen, der *tanngit*. Sie begannen, die Eltern zu ignorieren. Lazarusie hatte ihm erzählt, dass er dem ältesten Sohn den Namen seines geliebten Großvaters gegeben hatte, Ilaryuaq. Die Inuvialuit glaubten, dass auf diese Weise der Vorfahre wieder Mensch wurde und dass dessen Seele im Kind weiterlebte. Clem sah durchaus ein, dass man einen geliebten Großvater wirklich nicht bestrafen oder zurechtweisen konnte. Trotzdem vermochte er sich den Gedanken nicht zu verkneifen, dass Tanya eine harte Lektion in gutem Verhalten verdiente. Lazarusie hatte Tanya von Verwandten adoptiert, die zu viele Kinder hatten. Wie sich später herausstellte, war sie ein Kind, das wegen der Alkoholsucht seiner Eltern mit einem Hirnschaden auf die Welt gekommen war. Fetales Alkoholsyndrom. Eine der vielen menschlichen Tragödien in der Arktis, dachte Clem.

Am Horizont tauchten die Pingos auf, fantastische Hügel auf der flachen Tundra, mit einem Herzen aus Eis und einer Haut aus Dreck. Bei Touristen sehr beliebt. Acht der Hügel hatte die Regierung in Ottawa unter Schutz gestellt. Noch fünf Kilometer bis Tuktoyaktuk. Zwei Schneemobile kamen ihnen entgegen.

»Ich muss mit diesen Leuten reden«, sagte Lazarusie.

Clem hielt den Pick-up an und Laz stieg aus. Clem sah ihn gestikulieren.

Die beiden Männer schienen Inuvialuit aus Tuktoyaktuk zu sein.

Er konnte wegen des Motorengeräuschs nichts verstehen, aber es sah nach einem lebhaften Austausch aus. Sie lachten, nur hieß das nichts. Inuvialuit entschärften schlechte Nachrichten häufig mit Humor.

»Was ist?«, fragte Clem, als Lazarusie wieder neben ihm saß.

»Sie haben eine gigantische Explosion draußen auf dem Eis beobachtet.«

»Wer?«

»Nuyaviaq Marten und Henry.«

»Henry Itagiaq?«

»Mhm.«

Clem wartete. Sie konnten die Häuser von Tuktoyaktuk schon sehen, bescheidene Holzbehausungen, die Verkörperung menschlicher Unentwegtheit am unendlichen Polarmeer.

»Sie waren beim Eisbärenjagen, die Explosion kam direkt aus dem Eis.«

Clem runzelte die Stirn. »Was meinst du damit, sie ›kam direkt aus dem Eis‹?«

»Sie hat das Eis aufgebrochen und viel Rauch ist in den Himmel gestiegen.«

»Wo war das?«

»Etwa zwei bis drei Stunden nordöstlich von Tuk.«

Clem überlegte.

»Es gibt keine Bohrungen nach Gas dort.«

»Nein.«

»Wann war das?«

»Vorgestern. Und gestern sind Ilaryuaq und Brad mit den Schneemaschinen rausgefahren und haben ein gigantisches Loch im Eis gesehen, wie ein kleiner See.« Schon wieder ein Vorfall, der seine Ohren erst spät erreichte, dachte Clem.

»Das gibt's ja wohl nicht! Das ist doch nicht eine von Henrys wilden Geschichten, Laz?«

Er bekam keine Antwort. Clem sah zu Lazarusie hinüber und las Sorge in seinem Gesicht.

»Es war eine gigantische Explosion, sagen sie. Wie eine Superbombe.«

Clem wusste, was er zu tun hatte. Er fuhr zur Rangerstation am Ortseingang von Tuktoyaktuk. Roy Stevens kam gerade aus der Tür, in einem dicken, roten Parka. Clem verschwendete keine Zeit mit Höflichkeitsfloskeln.

»Roy, was geht hier vor sich? Ich hab von einer Explosion auf dem Eis draußen gehört.«

Der Ranger schien es eilig zu haben.

»Kann dir nichts sagen, Kumpel. Mein Chef befasst sich damit. Du weißt, wie das mit solchen Gerüchten ist.«

Stevens kletterte auf sein Schneemobil. Clem stellte sich davor und versperrte dem Ranger den Weg. »Wenn so was passiert, müssen wir es wissen.«

Mit wir meinte er natürlich Helvin West, und sein Boss verließ sich darauf, dass Clem ihm alles berichtete, was er wissen musste. Stevens verstand ihn genau. Er ließ den Motor aufheulen.

»Helvin sollte sich darüber nicht den Kopf zerbrechen. Er hat sicher genug andere Sorgen.« Seine Maschine glitt etwas zurück und kurvte dann um die Ecke. Clem fluchte innerlich. So schnell würde er sich nicht abservieren lassen. Er wusste genau, wen er nach seiner Rückkehr nach Inuvik anrufen würde.

Lazarusie half ihm, das Schneemobil auszuladen. Bevor er losfuhr, hielt er Clem etwas entgegen. »Das hab ich aufgelesen, es lag bei der toten Frau. Du kannst damit machen, was du willst.«

Clem starrte das Objekt an. Eine Schamanenrassel.

Nun dämmerte ihm, warum Lazarusie unter keinen Umständen beim Fundort der Leiche hatte aussteigen wollen.

Wegen Danny, seines Sohnes, des künftigen Schamanen.

10

Die Fähre von Langdale nach Horseshoe Bay hatte ein Drittel der Vierzig-Minuten-Überfahrt zurückgelegt, als Faye Valerie mit einer Tasse heißem Kaffee aus ihrer grüblerischen Versenkung herausholte.

»Ich dachte, das wird dir guttun«, sagte sie und ließ sich auf dem Sitz neben ihr nieder.

Valerie dankte ihr wenig begeistert. Sie hätte noch zehn Minuten ungestörtes Nachdenken gebraucht. Die Bilder im Fernsehen gingen ihr nicht aus dem Kopf. Sie zeigten Gisèle Chaume, die junge Frau aus Quebec, vergnügt lachend mit Freundinnen, mit ihren Eltern, in Mexiko und auf einem Pferd. Auf der letzten Aufnahme tanzte sie Cancan auf der Bühne in der Diamond-Tooth-Gerties-Spielhalle in Dawson City. Die Aufführung, so sagte der Fernsehsprecher, sei bei Touristen sehr beliebt. Eine andere junge Frau aus Quebec erzählte, wie abenteuerlustig Gisèle Chaume gewesen war, wie sehr sie den kalten Norden liebte, dass sie deshalb den Winter über geblieben war und nicht wie viele andere Dawson City im Herbst verlassen hatte.

Gisèles Freundin weinte vor der Kamera, als sie sagte: »Sie hat davon geträumt, eines Tages ein Café mit Bed and

Breakfast aufzumachen und die Wände mit Kunst zu bedecken.« Die Ursache von Gisèles Tod wurde in der Fernsehsendung nicht enthüllt. Offenbar waren die Ermittler noch nicht weitergekommen.

Unruhe kroch in Valerie hoch. Die Bürgermeisterin von Inuvik, Marjorie Tama, wurde mit drei Sätzen zitiert: »Unser Mitgefühl gilt den Angehörigen von Gisèle Chaume. Das Ende dieser jungen, lebensprühenden Frau, die hierherkam, um sich in einem unserer Dörfer eine Existenz aufzubauen, erfüllt uns alle mit großer Trauer. Wir tun alles, um Inuvik als Ort zu bewahren, wo sich Kinder und Erwachsene sicher fühlen können.«

Valerie kannte Marjorie Tama. In den vier Jahren, in denen sie nach Inuvik gekommen war, hatten sie sich angefreundet. Marjorie war eine Inuvialuit-Frau, die sich für die Traditionen und die Stellung der Ureinwohner einsetzte. Sie war maßgeblich daran beteiligt, dass die Inuvialuit die Rechte an ihrem Land und mehr Selbstverwaltung zugesprochen bekommen hatten. Außerdem half Marjorie, moderne wirtschaftliche Grundlagen für die Bewohner des Mackenzie-Deltas zu schaffen. Valerie bewunderte Marjorie, ihre Energie und Kompetenz. Das sagte sie ihr auch einmal, worauf diese zu Valeries Überraschung antwortete: »Ja, darin sind wir uns total ähnlich.«

Die Stellungnahme der Bürgermeisterin im Fernsehen hatte nicht zum Ausdruck gebracht, wie Marjorie sonst mit Menschen kommunizierte. Valerie hatte sie so viel spontaner, authentischer und zupackender erlebt. Sie hätte gern mit Marjorie über die tote Gisèle gesprochen, aber der Zeitpunkt schien ihr verfrüht. Die Bürgermeisterin hatte jetzt sicher genug um die Ohren.

Valerie fühlte die Wärme des Kaffees im Magen. Faye kommentierte die Häuser auf den kleinen Inseln, die an ihnen vorbeiglitten. Dann fragte sie aus heiterem Himmel: »Warum hast du den Journalismus aufgegeben?«

Valerie ließ beinahe ihren Kaffee überschwappen.

»Wer hat dir das erzählt?«

»Sedna.«

Sedna. Schon wieder.

»Wann hat sie dir das erzählt?«

»Vergangenes Jahr. Zu Beginn einer Sitzung unserer Toastmasters-Gruppe.«

Natürlich, die Frauenrunde.

Trotzdem – warum wusste Sedna so viel über ihr früheres Leben?

Sie hatte ihre Artikel unter ihrem ehelichen Namen Shearer veröffentlicht. Hatte Sedna diese Information ihrem Exmann Matt beim Essen im Cardero's entlockt? Das konnte sie sich nicht wirklich vorstellen, Matt war diskret und nicht so leicht zu überlisten.

Nach ihrer Scheidung war Valerie zu ihrem ursprünglichen Familiennamen zurückgekehrt – oder vielmehr zur Hälfte davon. Denn mit dem Namen Hurdy-Blaine würden sie alle als Tochter des legendären Eishockeyspielers identifizieren.

»Stimmt das also?«, hakte Faye nach.

»Ja, aber das brauchen nicht alle zu wissen.« Valerie war sich des kribbeligen Untertons in ihrer Stimme bewusst. Faye strich die Falten ihres bunt karierten Wollrocks glatt. Darunter trug sie schwarze Leggings. Ihre Outfits waren immer mutig und farbenfroh, Valerie dagegen zog sportliche Eleganz vor. Vor einigen Tagen hatte sie sich trotzdem zwei knallige Stücke gekauft. Es war ihr einen Versuch wert. Sie hoffte, dass Faye all die empfohlene warme Kleidung für die Arktis eingepackt hatte, und vor allem die Schneestiefel, ihre Leihgabe. Sie wollte nicht, dass Faye noch mehr Geld ausgeben musste, nachdem Sedna sie um fünfundzwanzigtausend Dollar erleichtert hatte.

Faye sah sie prüfend an. »'tschuldige, ich hatte keine Ahnung, dass ich ein heikles Thema berühre.«

Valerie schlenkerte die rechte Hand durch die Luft, als ob sie eine unsichtbare Fliege verscheuchen müsste.

»Kein Problem. Es ist nur ... am Schluss ist es keine angenehme Erfahrung mehr gewesen.«

»Das glaub ich gern. Eine Freundin von mir arbeitet beim West Coast Herald, und sie rechnet täglich mit ihrer Entlassung.«

»Ich wurde nicht entlassen, ich hab selber gekündigt. Und es war nicht hier, es war in Ontario.«

»Eines der großen Blätter?«

»Japp.«

Sogar nach all den Jahren fand sie es nicht leicht, darüber zu sprechen. Sie war eine respektierte Journalistin mit vielversprechenden Karriereaussichten gewesen. Viele Türen schienen damals für sie offenzustehen. Wenigstens hatte sie das angenommen. Ihr Traum war ein Posten als Auslandskorrespondentin in Afrika gewesen. Nach der Journalistenschule hatte sie ein Jahr im Senegal für eine Non-Profit-Organisation gearbeitet. Dann waren sie und Matt auf Motorrädern durch den halben Kontinent gereist. Es war logisch für sie, sich um den Afrika-Posten zu bewerben, als sich der Auslandskorrespondent in Marrakesch dem Ruhestand näherte. Ihr Chefredakteur ließ sie in dem Glauben, dass sie gute Chancen hätte. Dann schlug er ihr vor, eine Leserreise nach Ruanda zu organisieren. Ein Teil des Kundenbindungsprogramms. Begeistert sprang Valerie auf den Zug auf. Ein großer Teil ihrer Arbeitszeit ging für Vorbereitungen drauf. Ehe sie sich's versah, war sie weniger Journalistin als Reiseleiterin. Die Tour war ein Erfolg bei den Lesern und dem Chefredakteur. Der trat bald darauf mit einer neuen Destination an sie heran: Südafrika und Namibia.

In ihrem letzten Jahr bei der großen Zeitung begleitete sie vier Gruppen auf den Schwarzen Kontinent. Während sie immer noch auf den Posten in Marrakesch wartete. Matt wäre mitgekommen. Er liebte Afrika. Die Menschen, die Hitze, die Farben, die Gerüche, die Tiere, die Wüste, besonders die Kinder. Später dachte Valerie, vielleicht hätte Afrika ihre Ehe gerettet. Eines Tages rief sie der Chefredakteur ins Büro und eröffnete ihr, dass der Herausgeber entschieden habe, Afrika von Spanien aus abzudecken. Als Sparmaßnahme. Sie hatte ihn zuerst ungläubig angestarrt. Und dann gerufen: »Sie meinen das nicht im Ernst, oder?« Vierundfünfzig Länder und ein einziger Auslandskorrespondent, der nicht einmal auf dem Kontinent lebte. In den folgenden Wochen zog Valerie in Betracht, als freie Journalistin nach Afrika zu gehen. Aber angesichts der Krise im Zeitungsgewerbe zögerte sie mit der Entscheidung. Einige Wochen später erfuhr sie, dass nun doch ein Auslandskorrespondent in Südafrika residieren würde. Jemand anderes, nicht sie. Ihre Zeitung teilte den Mann mit mehreren anderen Medien. Der Chefredakteur wollte Valerie als Reiseführerin für die geschätzten Leser behalten. Er machte ihr ein Angebot: fünfzig Prozent Touren, fünfzig Prozent Journalismus. Das brachte das Fass für Valerie zum Überlaufen.

Mit dem Scheitern des Afrika-Traums fing ihre Ehefähigkeit an zu bröckeln.

Sie begann, über ihre Karriere und ihr Leben nachzudenken. Journalismus schien ihr zunehmend eine Sackgasse zu sein. Entlassungen, zermürbender Druck in den Büros, immer weniger Geld für Recherchen, Budgetkürzung folgte auf Budgetkürzung. Was konnte sie sich von der Zukunft erhoffen? Sie erlebte mit dreißig Jahren eine heftige Midlife-Crisis. Wenn sie Reiseführerin für Zeitungsleser sein musste, folgerte sie, dann konnte sie genauso gut auf eigene Rechnung arbeiten. Sie wurde dem Journalismus untreu, genau wie ihrem Mann. Bald darauf trennte sie sich von Matt und zog nach Gibsons.

»Welche Ironie«, sagte sie zu Faye, »ich wollte Afrika-Korrespondentin sein, und jetzt reise ich in die Arktis.«

Faye streckte ihre langen, starken Beine aus. »Vielleicht könntest du mit deiner journalistischen Spürnase mehr über Sedna herausfinden.«

Valerie antwortete nicht.

Vielleicht könntest du dein journalistisches Geschick einsetzen, um mehr über das Leben und den Tod deiner Mutter herauszufinden.

»Nur so eine Idee«, hörte sie Faye als Reaktion auf ihr Schweigen murmeln.

»Du meinst, ich könnte dein Geld aufspüren?«, fragte Valerie in einem absichtlich heiteren Ton.

Faye lachte. »Ja, du bist meine Schatzjägerin und ich bin deine Fahrerin.«

Valeries Handy spielte die gewohnte Melodie. Eine Textnachricht von einem Kunden namens Glen Bliss. Es war die erste Reaktion auf ihre E-Mail, mit der sie die Teilnehmer der kommenden Eisstraßen-Tour über den Tod von Gisèle Chaume informiert hatte.

Sie las die Nachricht: *Sah es im Fernsehen. Mord im wilden Norden. Kann es nicht erwarten, dort hinzukommen.*

11

Kosta wartete am Fährhafen in Horseshoe Bay.

»Dein Bruder sieht wirklich gut aus«, flüsterte Faye, während sie ihm zum Parkplatz folgten. Kosta lief sehr schnell, er wollte den Stoßverkehr in Vancouver vermeiden.

Valerie lächelte. »Es gibt ihn in zweifacher Ausführung, er ist ein eineiiger Zwilling. Aber beide sind verheiratet.«

Faye erwiderte ihr Lächeln. »In diesem Alter sind das alle.«

Mit Ausnahme von geschiedenen Männern wie Matt, dachte Valerie. Vielleicht würde er nie mehr heiraten wollen, dank seiner ersten, untreuen Frau.

Im Auto erkundigte sich Kosta sofort nach der toten Frau in Inuvik. Sie redeten über Valeries bevorstehende Tour, bis sie Faye an der U-Bahn-Station absetzten, von wo sie zu Freunden im East End fahren wollte.

Valerie war froh, noch etwas Zeit mit Kosta zu haben, bevor seine beiden Kinder sie in Beschlag nehmen würden. Sie war enger mit Kosta verbunden als mit James, aus dem einfachen Grund, weil sie Kosta öfter sah als James, der als Multimediakünstler in Montreal lebte. Als Kind war sie keinem von ihnen wirklich nahe gestanden, denn sie kam sechs Jahre nach ihren

Brüdern auf die Welt und hatte sich stets als das fünfte Rad am Wagen gefühlt.

Kosta kümmerte sich um das Vermächtnis der Eltern, genauer um das Vermächtnis des Vaters. Er war Anwalt. Das war Valerie recht, es war schwierig genug, mit dem Andenken eines Vaters zu leben, den viele Kanadier als Nationaleigentum betrachteten.

Sie erzählte Kosta sofort von ihrer Begegnung mit Christine Preston, der Jugendfreundin von Mary-Ann Strong. Sie erwähnte den Artikel, den ihr Christine gegeben hatte, und das überraschende Auftauchen von Informationen über einen Inuvialuit-Jungen. Sie konnte sehen, dass ihre Informationen Kostas Interesse weckten.

»Hast du den Artikel mitgebracht?«

»Ja, er ist im Gepäck.«

Er lenkte seinen Geländewagen durch das Stadtzentrum von Vancouver, wo Menschen mit hochgeschlagenem Kragen und eingezogenem Kopf durch die Straßen hasteten, weil es nieselte. Valerie freute sich, dass sie dem Regen für zehn Tage entkommen konnte.

Sie betrachtete Kostas Profil. Faye hatte recht. Kosta sah gut aus, in einer klassischen, sauber gestutzten Art. Nicht so natürlich-robust und manchmal absichtlich zerrauft wie ihr Vater. Peter Hurdy-Blaine liebte es, sich den Anstrich eines furchtlosen Abenteurers zu geben. Als Teenager hatte sie ihren Vater einmal gefragt, warum Kosta einen griechischen Namen trüge. »Das war die Idee deiner Mutter«, hatte er erwidert. »Sie hatte manchmal diese exotischen Vorlieben. Und weil es Zwillinge waren, ließ ich sie gewähren.« *Ließ ich sie gewähren.* Manchmal wunderte sich Valerie, ob es noch andere Gründe als die Tragödie in der Arktis gab, warum ihr Vater praktisch nie über seine erste Frau sprach.

Kosta war immer noch beim Artikel mit dem Jungen.

»Manchmal wundert man sich wirklich, wie viele falsche Informationen auf Zeitungsseiten landen.«

»Das sagst du einer ehemaligen Journalistin?«

»Warum nicht? Du kennst das alles besser als Uneingeweihte.«

Er sagte das nicht ironisch. Kosta machte selten Witze. Meistens war er ernst. Wie ihr Vater. Ihre Stiefmutter Bella dagegen war immer zu einem Scherz bereit gewesen. Sie war manchmal urkomisch. Jetzt hatte ihr die Alzheimerkrankheit ihren Humor weggenommen. Valerie fühlte einen Stich im Herzen. Nach ihrer Rückkehr aus Inuvik und den Northwest Territories wollte sie ihre Mama gleich besuchen.

»Du hast also nie etwas über den Jungen gehört, der die beiden begleitet hat?«

»Nein.« Mehr kam Kosta nicht über die Lippen.

Sie kannte den Grund für sein Schweigen. Die Geschwister waren sich uneins, ob sie in der Vergangenheit wühlen und mehr Fakten ans Licht bringen sollten oder nicht. Wenn sie das taten, würden sie nicht lange in der Familie bleiben. Die Medien würden sich darauf stürzen. Es war Peter Hurdy-Blaines ausgesprochener Wunsch gewesen, die Ereignisse ruhen zu lassen. Ihrer leiblichen Mutter zuliebe, sagte er seinen Kindern. Und auch ihm zuliebe. Valerie und die Zwillinge mussten sich den Grund zusammenreimen. Ihr Vater nahm das Wort nie in den Mund, doch als Valerie und die Brüder älter wurden, hing es unsichtbar und doch stets gegenwärtig in der Luft: Selbstmord.

Auch nach seinem Tod konnten sie Vaters Wunsch nicht ignorieren. Es war *sein* Trauma. Sie mussten immer noch auf seine Gefühle Rücksicht nehmen. Der Tod von Mary-Ann Strong war immer ein Tabu gewesen. Der Vater hatte nie irgendwelche Einzelheiten preisgegeben. Die Urne mit ihrer Asche kam in ein Marmorfach auf dem größten Friedhof in

Vancouver. So bewältigte man ein großes Unglück. Während Peter Hurdy-Blaine noch lebte, war Valerie und ihren Brüdern klar, dass alle Fragen über Mary-Ann Strong – besonders über ihren Tod – nicht willkommen waren. Er wollte vergessen, ihren Schmerz, seinen Schmerz, die schrecklichen Ereignisse, die sie überrollt hatten wie eine Eislawine. *Er* war davongekommen, seine junge Frau nicht. Er musste sich deswegen schuldig gefühlt haben. Später konnte Valerie das besser verstehen.

»Ich glaube nicht, dass es diesen Jungen gab«, sagte Kosta. Dafür, dass er Anwalt war, hörte sich das ziemlich unlogisch an, dachte sie, aber sie biss sich auf die Zunge.

Sie überquerten die Granville-Brücke über den Meeresarm False Creek.

Die Sicht auf die gläsernen Wohntürme und die Boote im Hafen bezauberten Valerie selbst im Regen. Sie hatte plötzlich Lust, im Public Market auf Granville Island eine Apfelfocaccia zu kaufen. Aber sie waren auf dem Weg ins schicke Dunbar-Viertel, wo sich Kosta und seine Frau vor zwölf Jahren ein Haus gekauft hatten. Es war ein guter Zug gewesen. Heute würde sich selbst ein viel beschäftigter Anwalt dort kaum mehr eine Villa leisten können.

»Wer ist Christine Preston eigentlich? Warum taucht sie aus heiterem Himmel auf und konfrontiert dich mit so was?«

Kostas Stimme klang fast wütend, was Valerie verblüffte.

»Es war keine Konfrontation, sie war sehr freundlich und … ich glaube, sie hat von meiner Veranstaltung gehört und wollte nur die Tochter ihrer besten Jugendfreundin treffen.«

»Ihre beste Jugendfreundin? Warum haben wir nie vorher von ihr gehört?«

Wieder bemerkte sie seinen Mangel an Logik. »Weil diese Dinge nie in unserer Familie diskutiert wurden, wie du sehr gut weißt. Wir wissen wirklich sehr wenig über unsere Mutter.«

Er antwortete nicht sofort. Schwerer Regen klatschte nun gegen die Windschutzscheibe, und die Wischer arbeiteten unablässig.

»Warum? Hast du je mehr wissen wollen?«

Sie wollte sagen: Lange nicht, aber ich glaube, jetzt schon. Kosta redete weiter.

»Weißt du, es ist interessant, dass du zum wiederholten Mal eine Gruppe in eine Gegend führst, die nicht weit entfernt ist von dem Ort, wo es passiert ist.«

Sie sah ihn überrascht an. Sie reiste bereits zum fünften Mal nach Inuvik, und nie hatte er sie vorher darauf angesprochen.

»Das ist reiner Zufall«, sagte sie, so ruhig sie konnte. »Ich fahre dorthin, weil es eine Nachfrage dafür gibt. Die Leute wollen dorthin und ich muss Geld verdienen. Aus demselben Grund führe ich Gruppen nach Vancouver Island und in den Süden Albertas.«

In diesem Augenblick konnte sie sich selbst überzeugen. Aber wenn sie sich in Inuvik aufhielt, war ihr sehr wohl bewusst, dass es wahrscheinlich dort Leute gab, die sich an ihre Eltern erinnern konnten. Und die sich vielleicht an den Tod ihrer Mutter erinnern konnten. Nur wusste bislang niemand, dass sie die Tochter von Peter Hurdy-Blaine und Mary-Ann Strong war. Vielleicht fürchtete Kosta, dass sie sich zu erkennen gäbe – in der Hoffnung auf neue Informationen. Sie hatte in den vergangenen Monaten ein bisschen über ihre leibliche Mutter recherchiert – ohne das Wissen ihrer Brüder. Es war nicht viel dabei herausgekommen. Sie hatte offenbar keine Tagebücher oder andere persönliche Aufzeichnungen hinterlassen, und seine eigenen Schriften hatte der Vater weitgehend vernichtet.

Valerie fragte sich, ob sie Kosta von Sedna erzählen sollte, von den Nachforschungen, die sie angestellt hatte. Nur hätte sie ihm dann von Sednas Treffen mit Matt erzählen müssen. Matt war ein guter Freund Kostas. Immer noch. Ihr Bruder war nicht glücklich über die Scheidung gewesen. Und was hatte Sedna schon getan? Vielleicht war sie einfach ein bisschen neugieriger als andere Leute.

Sie war erleichtert, dass sich Kosta auf Christine Preston konzentrierte und ihr die Entscheidung abnahm.

»Wo lebt diese Frau eigentlich?«

»In Zurich, Ontario. Sie hat ihre Tochter in Vancouver besucht, und sie hat mir ihre Visitenkarte gegeben.«

»Hast du sie dabei?«

Sie nickte.

»Hast du sie angerufen?«

»Nein, ich war zu beschäftigt.«

»Okay, ich werde sie kontaktieren.«

Sie hielten an einer Ampel. Menschen unter Regenschirmen eilten über den Fußgängerstreifen.

Sie sah zu Kosta. »Sorgst du dich wegen Christine Preston?«

»Ich sorge mich nicht, ich bin nur vorsichtig.« Er strich sich mit der linken Hand über die Schläfe. Das tat er immer, wenn er angespannt war. »Ich erhielt vor einigen Wochen einen anonymen Brief.«

»Einen anonymen Brief? Was stand darin?«

»Nur ein einziger Satz: *Peter Hurdy-Blaine, deine Familie ist nicht, was sie vorgibt zu sein.*«

Sie wiederholte den Satz im Kopf. Was sollte das bedeuten? Ihr Vater war vor siebzehn Jahren gestorben.

»Der Brief war an dich adressiert, aber an Papa gerichtet?«

»Ja. Merkwürdig, nicht?«

»Ich versteh nicht. Wer würde so etwas schreiben? Und … wer schreibt heute noch Briefe? Das ist so … altmodisch.«

»Es war Computerschrift. Es gäbe sicher Wege der Kommunikation, die weniger Spuren hinterlassen«, sagte Kosta, wieder ganz der Anwalt. »Es ist, als ob der Absender will, dass wir ihn finden. Oder sie.«

»Unternimmst du was?«

»Ich geh damit nicht zur Polizei, falls du das denkst.«

Nein, das hatte sie nicht gedacht. Manchmal behandelte Kosta sie immer noch wie die kleine Schwester, obwohl der Altersunterschied von sechs Jahren heute keine Rolle mehr spielte. Er wollte sie immer noch beschützen.

Ihr Gespräch endete abrupt, weil sie in die 23rd Street West einbogen und vor einem zweigeschossigen Haus mit Rosenbüschen hielten. Sie erklomm die Stufen zum Eingang mit einem schweren Rucksack auf dem Rücken. Die Tür öffnete sich und ein kleiner Junge drängte sich vor seine ältere Schwester.

»Tante Val, wirst du einen Eisbären erschießen?«, rief er so laut, dass es die ganze Nachbarschaft hören konnte.

»Nein, mein Käfer«, sagte die blonde Frau, die hinter den Kindern erschien. »Tante Val schießt höchstens Bilder mit ihrer Fotokamera.«

Valerie grinste und stellte den Rucksack im Flur ab. Sandy, ihre Nichte, umklammerte sie sofort. Ihr kleiner Bruder fuchtelte mit einer Spielzeugpistole für Schaumgummi-Geschosse. »Du kannst die mitnehmen«, sagte er stolz. »Ich leih sie dir.«

»Mein Liebling, wir haben nur Leuchtgeschosse, die machen viel Lärm und eine kleine Flamme und verscheuchen die Eisbären. Sie tun ihnen nicht weh.«

Valerie strich über Sandys weiches Haar und fühlte den warmen Kopf des Mädchens an ihrem Bauch. Einen Moment lang fühlte sie sich schwerelos und glücklich.

Dann hörte sie eine leise Stimme in ihrem Kopf.

Vergiss dein Schießeisen nicht.

12

»Du musst hierbleiben, du warst heute lange genug draußen«, sagte Clem zu Meteor, der mit ihm das Haus verlassen wollte.

In diesem Augenblick meldete sich sein Handy.

Der Rückruf aus Ottawa.

»Sie schicken ein Langstreckenflugzeug los, um die Sache mit der Explosion zu untersuchen. Eine Aurora.«

»Wer? Wer schickt die Aurora?«

»Die Armee.«

»Von wo aus?«

»Von der Einheit in Yellowknife.«

»Wow. Dann nehmen sie die Sache also ernst.«

Die Stimme am anderen Ende zögerte.

»Sie wird als Routineoperation behandelt, und morgen wird eine kurze Pressemitteilung herausgegeben. Ein Rundfunkjournalist in Inuvik hat Wind von der Sache bekommen, deshalb müssen sie was tun.«

»Wann genau wird die Aurora fliegen?«

»Weiß nicht. Das ist alles, was ich sagen kann. Kannst du das vertraulich behandeln, bis die Medien informiert sind?«

»Klar.«

»Kommst du nächstens nach Ottawa?«

»Möglich. Ein Familienbesuch ist fällig.«

»Wir hätten eine Stelle. Die neue Regierung sucht gute Leute wie dich.«

»Wenn ich nur das Wort Regierung höre, wird mir übel.«

»Es herrscht jetzt eine ganz andere Atmosphäre hier, viel offener. Die Leute, die dir das Leben schwer gemacht haben, sind weg. Versunken in der Bedeutungslosigkeit.«

»Alle wissen, was damals ... geschah.«

»Die Leute, auf die es ankommt, kennen die wahren Hintergründe. Du fühlst dich doch nicht immer noch schuldig, Mensch?«

Nicht mehr schuldig, nein. Aber immer noch verbittert.

»Lass es mich wissen, wenn du kommst. Wir können uns treffen.«

»Ein Klassentreffen?«

»Genau.«

»Ich bring dir Karibusteaks mit.«

Sie lachten und beendeten das Gespräch.

Clem kletterte in seinen Pick-up und fuhr zum Hotel Great Polar. Schon wieder das Handy. Eine Textnachricht.

Bin in Whitehorse. Niemand hat annulliert. Valerie Blaine.

Nur noch sechs Tage, bis sie in Inuvik war. Sie hatte Zimmer im Great Polar gebucht, im Gegensatz zu anderen Jahren, in denen sie ihre Kunden in Blockhüttenchalets mit Holzöfen untergebracht hatte. In diesem Winter waren die Chalets mit einer holländischen Reisegesellschaft besetzt. Clem konnte sich vorstellen, dass das Hotel mit seinem modernen Aussehen und dem üblichen Komfort vielleicht nicht dem Bild entsprach, das sich Abenteuertouristen von einer Unterkunft in der Arktis machten. Valerie war jedoch nicht unglücklich darüber, weil das Muskrat Jamboree vom Hotel aus zu Fuß erreicht werden konnte.

Clem fiel ein, dass sie noch gar nichts von der unheimlichen Explosion im Eis wusste.

Gut, dass sie ihn und seine Kumpel jetzt nicht sehen konnte, wie sie in der Hotelbar die Strategie für das kommende Schneemobilrennen diskutierten. Sie hätte sich vielleicht gewundert, warum das Rennen Thema Nummer eins für die Männerrunde war und nicht der mysteriöse Tod einer jungen Frau auf der Eisstraße. So was verstanden Frauen aus Vancouver nicht.

Im vergangenen Jahr hatte Clems Team gegen Paulie Umiks Leute verloren. Umik gehörte eine Firma, die Inuviks Bausektor dominieren wollte. Clem, der Favorit, hatte wegen einer starken Grippe an dritter Stelle gelegen. Er hätte im Bett liegen sollen, aber das Rennfieber war stärker gewesen. Clems Freund Phil Niditichie, ein Gwich'in und Lehrer am College, führte knapp vor einem Umik-Mann. Dann holte der Herausforderer auf, dank eines Manövers in der Kurve. Was dann geschah, löste auch ein Jahr später noch kontroverse Diskussionen im Mackenzie-Delta aus. Umiks Team behauptete, dass Phil die andere Maschine mit Absicht zum Kippen brachte. Phil ging als Erster durchs Ziel. Die Siegprämie von sechstausend Dollar erhielt er indes nie: Er wurde trotz aller Proteste disqualifiziert. Die Wut saß bis heute wie eine rote Glut in den Herzen der Männer aus Clems Team.

Das Rennen dieses Jahr würden sie gewinnen, koste es, was es wolle. Clem und Phil hatten sich neue Schneemobile geleistet und Clem war grippefrei.

Mitten in der Verschwörung an der Bar hörte er sein Handy erneut. Verflixt! Der Name Marjorie Tama erschien auf dem Display. Er hatte sie völlig vergessen.

»Ich muss weg, Leute, Trommeltanz in der Sporthalle«, sagte er und grinste verlegen. Sofort brach eine Welle von Kommentaren über ihn herein.

»Clem, du brauchst nicht hinzugehen, du kannst uns gleich hier was vorführen.«

»Wir zahlen dir eine Runde, wenn du gut bist!«

»Wenn du die Trommel schlägst, nimm keine Holzkelle dazu!«

»Er hat Bleifüße, dieser Mann, er kann nicht mal über eine Türschwelle hüpfen!«

Clem leerte sein Bierglas und stellte es mit Nachdruck auf den Tresen.

»Okay, Leute, es geht hier um unsere Dorfjugend. Irgendjemand muss etwas für sie tun. Wer hilft als Freiwilliger mit? Ihr müsst nur Tee und Trockenfisch servieren. Also?« Er schaute herausfordernd in die Runde.

»Wo's was zu essen gibt, da findet ihr Clem«, krächzte Phil Niditichie vom anderen Ende des Tresens.

»Wo Phil ist, findet ihr einen wirklich scharfsinnigen Verstand«, gab Clem zurück. »Wirklich scharfsinnig.«

Alle johlten, auch Phil.

Clem fasste nach seiner Mütze aus Bisam.

»Nun, es sieht wohl so aus, als ob ich mich als Einziger für die einheimische Kultur einsetze. Und vergesst nicht, Jungs, keine Sauferei während des Muskrat Jamborees.«

»Deswegen füllen wir uns heute bis zum Hals«, rief Poppy Dixon. Gelächter und Zurufe folgten Clem zum Ausgang.

Draußen zuckte ein weißer Schleier wie ein Spuk durch die anbrechende Dunkelheit. Der starke Wind wirbelte die Schneeflocken auf, als wären sie trockene Blätter. War das die Strafe für eine Reihe von sonnigen Tagen? Er tauchte in die eisigen Elemente wie ein Stier in das rote Tuch des Matadors.

Vor der Sporthalle stauten sich Pick-ups und Geländewagen.

Marjorie Tama winkte ihm zu, als er in die Wärme der Halle trat. Sie versuchte, ihm von Weitem etwas zuzurufen, drang aber durch das Dröhnen der Trommeln, den Gesang und die Lachsalven nicht durch. Die Sitzreihen waren dicht besetzt, ein buntes Gemisch aus Inuvialuit, Gwich'in-Indianern, Métis und Weißen. Bevor er die Ecke erreichte, wo die Bürgermeisterin die Essenscontainer und mehrere große Thermosflaschen bereithielt, bemerkte er, was das Publikum so amüsierte. John Palmer, Offizier der Royal Canadian Mounted Police, hopste mit einigen Kindern und Jugendlichen in der Arena umher. In seiner RCMP-Uniform, mit Patronengurt und allem. Palmer watschelte wie eine Gans, wedelte mit den Händen, als ob er Klavier in der Luft spielte, ging rechts in die Hocke und dann wieder links und kreiste mit den Armen wie eine Windmühle. Du heiliger Bimbam!

Clem musste zugeben, dieser Kerl hatte keine Angst, sich dem Gelächter preiszugeben. Die beiden Teens neben ihm, die sich für den Trommeltanz-Wettbewerb auf dem Frühlingsfest warm liefen, wirkten im Vergleich zu ihm fast staatsmännisch. Ihre Parkas waren leuchtend blau und rot, mit traditionellen Stickereien, Bordüren aus Vielfraßpelz und weißen Streifen. Das Gelächter schien Palmer nichts auszumachen, er gab sich dem Tanz mit vergnügtem Gesicht hin. Palmer war ein junger Mann aus Mississauga in Ontario und erst seit neun Monaten in Inuvik stationiert. Clem entging nicht, wie sich der neue Polizeioffizier Mühe gab, sich unter die Einheimischen zu mischen und einen Draht zu den Jugendlichen zu finden.

»Bald ist Pause. Bist du bereit?« Marjorie Tama stand neben ihm und zupfte an seiner Jacke. »Immer noch kalt? Du solltest mittanzen.« Sie lachte, und ihre Augen verschwanden fast völlig unter den Hautfalten. Clem folgte ihr zum Imbisstisch.

»Weißt du, wovon die Geschichte handelt?«, brüllte Marjorie ihm ins Ohr.

»Welche Geschichte?«

»Der Gesang, der Tanz.«

Er verneinte.

Sie versuchte, es ihm zu erklären, aber der Lärmpegel war stärker. Sie lachte und zuckte die Schultern. Die Inuvialuit lachten gegen jegliche Unbill. Der Tod von Gisèle wurde kaum erwähnt, wenigstens ihm gegenüber nicht. Vielleicht war das Schweigen ein Ausdruck der Hilflosigkeit. Oder vielleicht dachten sie, es sei besser, den Mund zu halten, weil – ja nun, man könnte ja das Falsche zur falschen Person sagen. Vor allem, wenn man nicht wusste, ob es ein Verbrechen war oder nicht. Clem war zu Ohren gekommen, dass manche Eltern ihre Töchter nachts nicht mehr rausließen.

Es war wichtig für den Polizeibeamten, auf dieser Veranstaltung sein Gesicht zu zeigen. Jemand könnte ihm ja etwas zuflüstern. Er verlor John Palmer aus den Augen, während er Kinder und Erwachsene mit Trockenfisch und Tee versorgte. Marjorie Tama platzierte ein weiteres Tablett auf dem Tisch, *maktak* mit Grillsoße. »Beluga«, sagte sie. »Nicht für dich, die Polizei ist hier.« Marjorie neckte ihn immer deswegen. Die Inuvialuit liebten Walspeck, aber sie durften ihn nicht an Touristen und Weiße verkaufen. Ein erlegter Wal war nur für den Eigenbedarf bestimmt. Clems Augen durchstreiften die Halle. Er sah Palmer abseits in einer Ecke stehen, das Handy am Ohr.

»Hast du *qilalugaq* gejagt?«, fragte ihn ein alter Mann und kicherte, während Clem die glänzenden weißrosa Würfel auf einen Plastikteller häufte. Er stimmte in das Gelächter des alten Mannes ein, der genau wusste, dass Clem den Beluga nicht selbst erlegt hatte. Nur die einheimischen Inuvialuit im Mackenzie-Delta durften Belugas töten, die Weißen nicht. Clem hatte mitbekommen, dass sich einige weiße Jäger darüber ärgerten. Diese Proleten, wie er sie nannte, betrachteten die Welt als ein gigantisches Jagdrevier, aber das Beluga-Paradies blieb ihnen verwehrt. Clem war das schnurzegal, obwohl er ein Jagdgewehr besaß. Ihm wäre nicht einmal im Traum die Idee gekommen, jemandem zu gestehen, dass es ihm mehr Spaß bereitete, Tiere zu fotografieren als zu töten. Das entsprach nicht dem Selbstverständnis vieler Männer in Inuvik.

»Warum denkst du, dass meine Haut so weiß ist?«, fragte er den alten Mann, der immer noch bei ihm herumhing. »Weil ich so viel *maktak* vom Beluga esse.«

Das Gesicht des Mannes ging auf wie die Sonne. »Nein, weil du viel Schnee isst!« Die Leute in der Schlange hinter ihm kicherten, und Clem zeigte ihnen sein breitestes Grinsen, als er Teller um Teller füllte.

»Dieser Punkt geht an dich, mein Freund«, sagte er. »Sei vorsichtig, wenn du zu viel *maktak* isst, dann wirst du so weiß wie die *tanngit*.«

»Nicht so weiß wie deine Zehen, Weichfüßler!«, rief ein Teenager in Hoodie und Turnschuhen, trotz der Kälte. Aussehen war alles.

»Clem, hast du eine Minute Zeit?« John Palmer stand plötzlich vor ihm.

»Klar, lass mich nur …« Er gab Marjorie ein Zeichen, und sie übernahm seinen Platz an der Snackbar.

Palmer führte ihn zum Schwarzen Brett, weg von den Leuten.

Er verlor keine Zeit mit Floskeln.

»Wissen Sie, wo Helvin ist?«

Clem sah Schweißtropfen auf Johns Stirn. Tanzen musste für einen Polizisten anstrengend sein.

»Nein, warum?«

»Wann haben Sie ihn zum letzten Mal gesehen?«

»An dem Tag, als ihr in seinem Büro wart.«

»Wann?«

»Am Abend, kurz nach sechs.«

»Was habt ihr da gesprochen?«

»John, was ist los? Geht es um Gisèle Chaume?«

»Helvin ist nicht auffindbar, er kam gestern Nacht nicht nach Hause, und seine Frau hat ihn heute Abend als vermisst gemeldet.«

»Was? Das ist ... merkwürdig. Warum hat Toria mich nicht angerufen?«

»Worüber habt ihr vor drei Tagen gesprochen?«

»Über die Tote und was wir dazu offiziell sagen.«

»Und inoffiziell?«

»Ich habe nichts damit zu tun, und er hat gesagt, er habe damit auch nichts zu tun.«

»Und seither habt ihr nicht miteinander gesprochen?«

»Doch, ein Mal. Ich habe ihn auf dem Handy angerufen.«

»Was war der Grund?«

»Es ist ja wohl kein Geheimnis – ich hab gehört, dass sein Pick-up in der Nähe der Leiche gestanden hat. Er meinte, jemand habe das Fahrzeug vom Firmengelände geklaut. Und dass er ein hieb- und stichfestes Alibi habe. Er sei an jenem Abend mit Toria zu Hause gewesen.«

»Danach hattet ihr keinen Kontakt mehr?«

»Ich habe ihn heute auf dem Handy angerufen. Keine Antwort.«

»Das hat Sie nicht beunruhigt?«

Clem unterdrückte einen Seufzer. »Das ist fast normal mit Helv. Oft braucht es mehrere Versuche, um ihn zu erreichen.«

Er ließ die Augen über die Menge im Raum gleiten. Die ganze Sache stank für ihn zum Himmel. Toria war sauer, dass Helvin über Nacht weggeblieben war. Sie hatte ihn, Clem, nicht mal kontaktiert. Wahrscheinlich saß Helvin in einer Jagdhütte und spülte sich die Gehirnzellen mit viel Bier aus dem Schädel. Und vielleicht war noch jemand anderes bei ihm. Er hatte Gerüchte gehört. Von Frauen, die nicht mit ihm verheiratet waren.

Nur war jetzt die dümmste Zeit, einfach zu verschwinden. Das warf wirklich kein gutes Licht auf Helv. Wo sein Pick-up an einem möglichen Tatort gefunden worden war.

»Okay«, sagte John Palmer langsam. »Wenn Sie etwas hören, lassen Sie es uns sofort wissen.«

»Natürlich.«

Was zum Teufel ging hier vor? Clem konnte sehen, wie ihm mehrere Augenpaare durch die Halle folgten. Wer wusste noch von Helvins Verschwinden?

Wahrscheinlich eine ganze Reihe von Leuten. Und niemand hatte ihn angerufen. Jetzt war er wirklich wütend auf seinen Boss. Clem schaffte es, die Hungrigen und Durstigen weiterzubedienen, innerlich schäumte er.

Marjorie Tama, die einen siebten Sinn für Gemütsverfassungen zu haben schien, sah ihn mit hochgezogenen Augenbrauen an. Sie stellte keine Fragen, vielleicht wusste sie auch schon Bescheid. Toria war schließlich die beste Freundin ihrer Tochter.

Als er spätnachts die Sporthalle verließ, hatte das Schneetreiben aufgehört. Die Nacht war dunkel und still wie ein Mönch beim Gebet. Wieder einer dieser erstaunlichen, abrupten Wetterwechsel im Mackenzie-Delta. Als ob jemand einen Schalter auf und ab bewegen würde.

Er ließ die Lichter von Inuvik hinter sich und fuhr auf direktem Weg zu Helvins Haus. Er umrundete es mehrmals, dann gestand er sich ein, dass er eigentlich nicht wusste, was er hier tat. War er hier, um zu sehen, ob Helvin wirklich verschwunden war? Er konnte zu dieser Stunde nicht bei Toria klingeln. Außerdem hatte sie es nicht für nötig befunden, ihn zu informieren, bevor sie zur Polizei ging. Sollte sie sich doch selbst aus dem Schlamassel holen. Sich und Helvin.

Auf dem Rückweg sah er ein helles Flattern am schwarzen Himmel. Nordlichter. Breite grüne Schleifen blitzten auf und schlängelten sich durch die Lufthülle. Valerie würde sich an diesem Spektakel entzücken. Das Nordlicht stand ganz oben auf ihrer Liste von Höhepunkten. Eine Reise in die Arktis ohne Polarlichter, so hatte sie ihm einmal gesagt, sei wie Kanada ohne Bären.

Dann hatte sie gelacht. »Und wie Clem ohne Meteor.«

Sein Hund wartete sicher sehnlichst auf ihn. Wahrscheinlich sauer, dass Clem ihn sechs Stunden allein gelassen hat. Dafür hatte er mehrere Styropor-Schalen voller Fischreste für den Hund ergattert. Und am nächsten Tag plante er, Meteor auf dem Schneemobil mitzunehmen. Zur Hütte, wo er hoffte, Helvin zu finden.

Er parkte den Pick-up und lief auf die Haustür zu, die Styropor-Container auf den Armen balancierend.

Plötzlich hörte er ein Geräusch hinter sich. Etwas Hartes traf ihn am Kopf, Schmerz durchzuckte ihn, dann fiel er zu Boden.

13

Die Bestie fletschte die langen, spitzen Reißzähne. Ihre stechenden Augen waren direkt auf Valerie gerichtet. Beim Anblick des Säbelzahntigers im Museum von Whitehorse liefen ihr jedes Mal wohlige Schauer über den Rücken. Sie ging mit ihrer Gruppe ins Yukon Beringia Interpretive Centre, weil hier die Geschichte des kanadischen Nordens viel besser erklärt wurde, als sie es je fertiggebracht hätte.

Es gab ihr auch die Gelegenheit, heimlich die Teilnehmer ihrer Tour zu beobachten, etwa wenn sie das Mammut fotografierten oder den Urzeit-Bären, der sich gegen Wölfe zur Wehr setzt, und den riesigen Bison.

Paula Kennedy, eine Lehrerin aus Westminster, die sich mit sechzig in den Ruhestand hatte versetzen lassen, hörte sich das Tonband über Beringia an. Sicher würde ihr die mitteilungsbedürftige Paula später alles über die Beringia-Landmasse erzählen, die bis vor rund zehntausend Jahren einen Teil Sibiriens, Alaskas und des Yukon-Territoriums umfasste und die während der letzten Eiszeit überhaupt nicht von Gletschern bedeckt war. Deswegen bot Beringia einen Lebensraum für Tiere und Menschen. Paula Kennedy war auch in ihrem Ruhestand immer noch ganz Lehrerin, und Valerie tat nichts, um ihren Enthusiasmus zu bremsen. Sie ermutigte Diskussionen in der Gruppe über die Gegend, die sie bereisten, und über deren Vergangenheit. Sedna dagegen hatte sich für die gletscherfreie Beringlandbrücke überhaupt nicht interessiert, als sie zusammen hier waren. Valerie hatte ihr erklärt, dass sich diese Landbrücke von Sibirien bis zum Fluss Yukon erstreckt hatte und dass während der letzten Eiszeit zuerst Tiere von Asien her nach Beringia einwanderten. Und dass vor rund fünfzehntausend Jahren die ersten Menschen ebenfalls auf diesem Weg von Asien auf den nordamerikanischen Kontinent zogen. Erdbewohner, die mit außerordentlicher Anpassungsfähigkeit in einer feindseligen Umgebung überlebten. Es faszinierte Valerie, wozu die menschliche Spezies fähig war, die als Gattung im heißen Afrika entstanden war und trotzdem in eiskalten Gegenden nahe dem Nordpol überleben konnte Sedna, die so schnell wie möglich dem Museum entflohen war, hatte das alles überhaupt nicht berührt.

Valerie sah Glen Bliss zum Empfang laufen. »Darf ich hier fotografieren?«, fragte er die Kassiererin. Er war der Mann, der ihr geschrieben hatte, dass er es nach dem ›Mord im Wilden Norden‹ nicht erwarten konnte, dorthin zu reisen. Glen entpuppte sich als höflicher, fast stiller Mann mit einem eleganten Schnurrbart. Er sah aus wie ein englischer Gentleman. Glen war aber kein Engländer, sondern Amerikaner. Das war nicht die einzige Tatsache, die sie an ihm überraschte. Mit seinen siebenunddreißig Jahren war Glen ein relativ junger Kunde und mit seinem athletischen Körperbau hätte sie ihn eher auf einer Trekkingtour durch die Mongolei erwartet.

Sie wollte gerade in den nächsten Ausstellungsraum laufen, als eine sanfte männliche Stimme hinter ihr rief: »Frau Blaine?«

Sie drehte sich erschrocken um und sah einen älteren Mann mit gestutztem Kinnbart vor sich. »Ich bin Ken Gries, der Direktor dieses Museums. Wie schön, dass ich die Gelegenheit habe, Sie zu treffen.« Überrumpelt drückte sie seine ausgestreckte Hand.

Er ließ ihr keine Zeit, sich von ihrer Überraschung zu erholen. »Ich möchte Ihnen etwas in meinem Büro zeigen.«

Valerie folgte ihm zu einem Zimmer im hinteren Teil des Museums. Er schloss die Tür, als sie eingetreten waren, und die Geräusche der Multimediageräte verstummten.

Seine ersten Worte erklärten alles.

»Ich kannte Ihre Eltern.«

Sie versuchte, Zeit zu gewinnen, und fragte: »Von welchen Eltern sprechen Sie?«

Einen Augenblick lang sah der Museumsdirektor verdutzt aus.

»Ihr Vater war Peter Hurdy-Blaine, nicht wahr? Ich habe ihn und Ihre Mutter getroffen, als sie damals in Whitehorse waren.«

»Verzeihen Sie die Frage … woher wissen Sie, dass ich ihre Tochter bin?«

»Eine Bekannte von Ihnen hat uns informiert. Sie war kürzlich hier im Museum.«

»Eine Bekannte? Wie war ihr Name?«

Er durchsuchte die Papiere auf seinem Schreibtisch. »Hier haben wir's. Meine Sekretärin hat es für mich aufgeschrieben, ich war nicht im Büro, als sie hier war. Phyllis Crombe.«

»Phyllis Crombe? Ich kenne niemandem mit diesem Namen. Wie sah sie denn aus?«

»Da müsste ich meine Sekretärin fragen, nur hat sie heute ihren freien Tag.«

Der Museumsdirektor bot ihr einen Stuhl an, und sie setzten sich.

»Ich erinnere mich noch gut an das Gespräch mit Ihrem Vater. Wie lange ist das her? Dreißig Jahre mindestens. Ich war jung damals. Wahrscheinlich achtundzwanzig. Jemand hatte

Ihrem Vater erzählt, dass ich mit einigen Gwich'in-Männern und mit Hundeschlitten auch den langen Weg der Lost Patrol nachgereist bin. Sie kennen die Geschichte, nicht wahr? 1910 hat sie sich zugetragen. Inspektor Francis J. Fitzgerald und seine drei Männer von der Royal Northwest Mounted Police waren im Winter unterwegs gewesen. Und alle sind umgekommen.«

Valerie nickte, und der Museumsdirektor fühlte sich ermutigt, weiterzusprechen.

»Unsere Expedition fand 1981 statt. Wir hatten drei indianische Führer und genügend Proviant, nicht wie Fitzgerald und seine Männer. Die armen Leute litten an einem solchen Hunger. Sie mussten ihre Hunde essen. Ich sage Ihnen, sechshundertfünfundsiebzig Kilometer mit Hundeschlitten sind lang und hart. Wir haben einundzwanzig Tage gebraucht.«

Sein Gesicht strahlte jedoch in Erinnerung daran. »Ihr Vater – aber das wissen Sie sicher – wollte dem Treck der Rettungsmannschaft folgen. Das waren die Leute, die die Toten der Lost Patrol gefunden haben. Polizeiinspektor Jack Dempster war sein Held, wenn ich das so sagen darf. Ich hab Ihrem Vater damals alles Wichtige mitgeteilt, was er mitnehmen sollte, wie gesagt, genug Proviant, gute einheimische Führer, starke Hunde, Pelzkleidung. Dann hat er mir mitgeteilt, er werde mit Schneemobilen unterwegs sein. Er und seine Frau.«

Er klaubte etwas aus dem Papierhaufen vor sich. Ein Foto. »Das bin ich mit Peter Hurdy-Blaine.«

Valerie erkannte ihren Vater nicht sofort, er trug eine Pelzkappe und eine dicke Winterjacke. Sie fragte sich, wo ihre Mutter war, als das Bild aufgenommen wurde.

Als ob er ihre Gedanken lesen könnte, sagte Ken Gries: »Ihre Mutter war eine lebhafte, tatkräftige Person. Jung und wirklich hübsch, auch abenteuerlustig. Mutig. Und praktisch.«

Ihre Mutter. Sie verspürte den instinktiven Drang zu sagen: *Meine Mutter ist an Alzheimer erkrankt und im Pflegeheim.* Es schien ihr so irreal, dass Leute über eine Mutter sprachen, die sie eigentlich nicht kannte. Ken Gries schien nicht zu bemerken, wie schweigsam sie war. Die Tatsache, dass er Peter Hurdy-Blaines Tochter vor sich hatte, spornte ihn an.

»Ihre Mutter notierte sich alles, was ich aufzählte. Ich glaube, sie war sich der Risiken und Gefahren des Trecks sehr bewusst. Wahrscheinlich mehr bewusst als Ihr Vater.«

Er sah Valerie an. »Ich kann Ihre Mutter in Ihnen sehen. Die Augen vor allem. Ich kann mich erinnern, dass sie ein phänomenales Gedächtnis hatte. Ich glaube ... wenn Sie mir diese Bemerkung erlauben, ich hatte den Eindruck, sie war wahrscheinlich besser auf den Treck vorbereitet als Ihr Vater.«

Valerie horchte auf. »Wie meinen Sie?«

»Ihr Vater ... er war ein Draufgänger, risikofreudig. Ihre Mutter, sie war noch jung, sehr sportlich. Unverbraucht. Ihr Vater wollte sich vor allem ein Denkmal setzen.«

»Sie glauben, er war der Sache nicht gewachsen?«

Ken Gries lächelte, sein Lächeln wirkte ein wenig gequält.

»Ich hoffe, Sie werden mir verzeihen, wenn ich das einfach so frei sage. Die Qualitäten eines Eishockeyspielers sind nicht unbedingt das, worauf es auf einer solchen Expedition ankommt. Ich glaube, das hatte Ihre Mutter sehr gut begriffen.«

Seine Offenheit gab ihr Mut, die nächste Frage zu stellen.

»Gab es vor dem Aufbruch Spannungen zwischen den beiden?«

Gries biss sich auf die Lippen. Er ließ sich Zeit mit der Antwort.

»Es ist möglich, dass sie anfänglich zu ihm aufgeschaut hat. Als sehr junge Frau, nicht wahr. Aber als ich die beiden getroffen habe, war sie bestrebt ... sie wollte sichtlich als gleichwertige Partnerin behandelt werden. Auch was die Unternehmungen in der Arktis betraf, wenn Sie verstehen, was ich ...«

Die Dame von der Kasse öffnete die Tür und lächelte Valerie an.

»Verzeihung, Sie werden gesucht.«

Valerie und der Direktor erhoben sich beide sofort.

»Das ist meine Visitenkarte, falls ich Ihnen je behilflich sein kann.«

Valerie dankte und bewegte sich zur Tür, dann fiel ihr etwas ein.

»Noch eine Frage: Wann war die ... die Bekannte von mir hier, Phyllis Crombe?«

»Vergangene Woche, Montag oder Dienstag.«

Später, als sie in einem Supermarkt in Whitehorse Proviant einkauften, sagte Faye: »Warum hast du ihm nicht ein Foto von Sedna gezeigt?«

Valerie blieb vor dem Gemüsestand stehen. Sie durfte Carol Simpson nicht vergessen, die einen Kosmetiksalon in Vancouver führte und sich glutenfrei ernährte. Carol hatte ihre Schwester Trish, eine frisch geschiedene Mutter von fünf Kindern, auf die Reise mitgenommen und bezahlte alle Kosten, was Valerie rührend fand. Trish war Vegetarierin.

»Ich hab ein Foto auf meinem Laptop. Vielleicht schick ich es ihm. Dann kann er es seiner Sekretärin zeigen.«

»Sedna erkennt doch jeder, sie sticht mit ihrem bunten Haar und dem auffälligen Schmuck heraus«, sagte Faye. »Sie ist sexy, charmant, schillernd ...« Sie suchte nach Worten, dann raunte sie Valerie ins Ohr: »... schmeichlerisch, schmierig, schwindlerisch ...«

»Ach, hör auf!« Valerie brach in Gelächter aus und gab Faye einen sanften Stoß in die Rippen.

»Auch du bist auch ein Blickfang, Val«, murmelte Faye. »Guck mal, wie dich der Typ dort anstarrt. Drüben, beim Fleisch.«

Valerie sah sich um. Ein indianisch aussehender Mann begegnete ihrem Blick. Sie erkannte ihn sofort. Phil Niditichie. Einer von Clem Hardevens Freunden. Mitglied der Gwich'in First Nations und Lehrer am College in Inuvik. Sie grüßte ihn mit einer Handbewegung, und schon kam er auf sie zu.

»Auf dem Weg nach Inuvik?«, fragte er zur Begrüßung.

»Ja, alle Jahre wieder. Wie schaut's auf dem Dempster aus?«

»Bin geflogen. Hab eine Konferenz hier.« Er fuhr sich über den schwarzen Haarschopf. »Haben Sie gehört, was Clem passiert ist?«

»Nein.« Valeries Hals wurde trocken.

»Jemand hat ihn niedergeschlagen. Er ist im Krankenhaus.«

»Oh mein Gott! Ist er schwer verletzt?«

»Eine leichte Gehirnerschütterung. Nichts Gravierendes.«

»Wer hat das getan?«

»Weiß nicht. Aber mit dem Rennen wird's nun nichts für ihn.«

Sie musste zuerst überlegen, von welchem Rennen Phil sprach. Dann verstand sie. Das Schneemobilrennen.

Sie umklammerte den Griff des Einkaufswagens.

»Ist er hier in Whitehorse im Krankenhaus?«

»Nein, in Inuvik. Sie mussten nur eine Platzwunde nähen.«

Phils Stimme drückte keine Wut aus, nur seine Körpersprache verriet Nervosität.

Etwas war los in Inuvik, etwas brodelte. Sie spürte es. Zuerst die tote junge Frau. Jetzt dieser Überfall auf Clem. Was kam als Nächstes?

»Ich werd ihn im Krankenhaus besuchen, in einigen Tagen, sobald ich in Inuvik bin.«

»Der Dempster sollte kein Problem sein. Gutes Wetter im Anzug.«

Sie nickte. Eine Frage nach der toten Gisèle lag ihr auf der Zunge, sie hielt sich jedoch zurück.

»Helvin West muss also eine Weile ohne Clem auskommen«, sagte sie stattdessen.

»Helvin West.« Phil zögerte. »Helv ist seit zwei Tagen verschwunden. Seine Frau ... Toria hat ihn bei der Polizei als vermisst gemeldet.«

»Wirklich? Denkt Toria, dass ihm etwas passiert sei?«

Valerie kannte Toria, sie brachte ihr stets Dinge aus Vancouver mit, die Toria nicht im Internet bestellen konnte.

»Is' nicht das erste Mal, er wird schon wieder auftauchen«, sagte Phil. »Muss weiter. Wir sehen uns bestimmt in Inuvik.«

Valerie sah ihm nach, als er an die Kasse schlenderte.

»Das ist höchst interessant«, hörte sie Faye sagen. Valerie wurde bewusst, dass sie ihr Phil nicht vorgestellt hatte. Das holte sie nun rasch nach und setzte den Einkauf fort. Besser, sie konzentrierte sich auf ihre Tour, als den Ereignissen in Inuvik weitere Beachtung zu schenken.

Als sie die Einkäufe im Chevrolet verstauten, ihrem gemieteten Kleinbus, brach die Sonne durch die Wolkendecke. Tiefblaue Flecken vergrößerten sich am Himmel wie Tintenkleckse auf Küchenpapier. Sie schlug die Hecktür zu.

»Ich ändere unseren Plan. Die Hundeschlittenfahrt findet heute statt.«

»Okey-dokey«, sagte Faye und kletterte in den Chevy. Sie nahmen das Mittagessen mit der Gruppe im Hotelrestaurant ein und fuhren anschließend aus Whitehorse heraus.

Ihre Ankunft auf der Klatinih-Ranch wurde von einer Horde heulender Hunde begrüßt, die alle hofften, für die Schlittenfahrt ausgewählt zu werden. Zwei Männer spannten die ungeduldigen Tiere ein. Glen Bliss und Jordan Walker filmten die Vorbereitungen. Jordan, ein leidenschaftlicher Hobbyfilmer aus Calgary, war acht Jahre älter als der erst siebenunddreißigjährige Glen. Die beiden hatten sich offenbar vor der Reise angefreundet. Eine kanadisch-amerikanische Freundschaft.

Die älteste Teilnehmerin war die achtundsiebzigjährige Anika Forman, eine ehemalige Lacrosse-Spielerin und Farmerin, die bereits früher mit Valeries Firma gereist war und sich von ihrem Alter nicht bremsen ließ. Auf die Hundeschlittenfahrt freute sie sich besonders.

»Warum sind nicht alle Hunde Huskys?«, fragte Anika.

Einer der Männer auf der Klatinih-Ranch, Scott, erklärte ihr, dass manche Hunde für die Schnelligkeit und Ausdauer gezüchtet würden, weil sie Rennen liefen. »Diese Mischlinge nennt man Alaska-Huskys, im Gegensatz zu den Sibirischen Huskys«, sagte Scott. »Die Hunde, die ich trainiere, laufen sechs bis sieben Stunden ohne längere Pause.«

Er erklärte der Gruppe, mit welchen Befehlen man die Hunde zum Laufen, Verlangsamen und Anhalten brachte. Auf einem der vier Schlitten stand Valerie hinten und Paula saß vorne. Nach einem lauten Go! Go! setzte sich der Zug in Bewegung.

Valerie liebte es, wenn die Hunde über den Schnee pfeilten, mit harmonischen Bewegungen und spürbarer Freude und Energie. Sie sausten den Hügel zum gefrorenen Takhini-Fluss hinunter.

Die Schneedecke glitzerte in der Sonne. Dünne, zerzauste Bäume stachen wie Hahnenkämme aus der weiten Ebene hervor. Wenn die Gespanne für eine Fotopause hielten, wühlten sich die warm gelaufenen Hunde in den Schnee, um sich abzukühlen.

Hinter sich hörte Valerie Anikas fröhliches Lachen. Wer sagte denn, dass ältere Damen nicht ausgelassen sein konnten, dachte sie zufrieden. Der Zug setzte sich wieder in Bewegung. Sie verschmolz mit der Landschaft und den Huskys und dem blauen Himmel. Sie vergaß Sedna und das Schicksal ihrer Eltern, sie vergaß ihre Verantwortung und was sie unter Umständen in Inuvik erwartete. Sie fühlte reine Wonne.

Nach zwei Stunden kehrten die Hundegespanne auf die Ranch zurück. Valerie nahm sich Zeit, Hector, ihren Lieblingshund, zu streicheln. Er leckte ihr Gesicht und entfernte die Lotion mit dem Sonnenschutzfaktor fünfundvierzig. Faye tauchte neben ihr auf.

»Rat mal, was ich herausgefunden hab!«, fragte sie mit blitzenden Augen. All dieser weiße Schnee rund herum stand ihr wirklich gut. »Scott hat mir erzählt, dass er Sedna in Dawson City gesehen hat.«

»Hoppla. Weiß er, wer sie ist?«

»Er nicht, seine Freundin. Und die kennt auch Gisèle. Ich meine ... kannte.«

Valerie kraulte Hector hinter den Ohren. »Wann war Sedna in Dawson?«

»Ende Februar. Er hat mir den Namen seiner Freundin gegeben. Sie arbeitet als Kellnerin im Downtown Hotel. Du weißt, das Hotel, wo sie den Whiskey mit dem toten Zeh servieren.«

Valerie warf einen Blick auf das Hauptgebäude der Ranch. Sie sah Trish und Carol darin verschwinden. Souvenir- und Kaffeepause.

Faye war ganz aufgeregt. »Sie hat immer noch diese farbigen Strähnchen. Das hat er mir bestätigt. Er wusste allerdings nicht, was sie vorhatte.« Sie kniete sich neben Valerie und den Hund. »Wir müssen mit Scotts Freundin reden.«

Valerie stand auf und gab Hector eine letzte Liebkosung zum Abschied.

Faye war nicht zu stoppen. »Du weißt, was das bedeutet, nicht wahr? Sedna trägt keine Perücke oder so was. Sie versteckt sich nicht wirklich.«

Sie liefen über den festgestampften Schnee zum Blockhaus. Drinnen zog Valerie Mütze und Handschuhe aus.

»Wenn das so ist«, sagte sie, »wer in aller Welt ist dann Phyllis Crombe?«

14

Die Tür öffnete sich schon wieder.

Clem verspürte wirklich keine Lust auf weiteren Besuch. Die Ärztin hatte ihm Ruhe, Ruhe und nochmals Ruhe verschrieben. Warum wurden diese Leute überhaupt hereingelassen? Er musste sich bei der diensthabenden Krankenschwester beschweren.

Ganz Inuvik schien begierig darauf zu sein, Clem Hardeven in seiner jämmerlichen Verfassung zu sehen. Sogar John Palmer von der RCMP war vorbeigekommen. Das war natürlich abzusehen gewesen. Aber er konnte dem Polizeioffizier nicht helfen. Alles war so schnell gegangen und nachher war er bewusstlos gewesen. Was sollte er Palmer sagen? Er war sich nicht bewusst, dass er Feinde in Inuvik hätte. Er hielt sich immer aus Raufereien und Zank heraus. Trotzdem – konnte er wirklich wissen, ob gewisse Leute nicht doch einen heimlichen Groll gegen ihn hegten?

Palmer hatte ihn wissen lassen, dass Helvin noch nicht aufgetaucht war. Die RCMP hatte offensichtlich keine Ahnung, wo er sich befinden könnte. Clem verriet Palmer den Standort von Helvins Jagdhütte, aber zu seinem Erstaunen hatte die Polizei dort schon nachgeschaut. Keine Spur von Helvin West.

Manche Besucher waren Clem mehr willkommen als andere. Helvins Vorarbeiter wollte Anweisungen für die Eisstraße. Die drei Jugendlichen, die Clem auf dem gefrorenen Boden hatten liegen sehen und Hilfe holen, schauten ebenfalls herein. Gute Jungs. Alle drei waren Inuvialuit-Kids. Clem versprach ihnen ein neues Computerspiel, auf das sie scharf waren.

Sein Kumpel Phil Niditichie nahm sich für einen kurzen Besuch Zeit, bevor er nach Whitehorse flog. Wie immer konnte Phil seine Zunge nicht im Zaum halten.

»Gehirnerschütterung also. Du weißt, was das bedeutet? Keine Arbeit, kein Fernsehen, kein Rennen, kein Sex.«

»Verschwinde«, brummte Clem.

Heimlich war er froh, dass es nur eine leichte Gehirnerschütterung war. Ein Schneehaufen und die Container aus Styropor hatten seinen Sturz gebremst.

Das Gesicht, das jetzt in seinem Blickwinkel erschien, hatte er zuletzt erwartet.

Toria. Helvins Ehefrau.

Sie trug Parka und Skihose auf dem rechten Arm und Mütze und Handschuhe in der linken Hand. Sie legte die Kleidungsstücke auf einen Stuhl. Toria war eine der Frauen, die sich von unförmigen Winterkleidern nicht einschränken ließen und darunter gewagte, freizügige Mode anzogen. Heute trug sie einen eng anliegenden melonenfarbenen Kaschmirpulli mit tiefem Ausschnitt. Toria galt einst als die schönste Frau in Inuvik. Ihre Vorfahren waren Deutsche und Inuvialuit, und dieses gemischte Erbe hatte sich in ihr zur bestmöglichen Wirkung vereinigt. Nur der großzügige Konsum von Alkohol und Nikotin begann, sichtbare Spuren in ihrem ebenmäßigen Gesicht zu hinterlassen. Als sie sich seinem Bett näherte, konnte Clem ihre aufgequollenen Augen nicht übersehen.

»Du siehst schrecklich aus«, sagte sie. »Hat dich jemand ins Gesicht getreten?«

Er wollte den Kopf schütteln, erinnerte sich jedoch rechtzeitig, dass ihm jegliches Schütteln verboten war.

»Nein, ich bin einfach zu Boden gegangen … nachdem mir jemand auf den Schädel gehauen hat. Ich trug nur eine dünne Wollmütze.«

Sie blieb vor seinem Bett stehen.

»Du lieber Himmel, Clem! Was ist nur in diesem verdammten Dorf los?«

»Das musst *du* mir sagen, Toria.«

Er mied ihren Blick und schaute aus dem Fenster, sah auf die blaue und rote Metallfassade des anderen Krankenhausflügels. Der Himmel war bedeckt, aber es wehte kein Wind: Die Flagge der Northwest Territories hing schlaff am Mast herunter.

»Nein, ich will es von dir wissen. Wo ist Helv?«

»Keine Ahnung, wollte, ich wüsste es. Warum hast du nicht mich zuerst angerufen, vor der Polizei?«

Sie verschränkte die Arme, was die Kurven ihres Busens betonte.

»Diesmal ist es etwas anderes. Ich glaube nicht, dass er hinter einer Frau her ist.«

Langsam drehte Clem den verletzten Kopf in ihre Richtung. Die Beziehung zwischen ihnen war schon seit einiger Zeit ungemütlich. Seit sie sich in seine Arme geworfen und ihn zu verführen versucht hatte, weil Helvin wieder eine Touristin aus Schweden oder der Schweiz, oder woher auch immer die Blondinen dieser Welt kamen, aufgegabelt hatte. Clem hatte sie nur beruhigen wollen. Nicht dass es kein Vergnügen gewesen wäre, als sich Torias kurvenreicher Körper an ihn schmiegte. Sie ließ keinen Zweifel offen, dass sie noch mehr handfesten Trost begehrte. Aber sie war die Frau seines Bosses, Herrschaft noch mal! Das war wirklich ein Problem, ohne das er sehr gut leben konnte.

Sie umrundete das Bett. Sekundenlang fürchtete er, sie würde sich auf dessen Kante setzen. Toria begann jedoch, im Zimmer auf und ab zu gehen.

»Ich weiß nicht, was er im Schilde führt. Er ... er glaubt, die Gaspipeline wird nie gebaut werden. Er hatte all seine Hoffnungen darauf gesetzt. Und sein Geld. Unser Geld. All die Ausgaben für Maschinen, die jetzt vor sich hin rosten.«

Clem war all das nicht neu. Er hatte Helvin mehrfach davor gewarnt, noch mehr Dollar zu investieren, bevor die Lage klar war. Helvin hatte ihn ausgelacht. »Du musst in großen Dimensionen denken, Mann. Du wirst nie Erfolg haben, wenn du nicht der Erste bist, der eine Chance packt. Wenn du zögerst, dann überholen dich andere. Und das werde ich zu verhindern wissen, glaub mir.«

Clem wartete, dass Toria mehr preisgab. Aber sie hielt sich zurück.

Er warf eine Angel aus. »Habt ihr den Pick-up schon von der Polizei zurückbekommen?«

»Du denkst doch wohl nicht, dass er etwas mit dieser Frau zu tun hatte! Mit dieser Gisèle. Er war bei mir, die ganze Nacht. Er hat ein hieb- und stichfestes Alibi. Sie hat den Pick-up von uns geklaut.«

Ihr Gesicht zog sich vor Ärger zusammen. »Und damit du's gleich weißt: Die RCMP hat Pihuk vorgeladen und befragt. Diese Gisèle hat sich an jenem Abend mit ihm auf der Eisstraße treffen wollen.«

Clem sagte nichts. Er verfluchte seine Hilflosigkeit. Am liebsten wäre er aufgestanden und rausgelaufen.

Was Toria ihm mitteilte, ergab keinen Sinn. Wie hätte Gisèle den Pick-up stehlen können? Sie hätte zum Gelände von

Suntuk Logistics fahren müssen. Oder jemand hätte sie da hinbringen müssen.

Und jetzt Pihuk. Falls Pihuk wirklich von der Polizei verdächtigt wurde, dann saß er in der Falle. Jemand musste dem armen Teufel helfen. Und Clem wusste genau, wer das tun konnte. Dazu musste er jedoch aus diesem verdammten Krankenhaus raus.

Toria war nun in Fahrt. »Helvin ist manchmal ein Idiot, aber er tut nichts Unrechtes. Letzten Sommer hat er seinen Pick-up dieser Frau aus Vancouver geliehen«, sagte sie und zog ihren Pulli nach unten. Er war nicht lang genug, um ihren Hintern zu bedecken, und alles andere, was in ihren enthüllenden Leggings steckte.

Sprach sie von Valerie? Er spürte einen Stich im Magen.

»Hat dir Val nicht davon erzählt? Sie hat sich ja so aufgeregt, dass ihre Freundin einfach tagelang verschwand.«

Sedna. Toria meinte Sedna. Helvin hatte also seine Finger mit im Spiel gehabt. Toria verriet ihm in ihrer Wut mehr, als sie beabsichtigte. Als er in ihr erschöpftes Gesicht schaute, las er darin nicht nur die Sorge um Helvins mögliche Verwicklungen mit Frauen. Er las darin, dass ihr wirklich etwas Angst zu machen schien. Bevor er weiterbohren konnte, kam die Krankenschwester herein.

»Die Besuchszeit ist leider vorbei«, teilte sie mit.

»Ich geh ja schon, ich geh ja schon«, sagte Toria und griff nach ihren Wintersachen.

»Ich kann ihn nicht suchen geh'n mit meiner Gehirnerschütterung«, sagte Clem. »Nicht in den kommenden Tagen.«

Sie sah ihn an, mit einem rätselhaften Ausdruck in ihren dunklen Augen.

»Du bleibst besser hier. Du würdest nicht dort sein wollen, wo er jetzt ist, glaub mir.«

Mit diesen kryptischen Worten ließ sie ihn allein.

15

Anika Forman setzte vorsichtig einen Fuß nach dem anderen auf. Sie hatte sich nicht das Vergnügen nehmen lassen, über die Holzsteige an den Häusern von Dawson City entlangzuwandern. Glen Bliss und Jordan Walker hatten sie untergehakt, damit sie nicht auf den vereisten Planken den Halt verlor. Nie hatte Valerie eine Person auf ihrer Tour gehabt, die Dawson City und die ganze geheimnisumwitterte Atmosphäre dieser historischen Goldgräberstadt nicht liebte. Und dazu gehörten auch die erhöhten Gehwege für Fußgänger – wie in den Pioniertagen, als es noch keine Teerstraßen gab, nur Dreck an schönen Tagen und Morast im Regen.

Anika lehnte es ab, als alte Dame behandelt zu werden. Aber sie mochte die Calgary Boys, wie sie Glen und Jordan nannte.

Valerie führte die Gruppe durch die Straßen, an Gebäuden aus den Jahren des Goldrauschs vorbei. Ihr liebstes Fotomotiv war die alte Bank am zugefrorenen Yukon. In Dawson City, von den Einheimischen einfach Dawson genannt, hatte man einige der Behausungen sorgfältig restauriert, andere fielen fast in sich zusammen, was indes mithalf, dass die Stadt nicht wie ein steriles Freilichtmuseum aussah. Im goldenen Licht der abendlichen Wintersonne erstrahlten die verfallenden senffarbenen Fassaden der ehemaligen Bank wieder im einstigen Glanz, trotz der verbarrikadierten Fenster unter den neorömischen Zierleisten. Wie eine alternde Bühnenschauspielerin in schmeichelhafter Beleuchtung, so kam es Valerie vor.

Ihre Gruppe war in guter Stimmung. Valerie hörte das lebhafte Geplauder und das Gelächter, und ihr Herz wurde beschwingt. Sie wichen großen Schneehaufen am Straßenrand aus, bis Valerie vor einem hellen Holzhaus stehen blieb, auf dessen Rückwand Gedichtzeilen aufgemalt waren. Der Name des Dichters Robert W. Service, der darunter stand, war offenbar der kleinen Ansammlung bekannt. »The Spell of the Yukon – der Zauber des Yukon.« Paula Kennedy las die Inschrift laut, als ob sie immer noch einer Schulklasse vorstünde, trotzdem unterbrach sie niemand.

Die Mär vom Goldsucher, der wie ein Sklave jahrelang im Dreck wühlte, Krankheit und Hunger ertrug, seine Jugend dem Goldrausch opferte – alles für die wilde Hoffnung auf Reichtum, diese Mär verfehlte auch nach mehr als hundert Jahren ihre Wirkung nicht. Der Erzähler in Services berühmter Ballade machte schließlich mit Gold ein Vermögen – und wurde dennoch enttäuscht. Das Gold und der Reichtum erfüllten das Versprechen von Zufriedenheit, Glück und Lebensfreude nicht.

»Irgendwie ist Gold nicht alles.« Hier endete die Inschrift, Paula rezitierte den Rest der Ballade, standhaft und mit dem Pathos eines Bühnenstars. Sie nahm dazu sogar ihre Mütze vom Kopf, trotz der beißenden Luft. An jedem anderen Ort hätte sie vielleicht peinlich gewirkt, dachte Valerie, aber hier, wo sich das Drama vor fast hundertzwanzig Jahren abgespielt hat, hörten alle aufmerksam zu. Als Paula den letzten Vers beendete und ihren grauen Pagenschnitt effektvoll mitschwingen ließ, applaudierten alle begeistert.

»Wenn man bedenkt, dass dieser Kerl nicht mal ein Goldgräber war«, sagte Jordan.

»Wer? Robert Service?« Das war Trish.

»Japp. Er hat in einer Bank in Whitehorse gearbeitet. Er war nicht in Dawson City während des Goldrauschs, sondern erst einige Jahre später. Er kann gut behaupten, er habe mit Gold nichts am Hut. Er machte ein Vermögen mit seinen Gedichten und setzte sich an der französischen Riviera zur Ruhe.« Valerie war beeindruckt. Sie hatte allen die Lektüre der Werke von Robert Service und auch die Bücher des legendären Jack London empfohlen, der sich in Dawson City kurz als Goldgräber versucht hatte.

Paula ließ sich nach Jordans Ausführungen nicht lumpen und legte nach. »Das ist richtig, er kam erst später nach Dawson City. Da war er schon ein Dichter. Wann war das, Valerie?«

»1908«, antwortete Valerie, die sich auf ihre Rolle als Reiseführerin besann. »Der Goldrausch im Klondike fand von 1896 bis 1899 statt. Während dieser Zeit zogen über dreißigtausend Menschen nach Dawson City, vor allem Amerikaner. Heute leben nur etwa zweitausend Leute das ganze Jahr über in Dawson.« Und dann fügte sie das pikante Detail hinzu, das bei Touristen stets amüsierte Verwunderung auslöste: »Es gab während des Goldrauschs nur drei Klos für all diese Menschen.«

Die lebhafte Reaktion der Gruppe enttäuschte sie nicht.

»Nur ganz wenige wurden reich …«

»Neben Service und Jack London«, warf Jordan ein.

»Das ist richtig. Die meisten kamen ohnehin zu spät nach Dawson City. Die Lizenzen für die abgesteckten Suchgebiete waren schon vergeben, als sie ankamen. Und von den hunderttausend Menschen, die hierherkommen wollten, erreichte nur die Hälfte ihre Destination. Von dieser Hälfte meldeten lediglich zwanzigtausend ihre Claims an den Bächen an. Selbst die gingen leer aus. Vielleicht dreihundert Männer fanden genug Gold und wurden reich. Und wie bei der Lotterie verprassten die meisten dieser Glückspilze ihren Reichtum gleich wieder und besaßen am Ende nichts mehr.«

Während sie redete, fühlte sie, wie ihre Nasenspitze immer kälter wurde. Da zwölf Augenpaare auf ihr ruhten, führte sie den kleinen Vortrag zu Ende.

»Die Leute, die wirklich viel verdienten, waren jene, die Bordelle, Läden und Kneipen besaßen. Manche der Besitzer lebten weit entfernt, in Vancouver und Seattle und San Francisco. Dort mussten die Goldsucher auch ihre Ausrüstung und den Proviant kaufen.«

Paula meldete sich erneut. »Die Polizei hat die Goldsucher gezwungen, so viel Nahrungsmittel und Ausrüstung zu kaufen, dass sie den Winter damit überleben konnten, nicht wahr?«

»Falls sie nicht schon vorher auf dem Schiff oder in den Bergen umgekommen waren«, bemerkte Anika trocken und ließ durchblicken, dass sie sich ebenfalls auf die Reise vorbereitet hatte. »Ich brauche jetzt ein belebendes Gebräu, ich friere sonst am Boden an.«

»Na, dann ist es vielleicht Zeit für den Sourtoe-Cocktail.« Das rief der sonst zurückhaltende Glen, über dessen Schnurrbart sich weißer Reif gelegt hatte. Valerie war überzeugt, dass er es im Scherz meinte, denn sie konnte sich nicht vorstellen, dass er scharf auf ein bizarres Ritual für Touristen war.

Alle anderen waren jedoch dafür. Auf dem vereisten Weg zum Downtown Hotel begegneten sie keiner Seele. Erst als sie in die Second Avenue einbogen, überholte sie ein dunkler Geländewagen, der hinter einem anderen dunklen Geländewagen am Straßenrand parkte. Valerie sah, wie ein Mann vom zweiten ins erste Fahrzeug umstieg. Ihr wurde plötzlich heiß. Im milchigen Licht der historisch nachempfundenen Straßenlampe meinte sie, ein Gesicht erkannt zu haben, das sie nicht hier erwartet hätte. Sie konnte indes keine Gestalten hinter den frostüberzogenen Scheiben ausmachen.

In der Bar des Downtown Hotels zog sie Faye rasch zur Seite. »Ich muss dringend jemanden anrufen«, sagte sie leise, »kannst du auf meine Schäfchen aufpassen?«

»Klar.« Faye streckte den Daumen in die Höhe. »Ich hab allerdings keine Ahnung, wie dieses verrückte Ritual mit dem Zeh im Whiskey abläuft.«

»Keine Sorge, die Barfrau wird die alte Geschichte dieses Brauchs erzählen und euch anleiten, wie ihr den mumifizierten Zeh zu behandeln habt.«

»Ihn nicht zerbeißen oder verschlucken, meinst du?« Faye grinste. Die ganze Sache machte ihr sichtlich Spaß. Valerie registrierte es mit Erleichterung.

Eine Sorge weniger.

Die Gruppe belagerte bereits die Theke, wo eine junge Barfrau, die Valerie noch nie angetroffen hatte, die Sage um die schrumpelige Zehe vortrug. Valerie hatte die Geschichte schon so oft gehört. Dieser menschliche Zeh wurde bei Nichtgebrauch in Salz konserviert und dann, wenn die Touristen antanzten, in ein mit Whiskey gefülltes Glas getaucht, wo er glücklich herumschwamm. Der Whiskey musste von jenen Gästen ausgetrunken werden, die in den Sourtoe-Cocktail-Klub aufgenommen werden und ein entsprechendes Zertifikat wollten.

»Der Zeh muss mit den Lippen berührt werden«, betonte die Barfrau.

Alle in der Gruppe erklärten sich zu dieser makabren Mutprobe bereit, und Jordan und Glen setzten ihre Filmaufnahmen fort, um sie für die Nachwelt zu dokumentieren. Valerie schlich sich in den Flur vor der Bar und wählte Clems Nummer. Wenn er nicht gestört werden wollte, konnte sie zumindest eine Nachricht hinterlassen. Aber er meldete sich rasch und schien erfreut zu sein, ihre Stimme zu vernehmen.

»Endlich, ein Lichtstreifen in meinen düsteren Tagen.«

»Wie geht es dir? Bist du immer noch im Krankenhaus?«

»Nein, sie haben mich so schnell wie möglich rausgeworfen. Zu viele Patienten, zu wenige Betten. Wo bist du?«

»Ich bin in Dawson, und ich glaub, ich hab Helvin gesehen.«

Sekundenlange Stille. Dann sagte Clem: »Sag mir genau, was du gesehen hast.«

Valerie versuchte es. Clems Stimme schien von weit her zu kommen. »Was hat er angehabt?«

Sie überlegte. Nichts, was ihr aufgefallen wäre.

»Eine Kopfbedeckung?«

»Nein.«

»Also stieg er aus dem einen Wagen und dann gleich in den andern?«

»Ja. Ich habe sein Gesicht nur für den Bruchteil einer Sekunde gesehen. Vielleicht hat er einen Doppelgänger.« Sie war sich nun unsicher, ob sie ihn hätte alarmieren sollen. Doch Clem hatte angebissen.

»Kannst du noch einmal hin und die Kennzeichen beider Autos notieren? Und kannst du die Polizei in Dawson benachrichtigen?«

»Die Polizei? Oje. Clem, ich kann die Nummernschilder fotografieren. Ich möchte nur nichts mit der Polizei zu tun haben. Vielleicht ist es ein falscher Alarm und …«

»Du hast genau das Richtige getan. Halt mich auf dem Laufenden, Schnee-Eule.«

Diesen Spitznamen hatte er ihr gegeben, als sie zum ersten Mal in Inuvik auftauchte, in einem weißen Skianzug mit schwarzen Paspeln. »Gute Tarnung im Schnee«, hatte er sie geneckt, »leider nicht die besten Farben, wenn Sie in der Arktis wiedergefunden werden wollen.« Im zweiten Jahr trug sie eine leuchtend orange Daunenjacke.

Valerie warf einen Blick in die Bar, wo die Sourtoe-Narrheit in vollem Gang war. Anika posierte für Jordans Kamera, mit dem Whiskey-Glas und dem mumifizierten Zeh an den Lippen.

»Berühren, berühren, nur nicht beißen«, johlten die anderen. Nur Glen hielt sich etwas im Hintergrund, ein nachsichtiges Lächeln umspielte seine Lippen, ganz nach dem Gentleman-Image, das Valerie von ihm hatte. Faye überwachte alles, und Valerie fühlte eine warme Welle von Dankbarkeit in sich aufsteigen. Dann huschte sie hinaus auf die Straße.

Aus der Entfernung sah sie nur noch einen der dunklen Geländewagen stehen. Als sie ganz nah war, bemerkte sie keine Bewegung und kein Geräusch im Wageninnern. Sie nahm ihr Handy aus der Tasche, wo sie es in kleine Wärmekissen gebettet hielt, und hatte sich bereits leicht nach unten gebeugt, als sie hörte, wie die Autotüren aufgingen. Sie richtete sich schnell auf und sah zwei Männer auf sich zukommen. Keiner von ihnen war Helvin. Sie hatten die Hände in den Taschen und trugen trotz der Kälte keine Mützen.

»Was machen Sie hier?«, fragte der eine. »Fotografieren Sie den Wagen?«

Als Journalistin hatte sie gelernt, dass es oft am besten war, offen zu sein.

»Ja, das wollte ich eigentlich. Ich war mir nicht bewusst, dass jemand im Auto war.«

Sie versuchte, ruhig zu bleiben. Die Straßen waren immer noch menschenleer.

»Können wir die Fotos sehen?« Beide Männer standen nun vor ihr. Ganz nah. Bedrohlich nah.

»Ich bin gar nicht dazu gekommen«, sagte sie. »Ich hab noch kein Foto gemacht.«

»Wollten Sie das Nummernschild fotografieren?«

»Ja. Weil es die Umrisse eines Eisbären hat, und das hab ich noch nie gesehen.«

»Wir hätten trotzdem gern Ihr Handy.« Der Mann streckte die Hand aus, und Valerie bewegte sich instinktiv einen großen Schritt zurück.

Ihr Puls raste. Es sah nicht gut für sie aus.

Unvermittelt sagte einer der Männer etwas zu dem anderen in einer Sprache, die sie nicht verstand. Der zweite Mann antwortete mit einer einzigen Silbe, und sie verschwanden im Fahrzeug. Die Türen knallten zu und der Motor röhrte auf. Eine halbe Minute später konnte Valerie das Fahrzeug nicht mehr sehen. Dann hörte sie ein anderes Auto näher kommen. Sie schaute sich um und erblickte einen Streifenwagen. Er hielt neben ihr und die Scheibe des Beifahrersitzes glitt nach unten.

»Alles okay?«, fragte ein Uniformierter.

Sie nickte heftig und mit Mühe brachte sie sieben Worte heraus:

»Bin auf dem Weg zum Sourtoe-Cocktail.«

Valerie wartete, bis sie die Privatzone des Hotels erreicht hatten, bevor sie Faye alles erzählte.

»Haben sie dich noch was gefragt oder war das alles?«

»Sie fragten, ob ich Hilfe bräuchte. Ich glaube, die Polizisten dachten, die beiden Männer seien betrunken und belästigten mich.«

»Hättest du ihnen nicht sagen sollen, was passiert war?«

»Ich darf nicht in diese Sache hineingezogen werden, Faye. Ich reise mit einer Gruppe, für die ich verantwortlich bin. Ich halte Augen und Ohren offen, das ist ...«

»Verstehe, verstehe. Warum wollte Clem, dass du das Nummernschild fotografierst?«

»Ganz einfach. Er will Helvin finden.« Sie fühlte sich plötzlich sehr müde, Faye dagegen schien noch voller Energie.

»Ist doch irgendwie komisch, dass Helvin nach dem Tod von Gisèle verschwindet. Und dann siehst du ihn hier in Dawson City. Warum verbirgt er das und sagt seiner Frau nichts?«

Valerie fand auch andere Dinge merkwürdig. Warum ging Helvin das Risiko ein, bei der Polizei als vermisst gemeldet zu werden? Oder hatte er sich darauf verlassen, dass Toria sein zeitweiliges Versteckspiel schluckte wie immer? Es war ein offenes Geheimnis in Inuvik, dass zwischen den beiden manchmal die Fetzen flogen.

»Ich frage mich ...«, begann Faye, »... ich komm einfach vom Gedanken nicht los, dass Sednas Untertauchen etwas mit den Vorfällen in Inuvik zu tun hat.«

»Wie kommst du darauf?«

»Ich weiß nicht. Nur so 'n Gefühl.«

Sie näherte sich ihrer Zimmertür. »Mein Gefühl sagt mir auch, dass wir morgen mehr wissen werden. Gute Nacht.«

16

Am nächsten Morgen stand Valerie mit Faye vor einem robusten Zelt. Im Innern lauschte die Gruppe gebannt den Geschichten von Curdy Finch, einem Goldgräber, der gern Touristen um sich scharte. Er war der stolze Besitzer des Claims nicht weit vom Bonanza Creek, der einst Rabbit Creek hieß, und Eldorado Creek. In diesen zwei Bächen war im Jahr 1896 das erste Gold gefunden worden. Valerie brauchte einen heißen Schluck Kaffee aus ihrer Thermosflasche, und Faye versuchte, eine ihrer seltenen Zigaretten zu rauchen, ein Unterfangen, das sie in der unerbittlichen Kälte jedoch bald aufgab. Für eine in Haiti geborene Frau hielt sie sich in Valeries Augen jedoch erstaunlich gut in Kanadas Norden.

Valerie ließ den Blick über die erstarrte Winterlandschaft schweifen, in der sie kein Zeichen von Leben entdecken konnte. Dürres Gebüsch durchbrach die Schneedecke, als ob die Zweiglein nach Luft schnappten. Selbst der graue Himmel schien gefroren. Sie flüchteten sich ins Zelt, in dem in einer Ecke ein Holzofen Wärme verbreitete.

Curdy Finch hielt eine Goldpfanne in der Hand und erklärte wortreich, wie er Kies und Sand aus dem Bach darin wasche, genau wie es die Männer während des Goldrauschs taten. »Die schweren Goldpartikel sinken auf den Boden der Pfanne und können auf diese Weise herausgefiltert werden«, sagte er.

Curdy leerte den Inhalt eines Konservenglases in seine Hand und zeigte dem staunenden Publikum fünf Goldnuggets. »Im vergangenen Sommer habe ich hundert Feinunzen Gold gefunden«, erklärte er, »aber Nuggets sind mehr wert, weil man sie als Schmuck tragen kann.«

Paula Kennedy konnte der Versuchung nicht widerstehen, die Nuggets anzufassen.

»Was sind diese fünf wert?«, fragte sie.

Curdy grinste und enthüllte seine abgewetzten Zähne. »Einige Hunderttausend Dollar.«

Das provozierte Ahs und Wows und ein nervöses Kichern – das war Trish, die wahrscheinlich dachte, dass sie mit diesem Geld die Ausbildung ihrer fünf Kinder bezahlen könnte.

Valerie betrachtete die Runde. Curdy vermochte die Vorstellungskraft seiner Besucher anzufachen, er war ein Geschenk des Himmels. Mit seinem faltigen, wettergegerbten Gesicht und seinen derben Arbeitskleidern entsprach er wirklich dem Bild eines Goldgräbers. Valerie würde ihm wie stets eine Banknote zustecken.

Faye berührte sie an der Schulter. »Wir müssen unbedingt mit Scotts Freundin sprechen.«

Aber auf Valeries Liste stand noch der Riesenbagger aus der zweiten Phase der Goldrauschzeit. Mit den Schaufelketten dieser strombetriebenen Giganten wurde das Erdreich bis in große Tiefen wie durch einen Fleischwolf gedreht. Jedes Mal, wenn sie vom Hügel über Dawson City auf die Flussebene unter ihr schaute, tat es ihr weh zu sehen, wie die Landschaft während der fieberhaften Suche nach Gold zerstört worden war. Die Schäden waren noch heute, mehr als ein Jahrhundert später, deutlich sichtbar.

Nach einem Museumsbesuch und einem Imbiss entließ sie die Gruppe für den Rest des Tages. Valerie und Faye fuhren zum Downtown Hotel und fragten nach Grace Wilkins. Die nette Empfangsdame beschied sie, dass Grace an diesem Tag nicht arbeitete. Sie anerbot sich, bei ihr zu Hause anzurufen, und griff zum Telefon.

»Sie will mit Ihnen sprechen«, sagte sie und reichte Valerie den Hörer.

»Wir haben Ihren Freund Scott in Whitehorse getroffen«, erklärte Valerie. »Wir möchten uns nach einer Bekannten erkundigen, die Sie in Dawson City gesehen haben.«

»Ja, Scott hat mir davon erzählt«, sagte Grace. »Können Sie zu mir kommen?«

Valerie freute sich, dass es so schnell klappte. Die Empfangsdame zeigte ihnen auf dem Stadtplan, wo sie Grace finden würden.

Das Haus, ein Bungalow mit violetter Fassade und limonengrünen Fensterrahmen, befand sich am Stadtrand von Dawson City. Die langbeinige Frau, die ihnen die Tür öffnete, war vielleicht zwanzig Jahre alt. Sie trug einen überlangen Kuschelpulli, mit Glitzer besetzte Bluejeans und kniehohe braune Stiefel aus weichem Kunstleder. Sie lächelte freundlich und führte sie ins Wohnzimmer, das wie ein Boudoir aussah. Bunte indische Tuchbahnen hingen an den Wänden und bedeckten zwei Sofas. Es roch nach Räucherstäbchen.

»Ich muss leider in einer halben Stunde weg«, sagte Grace, »eine Probe für unsere Cancan-Show. Haben Sie die Vorführung schon mal besucht?«

Valerie erklärte ihr, dass sie bisher nur Touren im Winter durchgeführt hatte, wenn das Kasino geschlossen war. Sie verriet ihr jedoch, dass sie sich im Sommer die Cancan-Tänzerinnen in der Diamond-Tooth-Gerties-Spielhalle mit einer Freundin angeschaut hatte. Sie seien beeindruckt gewesen.

Grace strahlte. »Unsere Show für den Sommer ist wirklich toll. Neue Kostüme und eine neue Choreografie. Es wird erotischer werden. Und ich darf singen! Warten Sie.«

Sie verschwand für eine Minute und kam mit einem Ensemble zurück, das sie an sich gepresst hielt. Valerie und Faye bemühten sich, das funkelnde geschnürte Bustier und den farbenprächtigen weit schwingenden Rock zu bewundern, dessen Funktion darin bestand, ständig bis an die Hüften gerafft zu werden, um das Darunter zu enthüllen.

»Sie müssen den Tee probieren, den ich mir direkt aus Indien habe liefern lassen«, sagte Grace und schüttelte ihr rotes, mit Henna getöntes Haar. Sie füllte den Wasserkocher und erkundigte sich nach Valeries Reiseroute. Als sie das Wort Eisstraße hörte, verschwand ihr Lächeln. »Sie haben sicher von Gisèles Tod gehört. Ist das nicht schrecklich? Wir sind alle so schockiert, einfach am Boden zerstört. Wie konnte das nur passieren? Die arme Gisèle!«

»Sie kannten sie gut?«, fragte Faye.

»Natürlich! Wir haben uns oft getroffen. Sie hat mit uns im Diamond Tooth Gerties getanzt.«

Grace stellte drei Tassen auf eine bemalte Kiste, die als Salontisch diente.

»Probieren Sie mal. Ich hab vor, Tee aus Indien zu importieren und im ganzen Yukon zu verkaufen.« Ihr Gesicht erhellte sich wieder. »Gisèle war an solchen Experimenten interessiert, wissen Sie.«

»Was meinen Sie damit?«

»Sie mochte neue Dinge. Sie reiste gern an neue Orte. Vorher war sie eigentlich nur in diesem Kaff in Quebec, ich kenn nicht mal den Namen. Und in Montreal war sie auch einmal.« Sie warf ihr Haar über die Schultern.

Valerie blies auf den dampfenden Tee. Warum zog eine abgelegene Stadt wie Dawson City hübsche junge Mädchen wie Grace und Gisèle an, dachte sie. Selbst wenn es nur für einige Monate war. Was war so aufregend daran, Cancan für Touristen zu tanzen? Oder gab es hier noch andere, weit größere Versuchungen?

»Ist Gisèle deswegen nach Inuvik gefahren?«

Sie beobachtete ein kurzes Zögern in Graces Bewegungen, ein Zucken um ihre frischen Lippen.

»Weiß ich nicht. Ich ... Sie hat mir nicht erzählt, dass sie nach Inuvik wollte. Vielleicht ... wollte sie einfach die Iglu-Kirche sehen. Die ist ja berühmt. Hab ich auch der Polizei mitgeteilt. Gisèle hat mir nicht alles erzählt.«

Sie sah zuerst Faye, dann Valerie an.

»Wie finden Sie den Tee?«

»Interessant«, sagte Faye diplomatisch. »Hab noch nie so was Exotisches probiert.«

Grace öffnete die Lippen zu einem stolzen Lächeln.

»Sie suchen also Sedna?«, fragte sie.

»Scott hat uns erzählt, dass Sie sie gesehen haben.«

»Japp. Im Alchemy-Café.«

»Wann war das?«

»Vor fünf Wochen etwa. Ich habe sie auch im August auf dem jährlichen Goldgräber-Tanzfest in der Eishockey-Arena getroffen.«

Valerie sah sie überrascht an. »Auf dem Goldgräberfest. Sie ist da hingegangen!«

Und sie hatte keine Ahnung von Sednas Absichten gehabt. Wie leicht hatte sie sich doch täuschen lassen.

»Das ist ein großes Ereignis hier. Da treffen sich alle Minenbesitzer und überhaupt alles, was Rang und Namen hat. Viele reiche Leute, sag ich Ihnen. Man kann Lotterielose kaufen und ein Armband aus purem Gold gewinnen. Sechstausend Dollar kostet so was im Laden.« Grace rollte mit den Augen.

»Sie waren auch dort?« Faye hielt ihre Teetasse mit beiden Händen fest.

»Ja, als Kellnerin. Sedna kam mit Richard Melville. Ich kenne Richard, und er stellte sie mir vor. Du kannst nicht mit Richard auf dem Ball auftauchen und nicht auffallen. Vor allem nicht als Frau.«

Valerie merkte auf. *Richard Melville. Wer hätte das gedacht.*

Grace plauderte weiter. »Er hat zwei oder drei Minen hier. Goldminen. Er is' 'n ziemlich großes Tier hier. Und ziemlich alt. Über fünfzig. Richard ist schon ewig in Dawson. Alle kennen ihn.«

Valerie lehnte sich vor. »Was haben Sie über Sedna gehört?«

»Mmmmm … Nur dass sie mit einem Heli irgendwo in die Tundra fliegen wollte. War irgendwie komisch. Helis kosten ein Vermögen hier. Und was wollte sie in der Tundra, ganz allein. 'n bisschen gefährlich, wenn Sie mich fragen.«

»Sie ist also tatsächlich mit einem Hubschrauber rausgeflogen?«

»Weiß nich'. Sie müssen die Leute von Blue Eagle fragen.«

»Können wir Richard Melville treffen?«

»Wahrscheinlich ist er jetzt irgendwo, wo's warm ist. Malediven. Oder Barbados. Florida. Was weiß ich. Irgendwo, wo ich auch den Winter über sein möchte. Nur wegen Scott kann ich nich' weg.«

»Wissen Sie, wo wir Sedna finden können?«

Grace schüttelte den Kopf. »Die will vielleicht nicht gefunden werden. Leute kommen nach Dawson, damit sie wegkommen von der Familie. Oder von der Ehefrau. Is' gang und gäbe.«

Sie sah auf die Uhr an ihrem Handgelenk. Eine erstaunlich teure Uhr, dachte Valerie.

»Ach – bevor ich's vergesse: Können Sie ein kleines Paket nach Inuvik mitnehmen?« Grace sprang auf und holte etwas von einem Brett an der Wand. Faye nahm das Paket entgegen und sah Valerie an. Auf der Verpackung stand ein Name. Clem Hardeven.

»Kennen Sie ihn?«, fragte Valerie und erhob sich.

»Nö. Jemand hat es mit einem Zettel hiergelassen. Dass ich's Ihnen mitgeben soll. Hab keine Ahnung, wer.«

»Kann ich den Zettel sehen?«

»Hab ich schon weggeworfen.« Grace zupfte an ihrem weichen Pulli. »Ist das ein Problem?«

»Nein«, hörte Valerie Faye sagen. »Überhaupt nicht. Vielen Dank für den feinen Tee.«

Erst im fahrenden Chevy platzte Valerie heraus: »Faye, wir können dieses Paket nicht einfach mitnehmen. Wir haben keine Ahnung, was da drin ist. Es könnten Drogen sein.«

Faye lachte. »Ich denke, da war auch etwas im Tee, er schmeckte ein bisschen wie Haschisch.«

Valerie sah sie verständnislos an, und Faye lachte noch mehr. »Val, weißt du, was wir tun? Du rufst deinen Freund Clem an und sagst ihm, wir möchten das Paket öffnen, bevor wir es mitnehmen. Und dann sehen wir, was er sagt.«

»Kluge Frau«, sagte Valerie. »Ich glaube langsam, diese Girls führen Dinge im Schild, die gefährlicher sind als indischer Gewürztee aus Rajasthan.«

Sie parkten den Chevy vor einem Laden mit dem Schild Brown's Pferdegeschirr und Sättel, und Valerie rief Clem auf dem Handy an. Wieder meldete er sich sofort. Der arme Mann musste vor Langeweile am Verzweifeln sein.

Valerie kam unverzüglich zur Sache und erzählte ihm in wenigen Worten von dem Paket.

»Kann ich es aufmachen, damit ich sehe, was wir mit uns schleppen?«

Er schien echt überrascht.

»Ein Paket? Sag noch mal, wer hat es dir gegeben?«

Valerie wiederholte die Information.

»Ich erwarte kein Paket und ich kenne Grace Wilkins überhaupt nicht. Ich seh nicht, warum du es nicht öffnen solltest. Vielleicht hat es mit Helvin zu tun.«

»Es könnte ein tödlicher Virus drin sein oder Anthrax. Hast du noch mehr Feinde?«

Sie sah Faye aus dem Augenwinkel, die ihr Gesicht zu einer gespielten Grimasse verzog. »Val, wenn du willst, kann ich es öffnen, und du kannst währenddessen aussteigen, bis die Luft rein ist.«

»Was hör ich da?«, fragte Clem.

»Das ist Faye, meine Freundin. Sie lacht mich aus.«

Trotzdem übergab sie ihr das Paket. Faye öffnete das braune Packpapier und legte eine kleine, glänzende Schatulle bloß.

Faye machte große Augen. »Oh, ein Verlobungsring?«

Auch das hörte Clem. »Was? Ein Ring?«

Valerie zeigte ihr den Mittelfinger. »Nein, sie macht nur Spaß. Komm schon, Faye.«

Endlich sprang die Schatulle auf. Beide starrten auf das kleine Objekt, das auf einer dunklen, samtenen Oberfläche lag.

»Was ist es?«, fragte Clem.

Valerie pfiff durch die Zähne. »Ein Goldnugget«, rief sie.

»Ein *großes* Nugget!«, sagte Faye.

Stille in der Leitung.

»Hast du Faye gehört?«

»Ja. Das ist nicht etwa ein Scherz?«

»Nein, natürlich nicht. Was sollen wir damit tun?«

»Und kein Absender?«

»Nee.«

Es dauerte einige Sekunden, bis er antwortete.

»Pack das Ding wieder ein, genau so, wie es war, mit dem Papier und allem. Und nimm es mit.«

»Du wirst hoch in meiner Schuld stehen«, sagte Valerie.

»Genügt ein White Russian im Crazy Hunter?«

»Ich will keinen Drink, ich will eine einleuchtende Erklärung.«

»Ich werde versuchen, dich mit etwas Aufschlussreichem zu beeindrucken. Aber im Moment ist mein Kopf etwas angeschlagen.«

»Clem, du hast nicht etwa Gisèle getroffen, als sie in Inuvik war?«

»Ich? Nein. Auf keinen Fall. Wo … wer hat dir so was eingeflüstert?«

»Mein wissbegieriges Gehirn.«

Eine Pause entstand. Dann sagte er: »Wenn du erst einmal hier bist, müssen wir uns unterhalten, wir zwei.«

»Aye, aye, Sir.« Sie wünschte ihm gute Besserung und beendete den Anruf.

Faye sah sie an und schüttelte den Kopf. »Jetzt bin ich wirklich überzeugt, dass Haschisch im Tee war.« Beide brachen in Gelächter aus.

Am Abend informierte Valerie die Gruppe darüber, was sie am kommenden Tag auf dem Dempster Highway erwartete. Die Wettervorhersage war fantastisch, sonnig und nur minus fünfundzwanzig Grad. Faye hatte sich entschuldigt und war dem gemeinsamen Abendessen ferngeblieben. Valerie freute sich auf eine frühe Nachtruhe. Sie putzte sich gerade die Zähne, als es an der Tür ihres Hotelzimmers klopfte. Es war Faye.

»Ich war bei dieser Hubschrauberfirma, von der Grace sprach. Du erinnerst dich? Blue Eagle. Ich habe mich dort nach Sedna erkundigt.«

Valerie hielt die Zahnbürste in der Hand, ihre Lippen waren weiß verschmiert. Faye schreckte das nicht ab.

»Sie wollte zu einem Ort in der Tundra geflogen werden. Einer ganz bestimmten Stelle. Wo eine Frau und ein Mann vor dreißig Jahren ein Zeltlager hatten. Ziemlich bekannte Leute offenbar. Ich habe nicht genau verstanden, worum es ging, alles kein Problem, ich habe den Namen des Paares aufgeschrieben.« Sie holte einen Zettel aus ihrer Bauchtasche. »Wir müssen herausfinden, wer dieses Paar ist. Die Blue-Eagle-Leute meinten, Sedna hätte schließlich den Flug nicht gebucht, weil er ihr zu teuer war. Was für ein Witz! Zu teuer. Als ob sie nicht genügend Geld von mir gestohlen hätte.«

Valerie fühlte sich, als hätte ihr jemand in den Magen getreten. Sie warf einen Blick auf den Zettel und setzte sich auf die Bettkante.

»Nein.«

»Was nein?« Faye starrte sie an.

»Wir müssen nicht herausfinden, wer diese Leute sind. Ich weiß, wer sie sind.«

»Wirklich? Wer?«

»Meine Eltern.«

17

Clem schreckte aus seinem Schlummer auf. Meteor knurrte hinter der Eingangstür und kam zurück zum Sofa, als sein Herrchen aufstand. »Guter Hund«, sagte er und strich ihm liebevoll über den Kopf. »Ich schau gleich nach, was hier los ist.«

Jetzt hörte auch er ein Geräusch. Jemand schlich ums Haus. Seit dem Überfall hielt er die Eingangstür verschlossen. Das hatte er früher nie getan. Er bewahrte auch einen Revolver in Griffnähe auf. Meteor knurrte wieder und schoss in die Küche.

Wer immer dort draußen war, konnte kein Licht im Innern sehen, weil Clem alle Lampen ausgeschaltet hatte, bevor er sich hingelegt hatte. Er fühlte sich ein wenig schwindlig. In der Küche spähte er aus dem Fenster. War das ein Klopfen? Meteor rannte wieder zur Tür. Clem öffnete ein Fenster und rief hinaus. »Zeig dich, du feige Ratte!«

Eine vertraute Stimme drang an sein Ohr.

»*Uqaqtaukun uqaruktuami.*« Ich will telefonieren.

Clem drehte den Lichtschalter. »Was zum Teufel schleichst du da draußen herum? Meteor hat vor Schrecken seine Eier verloren!«

Lautes Knirschen auf dem Schnee. Dann erschien Lazarusie Uvvayuaq im Lichtkegel. Meteor erkannte ihn und stellte sein Knurren ein. Lazarusie folgte Clem in die Küche.

»*Qiqitaani*«, sagte er. Ich friere.

»Na, das ist wirklich eine Schande für einen Eskimo«, sagte Clem. Mit Laz, der ihn manchmal im Scherz Bleichgesicht nannte, konnte er sich das leisten. Er füllte den Wasserkessel und stellte ihn auf den Herd.

»Wie lange hast du da draußen rumgehangen?«

Lazarusie streifte seine Kapuze ab und setzte sich, den Parka immer noch am Leib.

»Keine Ahnung.«

Clem hätte es wissen sollen: Frag einen Inuvialuk nie nach der Zeit. Er stellte die Zuckerdose auf den Tisch.

»Warum hast du nicht gleich an die Tür geklopft?«

»Ich hab niemanden gesehen. Dein Pick-up ist auch nicht da.«

»Der ist immer noch vor dem Krankenhaus geparkt. Die Frau Doktor verbietet mir das Fahren. Vielleicht in 'ner Woche wieder. Du brauchst also das Telefon?«

Lazarusie nickte. »Muss meine Frau anrufen.«

»Gute Idee. Was ist denn passiert? Wieder Ärger mit Tanya?«

Der Wasserkessel begann zu pfeifen, und Meteors Ohren drehten sich nach hinten.

»Die Polizei wollte mit mir sprechen, aber ich war nicht zu Hause.«

»Das seh ich. Du bist hier.« Clem goss schwarzen Tee in zwei Tassen und tischte die unvermeidlichen Kekse auf. Lazarusie nahm reichlich Zucker.

»Warum gehst du nicht zur Polizeiwache und redest mit den RCMP-Leuten? Die haben wahrscheinlich Stiefelspuren bei der Leiche gesehen. Die wissen bestimmt auch, dass ein Schneemobil dort angehalten hat. Es ist besser, du sagst ihnen, was du weißt.«

»Nein, nein. Ich muss zuerst mit dir reden.«

Clem setzte sich mit einem unguten Gefühl. »Wegen der Schamanenrassel.«

Lazarusie schwieg. Sie schlürften in Einklang ihren Tee. Meteor sah von einem Mann zum anderen, er hoffte auf einen Keks. Lazarusie gab dem Hund oft nach, trotz Clems Protesten. Nicht dass die Inuvialuit ihre Hunde verwöhnten. Für Lazarusie war Meteor kein Schlittenhund, kein Arbeitstier, nur das verpäppelte Haustier eines weißen Freundes.

Clem ahnte, was Laz bewegte. Trotz des heißen Tees fühlte er einen kalten Hauch. Er zögerte, spielte mit einem der trockenen Kekse. Schweigen war keine Leere, die Inuvialuit unbedingt mit Konversation füllen mussten. Das hatte er oft beobachtet. Sie saßen manchmal lange beisammen und sagten fast nichts. Er musste das Thema aufbringen, bevor es zu spät war.

»Sie haben Pihuk Bart zur Befragung reingeholt. Willst du der RCMP nicht von der Schamanenrassel erzählen?«

Lazarusie drehte sofort den Kopf weg und tat, als sei er abgelenkt. Clem wusste genau, was das bedeutete: Er hatte ein Tabu berührt. Dennoch konnte er es nicht vermeiden. Die Sache war zu ernst.

»Laz, ich würde diese Frage nicht stellen, wenn es keine Morduntersuchung wäre.«

»Ich muss meine Frau anrufen«, sagte sein Gast.

Clem reichte ihm das Handy. Er ging ins Bad und drückte die Tür vor Meteors Schnauze zu. Trotzdem konnte er Lazarusies Stimme und einige Worte in Siglitun, dem Dialekt der Menschen von Tuktoyaktuk, hören. Er verstand die Zusammenhänge nicht, ahnte indes, worum sich das Gespräch drehte. Er hatte die Geschichte von vielen Leuten gehört.

Danny, der Sohn, der noch im Haus von Lazarusie und seiner jetzigen Frau lebte, war aus irgendeinem Grund als künftiger Schamane aufgezogen worden. Daher durfte Danny – Clem kannte nur seinen christlichen Namen – nicht mit anderen Kindern spielen, weder in der Schule noch zu Hause. Es wurde ihm nicht erlaubt, fernzusehen oder Musik zu hören. Die Familie isolierte ihn von unerwünschten Einflüssen. Als Danny vierzehn wurde, begann er zu rebellieren. Er brach immer wieder von zu Hause aus, kam mit Drogen in Kontakt und erklärte, er wolle Sänger in einer Band werden. Er gab seine Rolle als Schamanenanwärter nicht völlig auf, da sie ihm Bewunderung und Bestätigung verschaffte. Er verschmähte es nicht, auserwählt zu sein. Aber er spielte damit in einer Art und Weise, die nicht den Traditionen und sicher nicht den Vorstellungen der Eltern und des Ältestenrates von Tuktoyaktuk entsprach. Clem schätzte, dass Danny jetzt sechzehn Jahre alt sein müsste. Er hatte kürzlich gehört, dass er an einem Arbeitsbeschaffungsprogramm der Regierung teilnahm.

Er ging in die Küche zurück. Lazarusie sah auf: »Ich werde mit der Polizei sprechen. Was soll ich ihnen sagen?«

Clem füllte Meteors Wasserschale und holte die Schamanenrassel hervor, die ihm Lazarusie zur Verwahrung gegeben hatte. Er hielt die wunderschöne Schnitzerei aus Karibugeweih bewundernd in seinen Händen. Ein Vogelkopf mit kleinen, spitzen Zähnen im offenen Schnabel. Auf der Außenseite des länglichen Körpers bewegten sich Dutzende winziger Anhängsel aus Knochen, die Clem erst nach genauem Hinsehen als Robbenbabys erkannte. Wenn man den Vogel schüttelte, entstand ein Geräusch wie der wilde Wind auf dem Eis. Ein Meisterwerk, das sah Clem sogleich.

»Die hat einer deiner Verwandten geschnitzt, nicht wahr?«

Lazarusie nickte. »Mein Onkel hat einige Rasseln für Danny angefertigt. Sie sehen so ähnlich aus wie die Rasseln seines Urgroßvaters, der ebenfalls Schamane war. Tanya sagt, Danny habe begonnen, sie zu verkaufen. Er habe herausgefunden, dass gewisse Sammler viel Geld dafür bezahlen. Aber das ist wohl nicht wahr.«

»Laz, wie kommt diese Schamanenrassel zu Gisèle?«

Er senkte den Kopf. »Danny sagt, Tanya habe sie gestohlen und verkauft.«

»Es geht das Gerücht, dass Gisèle Pihuk Bart auf der Eisstraße treffen wollte. Falls das stimmt, war sie offenbar an Schamanen interessiert. Hat sie je Kontakt mit Danny aufgenommen?«

»Meine Frau hat Danny gefragt, und er sagt Nein, nie.«

Clem rieb sich über das müde Gesicht. Er sollte sich ausruhen und sich nicht den Kopf zermartern.

»Du musst der Polizei alles erzählen, Laz, auch das mit der Schamanenrassel. Ich seh keinen andern Weg.«

Lazarusie ballte die Hände zu Fäusten und drückte sie auf die Tischkante.

»Das macht die Geister böse. Schlechte Dinge passieren, wenn geweihte Schamanenrasseln in die falschen Hände geraten.«

Clem sah ihn erstaunt an. Nicht die Polizei machte seinem Freund Angst, sondern die Macht eines alten Rituals. Die Rache der Geister.

»Deshalb müssen wir das stoppen, Laz. Du tust genau das Richtige. Und was immer auch geschieht, ich steh hinter dir, okay?«

Er rief John Palmer an und fasste die Situation kurz zusammen.

»Er kann bei uns vorbeikommen, ich bin im Büro«, sagte Palmer.

»Er fühlt sich sicher bei mir, John. Wäre es möglich, dass Sie hierherkommen?«

Zu seiner Überraschung willigte Palmer ein.

Zehn Minuten später tauchte er mit einem zweiten Beamten auf, der sich als Franklin Edwards von der RCMP in Yellowknife vorstellte. Clem erinnerte sich vage, Edwards in Helvins Büro gesehen zu haben. Meteor konnte sich nicht entscheiden, ob er wachsam oder erfreut sein sollte. Clem wies den Hund an, sich auf seine Matte vor dem Ofen zu legen.

Dass die Polizei von Inuvik einen Mann aus der Hauptstadt der Northwest Territories zur Verstärkung hergeholt hatte, erstaunte Clem. Steckte der Tod von Gisèle dahinter? Oder vielmehr die Explosion auf dem Eis, über die bislang nur ein dürres Pressecommuniqué veröffentlicht wurde, das alles herunterspielte?

Palmer stellte die Fragen und Edwards machte Notizen. Lazarusie begann stockend zu erzählen, ließ indes nichts aus, was er Clem bereits verraten hatte. Edwards zog hauchdünne Gummihandschuhe über und steckte die Schamanenrassel in eine durchsichtige Tüte.

Dann sagte Lazarusie: »Ich hab noch was gefunden.«

Seine Hand verschwand in der Hosentasche. Er legte ein handflächengroßes Etwas, eingeschlagen in ein feuchtes, zerfetztes Tuch, auf den Tisch. Eine Schnur war darumgeknüpft.

Edwards entfernte das Tuch. Als Clem die Schatulle sah, stockte ihm der Atem.

»Wo haben Sie das genau gefunden?«, fragte Palmer.

»Zwischen meiner Schneemaschine und ... der Toten.«

»Wie weit von der Toten entfernt?«

»Etwa sieben Armlängen.«

Edwards öffnete die Schatulle vorsichtig. Alle starrten auf das Goldnugget.

Nach einigen Sekunden fand Palmer seine Sprache wieder.

»Warum haben Sie das eingesteckt?«

»Hab vergessen, es wieder hinzulegen – nachdem ich die Tote gesehen hatte und Angst bekam. Und dann ... dachte ich, es sei zu spät.«

Edwards ergriff das Wort.

»Es ist ja nicht so, dass man jeden Tag ein Goldnugget neben der Eisstraße findet, oder? Daran erinnert man sich doch, meinen Sie nicht?«

»Ich wusste nicht, was drin ist. Hab das Päckchen nie geöffnet. Heute hab ich mich daran erinnert, ja, aber erst heute.«

Clem hielt den Zeitpunkt für gekommen, Lazarusie die Polizei vom Hals zu schaffen.

»Mir schickt ebenfalls jemand ein Nugget«, sagte er. »Hab das auch erst gestern vernommen.«

Die Augen der Polizisten wanderten zu ihm. Lazarusies Augen auch.

»Eine Bekannte hat mich gestern aus Dawson City angerufen. Eine junge Frau hat ihr ein Paket übergeben mit der Bitte, es für mich mitzunehmen. Meine Bekannte fährt heute den Dempster hoch. Jemand hat meinen Namen auf das Paket geschrieben. Ich habe ihr gesagt, dass ich von niemandem ein Paket erwarte. Wir entschlossen uns, es zu öffnen. Und das war drin. Eine Schatulle mit einem Goldnugget.«

»Wo ist das Paket jetzt?«, fragte Edwards.

»Meine Bekannte bringt es mit.«

»Wo ist sie?«

»Sie müsste heute von Dawson losgefahren sein.«

»Wie heißt Ihre Bekannte?«

»Sie ist eine Reiseführerin aus Vancouver, kommt mit einer Gruppe nach Inuvik. Valerie Blaine.«

Clem entging nicht, dass Edwards kurz stutzte und dann den Namen ohne Nachfragen notierte.

»Wie heißt die Frau, die Ihrer Bekannten das Paket gegeben hat?«

»Grace. Grace Wilkins, wenn ich mich richtig erinnere. Sie arbeitet als Barfrau im Downtown Hotel.«

Clem hatte plötzlich das Gefühl, dass die beiden Ermittler mehr wussten, als sie zu erkennen gaben. »Was hat es auf sich mit diesen verdammten Nuggets, John?«

»Das versuchen wir herauszufinden.«

»Lassen Sie mich raten: Noch mehr von diesen netten Geschenken sind anderswo aufgetaucht, hab ich recht?«

Edwards erhob sich und Palmer tat es ihm nach.

»Lazarusie, wir werden Ihre Aussagen auf der Wache offiziell aufnehmen müssen. Heute nicht mehr, morgen.«

Dann wandte er sich an Clem.

»Vergessen Sie nicht, uns das Nugget auszuhändigen.«

»Wie könnt ich das vergessen.« Clem streckte den Rücken, als ob er noch imposanter erscheinen müsste, als er schon war bei seiner Größe. »Was derzeit hier passiert, ist ziemlich merkwürdig, das kann ich Ihnen sagen. Eine gigantische Explosion im Eisbärenland, eine tote Frau auf der Eisstraße, jemand haut mir auf die Rübe, verdammt, und jetzt pflastert irgendwer die Straßen mit Goldklumpen. Helv West ist seit Tagen von der Erdoberfläche verschwunden. Und niemand kann uns sagen, was hier los ist. Schöne Zustände sind das. Echt beruhigend.«

Er stieß seinen Stuhl zurück. »Wissen Sie etwas über Helvin? Haben Sie was über seinen Aufenthalt in Dawson rausgefunden? Und was ist mit dem Idioten, der mich k. o. geschlagen hat?«

John Palmer rückte seine Fellmütze zurecht. »Wir sind froh, dass Sie uns diese Informationen haben zukommen lassen«, sagte er. »Wir tun alles, was in unserer Macht steht.«

Der Beamte aus Yellowknife nickte in Clems und Laz' Richtung. »Gute Besserung. Und rufen Sie uns an, wenn Sie was hören.«

»*Was* soll ich hören?«, murmelte Clem, als die zwei Besucher das Haus verließen.

»Von deiner Freundin auf dem Dempster«, sagte Lazarusie.

18

Pünktlich um acht Uhr verließen sie Dawson City. Das Frühstück musste warten. Der Chevy wärmte sich langsam auf. Wenige Minuten später brach jemand – Valerie glaubte, Carols Stimme zu erkennen – in einen Ruf aus, in den die anderen sogleich einstimmten.
»Dempster! Dempster! Dempster! Dempster! Dempster ...«
Selbst Faye grölte mit. Valerie fühlte sich in ein Fußballstadion mit jubilierenden Fans versetzt. Es war unmöglich, nicht von der ausgelassenen Stimmung im Minibus angesteckt zu werden. Sie drehte sich um und sah lauter fröhliche Gesichter, trotz der frühen Morgenstunde. Ein Segen für eine Tourenleiterin. Sie lachte und schüttelte den Kopf wie eine amüsierte Mutter: Was seid ihr mir doch für eine Bande.

Sie hielten an der Auffahrt zum Dempster Highway und lasen sich die Checkliste für die Fahrer auf einer Informationstafel durch: Erste-Hilfe-Koffer, Wasserkanister, Notsignalbehälter, Benzinkanister. Im Winter Schaufel, Schlafsack, warme Kleidung, Ofen und Zündhölzer und ein Fahrzeug in gutem Zustand, sorgfältig überprüft. Valerie ließ den Minibus noch vor zwei weiteren Tafeln halten: Eagle Lodge 363 km, Inuvik

735 km. Die letzte Warnung beeindruckte die Gruppe am meisten: Nächste Tankstelle 370 km.

Der Chevy-Bus setzte sich wieder in Gang und alle riefen durcheinander.

»Bekommen wir eine Gefahrenzulage?«

»Val, hast du auch Gefrierschutz mitgenommen?«

»Ich schwitze bereits in meiner Thermounterwäsche.«

»Wärmt die Batterien für den Fotoapparat, Leute.«

»Warum trägst du nicht dein Hawaiihemd, Jordan?«

»Funktioniert das Satellitentelefon mit Batterien?«

»Wie kalt ist es draußen, Val?«

»Minus dreißig, später sollen es minus fünfundzwanzig Grad werden. Ihr seid wirklich Glückspilze.« Sie verschwieg, dass der Inhalt des Wasserkanisters und die Schokoriegel über Nacht im Bus hart wie Stein geworden waren. Für den ersten Kaffee würden sie Schnee schmelzen müssen.

Die Fahrbahn aus gefrorener Erde war glücklicherweise fast schneefrei. Valerie erzählte der Gruppe, dass das Klima entlang des Dempster Highways erstaunlich trocken sei, weil die Berge an der Pazifikküste die feuchte Luft zurückhielten. Im Gegensatz zu anderen Gegenden Kanadas sei der Norden des Yukon-Territoriums in der Vorgeschichte frei von Gletschern und Eisdecken gewesen. »Aber das wisst ihr ja bereits aus dem Beringia-Museum«, sagte sie. »Im Winter fällt hier wenig Schnee und es taut im Frühling rasch, deshalb seht ihr diese tiefen Rinnen« – Valerie zeigte auf die Gräben im Boden –, »so kann das Wasser ablaufen und die Straße wird nicht überflutet. Sonst gefriert es, und wir bekommen eine Eisbahn.«

Beim letzten Satz hatte sie die Aufmerksamkeit der Gruppe bereits verloren, denn Glen Bliss hatte einen Rotfuchs erblickt.

»Fotostopp!«, rief er. Valerie sah den Fuchs nun auch, er lag neben einem Tännchen in einer Kuhle. Als der Minibus hielt, sprang er davon.

Feiner Nebel hatte sich über die Landschaft gelegt, er ließ nur die Böschungen frei. Ab und zu ragten Tannen aus der milchigen Suppe, wie schwarze, krakelige Tuschzeichen.

Auf dem harten Schotter kamen sie zügig voran. Ein Wagen des Straßendienstes begegnete ihnen, das einzige Fahrzeug seit einer Stunde. Valerie merkte, dass sie instinktiv nach einem dunklen Auto Ausschau hielt. Während die Stimmen in den Sitzen hinter ihr aufgeregt schnatterten, redeten sie und Faye nur das Notwendigste.

Faye konzentrierte sich auf die Straße, sie nahm ihre Aufgabe sehr ernst. Valerie erinnerte sich daran, wie sie im Sommer dieselbe Strecke gefahren war. In den ersten Morgenstunden hatte Sedna geschlafen. Ihren Rausch ausgeschlafen, hatte Valerie vermutet, denn während sie sich früh zur Nachtruhe niedergelegt hatte, war Sedna angeblich nochmals ins Downtown Hotel gepilgert. Zu einem Schlaftrunk, wie sie es genannt hatte. In jener Augustnacht dinierte und tanzte Sedna mit Richard Melville, dem Goldminenbesitzer, auf dem Goldgräberfest.

Sie verschob ihre Gedanken auf ihren Bruder Kosta, dem sie am Morgen noch eine lange E-Mail mit ausführlichen Neuigkeiten geschickt hatte. Es gab keinen Grund mehr, ihm nicht von Sedna zu berichten. *Warum ist Sedna hinter unseren Eltern her?*, schrieb sie ihm zum Schluss.

Unseren Eltern. Immer noch kam ihr der Begriff seltsam vor, wenn er Mary-Ann Strong einschloss. Eine Mutter, die ihr weiterhin fremd war. In diesem Moment überfiel sie der Gedanke, dass Sedna mehr über Mary-Ann wissen wollte als sie, Valerie, die leibliche Tochter. Warum?

Peter Hurdy-Blaine, deine Familie ist nicht, was sie vorgibt zu sein.

»Diese knallige Jacke steht dir gut«, unterbrach Faye Valeries Grübeleien.

»Oh, danke.« Valerie sah überrascht zu ihr hinüber. »Ich will im Schnee gesehen werden. Gelb oder Pink, das war die Frage.« Faye trug eine hellgrüne Jacke. Niemand konnte ihnen vorwerfen, nicht mit gutem Beispiel voranzugehen.

»Dann stell dich doch mal in den Schnee, damit die da oben dich sehen.«

»Die da oben?«

Faye zeigte mit dem Kinn Richtung Windschutzscheibe.

Valerie beugte sich vor. Sie sah einen Hubschrauber eine Schleife drehen und dann wieder aus ihrem Blickfeld verschwinden.

»Jemand lässt uns nicht aus den Augen«, sagte Faye.

Valerie lehnte sich zurück. »Wahrscheinlich der Straßenbeobachtungsdienst.«

»Wahrscheinlich«, sagte Faye, nicht gerade überzeugt.

Hinter ihnen diskutierte die Gruppe das Leben von Jack Dempster, nach dem der Highway benannt worden war. Paula war einmal mehr in ihrem Element und belieferte ihre Reisekumpane mit Informationen aus einer Broschüre. Valerie hatte dieses Kapitel für das nächste Picknick aufgespart, doch sie überließ Paula die Aufgabe gern.

»Die Männer der Royal Northwest Mounted Police patrouillierten im Norden des Yukon-Territoriums und des Mackenzie-Deltas mit Hundegespannen. Diese Patrouillen hielten in den Wintern von 1904 bis 1921 die Verbindung zwischen Dawson City, Fort McPherson, Herschel Island und Rampart House aufrecht. Die Polizisten waren manchmal monatelang unterwegs. Es war Jack Dempster, der herausfand, was mit Polizeiinspektor Fitzgerald und seinen drei Begleitern geschehen war, die 1911 von einer Patrouille nicht zurückkehrten.«

Valerie wusste, was jetzt kam: Die Polizisten hatten sich verirrt und waren verhungert. Man fand sie rund sechsundfünfzig Kilometer von Fort McPherson entfernt, einem Handelsposten der Hudson's Bay Company. So nahe der Rettung – und doch unwiederbringlich verloren.

Kaum hatte Paula geendet, begann das Stimmengewirr erneut.

Faye raunte ihr etwas zu, aber Valerie konnte sie erst beim zweiten Mal verstehen.

»Ich weiß nicht, ob ich verrückt bin, denn mir ist, als könnte ich Sedna riechen. Als ob sie in der Nähe wäre.«

»Kannst du hellsehen? Das wäre sehr praktisch. Ich kann dir aber leider nicht mehr dafür bezahlen.«

»Du nimmst mich nicht ernst, Val. – Na, ist mir egal. Ich hab einfach dieses Gefühl.«

Valerie legte die Hand auf Fayes Arm.

»Entschuldige. Ich bin etwas angespannt. Und mein Magen knurrt. Wir sind schon bald da und machen Pause.«

»Siebzig Kilometer und nur ein einziges Auto.« Faye pfiff mit gespitzten Lippen.

Valerie lächelte. »Glaub mir, es wird nicht besser.«

Zehn Minuten später bogen sie auf den Tombstone Mountain Campground ein. Im offenen, blockhüttenartigen Unterstand fütterten sie den Ofen mit Holzspänen und Scheiten. Sie schmolzen Schnee für den Kaffee in Aluminiumtöpfen, die sie auf die Ofenplatte stellten. Alle packten mit an. Sie brieten Currywürstchen und Tofu für Trish und Carol. Abwechslungsweise standen sie am Ofen und wärmten sich die Hände. Valerie legte Ananas, Camembert, Baguettes, Pommes Chips, Karotten und Trockenschinken auf den Holztisch. Nach dem Essen präsentierte sie eine Flasche Baileys, die sie in ihrem Zimmer warm gehalten hatte. Die Gruppe reagierte entzückt, Pappbecher wurden hingehalten. Nur Faye verzichtete pflichtbewusst.

Valerie schaute in die Runde. Jemand fehlte. »Wo ist Trish?«

»Sie wollte aufs Klo«, rief Carol.

»Sie ist mit mir und Paula rausgegangen«, sagte Glen.

»Wie lange ist sie schon weg?«

»Fünfzehn Minuten vielleicht.«

Valerie zögerte keine Sekunde. »Komm, wir schauen nach, wo sie geblieben ist.«

»Soll ich mitkommen?«, fragten Faye und Glen gleichzeitig.

Valerie überlegte kurz. Faye musste bei der Gruppe bleiben, aber Glen war kräftig und konnte vielleicht nützlich sein. Dann entschied sie anders. Sie wollte einen amerikanischen Staatsbürger nicht in mögliche Schwierigkeiten bringen.

»Nein, bleibt bitte bis auf Weiteres hier.«

Sie nahm Carol beim Arm. »Nie jemanden draußen allein lassen, immer zu zweit – schon vergessen?«

Carol schaute verlegen in Richtung Gruppe. »Auch auf dem Klo?«

»Immer«, sagte Valerie und stapfte in den Schnee hinaus. Sie hörte Carols schwerfällige Schritte hinter sich. Die Häuschen der Plumpsklos waren in der Umgebung verteilt, in keinem trafen sie Trish an. Überall fanden sie Spuren, zu viele, um sie unterscheiden zu können. Carol rief wieder und wieder den Namen ihrer Schwester, zuerst zögerlich, dann immer lauter. Sie zogen Kreise im Schnee und brachen durch Gestrüpp, Valerie vorne, Carol dicht dahinter.

Plötzlich hörten sie eine schwache Stimme in einer Senkung, etwa zweihundert Meter entfernt. Sie kämpften sich durchs Unterholz auf die Stimme zu.

Erst als sie den Boden der Senke erreicht hatten, entdeckten sie einen blaugrünen Flecken im Weiß. Trish kam ihnen wankend entgegen. Sie fing an zu weinen, noch bevor Carol sie in die Arme schloss.

»Ich … ich habe den Rückweg nicht mehr gefunden«, schluchzte Trish. Ihr sonst perfekt geföhntes Haar war feucht und platt gedrückt. Wo war ihre Mütze? Valerie bemerkte auch, dass sie keine Handschuhe trug. Sie wickelte ihren eigenen Schal um Trishs Kopf.

»Das Klo ist doch ganz nah«, sagte Carol, ganz die ältere Schwester.

»Ich geh nicht auf solche Klos«, stammelte Trish, »sie … ekeln mich.«

»Warum bist du dann so weit gelaufen?«

Valerie stoppte die Befragung. »Wir bringen sie jetzt so schnell wie möglich ins Warme.«

Die Gruppe erwartete sie mit neugierigen Gesichtern und dampfenden Kaffeebechern in der Hand. Auf Faye war wirklich Verlass. Die heiße Flüssigkeit ließ Trishs Tränen versiegen. Sie gab Valerie ihren Schal zurück und erzählte, dass sie sich ins Gebüsch gewagt hatte, um nicht das Plumpsklo benutzen zu müssen. Von dort sei sie einer Spur zurückgefolgt, der eigenen, wie sie meinte, aber das habe sich als Irrtum herausgestellt. Sie habe die Umgebung plötzlich nicht wiedererkannt. Und dann habe sie Geräusche gehört, ein Stampfen im Schnee.

»Jedes Mal, wenn ich stehen geblieben bin, hörte auch das Geräusch auf. Es war unheimlich.« Trishs sonst so blasses Gesicht glühte nun. »Dann, als ich weitergegangen bin, hab ich es jedes Mal wieder gehört. Ich hatte richtig Angst.«

»Vielleicht waren es unsere Schritte«, sagte Carol und legte den Arm um ihre Schwester.

Die schüttelte den Kopf. »Nein, euch hab ich erst später gehört. Es kam mir wie eine Ewigkeit vor.« Ein Schauer schüttelte sie.

Valerie legte ebenfalls beruhigend den Arm um Trishs Schulter. Man konnte nie voraussagen, wie Menschen auf eine ihnen unbekannte Umgebung reagierten.

Trish zog etwas aus dem Innern ihrer Jacke. »Das habe ich im Schnee gefunden.«

Sie starrten auf den länglichen Gegenstand in ihrer Hand. Er sah einer Miniatur-Ukulele ähnlich, mit einem schmalen Hals und einer bauchigen gewölbten Schale, aus deren Mitte ein geschnitztes Gesicht hervortrat. In den Seiten steckten Holzstäbchen, an denen stilisierte Fische und Muscheln befestigt waren.

Valeries Herz begann zu klopfen. Sie konnte nicht glauben, was sie da sah.

Anika fand als Erste ihre Sprache wieder. »Was ist denn das?«

»Ein Instrument?«, fragte Jordan, während er schon nach seiner Kamera langte.

Valerie nahm Trish den Gegenstand rasch aus der Hand.

»Wo genau hast du das gefunden?«

»Hm ... nicht weit ... nur einige Schritte vom zweiten Klohäuschen entfernt. Noch bevor das Gebüsch anfängt.« Sie schien immer noch benommen.

»Was ist das?«, fragte Paula, die so nahe stand, dass Valerie den Baileys in ihrem Kaffee roch. Sie fühlte alle Augen auf sich gerichtet.

»Eine Schamanenrassel«, erklärte sie hastig. »Damit rufen die Schamanen der Inuit die Geister herbei.«

»Ein Souvenir, das jemand verloren hat?« Glen wollte die Rassel betasten, aber Valerie zog ihre Hand weg.

»Die sieht echt aus, sie gehört in die Hand eines Experten«, sagte sie und wickelte sachte ihren Schal um die Rassel. Dann zwang sie sich zu einem Lächeln.

»Trinkt ihr mal euren Kaffee, während Faye und ich das Geschirr zum Bus zurücktragen.«

Glen rief ihnen hinterher: »Vergesst nicht: Nur zu zweit aufs Klo!«

Valerie streckte den Daumen bejahend in die Höhe.

Kaum waren sie außer Hörweite, sagte sie: »Ich bin ziemlich sicher, ich hab diese Rassel schon mal gesehen.«

»Ach? Und wo?«

»Sedna hat sie im Sommer mit nach Hause gebracht. Sie hat sie mir auf der Rückfahrt von Inuvik gezeigt, jedoch nie verraten, wo sie das Ding herhatte. Normalerweise bekommt man so was nicht in die Finger.«

Valeries Stimme überschlug sich fast. »Diese Rassel ist wahrscheinlich sehr alt. Die kann man nicht einfach so kaufen. Und jetzt finden wir sie hier!«

Faye öffnete die Hecktür des Busses und verstaute einen Karton mit Lebensmitteln. Dann zog sie die Mütze tiefer ins Gesicht.

»Und du hast mich ausgelacht, als ich gesagt habe, ich könnte riechen, dass Sedna irgendwo hier ist«, sagte sie.

Valerie nickte geistesabwesend.

»Komm«, sagte sie, »wir suchen rasch die Umgebung ab, vielleicht finden wir noch was.«

19

Meteor hopste wie ein Gummiball neben dem Schneemobil her, als Clem zum gefrorenen Mackenzie hinunterfuhr. Er hatte es nicht mehr im Haus ausgehalten, war sich wie ein Gefangener in den eigenen vier Wänden vorgekommen. Die eiskalte Luft in Lunge und Kopf fühlte sich wie eine Befreiung an. Die Sonne strahlte, als müsste sie mit all ihrer Kraft das schlechte Wetter der Wintertage wettmachen. Sie lockte die Menschen von Inuvik aus ihren Behausungen.

Auf dem Eis waren die Vorbereitungen für das Muskrat Jamboree in vollem Gang. Für das Frühlingsfest hämmerten Männer die Planken auf der Tribüne fest, auf der in einigen Tagen Wettbewerbsteilnehmer darum wetteifern würden, möglichst schnell tote Bisamratten zu häuten. Clem hatte es mehrfach versucht, aber er war wie viele Vertreter seines Geschlechts kläglich gegenüber den geschickten Inuvialuit-Frauen gescheitert. Seine Domäne war das Schneemobilrennen, jetzt musste er wegen seiner Gehirnerschütterung darauf verzichten. Er hoffte, dass die Ärzte und das Personal des Krankenhauses ihn nicht dabei erwischten, wie er sein Schneemobil über den gefrorenen Fluss lenkte.

Der mächtige Mackenzie. Kanadas längster Strom, der im Sommer kraftvoll und breit wie ein großer See und manchmal auch reißend und gefährlich Richtung Polarmeer floss und sich im Winter in eine weiße, unendliche, zu Bewegungslosigkeit erstarrte Ebene verwandelte. Eine Metamorphose, die Clem selbst nach sieben Jahren in Inuvik immer noch fesselte.

Gegenüber der Tribüne stand ein Zelt mit einem Gestänge aus ungeschälten dünnen Baumstämmen, aus dem ein rauchendes Ofenrohr ragte. Clem parkte sein Schneemobil daneben, als eine Inuvialuit-Frau in geblümtem Mother-Hubbard-Parka und Wollmütze auf dem schwarzen Haar aus dem Zeltinnern trat. Sie hielt ein leuchtend pinkes Plakat in den Händen. Es war Marjorie Tama. Clem sah sie nicht oft in traditioneller Kleidung. Die Bürgermeisterin hielt in ihrer Bewegung inne.

»Clem! Was für eine Überraschung! Bist du aus dem Krankenhaus geflohen?«

»Na klar, Marj, jemand muss doch die Gauner fangen, die mich verprügelt haben.«

»Vielleicht haben die den Falschen erwischt«, sagte Marjorie, »niemand hat etwas gegen dich, Clem, das kann ich mir einfach nicht vorstellen.«

»Weiß nicht, Marj, 'n bisschen viel Übles in kurzer Zeit, findest du nicht?«

Clem wusste, dass sich Marjorie wegen der gewalttätigen Ereignisse in ihrer Gemeinde sorgte. Wenn Konflikte drohten, dann verstand sie es, zu beschwichtigen und zu vermitteln. Sie glaubte an professionelle Schlichtung am Verhandlungstisch, aber auch an die Heilkraft und Weisheit der alten Mythen ihres Volkes, die sie an die Kinder und manchmal auch an die Erwachsenen weitergab. Clem hörte ihr immer aufmerksam zu. Wenn sie sprach, fühlte er sich an die Zeit erinnert, als seine Eltern abends Märchen erzählten. Doch anstelle der bösen Hexe oder der menschenfressenden Riesen beflügelte nun *qallupilluk*, der Kinderdieb, seine Fantasie. Ein Ungeheuer mit schleimiger Fischhaut und Schwimmhäuten zwischen den Fingern, das sich im Frühling in den Spalten der aufbrechenden Eisschollen versteckte und die Kinder, die sich daraufwagten, ins Wasser zog. Besonders faszinierte ihn *mahaha*, der Kitzler, der die Menschen mit seinem manischen Kichern und den Adlerkrallen erschreckt, der im Blizzard auf unglückselige Wanderer lauert und seine Opfer zu Tode kitzelt.

Für den Tod der jungen Gisèle Chaume auf der Eisstraße gab es keine Monsterlegende. Etwas Unfassbares, Bedrohliches lag in der Luft, für das Marjorie und Clem keinen Namen hatten. Es entsprach jedoch nicht der Natur der Inuvialuit, sich von Angst auffressen zu lassen. Es gab kaum etwas, dem sie sich nicht mit Humor, Mut oder Gelassenheit entgegenstellten.

Marjories Mund verzog sich zu einem breiten Grinsen.

»Warum eigentlich treff ich dich immer dort an, wo es was zu essen gibt?«

Clem nahm den lockeren Ton sofort auf. »Der Mensch muss überleben, Marj. Was hast du denn auf der Speisekarte?«

Sie hielt ihm das Plakat hin.

Das Angebot kam ihm vertraut vor, es war nicht anders als im vergangenen Jahr. Gebratene Bisamratte mit Kartoffelsalat. Mehlsuppe mit *balowak*, Kaninchen. *Maktak*, Walfett. *Uqsuq*, Robbenfett. Suppe mit Gänsefleisch. Chili con Carne mit Brötchen. Und Pfannkuchen und Muffins zum Kaffee.

»Wer fängt die Bisamratten?«, fragte Clem.

Sie sah an ihm vorbei. Er folgte ihrem Blick. Pihuk Bart lungerte bei einer Baracke herum, die man fürs Fest aufgestellt hatte. Auf dem Kopf trug er eine gestrickte Wollmütze mit Zotteln, die an die Mähne eines Pferdes erinnerten. Lederfransen waren überall an seine Jacke genäht, gestickte Blumen verzierten die Brustpartie. Über den Mund hatte er sich wie ein Gangster ein schwarz-weißes Tuch gebunden.

»Klamotten wie 'n Cowboy«, sagte Clem.

Marjorie schoss ihm einen strafenden Blick zu. »Sag ihm das nicht, er ist Schamane.«

»Lässt ihn die RCMP nun in Ruhe?«

»Er soll ein solides Alibi haben. Dagegen kommt die Polizei nicht an.«

»Und was erzählen sich die Leute über unsren Schamanen?«

»Er hat seine Anhänger. Vielleicht war Gisèle von ihm beeindruckt. Laz Uvvayuaq gehört hingegen bestimmt nicht zu seinen Fans. Den Uvvayuaqs gefällt das alles überhaupt nicht. Für die Leute in Tuktoyaktuk ist Danny Uvvayuaq der nächste große Schamane. Kaffee?«

Clem folgte Marjorie in das Zelt. Sie füllte einen Pappbecher aus der Thermosflasche, während sie weiterredete.

»Danny will nicht mehr, hab ich gehört. Der hat es satt, eingesperrt zu sein. Nicht einfach für so 'n jungen Kerl. Keine Musik, kein Tanz, keine Freunde, keine Feste. Es gibt Gerüchte, wonach sich Danny manchmal nachts aus dem Haus schleicht. Und die Leute in Tuktoyaktuk denken, Pihuk sei schuld.«

Clem nahm den dampfenden Becher entgegen. Selbst durch seine Handschuhe fühlte er etwas Wärme. Er wollte das Thema wechseln, denn Lazarusie war sein Freund.

»Was denkst du, ist damals in Inuliktuuq passiert? Warum sind alle in die Kälte hinausgeflohen? Warum sind die Leute in den sicheren Tod gegangen? Und warum haben sie das kleinste Kind zurückgelassen?« Den hilflosen Säugling, der als Einziger überlebte. Pihuk Bart.

Marjorie wiegte den Kopf hin und her.

»Vielleicht haben sie Angst gehabt.«

»Angst wovor?«

»Vor dem Kind.«

»Warum …«

Ein Tumult vor dem Zelt schnitt ihm das Wort ab. Er wusste sogleich, was es war. »Meteor!«, schrie er und stürmte hinaus. Es war zu spät. Von allen Seiten rannten Menschen auf ein wildes Knäuel von keifenden, knurrenden, geifernden Hunden zu, die sich in den Strängen eines Schlittengespanns verheddert hatten. »Meteor!«, schrie Clem erneut, dann sah er einen Mann mit einem Stecken auf den brodelnden Haufen einschlagen. Lautes Gejaule und Gewinsel folgte. Meteor löste sich aus dem Haufen und rannte wie wild geworden über den Platz, bevor ihn Clem mit seinem Rufen an den richtigen Ort steuern konnte. Blut schimmerte unter dem Ohr des Hundes. Clem wies ihn barsch zurecht, er war jedoch genauso wütend auf sich selbst, weil er Meteor aus den Augen gelassen hatte. Der Schlittenführer versuchte mithilfe des Stockes, die Leinen der aufgeregten Hunde zu entwirren. Clem erkannte den Jäger Nuyaviaq Marten aus Tuktoyaktuk. Er befestigte die Leine an Meteors Halsband.

Marjorie, die vor dem Zelt stand, erfasste die Situation intuitiv. »Nuyaviaq bringt *maktak*«, sagte sie. »Hier, gib ihm einen Becher Kaffee, das wird ihn besänftigen.«

»Ich bin ein Idiot«, sagte Clem, als er Nuyaviaq den Kaffee entgegenstreckte. »Hätte besser auf Meteor aufpassen sollen.«

Das Gesicht des Inuvialuit-Jägers drückte keine Spur von Ärger aus. Schalk sprach aus seinen Augen.

»Ich hab bereits gehört, du seist nicht mehr ganz richtig im Kopf, seit dir jemand den Schädel eingeschlagen hat.«

Beide lachten.

»Und ich hab gehört, dass du uns mit Walfett versorgst.«

Nuyaviaq grinste. »Hey, nur für Inuvialuit, nicht für *tanngit*!«

Clem verlor sein Lächeln nicht. »Wusste gar nicht, dass du auf Walfang warst, Nuyaviaq.«

Ein Schatten legte sich über das Gesicht des Jägers.

»Jemand tötet Wale mit Sprengstoff, aber nicht wir.«

»Wer … was meinst du?«

Nuyaviaq wies seine zappeligen Hunde zurecht, er ließ sich mit der Antwort Zeit.

»Diese Explosion … damit will doch jemand Wale töten.« Er putzte sich den Rotz mit dem Handschuh von der Nase.

»Wer sagt denn so was?«

Nuyaviaq sah auf seine Schuhe und dann zu den Hunden. »Hab keine Ahnung, was da vor sich geht. Ich hab's nur von Weitem gesehen. Ilaryuaq war mit seinem Bruder am nächsten Tag da draußen. Ein riesiges Loch sei da im Eis, riesig. Warum ein so großes Loch? Da ist jemand hinter unseren Walen her.«

»Ich hab gehört, das Militär habe ein Flugzeug hingeschickt, um etwas herauszufinden.«

»Warum einen Flieger? Die müssten U-Boote schicken.«

»Bist du noch mal rausgegangen, aufs Eis, zu dem Loch?«

Nuyaviaq schüttelte den Kopf.

»Du hast wirklich einen Dachschaden, Mann. Niemand geht da raus bei diesen verdammten Explosionen. Ich hab sechs Kinder, ich will nicht in die Luft geblasen werden.«

»Wer wird in die Luft geblasen?«, fragte eine Stimme.

Clem brauchte sich nicht umzudrehen, er wusste, wem sie gehörte.

Meteor hatte die Stimme auch gehört und missachtete prompt die Anweisung seines Meisters. Freudig sprang er an Waldo Bronk hoch, seines Zeichens Reporter des staatlichen Rundfunksenders CBC in Inuvik. Waldo verstand es, sich mit allen Hunden anzufreunden. Mit den Menschen hatte er nicht immer Glück. Für einen Mann, der erst sechsundzwanzig und im warmen Klima der Pazifikküste aufgewachsen war, ließ er sich trotzdem nicht so leicht von den Härten der Arktis abschrecken. Als er vor drei Jahren seinen Posten antrat, gaben ihm die Leute in Inuvik höchstens einen Winter, bis dieses Greenhorn wieder in die Zivilisation zu den Hugo-Boss-Läden und Golfplätzen fliehen würde. Waldo belehrte sie alle eines Besseren. Clem hatte sich die Theorie zurechtgelegt, dass Waldo lieber ein großer Fisch in einem kleinen Teich war als ein kleiner Fisch in einem großen Teich. Wenigstens für einige Jahre.

»Ich sage nichts«, sagte Clem, ohne auf eine Frage zu warten.

Der Reporter, der selbst in seiner Daunenjacke und der Biberpelzmütze dünn und lang aussah, lachte gutmütig.

»Hab vom Befund des Gerichtsmediziners gehört«, sagte er auf Französisch, damit ihn Nuyaviaq nicht verstand.

Clem fand das unhöflich und reagierte schnell. »Er versucht, mir wieder eine Frau aus Montreal anzuhängen, dieser Fuchs«, sagte er augenzwinkernd zu Nuyaviaq.

Der schüttelte den Kopf. »Pass auf, das kann gefährlich werden. Wir wollen nicht noch mehr Probleme hier oben mit Frauen aus Quebec.«

»Da hast du recht. Meteor, komm, wir machen uns besser aus dem Staub.«

Er bewegte sich auf die Hinterseite der Baracke zu, wohl wissend, dass ihm der Reporter folgen würde. Abseits von neugierigen Ohren und Augen konfrontierte ihn Waldo mit einem Vorschlag.

»Ich hab einen Deal für dich, Clem. Ich sag dir, was der Gerichtsmediziner geschrieben hat, und du sagst mir, was du über die Explosion weißt. Ich bin sicher, du hast noch einen Draht zu irgendeinem Regierungsbüro in Ottawa.«

Clem widersprach ihm nicht, was Waldo als Zustimmung nahm.

»Es wurde keine Gewalteinwirkung festgestellt. Nur ein bisschen Haschisch im Blut, zu wenig jedoch, um wirklich bekifft zu sein. Todesursache ist Erfrieren.«

Clem sah ihn an und schwieg. Ihm kam der Gedanke, dass Waldo es eines Tages weit bringen würde, weil sein von der Pelzmütze umrahmtes Gesicht nichts außer freundlichem

Wohlwollen preisgab. Obwohl er offensichtlich ganz anderes im Schilde führte.

»Das löst die Frage nicht«, fuhr der Reporter fort, »warum Helvins Pick-up dort war und wer Gisèle dorthin gebracht und erfrieren lassen hat.«

Clem schwieg weiter. Waldo blieb unbeeindruckt.

»Dann die Explosion. Was kannst du mir darüber sagen?«

Clem beschloss, ihm einen kleinen Appetithappen zu geben und nicht zu verraten, dass ihm die Hauptmahlzeit verwehrt wurde.

»In der Arktis geht es nicht nur um Öl und Gas und Gold und Diamanten und weiß der Kuckuck was. Es geht auch um Fisch. Nicht zu unterschätzen, mein Lieber. Die Menschen könnten zur Not ohne Gold leben, aber nicht ohne Fisch.«

Waldo sah ihn gespannt an. Zwischen ihnen stiegen weiße Atemwölkchen in die Luft wie Seifenblasen.

»In einigen Wochen findet eine wichtige Konferenz statt. Ein Großteil der internationalen Gewässer in der Zentralarktis soll vor der Fischerei geschützt werden. Kanada, die USA, Russland, Dänemark und Norwegen haben bereits ein Abkommen unterzeichnet. Ein Meisterstück der stillen Diplomatie, Waldo. Wenig beachtet von den Medien, trotzdem total erstaunlich. Jetzt will man mehr Nationen dazugewinnen, zum Beispiel Japan, China, Südkorea und die Europäische Union. Mein Bauch sagt mir, dass Kanada keinen diplomatischen Zwischenfall mit irgendeiner Nation riskieren will, bevor das erweiterte Abkommen unter Dach und Fach ist.«

»Die Sache wird also zum Nicht-Ereignis erklärt werden?«

»Außer, du gehst dort raus, mein Guter, und untersuchst das Wasserloch selber. Wahrscheinlich bist du schon zu spät. Und die Aurora-Maschine aus Yellowknife auch.«

Waldo wühlte mit seinem Stiefel in einem Häufchen Schnee. Dann fragte er: »Russland oder China?«

»Glaub mir, ich weiß genauso viel wie du.«

Waldo wirkte plötzlich wie elektrisiert.

»Gib mir noch einen Hinweis, Clem. Einen kleinen Leckerbissen.«

Clem zog die Augenbrauen hoch.

»Typisch Reporter. Gibt man ihnen den kleinen Finger …«

Er wandte sich ab, Waldo ließ sich indes nicht so schnell abschütteln.

»Du weißt, dass sich Helvin in Dawson blicken lassen hat?«

Er hatte Clem an der Angel.

»Wer hat dir das gesagt?«

»Das verrate ich dir, wenn du mir sagst, warum sich Helvin dort mit Goldminenbesitzern trifft. Und zwar mit ziemlich anrüchigen Figuren, mit denen anständige Leute nichts zu tun haben wollen.«

Clem fühlte Wut in sich aufsteigen. Wut darüber, dass dieser Jüngling offenbar mehr wusste als er. Und Wut, dass Helvin ihn solchen Situationen aussetzte.

Schärfer als beabsichtigt erwiderte er: »Ich dachte, du handelst mit Fakten und nicht mit Gerüchten, oder irre ich mich da?«

Waldos junges Gesicht rötete sich. Clem fühlte die Genugtuung, einen empfindlichen Punkt getroffen zu haben.

Der Triumph währte nur kurz. Waldo trat zum Finale an.

»Da geh ich mit dir einig, Clem. Deshalb wär's gut, wenn dein Boss bald mal zurückkäm – um einige Spekulationen aufzuklären. Wir haben bereits eine tote Frau, wir brauchen nicht noch mehr Leichen.« Der Reporter drehte auf dem Absatz um, aber nicht, ohne rasch Meteors Schädel zu kraulen.

Clem stand da, als hätte er erneut einen Schlag auf den Kopf erhalten.

Er dachte an Valerie Blaine und fühlte leise Panik.

20

Die Weiterfahrt verlief zunächst ohne unerfreuliche Zwischenfälle. Sie hatten die scharf gespitzten Gipfel der hohen Tombstone-Berge, an deren Zacken sich selbst der Himmel aufzuspießen schien, hinter sich gelassen. Ein Schneehuhn hockte mitten auf der Straße und wich zum Entzücken der Gruppe, die sich ihm mit Kameras näherte, lange nicht vom Fleck. Erst als ihm die Menschen zu nahe kamen, flog es gackernd auf und enthüllte seine schwarzen Schwanzfedern. »Perfekte Tarnung«, bemerkte Glen, dessen Schnurrbart genauso schwarz war. »Gehört zur Familie der Raufußhühner. Sie haben gefiederte Füße und eine Balzrose über den Augen.«

Mit dieser Eröffnung, völlig untypisch für Glen, den Schweiger, erstaunte er alle, vor allem Paula, die im Bereich Fauna nicht so bewandert war. Valerie freute sich jedes Mal über das Wissen, das ihre Kunden mitbrachten. Sie hätte das Schneehuhn für seinen Auftritt küssen können.

Wenig später hüpfte ein Schneehase über die Straße. Faye bremste für den Geschmack der protestierenden Gruppe viel zu langsam.

»Leute, die Straße ist vereist«, rief sie nach hinten, »ihr wollt euch doch nicht den Hals brechen!«

Wie zur Antwort erschien nach der nächsten Kurve ein Auto, das im Schnee an der Böschung stecken geblieben war. Faye hielt an, das Auto war jedoch unbemannt.

Auf dem North-Fork-Pass öffnete sich ein kahles Plateau, das ein Gefühl von Weite und faszinierender Verlorenheit vermittelte. Nur Schnee, reifüberzogene Sträucher und in der Ferne gewaltige Bergketten. Valerie konnte gut nachvollziehen, dass sich Menschen vorübergehend in dieser stillen, überwältigenden Landschaft verlieren wollten. Der Nebel hatte sich aufgelöst, und das weiße Licht blendete wie Flutlicht. In der aufgelockerten Wolkendecke zeigten sich wasserblaue Streifen. Sie näherten sich der Hundert-Kilometer-Marke.

Valerie entdeckte beim Vorbeifahren Spuren in den Schneewehen am Straßenrand.

»Elch!« Es klang fast wie ein Schlachtruf.

Faye fuhr geduldig zu den Spuren zurück, und gleich ging eine heftige Bewegung durch die Sitzreihen. Da stand der Elch tatsächlich, nicht mal hundert Meter entfernt, mit einem riesigen Geweih – ein Vierzehnender, zählte Valerie durch ihr Fernglas. Selbst Anika kraxelte erstaunlich schnell aus dem Minibus, um diesen Anblick nicht zu verpassen.

»Verjagt ihn nicht!«, rief Valerie noch. Etwas Besseres hätte ihr gar nicht passieren können. Und das ausgerechnet in der Nähe des Two Moose Lake, eines Sees, auf den sie ihre Schar gerade aufmerksam gemacht hatte.

»Hier kommen im Sommer die Elche her und fressen das Gras im See, wegen des hohen Kalziumgehalts«, erläuterte sie, nur hörte ihr niemand mehr zu. Die Reisenden starrten durch ihre Zoomobjektive. Sie tat es ihnen nach. Als Reiseführerin konnte sie immer wieder jene Freude fühlen, die entsteht, wenn man anderen Menschen Glücksgefühle verschafft.

Der Elch wanderte erst weiter, als sich einige der Beobachter über kalte Füße beklagten.

»Stopft euch Wärmekissen in die Stiefel«, riet Valerie, als sie wieder im Auto saßen. »Dafür wurden sie erfunden.«

»Wo sind wir?«, fragte Trish, die Landkarte auf den Knien. Sie sah wieder gelöst aus.

»In den Blackstone Uplands«, antwortete Paula schnell wie eine Rakete, »und jetzt kommen wir bald zu den nördlichen Ogilvie-Bergen.« Sie hatte ihr Terrain der Allwissenden zurückerobert.

Glen, beflügelt von den Tierfotos in seinem Kasten, sagte lauter als sonst: »Wir befinden uns jetzt nicht mehr in der Taiga, weil es hier keine Bäume gibt. In der Tundra wachsen lediglich Sträucher.«

Valerie hörte nur mit halbem Ohr hin. Sie wusste, dass der Dempster Highway irgendwo bei Kilometer hundertsechzehn den alten Pfad der Dawson-McPherson-Polizeipatrouille kreuzte. Ihre Eltern hätten auf Schneemobilen hier durchkommen sollen, sie erreichten diesen Punkt aber nie. Etwas war lange vorher völlig schiefgelaufen.

Sie hatte ihren Brüdern nie von ihrer halbherzigen Suche nach Unterlagen über die Tragödie der Eltern erzählt. Vor einigen Monaten erfuhr sie sogar von Regierungsdokumenten, die sich damit befasst hatten. Ihre Bitte um die Freigabe dieser Dokumente war jedoch erfolglos geblieben. Man teilte ihr mit, sie seien als geheim klassifiziert. Sie hatte keine Ahnung, was der Grund war. Ein militärisches Geheimnis?

Während sie der Frage nachhing, umhüllte sie das angeregte Geplapper der Gruppe wie ein beruhigender Geräuschteppich. Zwischendurch hörte sie Faye leise summen. Die gute Stimmung der Gruppe hatte sie offenbar angesteckt.

Weiß getünchte Berge stiegen direkt aus der Ebene gen Himmel. Valerie wusste, dass von hier Wanderrouten zu Bergtälern und kleinen Seen führten. Eine fremde fantastische Welt musste sich den Wanderern dort oben auftun. Würde sie sie jemals sehen? Reichte ihr kurzes Leben für all ihre Träume?

Beim Engineer Creek Campground hielten sie für eine kurze Verpflegungspause. Als sie die Fahrt wieder aufnahmen, ließ Paula die Gruppe wissen, dass sie nun den Ogilvie-Fluss überqueren. Bei Kilometer zweihundertvierzig ließ Valerie den Chevy erneut anhalten, um Curts Trapperhütte zu besichtigen. Curt Hatchell war ein Fallensteller. Valerie hatte ihn zwei Jahre zuvor in einem Canadian-Tire-Laden in Whitehorse getroffen, wo er sich Werkzeuge kaufte und sie in ein Gespräch verwickelte. Er bot ihr damals spontan an, seine Hütte zu einer Sehenswürdigkeit auf ihrer Tour zu machen, selbst wenn er nicht dort war. Obwohl sie das Gefühl hatte, dass der Trapper leicht angeheitert war, hatte sie sich gefreut.

Sie führte die Gruppe einen schmalen Pfad hinunter. Curts Hütte war unverschlossen. Neugierig sahen sie sich um. Zwei Schlafstellen mit alten Matratzen füllten fast die Hälfte des kleinen Raums. Dosen standen auf einem Holzbrett an der Wand: Kondensmilch, Suppe, Bohnen. Daneben hingen eine rostige Säge und eine Axt an dicken Nägeln. Eine verbogene Gabel lag auf dem wackligen Tisch. Carol las laut einen Zettel über dem Holzofen vor: »Vor der Hütte gibt es mehr Späne und Holz. Für Wasser Eis aus dem Fluss holen.« Sie hob den Deckel vom Brattopf und fand zur Belustigung aller harte Kekse drin.

»Ich geh rasch zurück und hole meinen Fotoapparat«, sagte Faye. Valerie nickte. Sie nutzte die Gelegenheit, der Gruppe die Geschichte des Mad Trappers of Rat River, Albert Johnson, zu erzählen, der im Tal des Mackenzie-Stroms die Fallen der einheimischen Indianer plünderte, worauf die Polizei im Jahr 1932 seiner Hütte einen Besuch abstattete. Einer der Polizeibeamten wurde dabei von Johnson angeschossen. Der Mad Trapper verbarrikadierte sich in seiner primitiven Hütte, und selbst ein Angriff der Polizei mit Dynamit fruchtete nichts. Johnson entkam. Nach einer gefährlichen Verfolgungsjagd in eiskaltem Wetter und bei Schneesturm fanden die Polizisten das Lager des Trappers. Während eines Schusswechsels wurde einer der Polizisten getötet. Die Verfolger organisierten sich neu und nahmen die Hilfe eines Buschpiloten in Anspruch. Nach einigen Tagen spürten sie den Flüchtigen auf, aber er führte sie zunächst erneut an der Nase herum, bis man seine Fährte wiederfand und ihn am Ende eine Kugel tötete.

»Es dauerte achtundvierzig Tage, ihn zu fangen«, sagte Valerie. »Der Trapper und seine Verfolger legten während dieser Zeit zweihundertvierzig Kilometer zurück. Und das bei arktischen Temperaturen. Man muss trotz allem die Ausdauer und Widerstandskraft dieses Trappers ...«

Sie hielt inne. War das nicht ein Motorengeräusch? Was hatte Faye im Sinn?

»Einen Augenblick«, sagte sie. »Ich bin gleich wieder da.«

Sie eilte den Pfad zurück, den sie gekommen waren, und missachtete damit eine ihrer Regeln: nie ihre Gruppe an einem unbekannten Ort allein zu lassen. Als das Gebüsch am Wegrand die Sicht auf die Straße freigab, blieb ihr fast das Herz stehen.

Ein zweites Fahrzeug war hinter ihrem Bus geparkt. Ein dunkles Geländefahrzeug. Zwei Gestalten in schwarzen Daunenjacken standen davor, Fellmützen mit Ohrenklappen auf dem Kopf. Faye unterhielt sich mit ihnen. Valerie sah sie gestikulieren. Einmal drehte sie den Kopf in Richtung des Pfades, und Valerie konnte deutlich ihr besorgtes Gesicht sehen.

Sie zog sich rasch hinter das Gebüsch zurück. Ihr Herz klopfte wild. Wenn das die Männer waren, die ihr das Handy wegnehmen wollten, dann war es besser, sich nicht zu zeigen.

Sie hörte gedämpfte Stimmen und dann das Zuschlagen von Autotüren. Ein Wagen setzte sich in Bewegung und entfernte sich in Richtung Eagle Plains. In dieselbe Richtung, in der sie unterwegs waren. Schritte näherten sich. Faye erschien auf dem Pfad.

Valerie kam aus ihrem Versteck.

Faye taumelte rückwärts. »Gütiger Himmel! Val! Hast du mich erschreckt!«

Valerie ignorierte ihren Protest.

»Was ist los? Was wollten die beiden von dir?«

Faye schüttelte nur den Kopf.

»Faye, das sind die Männer, die etwas mit Helvin West zu tun haben!«

»Mit wem?«

»Helvin West! Clems Boss, der seit einigen Tagen verschwunden ist.«

Valerie war sich bewusst, dass ihre Stimme laut und ungeduldig klang.

Faye legte den Finger auf die Lippen. »Psst! Sie kommen.«

Valerie drehte sich um. Carol und Trish kamen den Pfad hochgelaufen, so eng eingehakt, dass kein Raum zwischen ihren dick eingehüllten Körpern blieb. Valerie konnte sehen, dass den beiden die Kälte zu schaffen machte.

»Ich erklär dir alles später«, raunte Faye. Und in einem Nachsatz: »Du brauchst dich nicht zu sorgen.«

Valerie ließ sich damit nicht abspeisen.

»Du verstehst nicht, Faye, die könnten gefährlich sein. Du …« Ihre Stimme war nur mehr ein gehetztes Flüstern.

Faye flüsterte zurück: »Es sind nicht die Männer, von denen du …«

»Hallo«, klang es von hinten. »Wir dachten schon, ihr kommt nicht mehr zurück.«

Valerie machte ein beruhigendes Handzeichen in Richtung der Stimmen, bevor sie sich erneut Faye zuwandte.

»Ich muss wissen, was sich …«

Faye unterbrach sie erneut. »Valerie, vertrau mir, ich werd dir alles erklären. Du musst mir einfach vertrauen, ja?«

Dann rief sie den beiden Schwestern zu: »Kommt, Mädels, ich öffne den Wagen für euch. Ihr seht ja richtig durchgefroren aus.«

Die drei stapften den Hang hinauf.

Valerie blieb einige Sekunden wie angewurzelt stehen. Wut begann in ihr hochzukochen. Wer hatte hier eigentlich die Verantwortung? Genau vor solchen Situationen hatte sie sich gefürchtet. Sollte sie darauf beharren, von Faye eine Antwort zu erhalten? Wenn etwas schieflief, dann würde man nicht Faye haftbar machen, sondern sie, die Tourenleiterin.

Sie sah den Rest der Gruppe heraufstapfen. Das nahm ihr die Entscheidung ab. Sie lief rasch zur Hütte zurück, überprüfte, ob alles an Ort und Stelle war. Dann trottete sie hinter Glen und Jordan, die Anika beim Gehen auf dem Schnee halfen, und einer unentwegt schnatternden Paula zur Straße zurück.

In den folgenden Stunden flog die Landschaft wie ein unscharfer Film an Valerie vorbei. Sie versuchte, sich die innere Unruhe nicht anmerken zu lassen, und fütterte die Gruppe mit der Information, dass sie nun den Ogilvie-Fluss zurücklassen und auf fast neunhundert Meter steigen würden. Dort oben verliefe die kontinentale Wasserscheide.

»Schnallt euch fest, wir heben ab«, rief Faye, und fröhlicher Jubel antwortete ihr.

Die Straße durchschnitt das Hochplateau der Eagle Plains, und Faye fuhr ein bisschen zügiger, als Valerie lieb war. Falls ihnen ein Fahrzeug entgegenkäme, könnten sie es nur durch die weiße Wolke erkennen, die es mit dem Schnee aufwirbelte. Rufe nach einem Fotostopp wurden laut. Die Sicht auf die Kette der kahlen Richardson-Berge, die sich wie gesprenkelte Zuckerhüte am Horizont aufreihten, musste den Puls von Hobbyfotografen zum Hämmern bringen. Der Himmel über ihnen verschwamm in einem fast süßlichen Hellblau. Von da an gab es eine Kaskade von Fotostopps, während die Sonne immer schwächer schien.

Bei Kilometer dreihundertfünfundfünfzig tauchte plötzlich ein roter Silverado-Pick-up vor ihnen auf, der die Fahrbahn fast auf der ganzen Breite blockierte. Faye trat auf die Bremse, so souverän, dass der Chevy-Bus nur etwas schlingerte und dann wenige Meter hinter dem Pick-up zum Stehen kam.

Dann sahen sie einen dunklen Geländewagen in der Schneewehe am Straßenrand feststecken. Ein Seil hing wie eine Nabelschnur zwischen den beiden Fahrzeugen. Mit einem Handzeichen ordnete ein Mann am Straßenrand an zu warten.

»Fotostopp!«, rief Valerie spontan. Innerhalb von Sekunden leerte sich der Minibus, und mehr als ein halbes Dutzend Kameras – darunter auch ihre – hielten fest, wie der Pick-up den Geländewagen aus der Schneefalle rettete. Valerie hatte Faye vor diesem Verhängnis eindringlich gewarnt: Der Schnee am Straßenrand war weich und die Autoreifen brachen leicht ein. Ohne Hilfe kam man da nicht wieder heraus.

Zum Glück des gestrandeten Wagens war der Pick-up mit den Monteuren vorbeigekommen, die zufällig an einem Telefonturm in der Nähe arbeiteten. Die Mannschaft hatte ein starkes Abschleppseil dabeigehabt. Der Vorfall wurde auf der Weiterfahrt von der Reisegruppe heiß debattiert. Valerie hörte schweigend zu. Solche Geschichten, die später noch Dutzende Male weitererzählt wurden, waren unbezahlbar. Faye schwieg ebenfalls. Sie war losgefahren, bevor sie erfahren konnten, wer in dem dunklen Geländewagen gesessen hatte.

Es war halb acht Uhr abends, als sie das Hotel in Eagle Plains erreichten. Keine Luxusherberge hätte den Reisenden in diesem Augenblick verheißungsvoller erscheinen können als der flach gestreckte braune Zweckbau mit der Tankstelle. Am Empfang händigte Valerie die Zimmerschlüssel an die wartende Schar aus und ließ sie wissen, dass es wegen der fortgeschrittenen Stunde nur noch Lasagne zu essen gäbe. Glücklicherweise konnte sie auch ankündigen, dass die Nacht günstig war, um Nordlichter zu sehen.

»Der beste Zeitpunkt ist wahrscheinlich zwischen Mitternacht und ein Uhr morgens«, ergänzte die Frau am Empfang. »Ich kann alle, die rauswollen, wecken, wenn es so weit ist.« Sie erntete begeisterte Zurufe.

Valerie sah ihren Schützlingen nach. Jordan schleppte Anikas Reisetasche.

Faye kam gerade herein, nachdem sie den Chevy umgeparkt hatte.

»Wir müssen reden«, sagte Valerie.

Faye nickte. »Im Zimmer oder in der Bar?«

Sie hob den Kopf, und jäh veränderte sich ihr Gesichtsausdruck.

Valerie drehte sich automatisch um. Aus der Bar kamen drei Männer. Zwei Uniformierte, der dritte in Zivil.

Clem Hardeven. Er wandte den Blick nicht von ihr. In seinen Augen konnte sie Erleichterung lesen. Warum war er hier?

Wie durch einen Nebel hörte sie Faye sagen: »Ich sag's dir jetzt, damit du nicht aus allen Wolken fällst. Sie haben Sedna gefunden.«

21

Drei Augenpaare waren auf sie gerichtet.

Die zwei Polizeibeamten saßen ihr gegenüber an einem Tisch im bescheidenen Speisesaal des Eagle-Plains-Hotels. Clem stand mit verschränkten Armen an die Wand gelehnt, schräg hinter ihnen. Der eine Polizist, der sich als John Palmer vorgestellt hatte, hielt die gefalteten Hände auf der grün-weiß karierten Plastikoberfläche. Er schien nicht älter als sie zu sein. Sie erfuhr, dass Palmer bei der Royal Canadian Mounted Police in Inuvik stationiert war. Der andere RCMP-Mann kam aus Yellowknife, sein Name war Edwards, den Vornamen hatte sie vergessen. Dem Aussehen nach ein Inuk, der es offenbar im Polizeiapparat der Northwest Territories weit gebracht hatte. Wäre sie noch Journalistin, hätte sie gern seine Geschichte erforscht. Edwards, ein untersetzter, bulliger Mann, den sie auf Mitte vierzig schätzte, überließ Palmer das Reden, aber seine Augen beobachteten sie scharf. Valerie konnte sich gut vorstellen, dass es Edwards nicht schwerfiel, Halunken während eines Verhörs auf die Schliche zu kommen.

Von nebenan hörte sie Stimmen und Musik aus der Bar. Wenn sie den Augenpaaren auswich, fiel ihr Blick auf

Bilder an der Wand. Erinnerungen an Jack Dempster und seine Rettungsexpedition.

»Sedna Mahrer war in Aklavik«, erklärte John Palmer. »Sie hat von dort Kontakt mit unserem Büro aufgenommen, weil sie gehört hatte, dass man in Dawson City nach ihr gefragt hatte.«

Valerie runzelte die Stirn. »In Aklavik? Was macht sie dort?«

»Das geht uns eigentlich nichts an, in unseren Augen ist sie eine Touristin, die herumreist.«

»Aber ... dieser Anruf bei mir, sie hat mich angefleht, ihr zu helfen, weil sie um ihr Leben fürchtete.«

»Frau Mahrer hat dies in Abrede gestellt. Sie weiß nichts von einem solchen Anruf.«

Valerie schüttelte entnervt den Kopf. »Woher wissen Sie überhaupt, dass es Sedna war? Ich meine – jede x-beliebige Person kann sich bei Ihnen gemeldet haben.«

Der zweite Beamte räusperte sich. »Sie hat zuerst ihren Bruder angerufen, er hat ihr geraten, uns Bescheid zu geben.«

»Ich ... der Grund, warum ich skeptisch bin, ist ... Als ich im Beringia-Museum in Whitehorse war, meinte der Direktor des Museums, Ken Gries, eine Frau namens Phyllis Crombe hätte sich als meine Bekannte ausgegeben. Ich kenne keine Phyllis Crombe.«

Sie sah aus dem Augenwinkel, wie Clem seine Körperhaltung änderte.

»Ich habe dem Direktor ein Foto von Sedna gemailt, und sie war es offenbar nicht«, fuhr sie fort, aber keiner der beiden Polizisten interessierte sich dafür. Sie konnte ihnen nicht von dem Geld erzählen, das Sedna von Fayes Bankkonto geräumt hatte. Faye wollte das nicht publik machen. Noch nicht.

»Das ist alles, was wir im Moment tun können«, sagte John Palmer. »Frau Mahrer ist frei in ihren Entscheidungen. Wir können sie nicht einfach auf unseren Polizeiposten beordern, was Sie sicher verstehen.«

Valerie ging ein Licht auf. »Sie sind gar nicht wegen Sedna hier, nicht wahr?«

Edwards, der Beamte aus Yellowknife, beugte sich vor.

»Nein, Clem Hardeven hatte uns informiert, dass Sie hier sein würden. So haben wir die Gelegenheit genutzt, es Ihnen persönlich zu sagen.«

»Ich habe der RCMP von dem Paket mit dem Goldnugget erzählt, Val«, sagte Clem. »Ich denke, es ist am besten, wir geben es ihnen.«

Das Paket. Wie konnte sie das vergessen.

Sie nickte. Ein Gefühl der Verwirrung überkam sie, so viele Ereignisse und Informationen, die sie nicht einordnen konnte.

Eine Stunde später befand sie sich allein mit Clem in ihrem Hotelzimmer. Die Reisegruppe vergnügte sich in der Bar. Sie hatten sich während des Abendessens alle vor das ausgestopfte Karibu in der Ecke des Speisesaals stellen müssen, das von einer Girlande künstlicher Grünpflanzen umgeben war.

»Ich muss das fotografieren, sonst glaubt mir das keiner«, hatte Paula gekräht, völlig aufgekratzt nach nur einem Whiskey.

»Überlass mir die Aufsicht«, hatte Faye Valerie offeriert, als Clem im Eingang der Bar aufgetaucht war.

Er saß im Sessel vor dem Fenster, Valerie auf einem der zwei Betten, mit dem Rücken an die Wand gelehnt. Im Korridor wurden Türen zugeschlagen, eilige Schritte entfernten sich.

Clem drehte die Schamanenrassel in den Händen. Sie beobachtete ihn mit einem unvermittelten Gefühl der Wärme, sein Gesicht voller Konzentration, die starken Hände, die den Gegenstand sachte bewegten, sein dunkelbraunes Haar, kürzer, als sie es in Erinnerung gehabt hatte, die langen Arme auf die Lehnen gestützt, die Füße fest auf den Boden gepflanzt. Sie bemerkte, wie kraftvoll sein Oberkörper in dem weinroten T-Shirt und der schwarzen Fleecejacke wirkte.

Er hob den Kopf und sagte: »Schon merkwürdig, dass so was an einer solchen Stelle gefunden wird.«

Ihr fielen dunkle Spuren auf der rechten Seite seines Gesichts auf. Natürlich, der Überfall. Die Kopfverletzung.

Clems Blick war intensiv wie immer. Sie hatte einmal spaßeshalber zu Sedna gesagt: »Wer solche blauen Augen hat, weiß es, und das verdirbt die Wirkung.«

Sedna hatte in gespielter Entrüstung den Kopf geschüttelt. »Das ist sexistisch, möchtest du, dass man das von deinen Augen sagt?«

»Meine Augen sind nicht blau, meine Liebe.«

»Aber auffallend schön, und du weißt es sicher auch. Also lass den Mann in Ruhe.«

Lass den Mann in Ruhe.

Valerie fand, dass sie doch genau das tat, im Gegensatz zu Sedna, die mit Clem geflirtet hatte.

»Du glaubst also, Sedna hat die Rassel dort zurückgelassen?« Er strich sich über das gebräunte Gesicht, in dem Anspannung zu lesen war.

Sie erwiderte seinen Blick und schaute dann auf ihren Rucksack in der Ecke. »Ich weiß, es klingt ... etwas weit hergeholt ...«

Sollte sie sich ihm anvertrauen? Was würde das für ihre künftigen Reisen in die Arktis bedeuten? Sie brauchte einen Verbündeten und Clem hatte sie bislang nicht enttäuscht.

Sie hatte ihm nie verraten, dass sie Männern gegenüber, die im hohen Norden ihr Glück suchten, heimlich ein Vorurteil hegte. Sie dachte im Grunde genau wie Alana Reevely. Oder wie die britische Krankenschwester, die ihr in Inuvik eine Tetanusspritze gegeben hatte, weil Valerie den Zähnen eines streunenden Hundes zu nahe gekommen war. Salopp hatte die Engländerin erklärt: »Es gibt drei Gründe, warum Männer in den Norden ziehen: erstens Geld, zweitens, sie laufen vor etwas weg, oder drittens, sie sind auf der Suche nach etwas.« Valerie hatte gelacht, sie war sich wie eine Verschwörerin vorgekommen.

Sie holte tief Luft und sagte: »Aus irgendeinem Grund ist Sedna hinter meinen Eltern her.« Sie machte einige Sekunden Pause. Dann fuhr sie entschlossen fort. »Mein Vater war Peter Hurdy-Blaine und meine Mutter Mary-Ann Strong.«

Clem beugte sich nach vorne, die Hände auf die Oberschenkel gestützt.

»Der Eishockeyspieler?«

»Ja. Genau der.«

Clem streckte sich. »Ich hab von der Geschichte gehört. Dass er den Dempster-Gedenktreck abbrechen musste. Seine Frau sei bei einem Unfall umgekommen.«

Ein Unfall. Das erzählte man sich hier also.

»Ist das alles, was du gehört hast?«

»Nur, dass er nach dem Unglück nie mehr in die Arktis zurückgekehrt ist.« Er sah sie neugierig an.

»Klar. Der Name. Blaine. Hab die Verbindung nie hergestellt. Ist auch schon lange her.«

»Dreißig Jahre. Ich war nicht ganz vier Jahre alt, als es passiert ist.«

»Was hat Sedna mit deinen Eltern zu tun?«

»Sie wollte sich von einem Hubschrauber zu der Stelle bringen lassen, wo meine Eltern ... wo sie ihr letztes Zeltlager hatten. Das habe ich in Dawson City erfahren. Sie ... sie hat sich vor ihrer Abreise auch mit meinem Exmann getroffen und ihn über mich und meine Familie ausgequetscht. Oder es zumindest versucht. Obwohl sie ihn überhaupt nicht kannte.«

Sie hielt inne, weil sie sich plötzlich selbst reden hörte. Wie seltsam mussten diese Informationen auf einen Außenstehenden wirken.

Clem schien alles aufmerksam in sich aufzunehmen. »Tatsächlich.« Er lehnte sich im Sessel zurück.

Valerie strich sich das lange Haar mit den Fingern hinter die Ohren, doch es fiel ihr sogleich wieder ins Gesicht. Sie würde es besser zu einem Pferdeschwanz zusammenbinden, aber das offene Haar hielt den Kopf warm. »Dann hat sie mich eines Nachts angerufen und gesagt, jemand bedrohe ihr Leben. Wie du dir vorstellen kannst, stiftete sie Unruhe damit, was eigentlich eine Untertreibung ist. Und jetzt ist sie in Aklavik und behauptet, das sei alles nicht geschehen.«

Clem nickte bedächtig. »Auch ich hab einiges gehört. Sie hat sich an Goldminenbesitzer gehängt und sie über Goldminen ausgequetscht und danach ausgefragt, wie man mit Gold schmutziges Geld wäscht. Und wie man Waren mit Gold bezahlen kann.«

»Tatsächlich?«

»Ja, und in Tuktoyaktuk hat sie nach einem Mann namens Siqiniq Anaqiina gefragt.«

»Was?« Valerie schnellte so rasch hoch, dass sie beinahe über die Bettkante gerutscht wäre.

»Siqiniq Anaqiina? Das ist der Inuit-Junge, der mit meinen Eltern unterwegs war!«

»Unterwegs wohin?«

»Auf der letzten Expedition, auf der ... auf der meine Mutter umgekommen ist.«

Clem räusperte sich. »Wie alt warst du, als das passierte?«

»Vier, wie ich schon sagte. Meine Brüder – meine Zwillingsbrüder Kosta und James – waren etwa zehn.«

»Das muss hart für euch gewesen sein.«

Clems Stimme nahm einen brüchigen Unterton an. Eine Sensibilität, die sie überraschte. Eigentlich kannte sie ihn nicht gut.

Sie drehte seine Worte im Kopf hin und her. Nein, ›hart‹ war nicht das richtige Wort. Verwirrend vielleicht. Hart war die plötzliche Verschlossenheit ihres Vaters gewesen, seine ungewohnte Distanz. Er wurde zu einem Fremden. Dann trat Bella Wakefield in ihr Leben, und alles hellte sich auf. Ihre Stiefmutter ging nicht auf Reisen, sie blieb immer zu Hause. Sie war immer da, wenn die drei Kinder sie brauchten. Alles wurde stabil. Sie blieb der Anker auch nach Vaters frühem Tod. Bis Bella erkrankte – und Fragen auftauchten.

»Ich kenne die genauen Umstände bis heute nicht, unter denen meine Mutter starb. Mein Vater hat nie darüber gesprochen. Kürzlich habe ich versucht, etwas bei Regierungsstellen herauszufinden. Sie antworteten mir, die Dokumente seien geheim. Warum das so ist, konnte oder wollte man mir nicht sagen. Ich fand das sehr merkwürdig. Kosta …« Ein großer Laster hielt vor dem Fenster und ließ den Motor laufen. Sie sprach in das Dröhnen hinein: »Kosta ist einer meiner beiden Brüder. Kosta findet, es bringe nichts, in alten Geschichten zu wühlen.«

Clem rückte seinen Sessel näher zu ihr, weg vom Fenster und dem Motorengeräusch.

»Ist das auch deine Meinung?«

»Ich bin mir nicht sicher. Ich glaube … wahrscheinlich würde es gewissen Leuten Spaß machen, meinen Vater vom Sockel des nationalen Idols zu stoßen. Ich war früher Journalistin. Das wäre auf jeden Fall ein gefundenes Fressen für die Medien.«

»Hast du Sedna gegenüber deine Eltern jemals erwähnt?«

»Nein, nie. Nur einmal habe ich in ihrer Gegenwart über meinen Exmann gesprochen. Das war ein Fehler.«

Sie setzte sich auf die Bettkante, die Füße gegen das zweite Bett gestemmt.

»Ich hatte gedacht, wir könnten Freundinnen sein … doch das war wohl keine gute Idee. Ich hatte es schon im vergangenen Sommer geahnt, als sie sich in Inuvik einfach für mehrere Tage abgesetzt hat.«

»Val«, begann Clem, »ich … da gibt es etwas …«

»Entschuldige«, unterbrach sie ihn, »wir reden nur von mir, dabei ist dir etwas Schlimmes passiert. Wie geht es dir? Solltest du nicht viel liegen und ausruhen?«

Er lächelte schief. »Unter idealen Umständen schon. Aber ich wollte sichergehen, dass du dein Paket möglichst schnell loswirst.«

»Warum? Wer schickt dir so was? Stimmt damit etwas nicht?«

Er zuckte die Achseln.

Sie ließ nicht locker. »Hat es mit Helvin zu tun?«

»Möglich. Im Augenblick gibt es nur Spekulationen.«

»Hat man Helvin aufgespürt? Hast du von ihm gehört?«

Er rieb die Handflächen gegeneinander.

»Toria hat mir auf dem Handy getextet, er habe ihr eine E-Mail geschickt und seine glorreiche Rückkehr angekündigt. Es ist wie in so 'nem Zombie-Film. Die Totgeglaubten kehren plötzlich alle zurück.« Sein Ton war sarkastisch geworden.

»Die Totgeglaubten?«

»Erst Sedna, dann Helvin.«

»Glaubst du …« Sie sah ihn fragend an.

»Dass sich die beiden getroffen haben? Ich wette die teuerste Schneemaschine, die sich kaufen lässt, dass die Polizei eine solche Möglichkeit nicht ausschließt.«

Er blies hörbar die Luft durch die Nase. »Das Freundchen sitzt ganz schön in der Tinte.«

»Und Gisèle? Wer …«

Ein Klopfen an der Tür unterbrach sie.

Valerie öffnete. Sie trat auf den Flur und schloss die Tür hinter sich.

»Alles bereinigt?«, fragte Faye.

»Du siehst frisch geduscht aus, ich nicht, also nein«, sagte Valerie.

Faye feixte. »Lässt er dich nicht?«

»Wo sind die andern?«

»Immer noch in der Bar.«

»Ich komm gleich. Danke fürs Aufpassen.«

Faye wandte sich in Richtung ihres Zimmers. »Denen geht's gut. Die können auch ohne dich, weißt du, das sind ja alles Erwachsene«, hörte Valerie noch, bevor sie die Tür wieder hinter sich schloss.

Clem stand am Fenster, den breiten Rücken ihr zugewandt.

Er drehte sich um und fragte: »Kann ich hier rasch duschen, bevor ich mich verdrücke? Mein Schlafplatz hat keine Dusche.«

»Na klar. Ich geh in die Bar zu meiner Gruppe.« Sie wagte ihn nicht zu fragen, wo sein Schlafplatz war, sie hatte gehört, das Hotel sei ausgebucht. Sie konnte ihn dennoch unmöglich einladen, in ihrem Zimmer zu übernachten. Sie klemmte ihren Laptop unter den Arm. »Ich bin in einer Stunde zurück.«

In der Bar sah sie zu ihrer Überraschung Paula mit einem Raubein in Arbeitskleidung vor ausgebreiteten Tarotkarten sitzen.

»Damit ich nicht aus der Übung komme«, erklärte sie auf Valeries amüsierten Blick hin.

Der Holzfällertyp lachte und zeigte einige Zahnlücken. »Die Lady weiß, dass ich nur das Gute hören will, sonst kriegt sie 'n Klaps auf den Hintern.«

»Na, na, na«, sagte Paula.

Valerie konnte Anika und Faye nirgendwo entdecken, nur Carol und Trish saßen mit Glen und Jordan am Tresen und unterhielten sich mit der Bardame. An einem der Tische tranken drei Männer Bier. Einer sah wie der Arbeiter der Telefongesellschaft aus, deren Pick-up den dunklen Geländewagen aus der Schneewehe gezogen hatte.

Valerie gönnte sich einen Sherry. Ein ausgestopfter Elchkopf an der Wand beobachtete sie dabei. Sie schleppte den Laptop in die Eingangshalle, wo der Internetempfang am besten war, und rief ihre E-Mails ab. Eine Nachricht von Kosta stach ihr gleich in die Augen.

Ich habe gehört, deine Bekannte Sedna sei wieder aufgetaucht. Bitte sprich nicht mit ihr, falls du sie triffst, bzw. höchstens Belanglosigkeiten & Floskeln.
Nichts über unsere Familie, nichts über deine Pläne. Noch besser: Falls möglich, halte dich fern von ihr. Ruf mich von Inuvik aus an, ich kann dann erklären. Hoffe, alles läuft gut.

Valerie las die Nachricht wieder und wieder. Sie konnte sich keinen Reim darauf machen. Warum wusste Kosta bereits, dass Sedna sich gemeldet hatte? Besaß er einen Draht zur Polizei in Inuvik? Und warum diese Warnung? Sie hatte ihm nur kurz von Sednas Interesse an ihren Eltern geschrieben. Wusste er etwas, was ihr entgangen war?

Und weshalb ließ er sie es nicht einfach gleich in der E-Mail wissen, anstatt sie auf die Folter zu spannen?

Frustriert klickte sie auf eine andere E-Mail, die sie nicht erwartet hatte. Von Ken Gries, dem Direktor des Beringia-Museums in Whitehorse.

Ich habe etwas Interessantes über Ihre Mutter herausgefunden. Mary-Ann Strong war offenbar von Interesse für den kanadischen Geheimdienst CSIS. Ein alter Kollege erzählte mir, dass er von einem Mann, den er auf einer wissenschaftlichen Konferenz traf, über sie ausgefragt wurde. Später fand er per Zufall heraus, dass der Mann für den CSIS gearbeitet hat. Als ich das einer ehemaligen Kollegin erzählte, stellte sich heraus, dass derselbe Geheimdienstagent auch sie über Ihre Mutter gelöchert hatte. Ich kann mir ehrlich nicht vorstellen, warum Mary-Ann Strong damals für den CSIS interessant gewesen sein könnte. Vielleicht ziehen Sie Ihre eigenen Schlüsse. Melden Sie sich jederzeit bei mir, ich habe noch mehr alte Fotos von Ihren Eltern.

Valeries Kopf fühlte sich plötzlich heiß an, ihre Gedanken drehten sich wie in einem Karussell. Sie klappte den Laptop zu. Das war alles, was sie heute verkraften konnte. Langsam ging sie zum Hotelzimmer zurück, klopfte sachte und öffnete die Tür, als sie keine Antwort erhielt.

Im Schein der Nachttischlampe sah sie Clem auf dem zweiten Bett liegen. Er war voll bekleidet und schlief fest.

Sie zögerte. Sollte sie ihn wecken?

Er musste völlig erschöpft sein. Der gewalttätige Überfall, die Gehirnerschütterung, Helvins Verschwinden. Die tote Gisèle. Die Eisstraße. Und – wie sie jetzt erkannte – die Sorge um sie, Valerie, und ihre Gruppe. Weshalb sonst hatte er sich in einem Lastwagen bis nach Eagle Plains mitnehmen lassen?

Sie betrachtete den Schlafenden mit einem leisen Schuldgefühl, als täte sie etwas Verbotenes. Als überschritte sie eine Grenze. Mit seinen kantig geschnittenen Gesichtszügen, dem dunklen Haar und der gebräunten Haut sah er auch im Schlaf verwegen aus. Ein Mann des Nordens.

Leise verstaute sie den Laptop, angelte sich saubere Kleider aus dem Rucksack und suchte Fayes Zimmer.

Zu ihrem Erstaunen öffnete Anika.

»Ich hab Faye gerade eine Fußreflexzonenmassage verpasst. Du bekommst auch eine, nur heute Abend nicht mehr. Zeit fürs Bett. Gute Nacht.«

Kaum war Anika verschwunden, platzte Valerie mit ihrem Anliegen heraus.

»Kann ich bei dir übernachten? Clem schläft tief und fest in meinem Zimmer.«

Faye schüttelte den Kopf. »Leider nicht. Du kennst doch meine Bedingung. Ich will mein Zimmer nicht teilen.«

Valerie seufzte. »Ich weiß ...«

»Vertraust du ihm nicht? Mensch, Val, wir werden mit deinen Kunden über die Eisstraße fahren, für deren Sicherheit er zuständig ist! Er wird dir nichts tun.«

»Du hast gut reden, du ...«

»Soll ich bei ihm im Zimmer schlafen? Soll ich?«

Valerie verdrehte die Augen. »Ich dachte, du teilst kein Zimmer mit andern. Kann ich wenigstens bei dir duschen?«

Faye lachte. »Ja, ausnahmsweise. Ich geh solang in die Bar.«

Valerie blieb stehen. Faye war ihr noch eine Antwort schuldig.

»Sag mir doch jetzt: Wer waren die beiden Männer beim Geländewagen?«

»Nicht zwei Männer, eine Frau und ein Mann. Sie wollen Fotos von der Karibuherde machen und haben mich gefragt, ob wir die Tiere gesehen hätten.«

»Und wer hat dir erzählt, dass Sedna aufgetaucht ist?«

»Die beiden Polizeibeamten. Wir haben draußen ein bisschen geplaudert. Darf ich jetzt gehen?« Und weg war sie.

Valerie brauchte nur eine Minute, bis sie unter der Dusche stand. Mit dem angenehm heißen Wasser spülte sie die Anspannungen des Tages ab, sie dehnte sich unter der Wohltat von Seife und Dampf.

Nur eine Frage konnte sie nicht abschütteln: Wenn das Paar im Geländewagen so harmlos war, wie Faye ihr bedeutet hatte, warum dann diese Geheimniskrämerei? Warum hatte sie ihr das nicht gleich sagen können?

»Dieses Früchtchen knüpf ich mir noch mal vor«, murmelte sie zu sich selbst.

22

»So, hier liegt also das Geheimnis begraben«, bemerkte sie fast heiter. Die Aussicht, dass sie der Sache so unerwartet nahegekommen war, beschwingte sie. Vielleicht sollte sie sich gedämpfter, der Situation angemessener verhalten, dachte sie. Sie wollte auf keinen Fall das Ergebnis der langen, mühseligen Suche sabotieren.

Ihre Bedenken lösten sich auf, als er ihr im selben leichten Tonfall antwortete: »Ja, ein guter Ort, um etwas zu verstecken.«

Er schaute um sich, suchte die Umgebung mit wachsamen Augen ab, bevor er den Schlüssel in der Tür des Häuschens drehte. Sie war seinem Blick gefolgt, über die leere, schneebedeckte Ebene, die sich vor ihnen erstreckte. Irgendwo in der Nähe begann das Polarmeer, aber Ortsunkundigen wie ihr war es unmöglich zu sagen, wo das Land aufhörte und der Ozean anfing. Die gefrorene Landschaft, Wasser und Erde waren zu einer einzigen Eiswüste verschmolzen, deren Konturen im milchig-trüben Licht dieses kalten Tages nicht auszumachen waren.

Es beruhigte sie, dass er genau wie sie darauf bedacht war, ihre Absichten zu verschleiern. Sie wollte nicht im letzten Moment an ihrer Mission gehindert werden. Von niemandem.

Heute war ein guter Tag. Das ganze Dorf feierte eine Hochzeit in der Gemeindehalle. Alle waren eingeladen. Das reichliche Essen und die Geschenke waren, wie sie gehört hatte, schon seit Tagen Thema Nummer eins im Dorf.

»Ich wollte immer schon einmal hierherkommen«, sagte sie, als die offene Tür den Blick auf ein enges Geviert freigab. Festgetretener Schnee bedeckte den Boden rund um eine gezimmerte Erhebung aus Holz. »Das muss man einfach gesehen haben, wenn man hier ist.«

Er erwiderte nichts, war damit beschäftigt, ein gewundenes, steifes Seil in der Ecke zu entrollen. Sie war eigentlich keine Schwätzerin, aber jetzt war sie zu aufgeregt, um ihren Redefluss zu stoppen.

»Wie kann man hier etwas verbergen, wenn doch immer wieder Leute dieses Gewölbe benutzen?«

Er lächelte. »Genau das ist der Grund. Hier würde niemand danach suchen.«

Sie sah ihn fragend an.

»Es ist ein Labyrinth da unten«, erklärte er geduldig, »und nicht alle Kammern sind für jedermann zugänglich.«

Er stemmte die Abdeckung aus zusammengefügten Brettern hoch und klappte sie nach hinten, bis sie an der Holzwand lehnte. Sie konnte den oberen Teil des schmalen Schachtes sehen, dessen Wände mit einer dicken Schicht von schimmernden Eiskristallen überzogen waren. Sie trat einen Schritt näher an das gähnende dunkle Loch, in das eine vereiste Leiter kerzengerade hinunterführte.

Zum ersten Mal fühlte sie so etwas wie Beklemmung. »So sieht das also aus«, sagte sie. »Ganz schön steil. Und tief, mein Gott!« Ein Lichtschein blendete sie kurz. Er hatte sich die Stirnlampe aufgesetzt. Das Eis auf den Sprossen blitzte auf. »Und spiegelglatt«, fügte sie hinzu.

»Dieses Seil hier dient zur Absicherung«, erklärte er. »Ich binde es an den Pfosten dort und halte es auch noch zusätzlich fest, so kann nichts passieren.«

Sie nickte, blieb aber stehen. »Soll ich die Handschuhe ausziehen? Sie sind zu dick, um mich damit an den Sprossen festzuhalten.«

»Besser nicht. Es ist wirklich eisig kalt da unten.«

»Ich kann sie ja runterwerfen und unten wieder anziehen.«

Er schien nicht überzeugt. »Die Sprossen sind gefroren.«

»Ich probiers mal mit den dünneren Handschuhen, die ich fürs Autofahren benutze«, lenkte sie ein und zog ein Paar Fingerhandschuhe aus ihrer Jackentasche.

Er half ihr, das Seil um Oberkörper und Schultern zu legen, als wäre sie ein Schlittenhund. Dann befestigte er es mit einem dreifachen Knoten an dem Pfosten. Sie ließ sich rückwärts in den Schacht hinunter. Ihre Trekkingstiefel suchten im Abgrund nach Halt.

»Einen Tritt tiefer«, wies er sie an, »das geht besser.«

Sie fühlte die Sprosse unter dem Fuß und zog den anderen nach.

Die erste Hürde war geschafft.

»Jetzt eine Stufe nach der andern«, ermunterte er sie.

Sie stieg vorsichtig nach unten, froh um das Seil, das sie unter den Achseln spürte.

Der Abstieg kam ihr wie eine Ewigkeit vor. Zehn Meter ginge es in die Tiefe, hatte ihr jemand berichtet. Sie hatte keine Ahnung, wie weit sie schon gekommen war, wollte auch nicht nach unten schauen. Das war nie ratsam über einem Abgrund. In der Öffnung oben blendete sie der Schein seiner Stirnlampe.

»Ach, du liebe Tante! Ich hab die Taschenlampe in meinem Rucksack vergessen«, rief sie. »Und den Rucksack im Pick-up.«

Seine Stimme drang hallend zu ihr hinab. »Kein Problem, ich geh ihn holen.«

»Meine kleine Kamera ist auch im Rucksack.«

Wie konnte sie nur so fahrlässig sein. Sie hatte einfach nur noch an seine versprochene Enthüllung gedacht.

»Okay.«

»Wie weit noch?«

»Nur noch einige wenige Tritte.«

Plötzlich fühlte sie einen größeren Abstand und klammerte sich an der Leiter fest.

»Geschafft! Das ist der Boden«, hörte sie von oben.

Tatsächlich spürte sie festen Grund unter ihren Stiefeln. Und gleichzeitig eine lähmende Kälte, die ihr das Atmen erschwerte.

Natürlich, was hatte sie erwartet: Dieser Keller sollte genau wie ein Gefrierfach sein.

Gäbe es so etwas wie eine kalte Hölle, dann müsste sie hier sein, dachte sie mit einem angenehmen Gruseln. Ein Labyrinth des Grauens. Würde sich gut in einem Thriller machen.

Am besten, sie erledigten rasch, wozu sie hierhergekommen waren.

»Ich löse jetzt das Seil«, rief sie. »Bitte meinen Rucksack nicht vergessen.«

Sie hörte ihn oben herumstampfen. Das Seil schwebte hinauf. Dann entfernten sich die knirschenden Geräusche. Von oben kam immer noch ein Lichtschein. Er musste die Stirnlampe auf den Rand der Öffnung gestellt haben.

Sie wagte sich einige Schritte auf den Hauptgang zu, der wie eine Eisgrotte mit Schneekristallen überzuckert war.

Jäh kam ihr in den Sinn, dass sich auch ihr Handy im Rucksack befand. Wie dumm von ihr. Er würde es bestimmt nicht stehlen. In der Jackentasche ertastete sie zwei Schokoriegel, einen für sich und einen für ihn, mit einem Wärmekissen gegen den Frost.

Sie meinte, seine Stimme von Weitem zu hören. Dann wieder Knirschen und Stapfen.

»Hallo?«, rief sie.

In diesem Augenblick fiel die Abdeckung des Schachtes krachend zu. Mit einem Schlag wurde es schwarz um sie herum.

Einige Sekunden lang wartete sie, dass sich der Schacht wieder öffnen würde. Dass er sich für das Versehen entschuldigte.

»Hallo, hallo ...«, rief sie wieder.

Sie hörte einen dumpfen Knall, als ob jemand die Tür zugeschlagen hätte. Dann absolute Stille.

Sie rief seinen Namen. Immer wieder. Mit der Zeit immer verzweifelter.

Sie versuchte, im Dunkeln die Leiter zu finden. Aber ihre Hände ertasteten nur die kleinen, spitzen Zacken an den Wänden des eisigen Grabes.

Die Leiter musste doch hier sein, gleich hier!

Je weiter sie sich vortastete, desto weniger wusste sie, wo sie war.

23

»Na, das müssen wir feiern!« Carol hielt eine große Flasche Baileys in die Höhe. Der Polarkreis war erreicht. Die Reiseteilnehmer klatschten begeistert und ließen sich mit den Hinweistafeln ablichten, die den sechsundsechzigsten nördlichen Breitengrad markierten. Auf dieser Holzplattform hatte Valerie im Sommer noch mit Sedna gestanden und die Berge fotografiert, die wegen des Schnees nun im April so ganz anders aussahen.

Als sie sich zuprosteten, bog ein dunkler Geländewagen auf den Platz ein. Die kleine Versammlung starrte auf die eingemummelten Gestalten, die sich aus den Sitzen schälten.

»Habt ihr Karibus gesehen?«, rief Faye dem Paar entgegen.

»Leider noch nicht, aber wir geben die Hoffnung nicht auf.« Eine Frauenstimme.

Valerie hatte es plötzlich eilig, sie drängte zum Aufbruch.

»Stets zu Ihren Diensten, Madame«, sagte Faye, als Valerie die Gruppe auf den Chevy zutrieb. Es hatte lustig klingen sollen, doch Valerie warf ihr einen strengen Blick zu.

Sie hatten schon ihre Plätze eingenommen, als ihr etwas einfiel: »In ungefähr einer Stunde überqueren wir die Grenze zwischen Yukon und den Northwest Territories. Vergesst nicht, in den Northwest Territories ist es verboten, Alkohol mitzuführen.«

Sie drangen in das Gebiet der Richardson-Berge vor, eines Gebirgszugs, der sich fast bis zum Arktischen Ozean ausdehnte. Der Wind konnte hier brutal sein, ließ Valerie die Gruppe wissen, manch ein Lastwagen sei schon von der Straße geblasen worden. Die Trucker nannten den Streckenabschnitt Hurricane Alley. Leitpfosten mit Reflektoren säumten die Straße, aber bei einem Whiteout sah man selbst die nicht. Bäume hatten lediglich in windgeschützten Tälern eine Chance. Nichts wuchs an den Flanken der Berge, die fast bedrohlich ihre felsigen, verschneiten Tentakel zur Straße hin ausstreckten.

Eine kahle Mondlandlandschaft, so kam es Valerie vor, eine geballte weiße Masse gegen ein zart gepinseltes Himmelblau. In ihren Augen sah die Umgebung wie eine Hochgebirgsregion aus, obwohl der Höhenmesser im Wagen nur achthundertfünfzig Meter über null anzeigte. Manchmal stiegen die felsigen Riesen so unmittelbar in der Umgebung auf, dass sich Valerie an schlafende Eisbären erinnert fühlte, die sich plötzlich zu ihrer vollen Größe aufrichteten.

Trish meldete sich von der hintersten Sitzreihe. »Wisst ihr, woran mich das erinnert?«, rief sie begeistert. »Die Steinbrocken an den weißen Berghängen, das sieht doch aus wie silberne Verzierungen auf einer weißen Kuchenglasur.«

»Du hast den Nagel auf den Kopf getroffen«, erwiderte Faye, die Valerie überaus gut gelaunt vorkam.

Sie hatte Faye nichts von ihrer Nacht mit Clem erzählt. Es gab auch nichts Aufregendes zu berichten, und vielleicht war sie deshalb ein bisschen gereizt. Bettgeflüster ohne Folgen.

Faye und ihre Gruppe hatten um ein Uhr nachts fantastische Nordlichter erlebt, was das große Thema beim Frühstück gewesen war. Sie dagegen, die Tourenleiterin, hatte das Ereignis verschlafen. Niemand hatte daran gedacht, an ihre Zimmertür zu klopfen. Selbst der Wecker auf ihrem Handy hatte versagt. Oder sie hatte ihn nicht gehört, denn sie war erst spät eingeschlafen. Die physische Nähe zu Clem Hardeven hatte sie lange wach gehalten, während er wie ein Bär schlief. Als sie morgens aufwachte, war sein Bett leer. Von Clem keine Spur. Nur eine kleine Notiz: Wir sehen uns in Inuvik. Den kleinen Zettel hatte sie in ihr Notizbuch gesteckt.

Nun ließ sich Paula vernehmen, voraussagbar wie die Abendnachrichten: »Das ist wieder die Tundra. Wenn wir Glück haben, sehen wir Dall-Schafe und Grizzlybären.«

»Grizzlybären? Nicht im Winter, meine Liebe«, warf Anika ein. »Die sind jetzt im Winterschlaf.«

»Dafür gibt's Jagdfalken«, warf Jordan ein, der sich mehr für Vögel als für Säugetiere interessierte.

Schon waren sie mitten drin im alten Rollenspiel, und Valerie machte mit. »Wir dürfen unsere eigene Spezies nicht vergessen«, rief sie. »Im nördlichen Yukon leben bereits seit ungefähr fünfzehntausend Jahren Menschen.«

»Ihr Bücherwürmer mit eurem theoretischen Wissen – können wir hier endlich einen Fotostopp machen?« Das war Glen.

Er hatte ein zerfetztes Karibu am Straßenrand entdeckt. Als sie ausstiegen, sahen sie die Spuren von Wölfen im Schnee.

Der kalte Wind trieb die Gruppe rasch zur Weiterfahrt. Sie näherten sich dem windgeschützten Rock River Campground. Valerie hatte sich gerade umgedreht, um eine Kaffeepause anzukündigen, als Faye nahezu eine Vollbremsung einlegte.

»Himmel!«, schrie sie.

Sie starrten gebannt auf die Erscheinung vor ihnen, nur hundert Meter entfernt. Ein Strom von weiß-braunen Leibern auf dünnen Beinen, der sich über die Straße ergoss.

Karibus. Tausende.

Valerie saß wie in Beton gegossen auf ihrem Sitz. Sie konnte nicht fassen, was sich vor ihren Augen abspielte. Jedes Jahr hatte sie gehofft, Karibus auf ihrer Wanderroute anzutreffen. Und jetzt, wo sie es am wenigsten erwartete, wurde ihr Traum wahr.

»Oh mein Gott! Oh mein Gott! Oh mein Gott!« Anika war die Erste, die ihre Sprache wiederfand. Der ganze Bus schnatterte aufgeregt durcheinander.

Valerie brachte ihre Leute mit einer entschlossenen Handbewegung zum Verstummen. »Bitte macht keinen Lärm, um Himmels willen, bitte macht keinen Lärm, wenn ihr draußen seid. Nicht einen Pieps, hört ihr? Das ist die Chance eures Lebens! Verspielt sie nicht.«

In den folgenden dreißig Minuten spielte sich nicht nur ein Schauspiel in der Tundra ab, sondern auch um den Chevy herum. Wie ein Ballett ohne Musik verteilte sich die Gruppe auf der Straße, in Zeitlupe und fast geräuschlos. Sie verhielten sich wie verspätete Kirchgänger, die während der Messe ins Gotteshaus huschen. Das Getrampel der Hufe war deutlich zu hören, und manchmal ein klagendes Raunen. Die Mütter blökten verhalten, um die Jungtiere an ihrer Seite zu halten. Valerie staunte, wie leise all dies vonstattenging, angesichts dieses Meeres von Tieren. Die Umrisse der wogenden, vibrierenden Parade von schlanken, vorwärtsstrebenden Körpern änderten sich ständig, wie ein Fluss, der sich ausbreitet und wieder verengt. Valerie war völlig in Bann geschlagen. Sie hatte aufgehört zu fotografieren, ignorierte die Kälte, wollte nur noch zusehen.

Das musste die Porcupine-Herde sein, von der ihr Clem erzählt hatte. Die Karibus waren auf dem Weg von ihren winterlichen Fressplätzen zur offenen Tundra. Ihre Geweihe ragten dünnen Ärmchen gleich in die Luft, wie die Arme eines Priesters bei der Messe, offen und gen Himmel gereckt, als erbäten sich die Tiere etwas von oben. Vielleicht eine sichere Wallfahrt zu den Ebenen, wo sie reichlich Futter zu finden hofften.

Plötzlich erinnerte sich Valerie an die Prophezeiung des Schamanen Pihuk Bart, die er vor zwei Wintern an sie gerichtet hatte: »Im Jahr der wandernden Karibus wird sich dir das Geheimnis eines ungewollten Todes offenbaren. Es wird ein Jahr des Schreckens und der Schönheit sein. Die Karibus werden die Seelen deiner Nachkommen zwischen ihren warmen Flanken tragen.«

Sie zuckte zusammen. Jemand stand neben ihr. »Ich werde diesen Augenblick mein ganzes Leben nicht vergessen«, flüsterte Faye.

Auch sie hatte aufgehört zu knipsen. Man musste atmende, lebende Bilder in sich aufnehmen, die für immer im Gedächtnis eingebrannt blieben.

Der Nachzug der Herde verdünnte sich zunehmend.

»Wo sind deine Freunde, die Karibu-Aficionados?«, flüsterte Valerie zurück.

»Es sind nicht meine Freunde. Du und ich sind Freunde.«

Sie standen noch eine ganze Weile schweigend da, bis die letzten Tiere die Straße überquert hatten.

Valerie drehte sich um und erblickte den dunklen Geländewagen einige Meter hinter dem Chevy. Das Paar stand auf der Kühlerhaube. In ihrer Überraschung winkte sie den beiden zu, und das Paar reagierte mit nach oben gerichteten Daumen und lachenden Gesichtern.

Strahlende Gesichter füllten nun auch den Kleinbus, und Carol verteilte noch den restlichen Baileys.

Der Geländewagen folgte dem Chevy über den Mount-Richardson-Pass, wo sich die Aussicht auf den Fluss Peel und das Delta des Mackenzies öffnete. Valerie entschloss sich, erst auf der Rückfahrt in der Siedlung von Fort McPherson anzuhalten und die Gräber der vier Männer der Lost Patrol aufzusuchen. Stattdessen fuhren sie nach Tsiigehtchic weiter, einem Dorf der Gwich'in-Indianer, das auch Arctic Red River hieß. Sie hielten kurz beim Postamt und beim Trapper-Laden mit dem Hundeschlittenschild. Ein einsamer Husky beobachtete sie, er war mit einem kurzen Strick angebunden. Valerie sah weg, sie konnte sich nicht daran gewöhnen, dass viele dieser Hunde ein miserables Leben führten. Vor zwei Jahren hatte sie von einem Hund in Inuvik gehört, dessen Körper buchstäblich am Boden seiner unzulänglichen Hundehütte angefroren war. Als man ihn fand, war er kaum noch am Leben.

Sie überquerten den gefrorenen Mackenzie-Strom und hielten später an der Stelle, wo die Straße schnurgerade bis an den Horizont auslief. Zweiunddreißig Kilometer. Valerie hatte die Distanz errechnet, nachdem sie einer ihrer Kunden auf der ersten Tour danach gefragt hatte.

Sie durchquerten jetzt wieder die Taiga mit ihrem Baumbewuchs. Die Landschaft entlang des Dempster Highways wurde weniger dramatisch. Valerie stellte fest, dass fast die ganze Gruppe döste. Eine Reihe von Lastwagen kam ihnen entgegen. Auch Valerie kämpfte mit der Müdigkeit.

Unvermittelt rief Faye: »Wir müssen anhalten, Polizei.« Valerie sah den Streifenwagen hinter ihnen. Ein Beamter war ausgestiegen und näherte sich. Er steckte den Kopf durchs offene Fenster herein.

»Wohin wollen Sie?«

Valerie kannte den Mann nicht. Er musste einer der zwölf RCMP-Leute in der Gegend sein. »Nach Inuvik. Wir sind eine Gruppe von Touristen.«

Der Polizist nickte und ließ seinen Blick über die Insassen schweifen.

»Können Sie einmal die Hecktür öffnen?«

Valerie stieg aus und ging mit dem Polizisten nach hinten. Sie half ihm beim Ausräumen des Gepäcks. Er öffnete einige der Taschen und durchsuchte einen Rucksack. Hoffentlich hatten sich alle an ihre Weisung gehalten. Nach bangen Minuten wuchtete er die Gepäckstücke in den Wagen zurück und schlug die Hecktür zu.

»Fahren Sie auch nach Tuktoyaktuk?«, fragte er.

Valerie nickte. »Wir wollen den Eiskeller besichtigen.«

»Es gab einen Vorfall dort, ein Mann wurde niedergeschlagen. Wir haben den Täter verhaftet. Es ist besser, Sie sind gleich informiert, bevor man Ihnen erst etwas in Inuvik erzählt. Gute Fahrt!«

»Danke«, erwiderte Valerie verblüfft und sah ihn zum Dienstwagen zurücklaufen, bevor sie weitere Fragen stellen konnte.

In ihrem Kopf begann sich alles zu drehen. Ein Mann niedergeschlagen. In Tuktoyaktuk. Es gab immer wieder Streitereien, wenn Alkohol im Spiel war. Aber in diesem Monat war so vieles geschehen. Die tote Gisèle. Der Überfall auf Clem. Sednas Verschwinden und rätselhaftes Wiederauftauchen. Das Goldnugget. Die Polizei in Eagle Plains. Val blinzelte in die blendende Abendsonne. Ihr war leicht schwindlig.

Als sie die Augen wieder öffnete, sah sie jemanden draußen stehen. Glen Bliss, zitternd vor Kälte. Er versuchte zu lächeln. Seine Oberlippe mit dem Schnurrbart bebte.

»Muss mal austreten«, sagte er.

Valerie nickte ihm zu.

»Ich geb den andern Bescheid.«

Sie kletterte in den Chevy und bat Jordan, Glen zu begleiten. Zu Faye sagte sie: »Ich glaub, Glen ist beim Fahren schlecht geworden. Der ist bleich wie ein Leichentuch.«

Faye warf ihr einen unerklärlichen Blick zu.

»Soso«, sagte sie nur.

24

Clem stolperte in die Bar des Hotels Great Polar. Er hatte die Fahrt von Eagle Plains nach Inuvik in der Koje hinter der Fahrerkabine von Reg Masons Riesenlaster verbracht. Reg brachte alle drei Wochen Gemüse und Früchte aus British Columbia und die Menschen in Inuvik kauften direkt von den Regalen des Lasters. Clems Kopf fühlte sich an wie eine überreife Pflaume kurz vor dem Platzen. Reg hatte die ganze Zeit das Programm für Lkw-Fahrer gehört, Trucker Tunes, in einer Lautstärke, die einen erholsamen Schlummer verunmöglichte. Aber die dreihundertfünfundsechzig Kilometer selbst zu fahren, wäre für Clem eine noch größere Tortur gewesen.

»Endlich«, rief ihm Phil Niditichie entgegen. »Wo zum Teufel warst du? Machst dich plötzlich aus dem Staub wie Helvin.«

»Könnt ja auch mal ohne mich saufen«, brummte Clem und bestellte einen White Russian.

»Na, du siehst ja aus, als hätte dich deine eigene Großmutter geschält und auf den Grill gelegt«, stichelte Johnny Rotbart Wills.

»Lasst ihn in Ruhe«, rief Poppy Dixon. »Wenn euch jemand den Schädel eingedrückt hätte, würdet ihr auch nicht wie Miss Universum aussehen.«

Johnny ließ nicht locker. »Im Vergleich zu Roy ist unser Kumpel hier ja direkt heil davongekommen.«

Clem fühlte plötzlich alle Blicke auf sich.

»Was? Was guckt ihr so?«

Einige Sekunden sagte niemand etwas. Dann platzte Poppy Dixon damit heraus, er stotterte beinahe.

»Du hast doch von Roy Stevens gehört – oder nicht?«

»Was soll ich gehört haben?«

Einer in der Runde pfiff leise durch die Zähne.

»Er liegt im Krankenhaus. Jemand hat ihm den Schädel eingeschlagen.«

Clem starrte Dixon ungläubig an. »Du machst 'nen Witz, Poppy, nicht?«

Aber er konnte in den Gesichtern der Männer lesen, dass die Lage ernst war.

Johnny ergriff wieder das Wort. »Himmelherrgott, Clem, das kommt davon, wenn du dein Handy abschaltest.«

In Clem stieg Wut auf. »Erzählt mir jetzt jemand was oder sitzt ihr einfach weiter da wie die Ölgötzen?«

»Sie haben Roy heute mit blutigem Schädel gefunden«, sagte Phil, »in Tuk, vor dem Eiskeller. Er hat da schon nicht mehr sprechen können. Jetzt liegt er auf der Intensivstation. Im künstlichen Koma.«

Clems Hände fühlten sich plötzlich eiskalt an.

»In welchem Krankenhaus?«

»Zuerst hier. Sie haben ihn stabilisiert und dann nach Yellowknife ausgeflogen. Dann haben sie ihn nach Edmonton überführt.«

»Warum ...? Wer hat ...«

»Das wüssten wir auch gern. Erst dich, dann unseren Ranger. Dieses Monster muss endlich aus dem Verkehr gezogen werden. Was macht eigentlich die Polizei?«

Jetzt redeten alle durcheinander.

Clems Stimme durchschnitt das Gebabbel wie ein Bohrer das Eis.

»John Palmer war mit dem RCMP-Mann aus Yellowknife in Eagle Plains.«

»Stimmt, wegen der Drogen.« Dixon schob sein Bierglas gefährlich nahe an den Rand des Tresens.

»Drogen?«

»Das Mädchen aus Dawson ...»

»Diese Gisèle?«

»Ja, die hat einigen Leuten in Eagle Plains was verkaufen wollen.«

Phil schlug mit der Faust auf die Theke.

»Der Täter ist sicher nicht von Eagle Plains nach Inuvik gereist. Den sollten sie lieber hier suchen. Vielleicht hat Roy was gewusst und jetzt ...« Er machte eine Geste, als ob ein Messer seine Kehle durchtrennte.

Clem wollte den Kopf schütteln, doch besann sich rechtzeitig. Seit der Gehirnerschütterung vermied er abrupte Kopfbewegungen.

»Die RCMP-Leute wissen bestimmt mehr, als sie uns verraten«, sagte er.

»Na, das ist ja ungemein beruhigend«, höhnte Poppy Dixon. »Der Mann aus Yellowknife soll ein Experte sein.«

Clem zog sich die Fellmütze über die Ohren.

»Nein, das sollte uns allen Angst einjagen, wenn sie solche Leute einfliegen müssen.«

Ohne auf die Reaktionen der Runde zu achten, steuerte er auf den Ausgang zu.

Die Sonne schien immer noch, sie kam ihm jedoch wie ein Trugbild vor angesichts der düsteren Vorfälle der vergangenen Tage. Er dachte an Valerie, als er in seinen Pick-up stieg. Sie konnte sich nach den Winterstürmen bestimmt kein besseres Wetter wünschen. Aber wie würde sich der schreckliche Angriff auf den Ranger auf ihre Tour auswirken? Würde sie die Reise aus Sicherheitsgründen abbrechen, wenn sie davon erfuhr? Der Gedanke missfiel ihm mehr, als ihm lieb war.

Ein Bild stieg vor seinem inneren Auge auf: die Silhouette ihres Körpers unter der Bettdecke, das lange braune Haar wie zarte Schlingpflanzen auf dem weißen Kissen, die eine Hand ans Kinn gepresst. Er wünschte, er hätte länger in Eagle Plains bleiben können. Vielleicht hätte die vertrauensvolle Nähe in den Morgenstunden zu etwas Spannendem geführt. Er schwelgte in der Vorstellung, was zu der erwarteten Reaktion führte. Schnell verdrängte er die erotische Fantasie mit Gedanken an Roys blutigen Schädel im Schnee. War der Ranger vom selben Täter angegriffen worden, der auch ihn niedergeschlagen hatte?

Er lenkte seinen Pick-up auf dem Highway Richtung Süden. Auf dieser Straße würde Valeries Bus in einigen Stunden nach Inuvik kommen. Sie brauchte sich nicht zu beeilen, die Sonne würde erst um neun Uhr abends untergehen.

Einen Kilometer hinter Inuvik bog er vom Highway auf einen breiten schneebedeckten Fahrweg ein. Nach einigen Hundert Metern hörte das Gebüsch auf und gab den Blick auf Alana und Duncans Haus und ihre Hundegehege frei. Er musste einem roten Geländewagen ausweichen, der ihm entgegenkam. Er erkannte den Wagen sofort und winkte der Fahrerin zu. Toria West hielt zu seiner Überraschung nicht an, sondern fuhr vorbei und verschwand bald mit ihrem Wagen hinter den Sträuchern.

»Was zum Kuckuck …« Clem war irritiert.

Im Vorraum, der an das Wohnhaus angebaut war, traf er Duncan an, der Futter für die Hunde vorbereitete.

»Zurück von Eagle Plains?«

Clem bejahte. »Hat sich Meteor gut aufgeführt?«

»Ich bin sicher. Alana hat ihn mitgenommen, sie ist mit Touristen zum Fowler Lake unterwegs.«

»Wann kommt sie zurück?«

»In zwei Stunden vielleicht, sie wird dir Meteor heute Abend vorbeibringen.«

Duncan verteilte gehacktes Frischfleisch in die Fressnäpfe.

»Für Bolters Gespann. Die Hunde haben heute wirklich gute Arbeit geleistet.«

Clem entschied sich, nicht um den heißen Brei herumzureden.

»Ich bin Torias Wagen begegnet. Was hat sie denn hier draußen gesucht?«

»Toria? Sie will vielleicht einen Welpen für die Kinder.«

»Wie? Habt ihr Welpen?«

Duncan stellte die Näpfe auf ein Brett am kleinen Fenster.

»Nein. Das hab ich ihr auch gesagt.«

»Hat sie sonst was erzählt? Von Helvin?«

»Nee, hab auch nicht gefragt. 'tschuldige, ich muss Holz im Ofen nachlegen. Willst du mit nach oben kommen?«

Clem verneinte. »Muss zurück. Du hast von Roy Stevens gehört?«

»Ja. Schlimme Sache. Ich hoffe, das Rennen wird nicht abgesagt. Er hat es organisiert. Machs gut.« Duncan schloss die Tür zum Wohntrakt hinter sich.

Das Muskrat Jamboree. So viele Ereignisse warfen ihren Schatten über das Frühlingsfest. Schatten über das Fest und die Menschen von Inuvik und Tuktoyaktuk, auf den Tourismus und die Eisstraße. Und die Koexistenz in der Arktis, fügte Clem in Gedanken hinzu, denn die mysteriöse Explosion im Eis verfolgte ihn bis in seine Träume.

Er starrte auf die Futternäpfe. Ihm fiel auf, wie leicht es für jemanden wäre, rasch Gift unters Futter zu mischen. Dass Duncan nach dem Tod der Leithündin Booster nicht besser aufpasste, erstaunte ihn. Hatte Alana ihm nicht anvertraut, dass Duncan glaubte, Booster sei vergiftet worden? Vielleicht hatte er an jenem Tag genau wie jetzt das Futter stehen lassen, während er für einige Minuten oben in der Stube war, und jemand hatte in der Zeit den Anbau betreten.

Clem dachte an Meteor, als er nach Hause fuhr. Je schneller er seinen Hund wieder bei sich hätte, umso besser.

Noch etwas erschien ihm merkwürdig. Wenn Toria wirklich interessiert an einem Welpen war, warum rief sie Duncan nicht einfach vorher an, sondern fuhr direkt hin? Alana und Toria mochten sich nicht, das war allgemein bekannt. Aber Duncan war freundlich zu allen.

Clem parkte den Pick-up vor seinem Haus und sah sich vorsichtig um, bevor er hineinging. Noch einmal ließ er sich nicht von einem Schläger erwischen. Er war offenbar mit dem Schrecken davongekommen, aber vielleicht hatte der Angreifer sein Werk nicht vollenden können. So wie beim Ranger Stevens, dem armen Teufel.

Die Küche war warm, er hatte die Ölheizung laufen lassen. Kaum hatte er den Teekessel auf dem Herd, klingelte das Telefon.

»Bist du allein?« Lazarusies Stimme klang unterdrückt.

»Was ist?«

»Danny hat alles gesehen, was passiert ist.«

»Wovon redest du?«

»Das mit Roy.«

25

Helvin West umkreiste sein neues Schneemobil und bedachte es mit zärtlichen Klapsen, als sei es ein Zuchthengst mit Stammbaum. Clem hatte sich kürzlich eine neue Schneemaschine zugelegt, sein Boss wollte ihm offenbar nicht nachstehen.

»Ich werde dieses Rennen gewinnen«, sagte er ein ums andere Mal.

Der Himmel war grau, die Wetterlage immer noch stabil. Fast kein Wind, keine Niederschläge zu erwarten. Helvin West war in glänzender Laune, was Clem Hardeven noch zorniger machte. Sein Boss, den er vor dem Gebäude von Suntuk Logistics angetroffen hatte, schien davon nichts zu bemerken.

Clem verschränkte die Arme und baute sich breitbeinig auf.

»Vielleicht hast du mitbekommen, dass jemand Roy Stevens k. o. geschlagen hat?«, fragte er. Selbst Helvin würde seinen triefenden Sarkasmus nicht ignorieren können.

Ein Irrtum. Sein Boss hatte ganz andere Prioritäten. Und jetzt gerade war es das Schneemobilrennen.

»Ich werde diesen Wettkampf gewinnen, denn meine größten Rivalen sind nicht dabei.« Er meinte offenbar Roy, den Ranger, und ihn, Clem. Helvin beugte sich über die Maschine und redete weiter. »Es tut mir leid für dich und für Roy, aber dieses

Tierchen wird eure Ehre retten. Wir werden diesen Grünschnäbeln von Paulie Umik zeigen, dass wir immer noch die Platzhirsche sind.«

Clem beobachtete Meteor, der an den geparkten Schneepflügen markierte. Wenigstens einer, der Helvin ans Bein pinkelte.

»Sie haben Tanya Uvvayuaq in Untersuchungshaft genommen.«

Helvin zog eine Grimasse. »Dachte schon immer, Tanya wird mal überschnappen. Bei all den Drogen, die sie schluckt.«

Clem ging zum Angriff über. »Helv, ich hab ein Schreiben in der Tasche. Meine Kündigung. Wenn du jetzt nicht mit mir ins Büro gehst und mir haarklein erzählst, was du in den vergangenen Tagen gemacht hast, leg ich dir die Kündigung auf den Tisch.«

Sein Boss richtete sich auf. »Was? Kündigung? Du tickst wohl nicht richtig! Dein Schädel ist immer noch nicht in Ordnung.«

Minuten später saßen sie im überheizten Firmenbüro, Helvin mit seinen Schneemobiltrophäen auf dem Regal hinter sich. Die im Raum stehende Drohung löste seine Zunge.

»Mensch, Clem, ich konnte dir doch nichts sagen. Sollte dir eigentlich immer noch nichts sagen. Richard hat mich vor drei Jahren dazu überredet, Geld in eine Mine zu stecken. Er meinte, Gold sei die beste Investition, die du machen kannst.«

»Richard Melville«, stieß Clem spöttisch hervor.

»Ich musste doch was unternehmen, Clem. Ohne die Gaspipeline wird doch nichts mehr laufen hier. Wir können all unsere Pläne für die Zukunft begraben. Wie viele Leute sollen wir noch zum Teufel schicken? Wir haben kein Fleisch mehr auf den Knochen. Das musst du doch auch sehen.«

Clem schwieg. Er sah die Schlagzeile einer großen kanadischen Zeitung vor sich: *Die Mackenzie-Gaspipeline ist begraben.*

Helvin spielte mit den Fingern. »Drei Jahre lang hab ich gut verdient mit dem Gold. Das hat uns allen geholfen. Das hat auch die Löhne bezahlt. Jetzt müssen wir einfach durchhalten, bis der Goldpreis wieder steigt.«

Clem sah ihm direkt in die Augen. »Deswegen bist du doch nicht Knall auf Fall nach Dawson verschwunden.«

»Na klar, wir brauchten Geld. Jetzt haben wir Investoren gefunden.«

Helvin richtete seinen Blick aus dem Fenster. Clem tat es ihm nach. Von hier aus konnte er das neue Schneemobil sehen.

»Die Chinesen kaufen alles auf. Richard will das nicht. Er will auch nicht die Mafia an den Hals kriegen. Weißt du, was die Mafiosi mit Stewey Grant gemacht haben? Er konnte diese Gangster aus Chicago nicht bezahlen, die haben sein Gesicht zerstört. Er musste zu 'nem Schönheitschirurgen, damit er wieder einigermaßen wie 'n Mensch aussieht!«

Clem hatte davon gehört. Nicht von Stewey Grant, von anderen Opfern. Sie hatten sich Geld von organisierten Kriminellen geliehen, um ihre Mine am Laufen zu halten. Als der Goldpreis absackte, fehlten die Einnahmen, um den Mafiosi die horrenden Zinsen zu zahlen.

Die verlangen Gold. Die perfekte Geldwäsche. Clem lehnte sich vor.

»Man hat dich in Dawson in einen Geländewagen einsteigen sehen. Wer sind diese Typen?«

Helvin stutzte, erholte sich aber schnell.

»Leute vom Fernsehen. Aus San Diego.«

Clem wartete.

Helvin rollte mit seinem Bürostuhl hin und her.

»Das muss unter uns bleiben, hörst du? Die planen eine neue Realityshow für den Sommer.«

»Ich dachte, du hättest schon genug mit den Ice Road Truckers zu tun gehabt?«

»Es geht nicht um die Eisstraße. Es geht ums Goldgraben im Yukon. Wir sind dabei.«

»Falls eure Mine im Sommer noch existiert.«

»Die geht nicht unter, Alter, die nicht. Wir haben das Geld aufgetrieben. Ein hübsches Sümmchen.«

Clem sprang von seinem Stuhl auf. »Und warum, mein Bester, warum laufen diese Fernsehtypen weg, wenn die Polizei auftaucht?«

»Polizei? Wo?«

»Jemand hat versucht, das Autokennzeichen zu fotografieren, da wurden die Typen aggressiv, dann tauchten die Polypen auf und – schwupp – haben sie sich aus dem Staub gemacht!«

»Davon weiß ich nix. Aber du kennst die Yankees. Paranoid. Vor allem im bösen Ausland. Wär ich auch, wenn jemand mein Autokennzeichen fotografieren würde. Wer war das?«

Clem ignorierte die Frage. Er würde Valerie nie verraten. Doch Helvin zählte eins und eins zusammen.

»Die schöne Valerie besitzt 'n bisschen viel Fantasie für meinen Geschmack. Offenbar magst du Fantasie.« Er grinste anzüglich.

Clem fasste die Lehne seines Stuhls mit beiden Händen und hielt diesen vor sich wie ein Bollwerk.

»Irgendjemand hat mir ein Paket von Dawson nach Inuvik geschickt. Mit Gold drin. Ein fettes, glänzendes Nugget.«

Helvin zuckte merklich zusammen. Clem feuerte noch eine zweite Salve ab. »In der Nähe von Gisèles Leiche wurde ebenfalls ein Goldnugget gefunden. Läuft da ein Weihnachtsmann herum, der Gold wie Konfetti streut? Helv, was wird hier gespielt?«

Sein Boss fing an, mit der rechten Hand auf den Schreibtisch zu trommeln. Die Lider hielt er gesenkt.

Er spielt auf Zeit, dachte Clem.

»Dieses Nugget, das hat sie mir geben wollen.« Helvins Stimme war leise.

»Wer?«

»Gisèle. Sie brachte mir ein kleines Paket.«

Clem ließ die Lehne abrupt los, sodass der Stuhl fast kippte.

»Du hast sie also getroffen? Das hast du doch immer abgestritten!«

»Sie hat *mich* getroffen, verdammt noch mal. Sie ist zu mir in den Pick-up gestiegen, als ich von Bernies Eisenwarenladen losfahren wollte. Sie hat gesagt, sie hätte eine Botschaft von Richard. Und dann hat sie mir das Paket gegeben. Ich habe es ausgepackt. Was für ein verdammter Scherz. War nicht schwer zu sehen, dass es nicht von Richard war. Sie hat es dennoch steif und fest behauptet.« Helvin regte sich so auf, dass ihm die Röte ins Gesicht schoss. »Clem, in Dawson bekommst du Nuggets von den Gangstern. Als Lockmittel. Als Erinnerung, dass sie dir gern Geld leihen würden. Um dich für immer in ihren Fängen zu haben. Ich hab ihr das Nugget zurückgegeben und sie aus dem Wagen geworfen.«

»Himmel, Helv! Weiß die Polizei davon?«

»Nein, noch nicht. Aber ich werd auspacken. Gleich nach dem Rennen.«

Clem traute seinen Ohren nicht.

»Heiliger Strohsack! Du machst mich zum Mitwisser!«

»Spiel jetzt nicht den Softie. Wirklich. Du weißt mehr über die Leute hier, als man in eine Robbenhaut packen kann. Kannst du jetzt etwa nicht mehr schlafen deswegen? Es sind nur ein paar Stunden, dann bekommen sie alles zu hören. Ist doch keine Katastrophe.«

Clem war sprachlos vor Entsetzen über Helvs Großspurigkeit. Sein Boss nahm es als Einverständnis.

»Ich hab nichts mit ihrem Tod zu tun. Rein gar nichts. Ich hab sie rausgeworfen, aber sie muss mir hierher gefolgt sein, weiß der Teufel, wie. Ich hab den Motor laufen lassen, der Schlüssel steckte – ich wollte ja gleich wieder weiter, wurde aber mit Telefonaten aufgehalten. Sie hat sich reingesetzt und ist losgefahren. So muss es gewesen sein.«

Clem schlug mit der flachen Hand auf den Tisch. »Was für eine Kacke.«

Er sah Helvin an. Vielleicht hatte es sich tatsächlich so abgespielt. *Sie hat den Pick-up genommen – oder jemand anders hat ihn für sie gestohlen.*

Aber warum war Helvin dann verschwunden, ohne ihm etwas zu sagen? Gab es sonst noch Dinge, über die er log? Bevor er die Frage stellen konnte, ging die Tür auf und Meteor kam hereingerannt.

»Der Hund macht draußen alle verrückt«, knurrte die Büromamsell.

»Der gehört nicht ins Haus«, rief Helvin verärgert. »Will keinen Hund hier drin.«

Clem zog Meteor zu sich, der wild mit dem Schwanz wedelte.

»Weiß Toria das? Sie war bei Duncan gestern, sie will einen Welpen für eure Kids.«

Helvin schüttelte den Kopf.

»Da hat dir jemand 'nen Bären aufgebunden. Sicher Alana.«

»Nein, das kam von Duncan. Alana war nicht da. Toria kam mir entgegen, als ich gestern Abend hingefahren bin. Sie hat nicht mal angehalten, keine Zeit für ein paar Worte mit dem Mann, der die Geschäfte in Abwesenheit ihres Mannes führt.«

»Duncan? Der sollte besser die Klappe halten. Da kommt Phil, ich muss los.«

Helvin stand auf und zog sich die Winterjacke über den Schneemobilanzug. Dann griff er nach seinen Handschuhen und schlug Clem jovial auf den Rücken. »Diese Valerie hat dich ganz schön an der Angel. Bist ihretwegen extra nach Eagle Plains gefahren, was?«

Clem schwieg.

Erst als er in seinem Pick-up saß, brach es aus ihm heraus. Meteor konnte damit sichtlich nichts anfangen und sah ihn verwirrt an, bis sich Clem seiner erbarmte und verstummte.

Er parkte oberhalb der Böschung des Mackenzies und lief auf den gefrorenen Fluss hinunter, wo die Spiele bereits in vollem Gang waren. Ein Mann in einer Cowboyweste und einer rundum mit Zotteln besetzten Mütze warf seine Harpune mit einer kraftvollen Armbewegung nach vorne. Pihuk hatte sich für das große Ereignis wieder in Schale geworfen. Er war ein guter Harpunenwerfer, das musste Clem zugeben.

Weiter hinten, bei den improvisierten Holzbaracken der Organisatoren, saß ein Teekränzchen auf Klappstühlen, ältere Inuvialuit-Frauen in ihren traditionellen Mother-Hubbard-Parkas, geblümt oder in knalligen Farben, die Kapuze mit Pelzfütterung, die das Gesicht wie die Mähne eines Löwen umrahmte. Die Frauen beobachteten interessiert, wie ein Dutzend Leute ihre Stiefel mit gespreizten Beinen auf zwei parallele Bretter setzten und sie mit Schlaufen darauf befestigten. Die Bretter sahen aus wie überlange Skier.

Zahlreiche Zuschauer umkreisten die Brettläufer und amüsierten sich über deren ungelenke Verdrehungen. Die Frauen auf den Klappstühlen kicherten und schwatzten laut. Eine Stimme kam Clem vertraut vor. Eines der Gesichter, es verbarg sich hinter einer Sonnenbrille und einem übers Kinn gezogenen Rollkragen, war jung.

»Valerie?«

Die Frau schob ihre Sonnenbrille hoch.

»Clem!« Sie stand auf und drehte sich um ihre eigene Achse. »Schau, was ich bekommen habe!« Er hätte nie gedacht, dass sie nach so vielen Jahren nun doch einen richtigen

Mother-Hubbard-Parka tragen würde, innen mit Karibufell gefüttert und außen mit reich verziertem Stoff. Sie hatte sich bislang nicht mit den vielen bunten Bordüren und Rüschen am Saum anfreunden können. Das Türkis stand ihr gut. Clem fand, sie sah strahlend aus. Sie strich mit ihren Fellhandschuhen über den Pelz der Kapuze. »Schau, Wolf und Kojote. Ganz warm und leicht!«

Ihre olivgrünen Augen leuchteten in dem halb verdeckten Gesicht. Er fühlte Schmetterlinge im Bauch.

»Und wo sind deine Schäfchen?«

»Ein paar sind im Esszelt, um gegrillte Bisamratten zu probieren. Faye sitzt dort drüben mit Anika und isst eine heiße Suppe. Und die andern ... ach ja, dort sind sie.«

Sie zeigte zum Stand, wo zwei Mädchen heißen Ahornsirup über zerbröseltes Eis gossen und das Gemisch um ein Holzstäbchen rollten.

Valerie hielt den Pappbecher in ihrer Hand hoch.

»Ich halte mich an heißen Tee, ich brauche eine Stärkung. Wir haben gerade beim Häuten der Bisamratten zugeschaut.«

»Wer hat denn diesmal gewonnen?«

»Eine alte Frau aus Aklavik, in einer Minute und sechzehn Sekunden.«

Clem lachte. »Natürlich wieder eine Frau, ich hätt's mir denken können.«

Lautes Rufen und Gelächter unterbrachen ihre Unterhaltung. Das Rennen auf den Holzbrettern hatte begonnen. Zwei Teams versuchten, ihre Beinbewegungen zu koordinieren, um als Erste die Ziellinie zu erreichen.

»Komm.« Clem zog Valerie hinter die Holzbaracken, wo es ruhiger war.

»Ich fahr heute nach Tuktoyaktuk, um zu sehen, was dort los ist. Ich sehe ansonsten grundsätzlich keine Probleme für euch. Morgen soll schönes Wetter sein.«

Sie nickte. »Hast du was über Sedna gehört?«

»Noch nicht.«

»Es wäre so ... untypisch für sie, sich dieses Festival entgehen zu lassen. Das hätte ihr riesigen Spaß gemacht.« Das Lächeln war aus Valeries Gesicht verschwunden.

»Vielleicht taucht sie noch auf, das Fest dauert ja noch einige Tage.«

»Ich frag mich, warum sie so versessen auf meine Familie ist. Warum ...« Sie sprach nicht weiter, sah auf den gefrorenen Fluss hinaus.

Clem räusperte sich. »Val, da gibt es etwas, was ich dir sagen möchte.«

Sie sah ihn erwartungsvoll an.

»Im Sommer, als ihr hier wart, du und Sedna, da ... Sie hat mich am zweiten Abend besucht. Ich glaube, da warst du bei Marjorie Tama wegen der Workshops für die Touristen. Sie hat eine Flasche Wodka mitgebracht, und wir kamen ins Reden.«

Valerie hielt die Augen unverwandt auf Clem gerichtet.

»Sie hat mir erzählt, dass du eine neue Beziehung hast, und mir ein Foto gezeigt. Du warst drauf und sie und ein Mann. Ein gut aussehender Typ.«

»Was?« Eine Falte erschien zwischen ihren Augenbrauen. »Was für ein Mann?«

»Blond, dünn, groß gewachsen, weiße gerade Beißerchen.«

Sie schien zu überlegen, dann entfuhr es ihr: »Sean. Das muss Sean sein.« Sie lachte, mehr entrüstet als amüsiert. »Der schöne Sean. Sieh mal an. Warum ... Sean ist schwul und hat einen Partner. Wir sind alle in der Nachbarschaftswache – oder waren es, Sedna und ich und Sean, wir patrouillieren durch unser Viertel, wegen der Sicherheit. So etwas habt ihr wahrscheinlich nicht in Inuvik.«

Er sah sie nicht an, als er weitersprach.

»Wir haben viel getrunken, und … und dann hab ich mit ihr geschlafen. Es war ein großer Fehler, ich wusste es gleich. Am nächsten Tag bin ich mit dir und Fritz, dem deutschen Piloten, nach Banks Island geflogen. Sie wollte mit, wollte die Moschusochsen sehen, nur … ich wollte sie nicht dabeihaben. Ich hatte mich auf diesen Tag mit dir gefreut, seit Monaten. Ich wollte allein mit dir die Belugas sehen und die Moschusochsen.«

Als er sie wieder ansah, hielt Valerie den Blick irgendwo in die Ferne gerichtet. Jetzt musste einfach alles mal raus, das wusste er.

»Ich hab zu Sedna gesagt, es gibt keinen Platz mehr im Heli, der Pilot müsste noch jemand anders mitnehmen. Sie hat den Braten natürlich gerochen und wurde wütend. Sie … sie hat gesagt: ›Warum kriegt Val immer alles? Alles wird ihr in den Schoß gelegt! Sie ist ein Schmarotzer, lebt ständig auf Kosten anderer.‹ Dann ist sie für einige Tage verschwunden, und du warst außer dir, weil du nicht wusstest, ob ihr etwas passiert war.«

Val blieb eine Weile still, Clem dauerte es viel zu lange.

»Ich hoffe … ich wollte es dir schon lange sagen, aber …«

Sie legte ihm die Hand auf den Arm.

»Danke, Clem, danke, dass du es mir jetzt gesagt hast.«

Ihr Gesicht blieb ernst.

»Ich muss das mal verdauen. Es ist so vieles passiert. Ich muss …«, sie zeigte mit dem Arm in Richtung Festivalplatz, »ich muss ein paar Dinge erledigen.«

Dann sah sie ihm in die Augen. »Ruf mich an, wenn du von Tuktoyaktuk zurück bist, bitte.«

Sie wandte sich um, und Clem sah sie langsam in ihrem neuen Parka zurückgehen. Die Ärmel mit den perlenbestickten Fellhandschuhen schwangen hin und her.

26

Ein lautes Geräusch schreckte Valerie auf. Jemand hatte die Tür des Busses aufgerissen. Sie blinzelte benommen, als eine Person auf den Beifahrersitz kletterte.
»Du verschläfst unser Fest.«
»Marjorie! Hast du mich erschreckt.«
»Was machst du hier? Du verpasst das Beste! Zwei aus deiner Gruppe filmen das Schneemobilrennen.«
Valerie klappte den Sitz hoch, auf dem sie kurz eingeschlummert war. Die beiden Frauen umarmten sich, so gut es unter den beengten Umständen ging. Valerie strich sich das lange Haar nach hinten.
»Ich habe meine Fahrerin abgelöst, damit sie auch ein bisschen rauskommt. Wir halten den Bus bereit, damit meine Leute sich zwischendurch aufwärmen können.«
»Ja, man kann leicht erfrieren, wenn man nicht aufpasst. Wie ich sehe, hast du einen neuen Parka. Der hält dich warm.«
»Marj, wie konnte das nur mit Gisèle passieren? Es ist schrecklich, so zu sterben. Sie war so jung.«
Marjorie zog ihre Handschuhe aus und legte sie in den Schoß.

»Diese jungen Frauen … Sie kommen nach Dawson und wollen ein Abenteuer erleben. Sie haben keine Ahnung, wie man hier überlebt. Die meisten gehen im Winter wieder nach Hause, Gott sei Dank.«

Valerie seufzte. »Ihre Eltern müssen verzweifelt sein. Und man weiß immer noch nicht, was genau passiert ist?«

»Irgendjemand weiß etwas. Es wird schon ans Licht kommen, früher oder später.«

Valerie musste sich anstrengen, Marjorie zu verstehen. Der Motor des Minibusses lief und draußen jaulten Schneemobile auf. Die beiden Frauen sahen sich einen Moment lang lächelnd an, voller Freude, sich wiederzusehen. Valerie war Marjorie sehr dankbar für ihre Freundschaft. Inuvialuit-Frauen konnten gegenüber weiblichen Touristen oder zugezogenen Frauen distanziert sein. Valerie konnte diese Zurückhaltung nachvollziehen. Manche Frauen reisten hierher und kümmerten sich wenig um einheimische Sitten und Beziehungen.

Marjorie schob ihre Kapuze nach hinten. »Deine Bekannte, sie erzählt den Leuten von deinen Eltern.«

»Was?« Valerie schnellte nach vorn und stieß sich am Lenkrad.

»Peter Hurdy-Blaine ist dein Vater, stimmt das?«

Valerie nickte. »Ich trompete das nicht überall hinaus. Es ist nicht leicht, einen Vater zu haben, den alle kennen.«

Marjorie nahm kurz Valeries Hand.

»Mein Vater hat Eisbären gejagt, deiner hat den Puck gejagt.« Sie lachte. Valerie fand den stoischen Humor der Einheimischen nicht immer passend, aber manchmal löste er im Nu Beklemmung auf. Nur heute nicht.

»Wem erzählt sie was über meine Eltern, Marj?«

»Ein paar Leuten hier und in Tuk. Sie will wissen, was genau passiert ist, als deine Eltern auf der Route der Lost Patrol waren.«

»Weißt du, wo meine … Bekannte jetzt ist?«

»Sie ist vor ein paar Tagen in Tuk aufgetaucht.«

In Tuktoyaktuk! Sie musste Clem informieren. Clem. Der mit Sedna geschlafen hatte.

›*Es war ein großer Fehler.*‹

»Sie hat nach einem Jungen gefragt, der deine Eltern begleitet haben soll.«

»Hast du ihr etwas sagen können?«

»Nein. Ich weiß nicht, was sie will.«

»Ich auch nicht, Marj. Was ist ihr Motiv? Es ist, als möchte sie mich … quälen.«

»Deine arme Mutter. Es war ein Unfall, sagen die Leute hier. Ein Jagdunfall.«

Ein Unfall. Clem hatte ihr schon davon erzählt. *Also kein Selbstmord.*

Valerie wagte nicht, Marjorie zu unterbrechen.

»Danach zog eine Familie von hier weg, nach Yellowknife. Ich weiß nicht, wie es dazu gekommen ist. Sie hatten sicher eigentlich kein Geld für die Flugtickets.«

Valerie fühlte, wie sich ihr Herz zusammenzog.

»Marj, willst du damit sagen, dass ihnen jemand Geld gegeben hat?« *Schweigegeld.*

»Vielleicht war es Zufall«, hörte sie Marjorie sagen. »Es kann auch von einem Programm der Regierung in Ottawa gewesen sein. Für die Ausbildung unserer Kinder. Ich weiß es nicht.«

Valerie sah geradeaus, durch die trübe Windschutzscheibe. Warm eingepackte Menschen standen im Kreis um mehrere auf dem Boden aufgeschichtete Pyramiden aus Zweigen und Ästen, aus denen Flammen züngelten. In wenigen Minuten würden Teekessel aufs Feuer gestellt werden, und wer den Schnee als Erster zum Schmelzen und Kochen brachte, gewann den Teekessel-Wettbewerb. Sie entdeckte zwei bekannte Gesichter unter den Neugierigen, einen Mann und eine Frau: die beiden Karibufotografen.

Erneut griffen Marjories Finger nach Valeries Hand.

»Du weißt, dass dich der Geist deiner Mutter hierhergeführt hat, nicht? Du weißt das? Ihr toter Körper wurde ausgeflogen, nach Vancouver oder wohin auch immer, aber ihre Seele ist immer noch hier. Sprich zu ihr, Valerie. Sie wird dir Rat geben und dich führen.«

Valerie musste mit aller Macht die Tränen unterdrücken.

Ich habe eine Mutter, die Alzheimer hat, und eine leibliche Mutter, die seit dreißig Jahren tot ist. Mit keiner kann ich sprechen.

Marjorie ließ nicht locker. »Vielleicht hilft eine Geisteranrufung.«

»Du meinst durch einen Schamanen?«

»Warum nicht? Mit einem guten Schamanen.«

Valerie dachte an Pihuk Bart. An seine Prophezeiung. Sie spielte mit der Lederschnur an Marjories Handschuhen.

»Wir haben die Karibuherde beim Rock-River-Zeltplatz gesehen. Ein Meer von Karibus. Pihuk hat mir vor zwei Wintern prophezeit, wenn ich die Karibus sehe, dann werde ich im selben Jahr das Geheimnis eines ungewollten Todes erfahren. Es werde ein schönes und schreckliches Jahr sein. Und er sagte, die Karibus trügen die Seelen meiner Nachkommen mit sich.«

Marjorie Tamas Gesicht leuchtete auf. »Ja, Pihuk weiß viel. Vielleicht zu viel. Er …«

Die hintere Autotür wurde aufgerissen und Jordan Walker hievte sich mit seinem langen Körper ins Wageninnere.

»Das Schneemobilrennen hat nicht mal begonnen, und schon gibt es Streit«, verkündete er atemlos. »Und warum? Weil die Rennstrecke geändert wurde, falls ich das richtig mitbekommen habe. Ich geh gleich wieder, vorher muss ich mich ein wenig aufwärmen.«

»Da vorne dampfen die Teekessel«, rief Marjorie. »Ist das heiß genug?« Sie brach in ihr unwiderstehliches Lachen aus und stieg aus dem Wagen. »Wir sehen uns bald, Valerie!«

Faye klopfte ans Seitenfenster. Unter ihrer Fellmütze sah sie wie die Polizeidetektivin Marge Gunderson im Film Fargo aus. »Hier kommt die Ablösung.« Der weiße Atem aus ihrem Mund machte die Scheibe für einen kurzen Moment zu Milchglas. Eine Welle der Zuneigung stieg in Valerie auf. Faye würde sich nicht einfach aus Inuvik verdrücken wie Sedna im Sommer.

Und sie würde sich auch nicht an Männer heranmachen, mit denen Valerie zu tun hatte. Vielleicht war es nicht nur ihr Fehler, dass es mit Sedna schiefgelaufen war.

Schnell holte sie ihr Handy heraus und schickte Clem einen Text: Sedna soll in Tuk sein. Kannst du etwas herausfinden?

Sie sah Faye an. »Sedna ist in Tuktoyaktuk, hab ich gehört.«

Faye stand der Mund offen. »Ich wollt es dir gerade erzählen. Ein Typ hat mir gesagt, er hätte sie hier gesehen. Vor einer Stunde etwa.«

27

Frenetisches Gebell verschluckte alle anderen Laute. Alana Reevelys Schlitten stand bereit, die Hunde angeschirrt. Clem beobachtete, wie sie von Hund zu Hund lief und die Gurte kontrollierte. Es war die Generalprobe für das Rennen am Sonntag. Alanas Helfer, junge Leute aus Inuvik, hielten die aufgeregten Tiere zurück, die sonst in ihrem Rennfieber sofort losgeschossen wären. Clem konnte Duncan nirgendwo sehen, auch nicht hinter dem Pick-up, mit dem die Hunde transportiert wurden. Die Luken des Aufbaus auf der Ladefläche standen offen. Unter den Zuschauern erspähte er Pihuk Bart, der auf ihn zukam, gleichzeitig mit Alana, die Clem entdeckt hatte.

»Wo ist Duncan?«, brüllte er.

Alana verzog das hübsche Gesicht.

»Hat was zu Hause vergessen. Er ist so zerstreut in den letzten Tagen.« Dann lächelte sie. »Hab gehört, dass Valerie hier ist. Toll! Hatte schon Angst, dass sie wegen all der Vorkommnisse um Gisèle und Roy Stevens nicht kommt. Hast du sie schon getroffen?«

Clem nickte. Auch Alana schien von seiner Schwäche für Valerie zu wissen. Sein Abstecher nach Eagle Plains hatte wohl hier die Runde gemacht.

»Ja, sie hat sechs Leute mitgebracht. Morgen wollen sie nach Tuk.«

»Ist Tanya immer noch eingebuchtet? Denkst du, dass sie Roy ...?«

Clem blies einen Schwall weißer Luft nach oben.

»Weiß nicht. Ich fahr jetzt nach Tuk und hör mich um. Sag mal, hat Meteor nun doch Leila gedeckt?«

Alana, die sich bereits ihren Hunden zugewandt hatte, reagierte überrascht.

»Nicht dass ich wüsste. Warum?«

»Toria war bei euch gestern. Duncan hat erzählt, sie wolle einen Welpen.«

Ihr Gesicht verdüsterte sich.

»Die bekommt sicher keinen Welpen von mir. So wie diese Leute ihren letzten Hund behandelt haben. Der ist ja fast erfroren, an einer Kette bei minus dreißig Grad. Nein danke. Wann war sie bei uns?«

»Gestern. Kurz bevor ich Meteor abholen wollte.«

Alana drehte den Kopf wieder zum Hundegespann.

Pihuk mischte sich ein. »Ich glaube, Toria spioniert deine Hunde aus, Alana, ich seh ihren roten Wagen fast jede Woche bei euch. Würde mich nicht wundern, wenn Helvin am Sonntag mit einem eigenen Gespann aufkreuzt.« Er lachte, als hätte er den besten Witz seines Lebens erzählt.

Alana stimmte nicht in das Gelächter ein. Um ihren wohlgeformten Mund erschien ein scharfer Zug. »Was immer Toria und Helvin vorhaben, ist mir egal.«

Clem versuchte, die Situation zu entspannen.

»Ich werd dich auf jeden Fall am Sonntag anfeuern«, versprach er.

Alana hob einen Arm und hätte bestimmt ein Siegeszeichen mit den Fingern gezeigt, hätte sie keine Handschuhe getragen.

»Wie kommt es, dass du Torias Wagen vor Alana und Duncans Haus siehst?«, fragte er Pihuk, als er sicher war, dass Alana ihn nicht mehr hören konnte.

»Ich fahr dort mit dem Schneemobil auf dem Weg zu meiner Jagdhütte vorbei. Warum fragst du?«

»Nur so.«

Clem stieg in seinen Pick-up, bevor ihn Pihuk in eine längere Konversation verwickeln konnte. Als er die Eisstraße entlangfuhr, sah er Alanas Hunde lospreschen. Er hielt den Wagen parallel zur Richtung des Gespanns und blickte auf den Geschwindigkeitsmesser: fünfunddreißig Stundenkilometer. Nicht schlecht für so junge Hunde.

Die Eisstraße verlief in einer sanften Kurve und entfernte sich von der Rennstrecke. An der Stelle, an der Gisèle in der Kälte gestorben war, flatterte immer noch das schwarz-gelbe Polizeiband. Keine Kerzen, keine Plastikblumen, auch kein Kreuz. Hatte Tanya Uvvayuaq auch etwas mit Gisèles Tod zu tun? Wusste der Ranger etwas, und Tanya hatte ihn zum Schweigen bringen wollen? Das war dem Täter gelungen. Roy Stevens lag immer noch unansprechbar auf der Intensivstation in Edmonton.

Clem beschleunigte das Tempo. Er konnte sich nicht erinnern, wie oft er schon auf dem Eis des Mackenzies nach Tuktoyaktuk gefahren war. Manchmal bei Schneesturm und in Whiteouts, die ihn schneller als erwartet eingeholt hatten. Er konnte sich indes an keine Anspannung erinnern, wie er sie nun spürte. Sorge um seinen Freund Lazarusie und dessen Familie. Er befürchtete Schlimmes.

Auf der Straße schien alles normal: Ein halbes Dutzend Trucks kam ihm entgegen und einige der Fahrer grüßten ihn. Das Eis war erstaunlich griffig, seine Jungs hatten mit den Planiermaschinen gute Arbeit geleistet. Bei den wärmeren Temperaturen blieb die Straße vielleicht noch zwei Wochen befahrbar.

Hin und wieder sah er einen längeren Riss im Eis – nichts Beunruhigendes, solange sie die Dicke der Eisschicht regelmäßig überprüften.

Nach zweieinhalb Stunden hatte er Tuktoyaktuk erreicht. Vier Schneemobile standen vor Lazarusies barackenartigem Haus. Stromkabel hingen wie Girlanden von der Hauptleitung entlang der Straße und krochen über die holzverschalte Fassade des Hauses. Clem stieg die verschneiten Stufen der Treppe hinauf und bemerkte Blut darauf. Er hämmerte an die Tür. Lazarusie öffnete ihm mit einem scharfen Messer in den blutverschmierten Fingern.

»Was zum Teufel …«, stieß Clem hervor.

Dann sah er das ausgeweidete Karibu auf dem Linoleumboden in der Küche.

Lazarusies Ehefrau kniete davor und schnitt Teile aus dem Fleisch, die in einem Plastikeimer landeten. Ab und zu steckte sie sich ein Stück in den Mund.

»Gib unserem Freund hier auch was«, rief ihr Lazarusie zu.

»Tee wär nicht schlecht«, sagte Clem, der bemüht war, die Regeln der Gastfreundschaft zu umgehen, ohne sie zu missachten. Sie tauschten erst banale Neuigkeiten über das verschobene Schneemobilrennen und die bisherigen Sieger beim Muskrat Jamboree aus, bevor Clem die wirklich bedeutsamen Ereignisse anschnitt.

»Wohin haben sie Tanya gebracht?«

Lazarusie strich sich mit dem Handrücken über das braune Gesicht. »Inuvik. In eine Gefängniszelle der RCMP.«

»Wie lange bleibt sie dort?«

»Hab kein Geld, sie da rauszuholen. Ein Ranger … das ist wirklich ernst. Aber sie war's nicht.«

»Hat Tanya …«

»Natürlich war sie's.« Eine Jungenstimme schnitt ihm das Wort ab. Jetzt erst sah Clem Danny auf der Schwelle des

Durchgangs stehen, der zu den Schlafräumen führte. »Ich hab sie gesehen«, sagte Danny, »sie ist auf Roy losgegangen.«

Danny trug ein graues Kapuzen-Sweatshirt mit der Aufschrift Der Norden stark und frei, eine Zeile aus der Nationalhymne. Die linke Seite seines Kopfes war kahl geschoren, auf der rechten fiel ihm das schwarze Haar glatt übers Gesicht.

Lazarusie sah seinen Sohn nicht an, als er sagte: »Danny ist froh, dass Tanya im Gefängnis ist, weil dann hier im Haus Ruhe herrscht. Aber sie ...«

»Was redest du da, Dad? Ich. Habe. Alles. Gesehen. Sie wollte gerade den Rucksack nehmen und da ist Roy herausgekommen und ...«

Diesmal unterbrach Clem den Jungen. »Kam wo heraus?«

»Aus dem Eiskeller. Roy wollte Tanya den Rucksack wegreißen und Tanya hat ihn mit ihrem Kampfstern zu Boden geschlagen.«

»Kampfstern? Sie besitzt einen Morgenstern?« Clem sah ihn entgeistert an.

Er zuckte die Schultern. »Ja, solche Dinge hat sie übers Internet bestellt. Hab's dir ja gesagt, Dad, und du wolltest mir nicht glauben.« Er streckte die Arme aus, bis sie beide Seiten des Türrahmens berührten. »Mit Tanya stimmt was nicht. Clem, weißt du, dass sie Abels und Resas Kind ist? Meine Eltern haben sie adoptiert. Tanya war schon unheimlich, als ich noch nicht mal laufen konnte.«

Lazarusie murmelte etwas, doch Clem war schon einen Schritt weiter.

»Wo ist dieser Rucksack jetzt?«

»Weiß nicht. Sie hat ihn versteckt.«

Dannys Vater schüttelte den Kopf. »Kind, da stimmt was nicht. Seit wann läuft Roy mit einem Rucksack herum?«

»Der war nicht von Roy. Viel zu klein für Roy. Keine Ahnung, wem der gehört.«

Clem stand auf und stellte sich direkt vor Danny.

»Hast du der Polizei von dem Rucksack erzählt?«

Er biss sich auf die Unterlippe. »Nee. Ich weiß auch nicht, wo Tanya ihn versteckt hat.«

Clem wandte sich an Lazarusie.

»Ich fahr zum Eiskeller. Du hast 'nen Schlüssel, nicht? Komm bitte mit, ich brauch dich.«

Danny kam in die Küche. »Ich will auch …«

»Du bleibst hier.« Das war die Mutter, die bisher die ganze Zeit keinen Ton von sich gegeben hatte.

Beim Hinausgehen hörte Clem Danny laut jammern.

»Er ist ein guter Junge«, sagte Lazarusie, als sie in Clems Pick-up durch das Dorf fuhren. Eine Schneemaschine kam ihnen entgegen, mit vier Leuten darauf, junge Eltern mit zwei kleinen Kindern. Lazarusie war sichtlich mitgenommen. Er redete fast ununterbrochen. »Er ist ein guter Junge, ich weiß das. Er will kein Schamane werden, trotzdem ist er ein guter Junge. Er will seine Mutter schützen, sie hat manchmal Angst vor Tanya. Deshalb hat Danny die Polizei angerufen und Tanya angeschwärzt. Sie hat die falschen Freunde. Sie geben ihr Drogen. Das Zeug kommt aus Dawson. Hört nur laute Musik und trinkt.«

Rechts dehnte sich weiße Leere bis zum Horizont aus. Das gefrorene Polarmeer. Hier nannte man es die Beaufortsee. Darüber ein grauer unergründlicher Himmel. Auf der linken Seite sahen sie die kleine, weiße Kirche mit dem Haus des Pfarrers, das leer stand.

Clem bog ab. Die gepflügte Fahrbahn endete. Er parkte das Fahrzeug, ließ den Schlüssel stecken und den Motor laufen. Er wollte keine Probleme beim Starten haben. Er steckte sich eine Taschenlampe unter die Daunenjacke. Den restlichen Weg legten sie zu Fuß zurück. Ein Holzhüttchen stand über dem Eingang zum Eiskeller. Sie bemerkten viele Fußstapfen im Schnee.

Lazarusie drehte den Schlüssel im Türschloss. Sie öffnete sich problemlos.

»Sie war nicht abgeschlossen«, sagte er.

Der Holzdeckel lag wie gewohnt über der Öffnung in dem engen Geviert.

»Das Seil«, bat Clem. Es lag ausgerollt und verschlungen auf dem Holzboden. Jemand hatte es nach dem Gebrauch nicht wieder ordentlich zurückgelegt.

»Was hat Roy hier gemacht? Benutzt er eine der Vorratskammern?«

»Weiß nicht«, murmelte Lazarusie.

Clem machte einen Schritt zur Seite.

»Ich helf dir mit dem Deckel.«

»Lass mich – halt, was ist das?« Lazarusies Gesicht spannte sich an.

Jetzt hörte es auch Clem. Ein leises Rufen, von ganz weit her. Es durchfuhr ihn wie ein heißes Eisen.

»Den Deckel, schnell!« Das Holz schlug an die Wand.

Sie starrten in den Abgrund, der sich unter ihnen auftat.

»Hallo?«, riefen beide gleichzeitig.

Ein Wimmern war die Antwort. Eine menschliche Stimme. Eine Frauenstimme.

Clem leuchtete nach unten.

Er sah einen Schatten neben dem Ansatz der Holzleiter. Dann wieder die Stimme. Schwach und klagend.

»Ich geh runter. Gib mir Licht.«

Clem hielt sich am Rahmen der Öffnung fest und ließ sich ins Dunkel gleiten, bis seine Füße Halt auf den Sprossen fanden.

Er griff zur Taschenlampe und richtete sie nach unten.

Da sah er sie. Das Gesicht zuerst, nach oben gewandt. Glitzernde Eiskristalle auf den Wimpern und Augenbrauen. Die Haut weiß. Kristalle auch auf dem Schal über dem Mund.

Er konnte Worte hören. Verzweifeltes Flehen.

»Bitte. Bitte.«

»Du gütiger Himmel!«, entfuhr es ihm.

»Was ist?«, kam Lazarusies Stimme von oben.

»Das Seil. Wirf das Seil runter.«

Nach unten rief er: »Wir sind die Retter. Sie sind gleich in Sicherheit. Wir bringen Sie hier raus.«

Er band sich das Seil um die Hüfte und kletterte Sprosse für Sprosse die vereiste Leiter hinunter.

Wieder leuchtete er mit der Taschenlampe in die Schwärze. Die Augen in dem Gesicht, das nun ganz nahe war, blinzelten.

Nun war er sich sicher. Die Gefangene im Eiskeller war nicht Sedna.

Aber wer war sie?

28

Valerie kam aus der Hotelbar an den Empfang, wo sie Clem stehen sah. Der Ausdruck in seinem Gesicht verriet ihr, dass er etwas Schreckliches erlebt hatte.

»Wo?«, fragte er.

»Nicht in der Bar. Die streiten sich wieder. Phil behauptet, Helvin habe ihn absichtlich vom Schneemobil stoßen wollen. Deshalb sei er nur Zweiter geworden. Jetzt schauen sie sich Glens Filmaufnahmen an, um zu sehen, ob das stimmt.«

»Dasselbe Drama wie letztes Jahr. Nur war Phil damals der Angeschuldigte. Gut, dass es jetzt eine Videoaufnahme davon gibt.«

Sie überlegte ein paar Sekunden, dann sagte sie: »Am besten in meinem Zimmer.«

Vor der Tür entledigte er sich seiner Stiefel und der Jacke. Im Zimmer setzte er sich auf das eine Bett, sie sich auf das andere.

Valerie konnte ihre Ungeduld nicht zügeln. »Was ist passiert?«

Was er nun erzählte, ließ ihr den Atem stocken.

»Oh mein Gott! Wie lange war sie eingeschlossen?«

»Wahrscheinlich zwei Tage. Vielleicht hat Roy Stevens sie zum Eiskeller geführt. Er hat wahrscheinlich einen Schlüssel.«

Sie sah ihn entsetzt an.

»Der Ranger hat sie eingeschlossen?«

Clem rieb sich die Stirn. »Nein, das glaub ich nicht. Warum sollte er das tun? Es muss ein Versehen gewesen sein. Ein Unfall. Er wollte sie doch sicher nicht gefährden. Selbst wenn … wir von so was ausgehen … aber nein, das wäre absurd. Er würde wissen, dass jemand sie lebend finden könnte. Deine Gruppe zum Beispiel. Das hätte ihn verraten.« Er öffnete seinen Schneemobilanzug und streifte das Oberteil ab. Die Heizung im Zimmer lief auf vollen Touren.

»Ich glaube, dass Tanya die beiden aus irgendeinem Grund beobachtet hat. Danny hat uns erzählt, sie hätte den Rucksack der Frau gestohlen. Wahrscheinlich hat die Touristin den Rucksack im Pick-up liegen lassen. Unabsichtlich. Roy wollte ihn holen gehen. Vielleicht war ihr Fotoapparat drin. Und Tanya hat ihn von Roy geraubt.«

Seine Worte kamen langsam und schleppend. »Die beiden sind aneinandergeraten, und Tanya hat Roy niedergeschlagen. Dann bemerkte sie wohl die offene Tür zum Eiskeller … Tanya wollte die Frau daran hindern, Alarm zu schlagen. Sie klappte den Deckel hinunter und schlug die Tür zu.«

Er sah sich um. »Ich brauch 'nen heißen Kaffee. Wie wär's damit?« Er zeigte zur Kaffeemaschine.

Valerie nickte benommen »Klar.«

Er füllte die Kanne mit Wasser.

»Wir haben fast eine halbe Stunde gebraucht, bis wir sie oben hatten. Sie hat sich einen Knöchel verstaucht, als sie im Dunkeln die Leiter hinaufwollte und dabei abgerutscht ist. Was für ein Albtraum. Zwei Tage!«

»Wird sie durchkommen?«

»Denke schon. Sie war völlig unterkühlt, aber ansprechbar. Sie redete ziemlich zusammenhangslos. Wir haben sie in meinen warmen Pick-up gelegt. Wir hatten Anordnung bekommen, sie nicht weiterzutransportieren, wegen möglicher Verletzungen. Der Hubschrauber war sehr schnell da. Jetzt hat die RCMP übernommen.«

Er ließ ein Schnauben hören. »Die werden einige Dinge erklären müssen. Niemandem ist offenbar die Idee gekommen, im Eiskeller nachzuschauen. Unglaublich!«

»Die konnten doch nicht wissen, dass Roy Stevens jemanden bei sich hatte. Die Tür zum Eiskeller war zu. Der Rucksack der Frau war weg. Und Roy konnte nicht reden.«

Die Kaffeemaschine gurgelte laut.

Valerie legte die Hände ineinander.

»Es ist also nicht Sedna. Wer könnte die Frau sein? Hast du etwas von einer anderen allein reisenden Frau gehört?«

»Ich hab deine Textnachricht gesehen. Ich dachte, es sei Sedna.«

Ihr kam das Gespräch mit Marjorie Tama in den Sinn. ›Deine Bekannte‹, hatte Marj gesagt. Sie hatte den Namen Sedna nie erwähnt.

Ihr Herz begann zu klopfen. »Die Polizei hat ihren Namen also noch nicht bekanntgegeben?«

Clem goss Kaffee in eine weiße Tasse und reichte sie ihr. Sie lehnte dankend ab.

»Nein, und ich darf ihn nicht verraten. Zuerst müssen die Angehörigen benachrichtigt werden. Sie darf auch erst mal keinen Besuch empfangen, bis sie stabil ist.«

Ein Verdacht kam in ihr auf.

»Du erinnerst dich, dass sich eine Frau im Museum in Whitehorse als meine Bekannte ausgegeben hat? Sie nannte sich Phyllis Crombe. Ich hab herausgefunden, dass sie deutlich älter als Sedna war.« Ihre Stimme klang fast rau vor Aufregung. »Heißt sie Christine? Christine Preston?«

Die Verblüffung in seinem Gesicht verriet ihr alles.

Sie sprang auf, lief zwischen Tür und Bett hin und her.

»Sie ist die Jugendfreundin meiner leiblichen Mutter. Sie ist bei einem meiner Vorträge aufgetaucht und hat sich mir vorgestellt. Sie hat mir einen Briefumschlag mit einem alten Artikel über ... über das Unglück meiner Eltern gegeben. Hier, du kannst ihn lesen.«

Sie nahm ihn aus ihrer Tasche und reichte ihn Clem.

»Warum ... warum kommen diese Leute plötzlich hierher? Was macht diese Frau hier? Erst Sedna, jetzt Christine Preston! Was gehen sie meine Eltern an? Wühle ich etwa in der Vergangenheit *ihrer* Familien? Es ist schlimm genug, was passiert ist. Die sollen uns in Ruhe lassen! Ich ... ich ...« Sie rang nach Worten. Tränen schossen ihr in die Augen.

Clem stellte seine Tasse ab und kam auf sie zu. Er legte zuerst die Hände auf ihre Arme, dann zog er sie an sich und sie ließ es widerstandslos geschehen. Sie lehnte den Kopf an seine Schultern und fühlte, wie sich seine Arme um ihren Rücken schlossen.

Er drückte sein erhitztes Gesicht auf ihres und sie hörte ihn flüstern. Worte, die sie nicht verstand, aber in ihr ein Sehnen weckten. Sie hob den Kopf und sah ihn an.

»Es wird alles noch komplizierter machen«, sagte sie leise.

Er lächelte. »Nein, es wird alles einfacher machen, viel einfacher.«

Er drückte sie fest an sich. Dann küsste er sie. Seine Lippen waren rau von der Kälte, seine Berührung sanft und suchend.

Ihr Körper reagierte sofort, ohne die Vorbehalte ihres Kopfes zu beachten. Ihre Hand wanderte zu seinem Gesicht und über sein Haar zu seinem Nacken. Sie konnte plötzlich diesem Mann nicht nahe genug sein. Seine Leidenschaft fegte ihre mühsam aufrechterhaltene Zurückhaltung weg. Sie verlor jedes Bewusstsein für Zeit und Ort – bis irgendwo ein Handy eine Melodie spielte und den Bann brach.

Sie löste sich von ihm und sagte atemlos: »Du musst da rangehen.«

Er nickte und fischte das Handy aus seiner Hosentasche.

Die Stimme am anderen Ende war so laut, dass sie bis zu Valerie drang.

»Du sagst Helv, dass er den ersten Platz aufgibt, oder ich sage der Polizei, mit wem ich Gisèle gesehen hab, bevor sie tot aufgefunden wurde.«

»Phil, warum ...«

»Er hat mich gestoßen, es ist auf dem Video zu sehen. Entweder er gibt seinen Fehler zu oder ich geh zur Polizei!«

»Was ist nur in dich gefahren, ich komme gleich ...« Aber die Verbindung mit Phil war schon weg.

Clem schaute auf sein Handy, verstaute es und sah sie an. Valerie ließ sich nicht anmerken, dass sie das ganze Gespräch mit angehört hatte.

Er nahm ihre Hände in die seinen. »Ich muss gehen. Es ist dringend.«

Langsam strich er ihr übers Haar und versuchte, ihr Gesicht zu ergründen.

»Bitte bleib mir günstig gesonnen. Ich hab lange auf diesen Augenblick gewartet.«

Seine Worte rührten sie. Sie nahm sein Gesicht in beide Hände und presste ihre Lippen kurz auf seinen Mund.

»Es kann nur noch besser werden.«

Später hätte sie diesen Satz, in Verwirrung und Wunschdenken geboren, aus ihrer Erinnerung löschen wollen.

Clem schlüpfte aus dem Zimmer. Zuerst setzte sie sich wieder aufs Bett. Ihre Gedanken rasten. Clems Küsse. Christine Preston. Die Eisstraße. Gisèle. Sedna. Der seltsame Anruf auf Clems Handy.

Sie ging ins Bad und betrachtete sich im Spiegel. Sie fühlte sich gestresst, aber ihr Gesicht leuchtete. Schnell klatschte sie sich kaltes Wasser auf die glühende Haut und fettete die Lippen mit Pomade.

Eine Minute später klopfte sie an Fayes Tür, die sich sogleich öffnete.

»Ich dachte schon, dass du bei mir vorbeikommen wirst, wenn du mit dem Eismeister fertig bist.«

»Dir entgeht wirklich nichts.«

Faye grinste.

»Komm rein und setz dich. Ich hab vor deiner Tür gestanden und Stimmen gehört. Morgen fahren wir also nach Tuktoyaktuk?«

Valerie realisierte, dass Faye noch nichts von Christine Preston wusste.

»Das ist ja verrückt«, rief sie, nachdem Valerie ihr alles haarklein erzählt hatte, angefangen von ihrer ersten Begegnung mit Christine bis zu ihrer Rettung aus dem Eiskeller.

»Dürfen wir jetzt trotzdem da runter, nach allem, was geschehen ist?«

Valerie zuckte die Achseln. »Keine Ahnung. Das muss ich noch abklären.«

Sie drückte sich die Hände auf das heiße Gesicht. Faye setzte sich neben sie und legte den Arm um ihre Schultern.

»Ich weiß, du willst das gerade nicht hören, ich muss es dir aber erzählen. Auf Glens Video – du weißt, die Aufnahme vom Schneemobilrennen –, da ist Sedna ganz kurz zu sehen. Ich bin sicher. Sie hat beim Start in der Menge gestanden.«

Valerie richtete sich kerzengerade auf, und Fayes Arm glitt hinunter. »Aber wir haben sie nicht gefunden, wir waren doch dort und haben sie überall gesucht!«

»Hinter einer Kapuze und dem Gesichtsschutz und der Sonnenbrille kann man sich gut verbergen. Doch auf dem Video hat Sedna keine Sonnenbrille aufgehabt.«

Valerie hatte die neue Information noch nicht ganz verarbeitet, als Faye fortfuhr: »Ich hab noch was erfahren. Sedna hat in Inuvik Esswaren einkaufen lassen und sie hat sich für einen Campingkocher interessiert, so ein Ding mit Propan. Sie habe dem Ladenbesitzer gesagt, sie hätte Probleme mit einem andern Gasherd.«

»Wie hast du all das erfahren?«

Faye lachte gutmütig. »Ich frage herum, meine Liebe, bin ich nicht deswegen mitgekommen? Ich will doch Sedna aufspüren.« Sie zwinkerte. »Manchmal lohnt es sich, in der Bar zu sitzen.«

»Ich könnte jetzt auch einen Drink gebrauchen. Das muss ein Albtraum für Christine gewesen sein. Unvorstellbar.«

»Was denken sich diese Frauen? Das ist die Arktis, um Himmels willen! Nicht der Strand in Vancouver.«

Valeries Gedanken waren schon weitergewandert. »Also ist Sedna irgendwo, wo es keinen Strom gibt. Was hat sie nur vor?«

»Das wüsst ich auch gern. Und warum taucht diese Christine plötzlich hier auf? Das kann doch kein Zufall sein.«

Valerie stand auf. »Ich muss noch einige E-Mails schreiben. Also, morgen um sieben. Danke für alles.«

Sie ging in ihr Zimmer zurück und startete den Laptop.
In der Inbox war eine Nachricht von Kosta.

Liebstes Schwesterherz,
ich habe mehr über die angeblichen Geheimdienstkontakte von Mary-Ann Strong herausgefunden. Ein Freund in den USA half mir dabei. Die US-Behörden haben nach dreißig Jahren einige Dokumente freigegeben. Es sieht so aus, als hätte Mary-Ann regelmäßig Berichte über die Arktis an das renommierte Institut für Nordische Studien in Boston geliefert. Davon erfuhr der kanadische Geheimdienst, der sie als Informantin der Amerikaner betrachtete

(typische Überreaktion) und ihre Aktivitäten im Auge behielt. US-Geheimdienstagenten hatten sich offenbar auf Mary-Anns Berichte über Ereignisse und Personen in der Arktis bezogen. Im Grunde genau dieselbe Routine, mit der sie Zeitungen auswerten. In den Dokumenten ist auch ihr Tod durch eine Gewehrkugel vermerkt. Die Kanadier haben offenbar die Amerikaner deswegen auf diplomatischem Weg kontaktiert. Letztlich ging dennoch aus der Beurteilung ihrer Berichte hervor, dass Mary-Anns Aufzeichnungen harmlos waren, und es wurde daraus gefolgert, dass ihr Tod nicht mit ihren Aktivitäten im Zusammenhang stand.
Ich habe noch andere interessante Fakten ermittelt, werde dich darüber bald genauer informieren.
Irgendwelche Neuigkeiten über Sedna Mahrer?
Kosta

Valerie fing an, eine Antwort zu tippen, und hörte erst um elf Uhr nachts wieder auf.

29

»Werden wir diese Leute nie los?«

Valerie erblickte den dunklen Geländewagen im Seitenspiegel. Sie waren gerade auf die Eisstraße eingebogen, und schon hatte die Gruppe einen Fotostopp bei den an Land gezogenen Fähren und Schleppkähnen verlangt.

Faye schaute geradeaus. »Die Eisstraße gehört nicht uns, meine Liebe.«

Valerie schwieg. Sie wollte die gute Stimmung an diesem sonnigen Tag nicht vermiesen. Der Himmel war so makellos blau, dass er ihr fast wie eine ebenmäßige Leinwand erschien. Im vergangenen Jahr waren sie im Schneegestöber mit einer weißen Wand vor der Windschutzscheibe übers Eis gekrochen. Niemand hatte an jenem Tag in dieses eisig kalte Inferno treten wollen, um ein paar Fotos zu knipsen. Nur gab es damals auch keine toten Frauen am Straßenrand.

Etwas später entdeckte Trish das gelb-schwarze Polizeiband. Faye bremste so langsam, dass der Chevy erst fünfzig Meter von der Stelle entfernt zu stehen kam. Sie stiegen aus und watschelten wie die Enten über den rutschigen Untergrund.

»Was? Kein Kreuz?«, rief Anika, die sich an Valeries Arm übers Eis tastete. Paula stimmte ihr bei. »Der armen Gisèle wurde nicht mal eine Kerze hingestellt!«

»Wir haben Notkerzen im Gepäck«, bemerkte Jordan, der ein Stativ buckelte.

»Gute Idee!«, rief Trish. Valerie blieb nichts anderes übrig, als zwei ihrer Notkerzen herauszurücken. War ja zu verschmerzen bei diesem strahlenden Wetter. Der dunkle Geländewagen fuhr an ihnen vorbei und war bald nicht mehr zu sehen. Paula lief vorsichtig Schrittchen für Schrittchen Richtung Inuvik und überstieg in einiger Entfernung eine Schneemauer, die der Pflug am Straßenrand aufgetürmt hatte. Zu viel Frühstückskaffee, dachte Valerie. Anika, die sich als Liebhaberin wahrer Kriminalfälle entpuppte, deckte sie mit Fragen ein.

»Wo lag denn die Leiche genau? Hätte Gisèle Inuvik nicht zu Fuß erreichen können? War es nicht noch hell genug? Gibt es hier keinen Handyempfang?«

Carol schüttelte den Kopf. »Warum, denkst du, haben wir ein Satellitentelefon im Wagen?«

Paula kam als Letzte zum Auto zurück.

»Sieh mal, was ich gefunden habe.« Sie hielt Valerie beim Einsteigen die ausgestreckte Hand entgegen.

Ein blaues Feuerzeug. Dutzendware aus Plastik. Wäre da nicht eine gelbe Inschrift gewesen: *Booster Adventures*.

Valerie sah sich das Feuerzeug sinnierend an. »Darf ich es behalten?«

»Klar. Mein Geschenk an dich.« Paula lachte. »Jemand muss dort dasselbe gemacht haben wie ich.«

»Vielleicht Gisèle«, rief Anika.

»Jetzt geht wirklich die Fantasie mit dir durch«, neckte Paula sie. »Seid ihr euch eigentlich bewusst, dass wir über Wasser fahren?«

Auf den hinteren Reihen setzte gut gelauntes Geplänkel ein, doch Valerie war mit ihren Gedanken woanders. Auch Faye war still geworden, sie konzentrierte sich auf mögliche Risse im Eis. Die Anzeige auf ihrem Tacho überschritt nie siebzig Stundenkilometer.

Valerie wusste nicht genau, was sie in Tuktoyaktuk erwartete. Sie hatte sich auf der Polizeistelle erkundigt, ob der Eiskeller wieder zugänglich sei, aber man konnte ihr nichts Endgültiges sagen. So beschloss sie, die Lage vor Ort zu klären.

Auf der linken Seite verschwanden die Hügel und die dünnen Kämme aus Tannen, die Landschaft verflachte sich bis zum Horizont, als ob jemand mit dem Nudelholz darübergerollt wäre. Valerie liebte dieses weiße Nichts, die unverstellte, ungestörte Weite, in der sich der Blick, durch nichts begrenzt, verlieren konnte. Es erfüllte sie jedes Mal mit einem unvergleichlichen Gefühl des Zerfließens.

Mehrere Lastwagen, eine Planiermaschine und ein Pflug kamen ihnen entgegen. Sie wirbelten große, weiße Schneewolken auf. Die Eisstraße weitete sich auf zweiunddreißig Meter Breite aus. Trucker hupten fröhlich, als die Gruppe später auf der Straße kauerte und fasziniert das bloßgefegte Eis betrachtete. Es schimmerte bläulich, violett und grünlich, mit schwarzen Zwischenräumen, überzogen von einem Geflecht aus weißen Linien – ein gefrorenes Kaleidoskop.

Valerie ergriff die Gelegenheit, um das übliche Gruppenfoto zu arrangieren: Alle außer ihr und Faye legten sich in Form eines Strahlenkranzes aufs Eis. Valerie knipste dasselbe Motiv mit acht verschiedenen Kameras. Dann fotografierte sie Faye, die sich mitten auf die Eisstraße stellte, die Arme gen Himmel streckte und die Augen schloss. Ob sie das Foto ihren Verwandten in Haiti schicken wird? Valerie gefiel der Gedanke.

Der nächste Halt folgte neben einem Autowrack, einem weißen Pick-up mit dem schwarzen Schriftzug eines Autoverleihs in Inuvik. Valerie dachte an Helvin Wests Pick-up in der Nähe von Gisèles Fundort. Die Polizei schien ihn nicht zu verdächtigen. Hatte die junge Frau den Pick-up wirklich gestohlen, wie Helvin behauptete?

»Was ist das?«, rief Carol und deutete auf merkwürdige Erhebungen am Horizont.

»Pingos!«, riefen Paula und Valerie gleichzeitig.

»Die sehen aus wie Vulkane aus Eis«, sagte Anika.

Valerie überließ Paula das Feld. »Das sind keine Vulkane, der Kern besteht aus Eis und über dem Eis gibt es eine Schicht aus Erde.«

»Aber sie sind weiß«, entgegnete Trish.

»Klar, weil auf der Schicht aus Erde Schnee liegt.«

»Mammutbeulen aus Eis und Dreck«, warf Glen ein.

»Wie hoch ist so ein Pingo?«, wollte Anika wissen.

»Der höchste in dieser Region ist neunundvierzig Meter hoch«, erklärte Paula. »Und Pingo bedeutet kleiner Hügel in der einheimischen Sprache Inuvialuktun, falls es euch interessiert.«

Als sie sich langsam Tuktoyaktuk näherten, bereitete sich Valerie innerlich auf die nächste Sehenswürdigkeit am Horizont vor, die Bauten der Distant Early Warning Line, eines Frühwarnsystems mit Flugabwehrradar, das aus Angst vor der Atommacht Russland 1957 in Betrieb genommen worden war. Valeries Kunden staunten jedes Mal beim Anblick der Radartürme und der Militäranlage mitten in der arktischen Landschaft. Faye war es, die auf die weißen Radarkugeln als Erste aufmerksam wurde. Valerie hatte sie ihr gegenüber nie erwähnt.

»Bohren die dort drüben nach Öl?«, fragte sie.

Paula hatte diesmal keine Erklärung parat, und Valerie wollte bereits zu einem kurzen Vortrag ansetzen. Da meldete sich Glen.

»Dieses Abwehrsystem wurde im Kalten Krieg von Alaska über Kanada bis nach Grönland errichtet, für den Fall, dass die

Russen ihre Bomber über den Nordpol nach Nordamerika schicken sollten. In der kanadischen Arktis haben die Amerikaner zweiundvierzig Stationen gebaut, von 1954 bis 1957. Sie haben auch alle Kosten bezahlt, die Kanadier keinen Cent.«

»Warum?«, fragte Carol.

»Weil sich die Kanadier darum gedrückt haben. Sie hatten wohl das Geld nicht dafür.« Mit sichtlichem Stolz schob Glen noch ein paar Zahlen nach. »Mehr als vierhundertsechzigtausend Tonnen Ausrüstung und Material wurden in praktisch unbevölkerte Regionen transportiert. Mit all diesem Sand und Kies hätte man die Große Pyramide von Gizeh zweimal nachbauen können.«

Valerie staunte. Sie erinnerte sich, dass Glen Amerikaner war. Auch die anderen waren beeindruckt, selbst Paula, die überhaupt nichts zum Thema beisteuern konnte. Sie war trotzdem interessiert. »Waren Amerikaner hier in Tuktoyaktuk stationiert?«

Glen kam nun in Fahrt. »Die Kanadier wollten eigentlich die Anlagen bemannen, aber ihnen fehlten die nötigen Fachkräfte. Deshalb haben viele Amerikaner hier gearbeitet.«

»Sind die Anlagen immer noch in Betrieb?«

»Die meisten nicht mehr. Später, ich glaube 1985, wurde das ganze System modernisiert. Es heißt seitdem North Warning System und wird vom Nordamerikanischen Luft- und Weltraumverteidigungskommando NORAD betrieben. Die Anlage in Tuktoyaktuk soll immer noch ferngesteuert operieren, hab ich irgendwo gelesen.«

1985. Diese Jahreszahl hatte sich schon früh in Valeries Gedächtnis eingebrannt. 1985 starb ihre Mutter Mary-Ann Strong. Eine junge, abenteuerlustige und wissbegierige Frau, die ihre Erfahrungen in der Arktis erweitern wollte und mit ihren Reiseberichten zwischen die Fronten zweier Nachbarn geriet, die sich offiziell vertrauten, sich in der Arktis aber ständig auf die Finger sahen. Die Regierung in Ottawa fürchtete um die kanadische Souveränität in ihren nördlichsten Gebieten, die zwei Fünftel von Kanadas Landmasse ausmachen. Eigentlich hatte sich daran nichts geändert, dachte Valerie. Außer dass es heute neue Bedrohungen gab. Irgendwo da draußen auf dem Eis, das sich vor ihren Augen ausdehnte, hatten Jäger eine riesige Explosion beobachtet.

Niemand im Bus sprach jedoch davon. Gesprächsstoff waren die ersten Häuser von Tuktoyaktuk, die vor ihnen erschienen. Die Stelzen, auf denen die Häuser standen, waren im Schnee nicht zu sehen. Valerie setzte die Gruppe am einzigen Dorfladen ab und fuhr mit Faye zum Schulhaus, um den Schlüssel für den Eiskeller zu holen. Eine Lehrerin verwies sie auf Lazarusie und gab ihr die Richtung an.

Als Valerie vor Lazarusies Haus hielt, kam er gerade heraus und sie hüpfte aus dem Fahrzeug. »Laz!«

Er drehte sich um. Sein Gesicht hellte sich auf, als er sie erkannte. »Sie haben Glück, ich wollte gerade nach Inuvik fahren, Tanya besuchen.«

»Wie geht es ihr?«

»Nicht gut. Sie redet zu viel. Sie sagt den RCMP-Leuten alles, was sie hören wollen. Dass Gisèle ihr Drogen verkauft hat. Dass sie sie auf der Eisstraße treffen wollte, aber nicht zum Treffpunkt gegangen ist.« Er rieb sich die Nase. »Tanya war hier, in der Nacht, als Gisèle umgekommen ist. Wir alle waren hier. Sie hat ein Alibi.«

Valerie hätte Lazarusie gern umarmt, um ihn zu trösten. Stattdessen fragte sie: »Hat Tanya einen Anwalt?«

Lazarusie schüttelte den Kopf. »Ich fahr jetzt nach Inuvik und treffe mich mit Clem. Der weiß besser Bescheid.«

Ein leises Ziehen im Magen machte sich bei Valerie bemerkbar, als sie den Namen Clem hörte. Worauf hatte sie sich nur gestern Abend eingelassen?

Lazarusie bestieg sein Schneemobil. »Sie brauchen den Schlüssel nicht, die Polizei ist dort und passt auf.«

Er hatte recht. Ein Uniformierter begrüßte Valerie und die Reisenden, als sie am Eishaus eintrafen. Sie erkannte ihn sogleich wieder. John Palmer, derselbe RCMP-Mann, der sie in Eagle Plains befragt hatte.

»Sie haben gehört, was passiert ist?«, fragte er zur Begrüßung. Sie nickte. »Dürfen wir trotzdem rein?«

Palmer zeigte auf einen einheimischen Mann, der neben der offenen Tür des Eishauses stand. »Ja, wir werden das Ganze überwachen. Haben alle das nötige Formular unterschrieben?«

Sie bejahte. Sie zeigte ihm die Formulare, auf denen sich die Gruppenmitglieder einverstanden erklärten, dass sie die Verantwortung für jegliche Unfälle im Eiskeller selbst übernahmen. Zu Valeries Erleichterung verzichtete die achtundsiebzigjährige Anika auf das Abenteuer. Sie ruhte sich im geheizten Minibus aus.

Valerie beobachtete, wie Faye als Erste mit einem Seil gesichert wurde und in der Öffnung verschwand.

»Ich wollte ohnehin mit Ihnen sprechen«, sagte Palmer. »Kannten Sie Christine Preston?«

Ihr war sogleich klar, dass er bereits wusste, dass sie Christine kannte. Wer hatte es ihm gesagt? Clem? Das schloss sie aus. Wohl Christine selbst. Es musste ihr also besser gehen.

»Ja, sie war bei einem meiner Vorträge. Sie hat gesagt, sie sei eine Jugendfreundin meiner … meiner verstorbenen Mutter gewesen. Wissen Sie, sie hätte mit uns mitkommen können. Ich bin überrascht, dass sie es nicht getan hat. Dann wäre das hier«, sie zeigte zum Eingang des Eiskellers, »nicht passiert.«

»Haben Sie eine Ahnung, warum sie hierhergekommen ist?«

»Nein, ich würde das auch gern von ihr erfahren. Kann ich bald mit ihr sprechen?«

»Sie müssen sich in Inuvik erkundigen. Auf dem Weg ins Krankenhaus hat sie uns eine Botschaft mitgegeben: ›Sagen Sie Valerie: Es war nicht Roys Schuld.‹ Das sollten wir Ihnen unbedingt mitteilen. Wissen Sie, was sie damit sagen will?«

»Keine Ahnung. Vielleicht, dass Roy Christine nicht absichtlich im Eiskeller eingesperrt hat?«

»Das ist möglich. Trotzdem ... warum war es für Christine Preston so wichtig, dass Sie das wissen?« Er sah sie aufmerksam an.

»Keine Ahnung«, sagte sie wieder. »Vielleicht war sie einfach ... traumatisiert. Nach allem, was passiert ist. Entschuldigen Sie, ich muss jetzt meinen Leuten folgen.«

Im Innern des Holzhäuschens traf sie einen weiteren Mann aus Tuktoyaktuk. Ihn kannte sie vom Eisfischen im vergangenen Jahr. Er nannte sich Gary, an seinen Inuvialuit-Namen konnte sie sich nicht mehr erinnern. Sie gab ihm und seinem Helfer ein Trinkgeld. Gary befestigte das Seil um ihre Schultern und Hüfte und half ihr, die Kopflampe über die Mütze zu ziehen. Von unten drangen Rufe und manchmal ein spitzer Schrei herauf.

Sie setzte die Füße vorsichtig auf die vereiste Leiter und hielt inne, als sie plötzlich einen Gedanken hatte.

»Hat Roy eine Eiskammer hier, die ihm gehört?«

»Sein Vater hatte sicher eine.«

»Sein Vater ist aus Tuktoyaktuk?«

Gary nickte. »William Anaqiina. Ist später weggezogen – nach Yellowknife mit der ganzen Familie.«

Valerie blieb wie angeleimt auf der Leiter stehen.

»Hieß einer seiner Söhne Siqiniq?«

Gary überlegte, dann rief er dem anderen Mann etwas in seiner Muttersprache zu. Der Mann antwortete auf Siglitun.

»Er glaubt, ja«, übersetzte Gary.

Valerie sammelte sich und stieg dann Schritt für Schritt hinab, mit den Handschuhen Halt auf den oberen Stufen suchend.

Unten stand jemand mit einer Taschenlampe. Noch ein Polizist.

Sie nickte ihm zu und tauchte wie in Trance in das Labyrinth der Eiskammern ein. Trotz des schrecklichen Vorfalls mit Christine konnte sie sich dem Zauber dieser Unterwelt nicht entziehen. Eiskristalle zogen sich über die Decke und an den Wänden entlang, bis sie auf eine graubraun marmorierte gefrorene Erdschicht trafen. Ringsum glitzerte es im Schein ihrer Kopflampe. Hier, zehn Meter unter der Erdoberfläche, taute der Permafrostboden nie auf.

Valerie bewegte sich mit äußerster Vorsicht auf dem vereisten Boden. Einige Holztüren mit Ketten davor standen offen, sie führten in die zwanzig Eiskammern der ortsansässigen Familien.

Am Ende des Gangs sah sie Faye auftauchen.

»Niemand mit Raumangst?«, fragte sie.

Faye schüttelte den Kopf. »Ich muss Christine bewundern. Kein Licht und kein Laut. Ich wär vor Angst durchgedreht.«

Valerie schauderte.

Während Christine hier unten hoffte und litt, dachte sie an mich. Und an das, was sie mir unbedingt sagen musste.

30

Clem war bereits schlecht gelaunt, noch bevor er sich – einmal mehr – auf die Suche nach Helvin West machte. Einer seiner Männer, der um die Mittagszeit auf der Eisstraße patrouillierte, hatte einen Lastwagen mit Anhänger beim Rasen erwischt. Siebzig Stundenkilometer statt dreißig. Immer wieder wurde diesen Fahrern eingetrichtert, dass sie damit unter dem Eis Wellen auslösten, die nirgendwo ausrollen konnten und deshalb tiefe Risse im Eis verursachten. Wenn das geschah, war die einzige Fahrbahn für die Laster zerstört. Clem konnte nicht glauben, dass diese Idioten den Ast durchsägten, auf dem sie selbst saßen. Er verbrachte viel Zeit damit, mit dem Fahrer und seinem Vorgesetzten zu sprechen. Helvin war wieder einmal nicht auf dem Handy zu erreichen.

Sein Boss fuhr erst eine Stunde später in einem Sechzigtonner vor, als Clem gerade die Büromamsell vergeblich nach seinem Aufenthaltsort ausquetschte. Clem rannte hinaus und schwang sich zu ihm hinauf in den Truck, bevor sein Boss entwischen konnte.

»Muss gleich wieder weg«, sagte Helvin, der sich in der Falle sah.

»Phil hat dich mit Gisèle gesehen. Hast du der RCMP alles gebeichtet?«

Helvin blieb nach außen ungerührt. »Phil kann mich nicht gesehen haben. Es war morgens, und morgens ist Phil Lehrer im College.«

»Gestern hat Phil mich angerufen. Er hat gesagt, wenn du nicht den ersten Platz beim Rennen aufgibst, wird er der Polizei mitteilen, mit wem er Gisèle gesehen hat, bevor sie tot aufgefunden wurde.«

»So, hat er das gesagt?« Helvin trommelte mit den Fingern auf das Lenkrad.

»Helv, das ist …« Clem wurde vom Signalton seines Handys unterbrochen. Eine Nachricht von Valerie.

»Er kann den ersten Platz ruhig haben«, sagte sein Boss. »Ich hab ihn nicht absichtlich gestoßen, aber wenn er das glauben will, bitte.«

Clem traute seinen Ohren nicht. Nie würde Helvin West seinen Sieg so leicht aufgeben.

»Das ist ja wohl nicht dein Ernst, Helv! Geh zur Polizei und pack aus, bevor du alles noch schlimmer machst.«

»War ja keiner dort, als ich auf dem Polizeiposten war. Die waren alle in Tuk, haben den Eiskeller durchsucht.«

Clem sah seinen Boss von der Seite an. Wieder so eine fadenscheinige Ausrede. In einer Windung seines Gehirns begann sich ein Gedanke festzusetzen, der ganz leise zu ihm sprach.

»Von wem verdammt noch mal ist dieses Goldnugget, Helv?«

Wieder das Fingertrommeln. »Richard Melville glaubt, von Sedna Mahrer. Er hat ihr zwei Nuggets gegeben.«

»Wofür?«

»Sie hat ihm wahrscheinlich die Tage versüßt.«

Das wird ja immer verrückter, dachte Clem.

»Und warum zum Teufel hat sie dir und mir ein Nugget zukommen lassen?«

West drehte den Kopf und verzog die Lippen zu einem dünnen Strich.

»Vielleicht aus Rache. Damit wir denken, die Nuggets seien von der Mafia. Um uns Angst einzujagen.«

»Rache wofür?«

»Weil sie nicht bei uns landen konnte?«

Clem verschlug es sekundenlang die Sprache. Dann sprang er aus dem Truck.

»Kannst ja Sedna fragen, wenn du sie findest«, rief ihm Helvin hinterher.

»Red' mit Phil. Und vor allem red mit der RCMP«, sagte Clem, bevor er die Tür zuknallte.

Kaum hatte er sich in seinen Pick-up gesetzt, war er in Gedanken schon bei Valerie. Er konnte nicht schnell genug ihre Nachricht auf dem Handy öffnen.

Eine Frau aus meiner Gruppe fand dieses Feuerzeug nahe bei der Stelle, an der Gisèle gefunden wurde. Zufall? Was soll ich damit tun?

Er hatte eigentlich gehofft, etwas über ihren Gefühlszustand zu lesen, Worte, die ihm offenbarten, dass sie über die Entwicklung des vergangenen Abends glücklich war. Als er jedoch das Foto sah, das sie angehängt hatte, verblasste seine Enttäuschung. Er erkannte sogleich, mit wem er dringend sprechen musste.

Zuerst rief er aber Phil an und teilte ihm mit, Helvin verzichte auf den Sieg. Der Lehrer war erfreut. Clem ließ ihn indes nicht so schnell wieder vom Haken. »Ich will genau wissen, was du gesehen hast, oder ich erzähle allen, was du in Whitehorse getrieben hast.«

»Was meinst du damit? Ich lass mich doch nicht erpressen.«

»Deine Frau wäre sicher nicht happy, wenn sie hören würde, dass du wieder schwach geworden bist.«

Clem hatte nur Gerüchte von Phils Besuchen bei einer gewissen Dame in Whitehorse gehört, aber er ging das Risiko ein – und gewann.

Seine Andeutung brachte Phil zum Reden.

Und mit jeder seiner Informationen ging Clem ein neues Licht auf, jedes so hell wie der Polarstern.

Er fuhr nach Inuvik zurück, bog in die Breynat Street ein und parkte vor einer riesigen Halle in Form eines Hangars. Die Fassade bestand aus Metallplatten und Glas. Ohne das Schild Gemeinschaftsgarten von Inuvik hätte man den Zweckbau für eine Eishockeyhalle halten können, wozu das Gebäude früher auch diente. Heute war der Gemeinschaftsgarten der Stolz von Inuvik. Selbst Clem, der keinen grünen Daumen, dafür eine Vorliebe für frisches Gemüse hatte, fand die Idee eines überdachten Schrebergartens in der Arktis großartig.

Das Glasdach ließ viel Licht herein. Zwischen Holzgerüsten, Gemüsebeeten und blau gestrichenen Tonnen liefen mehrere Leute herum. Alana belud im hinteren Teil eine Schubkarre mit Geräten und Eimern. Gartenarbeit war ihre Leidenschaft, das wussten alle in Inuvik. Gartenarbeit und Hunde.

Die Tore des Gemeinschaftsgartens gingen offiziell immer im Mai auf, aber ungeduldige Hobbygärtner wie Alana fanden stets einen Vorwand, möglichst früh mit den Vorbereitungen anzufangen.

»Clem, *du* hier? Das hätte ich nun wirklich nicht erwartet! Wir brauchen Freiwillige.« Sie zwinkerte ihm zu.

Ihre Fröhlichkeit verflog, als er sie in eine ruhige Ecke zog und ihr das Foto von Valerie auf dem Handy zeigte.

»Wo hast du das fotografiert? Ich hab diese Feuerzeuge noch gar nicht rausgegeben. Ich probier noch alle möglichen Versionen aus. Ich möchte ein helles Aubergine mit einem gelben Schriftzug, nicht blau. Wie kommt es …« Sie ließ die Augen umherschweifen, als ob sie im Gewächshaus zwischen Töpfen und Schaufeln eine Antwort finden könnte, »… ich hab sie in meine Schreibtischschublade gelegt.«

»Das Feuerzeug wurde in der Nähe der Stelle gefunden, wo Gisèle erfroren ist, auf der Eisstraße.«

Sie erwiderte zuerst nichts, schien zu überlegen. Dann verengten sich ihre Augen.

»Du meinst ...?« Ihr Gesicht erstarrte. Sie blickte um sich. Niemand war in der Nähe. »Gisèle muss es entwendet haben.«

Clem verstand nicht.

»Gisèle war in userm Haus. An jenem Tag. Ich war nicht dort, ich war mit den Hunden und ein paar Touristen unterwegs. Duncan war allein im Haus. Sie ist ... Sie hat uns Haschisch gebracht. Es hilft mir gegen meine Schmerzen. Ich hab Rheuma. Sie wollte noch etwas anderes. Sie hat Duncan Geld angeboten, damit er das Hundeschlittenrennen sabotiert. Gisèles Freund in Dawson steckt wahrscheinlich dahinter. Er hat schon lange den Ehrgeiz, das Rennen zu gewinnen.«

»Cole Baker?«

»Wahrscheinlich.«

Clem hatte von Coles Renngespann gehört. Cole hatte den Ruf, seine Hunde zu strapazieren.

Alana seufzte.

»Duncan hatte Booster mit ins Haus genommen. Er wollte ihre Pfoten überprüfen. Etwas schien sie an der rechten Vorderpfote zu stören. Er hatte auch ihren Futternapf gefüllt und ist zwischendurch hinauf in die Küche gegangen, um eine Tinktur für Booster zu holen. Er ist überzeugt, dass Gisèle Booster vergiftet hat.«

Alanas Augen wurden feucht.

Auch Clems Hals zog sich zusammen. Denn der leise Gedanke, der sich in seinem Gehirn festgesetzt hatte, wurde lauter. Pihuk Bart hatte an jenem Tag Torias roten Geländewagen vor Alanas Haus gesehen. Von Gisèle hatte Pihuk nicht gesprochen. Irgendetwas ging an dieser Sache nicht auf.

»Ich pack hier zusammen«, sagte Alana, »ich fühl mich heute sowieso nicht so gut.«

Clem überlegte kurz, bevor er fragte: »Hast du was dagegen, wenn ich mitkomme und Meteor abhole?« Duncan hatte den Hund als Teil eines Schlittengespanns mitgenommen.

Sie sah ihn an. Ihre Augen waren dunkel vor Angst.
Sie ahnt, was ich ahne.
Aber sie nickte und legte die Hände an die Schubkarre.

Clem fuhr voraus, im Rückspiegel sah er Alanas grünen Pickup. Er war nicht überrascht, als er aus der von Büschen gesäumten Einfahrt kam und vor dem Haus vorfuhr.

Der davor geparkte Geländewagen war rot.

Alana stieg aus, die Stirn gerunzelt. Sie sagte nichts. Die Hunde in den Verschlägen bellten dafür umso wilder.

Im angebauten Vorraum war niemand. Alana zog nicht mal die Stiefel aus. Sie hatte den oberen Absatz der Treppe, die ins Haus führte, fast erreicht, als Duncan aus der Tür in den Anbau stolperte.

»Du bist schon zurück?«, fragte er.

Das Dümmste, was dir einfällt, dachte Clem.

»Wo ist Toria?« Alanas Stimme klang gepresst.

»Sie trinkt noch ihren Kaffee aus«, sagte Duncan, wich aber nicht von der Tür.

Alana drehte sich um. »Clem, es gibt sicher auch Kaffee für dich.«

Er sah in ihr plötzlich die Frau, die mit fester Hand ein wildes Rudel Hunde bändigen konnte.

Toria saß weder in der Küche, wo ihr Anorak über der Stuhllehne hing, noch im Wohnzimmer. Sie kam aus dem Bad, ihre Miene verriet keine Verlegenheit.

»Hallo Clem«, rief sie, »ist Valerie schon aus Tuktoyaktuk zurück? Sie hat für mich einige Dinge in Vancouver eingekauft.«

Einige Sekunden lang herrschte Stille.

Dann fasste Alana sich.

»Setz dich, Toria, trink den imaginären Kaffee, den du noch nicht bekommen hast.«

Toria wehrte mit den Händen ab. »Ich muss leider gleich weg, wollte nur ...«

»Setz dich, Toria.« Auch Clem hatte seine Stimme wiedergefunden. »Es gibt hier einige Dinge, die geklärt werden müssen.«

»Ein andermal, ich muss wirklich gehen.«

Toria bewegte sich Richtung Tür, aber Alana kam ihr zuvor.

»Entweder du redest mit uns oder wir reden mit Helvin.«

Toria zuckte mit den Schultern. »Na dann, wenn es denn sein muss – Drama in der Küche.« Sie warf einen schnellen Blick auf Duncan, der sich mit verschränkten Armen an die Anrichte lehnte.

»Falls ihr meint, dass Duncan und ich ...«

Clem unterbrach sie. »Ich glaube, es geht um sehr viel mehr als das, Toria.«

Er streckte Duncan sein Handy mit dem Foto von dem Feuerzeug unter die Nase. Aus den Augenwinkeln sah er, wie Alana zusammenzuckte. »Booster Adventures. Schöne Inschrift. Das wurde in der Nähe des Ortes gefunden, wo Gisèle tot auf der Eisstraße lag. Wie das wohl dort hingekommen ist?«

Duncan starrte auf das Bild. Er war blass geworden. Fragend sah er zu Alana, die traurig erklärte: »Ja, ich hab Clem alles erzählt. Dass Gisèle hier war und was sie gemacht hat.«

Toria mischte sich ein. »Was? Was ist da drauf? Zeig mal!«

Clem hielt ihr das Handy hin. Sie schüttelte ungläubig den Kopf, dann langte sie nach ihrem Parka.

»Phil Niditichie hat dich mit Gisèle gesehen, Toria«, sagte Clem. »An jenem Abend. Du hast dich mit ihr gestritten. Neben Helvs Pick-up.«

»Phil ist verrückt, er kann mich unmöglich ...«

»Gib auf, Toria, es ist sinnlos. Sag ihnen, was passiert ist«, forderte Duncan.

Alle starrten ihn an. Sein Filmstar-Gesicht war erschlafft, die Niederlage eingebrannt.

»Du bist verrückt, Duncan, nichts ist passiert, absolut nichts, ich …« Torias Stimme war schrill geworden.

Duncan fiel ihr ins Wort. »Wir haben Gisèle hinter der Sportarena getroffen. Toria wollte ein bisschen Haschisch von ihr. Ich wollte Gisèle zur Rede stellen. Ich wusste gleich, dass sie Booster vergiftet hat.«

Clem versuchte, Ordnung in den Ablauf der Ereignisse zu bringen. Er sah, wie Alana an der Tür zur Salzsäule erstarrt war. Doch er musste weiterfragen. »War Toria an jenem Tag vorher hier gewesen?«

»Ja, nachdem Gisèle schon weg war.«

»Wie war Gisèle hierhergekommen?«

»Mit einem Schneemobil, weiß nicht, wem es gehört. Vielleicht hat sie das auch geklaut.«

»War Booster da schon … hat sie da schon Zeichen der Vergiftung gezeigt, während Gisèle bei dir war?«

Duncan überlegte lange. »Nein, aber später begann sie aus dem Maul zu schäumen und sich am Boden zu winden. Es war … es war schrecklich.«

Er strich sich mit der Hand über die Lippen und schloss die Augen.

Toria trat auf ihn zu und packte seine Schultern. »Halt den Mund, Duncan. Du machst alles viel schlimmer.«

Duncan stieß sie weg. »Es kommt sowieso alles raus, siehst du das nicht? Phil hat gesehen, wie du mit Gisèle gestritten hast. Vielleicht hat er auch gesehen, wie sie mit Helvs Pick-up davongefahren ist. Wie praktisch von dir, den Motor laufen zu lassen.«

Toria hatte absichtlich Helvins Pick-up genommen, nicht ihren roten Geländewagen, dachte Clem. Ihm wurde nun vieles klar: Gisèle hatte Helvins Pick-up nicht vor dem Büro entwendet und war ihm auch nicht heimlich nach Hause gefolgt, nachdem er sie aus dem Wagen geworfen hatte.. Es war Toria gewesen, die mit dem Pick-up ihres Mannes ins Zentrum von Inuvik gefahren war, um Duncan und Gisèle hinter der Sportarena zu treffen. Ohne dass sein Boss etwas davon wusste. Erst dort hatte sich Gisèle nach dem Streit in Helvs Pick-up gesetzt und war damit weggefahren.

Er hakte nach. »Worum ging es in dem Streit?«

Toria schwieg.

»Sie hat dir ein Goldnugget gezeigt, nicht wahr? Und gesagt, dass es von Helvin ist, für Dienste, die sie ihm erwiesen hat. Nicht wahr?« Es war weitgehend Spekulation, doch Clem sah sogleich, dass er ins Schwarze getroffen hatte.

Toria sah ihn wütend an, ohne zu antworten.

Clem konnte sich nun zusammenreimen, was geschehen war. »Ihr seid also Gisèle hinterhergefahren. Du, Toria, wegen des Pick-ups. Und du, Duncan, weil du noch eine Rechnung mit ihr offen hattest. Wegen Booster.«

»Ja«, sagte Duncan. »Gisèle ist auf die Eisstraße gefahren. Sie hatte mir erzählt, dass sie dort einen Schamanen treffen will. Vielleicht Pihuk, aber er hat ja ein Alibi.« Er sog die Luft hörbar ein. »Sie fuhr viel zu schnell und … ist in einen Schneehaufen am Straßenrand gerast. Wir haben angehalten und sind ausgestiegen. Der Motor von Helvs Pick-up lief noch. Wir haben an die Scheibe geklopft. Sie wollte nicht aussteigen. Ist einfach sitzen geblieben. Wir … es half alles nichts. Toria meinte, wir lassen sie einfach im eigenen Saft schmoren, das wird ihr eine Lehre sein. Und dann sind wir wieder zurückgefahren.«

»Und das Feuerzeug?«, fragte Clem.

Duncan schaute auf den Boden. »Wir haben noch vor Inuvik angehalten, weil ich mir fast in die Hose gemacht habe. Da muss ich es verloren haben.«

»Ihr habt sie einfach zurückgelassen?« Alanas Stimme kam von weit her.

Duncan warf die Arme hoch.

»Himmel, Alana, sie hat Booster vergiftet! Sie hat unseren besten Hund umgebracht.«

»Und ich dachte, du warst mit Phil im Crazy Hunter«, schrie Alana.

Clem intervenierte, bevor es zu einer längeren Auseinandersetzung zwischen dem Paar kam. Toria saß unbeweglich am Tisch, in ihrem Gesicht arbeitete es.

»Gisèle ist also nicht aus dem Wagen gestiegen, während ihr dort wart?«

Duncan schüttelte den Kopf.

»Sie wollte jemanden treffen. Wir dachten, sie trifft Pihuk. Der hätte sie schon rausgeholt. Oder sonst jemand.«

Clem setzte sich an den Tisch und stützte den Kopf auf eine Hand.

»Wahrscheinlich wollte sie nach Inuvik zurücklaufen, als niemand aufgetaucht ist. Typische Fehleinschätzung einer unerfahrenen Person. Und als sie realisiert hat, dass es zu kalt und zu weit war, hat sie versucht, wieder zum Wagen zurückzulaufen. Sie hat die Strecke unterschätzt. Auf dem Rückweg hat sie sich erschöpft hingesetzt und ist erfroren. Und in ihrer Verzweiflung warf sie das Päckchen mit dem Goldnugget in den Schnee.«

Toria fasste erneut nach ihrer Jacke und schoss mit ihren Blicken Pfeile auf Duncan.

»Siehst du, es war Gisèles Fehler, ganz allein ihr Fehler. Und du nimmst die Schuld auf dich, du Trottel. Kannst einfach den Mund nicht halten. Hier herrschen andere Gesetze, falls du das noch nicht gemerkt hast.«

Clem schlug die Faust auf den Tisch. »Die Polizei wird das anders sehen, Toria. Diese arme Frau hat eure Rücksichtslosigkeit mit dem Tod bezahlt.«

Toria funkelte ihn hasserfüllt an.

»Du bist deinen Job los, Clem, darauf kannst du wetten. Musst deine Nase immer in Dinge stecken, die dich nichts angehen. Und weißt du was? Dein Kumpel Phil hat dich k. o. geschlagen, da bin ich sicher. Der wollte dich aus dem Rennen werfen, denn er hatte Angst, dass dein neues Schneemobil schneller ist als seins. Das hat er überall rumerzählt.«

Duncan fuhr dazwischen. »Red' nicht solchen Stuss, Toria. Wer kann jetzt nicht den Mund halten, wer?«

Clem entging die Ironie nicht. Duncan verteidigte seinen Freund Phil. Phil, der Duncan mit seiner Enthüllung in die Bredouille gebracht hatte, ohne es zu ahnen. Phil, der Clem verriet, dass er den Streit zwischen Toria und Gisèle beobachtet hatte und ihn damit letztlich auch auf Duncans Spur führte. Bevor er den Gedanken zu Ende führen konnte, brüllte Toria: »Du bist ein solches Weichei, Duncan! Klebst an der ach so süßen Alana wie ein Schoßhündchen. Die hat nur Hunde im Kopf! Hunde und Gemüsebeete! Das ist ja lachhaft!«

Clem stand auf und sah ihr direkt ins Gesicht. »Du hast Booster vergiftet, Toria, nicht wahr? *Du* warst es, du hast das Gift in ihr Futter getan.«

»Und wenn? Das hat sie verdient, diese arrogante, überhebliche Ziege. Die alles besser weiß und nicht mal von hier ist. Mehr als verdient!«

Mit einem Aufschrei stürzte sich Alana auf sie. Toria schob ihr einen Stuhl in den Weg und stürmte aus der nun unbewachten Tür.

31

Auf der Bühne der Sporthalle spielten die Musikanten auf. Der Jigging-Wettbewerb hatte begonnen. Unter den aufmunternden Zurufen des Publikums hüpfte ein junges Paar aufs Spielfeld, das Mädchen in schwarzen Leggings und Minirock und er mit einer Baseballkappe in der Hand. Zu den Klängen von Gitarre und Geige bewegten sie die Füße im zappelnden Muster des alten schottischen Tanzes. Die Zuschauer auf den Sitzreihen feuerten das Paar mit Pfiffen und Johlen an. Nach einigen Minuten kam das nächste Tanzduo an die Reihe und zeigte seine Schrittkombinationen. Weiße, Gwich'in, Métis und Inuvialuit mischten sich in diesem Wettbewerb. Valerie bewunderte die weichen Stiefel der Frauen aus Karibuleder, bestickt und mit Pelzbordüren verziert. Am Rande der Tanzfläche hopsten Kinder in Mini-Anoraks ausgelassen wie Schneehasen umher. Eine fröhliche Feststimmung brodelte in der Halle. Mit Erleichterung stellte Valerie fest, dass ihre Gruppe begeistert aus Tuktoyaktuk zurückgekehrt war. Auf der Rückfahrt hatten sie einen Luchs und einen Schneefuchs beobachtet.

Nur Glen schien etwas enttäuscht von der Tanzveranstaltung. Jigging stand nicht auf seiner Menüliste. »Ich würde lieber etwas Traditionelles filmen, mit alten Trachten – oder Kehlkopfgesang«, sagte er.

»Das kommt noch«, tröstete sie ihn. »Das Festival dauert noch einige Tage.«

»Jigging ist auch eine Tradition«, warf Paula ein. »Viele der früheren Siedler in Inuvik stammten von Schotten ab, die den Jig schon seit Jahrhunderten tanzen.«

Valerie entdeckte ein bekanntes Gesicht in der Menge. Poppy Dixon bahnte sich einen Weg zu ihrem Platz.

»Hallo Poppy, machst du etwa schlapp? Du solltest das Tanzbein schwingen!«

Poppy grinste breit und zeigte seine braunen Zähne, Zeugen des Tabakkauens.

»Mir fehlt eine Partnerin. Warum kommst du nicht mit mir?«

Valerie wehrte lachend ab. »Da musst du jemand anders finden.«

»Ich kann jiggen«, rief Carol.

Poppys Gesicht sprach Bände. »Ich wusste doch, dass ich 'ne schöne Frau finde. Na dann, nichts wie los!«

Carol folgte Poppy in die Schlange der Kandidaten, die darauf warteten, vom Moderator angekündigt zu werden.

»Das muss ich unbedingt filmen«, sagte Glen, der sich augenblicklich mit der Situation versöhnte.

Faye warf ihr vom anderen Ende der Sitzreihe einen belustigten Blick zu.

Valerie deutete auf ein tanzendes Paar. »Willst du auch?« Sie formte den Satz mit den Lippen, denn Faye konnte sie unmöglich in all dem Trubel hören. Aber Faye zeigte zum Eingang der Halle.

Clem Hardeven stand dort.

Valerie verstand Fayes Signal und schlich sich fort. Clem sah ihr bereits entgegen. Ihr Herz hüpfte.

Er hat mich gesucht.

»Wir geh'n zu mir«, sagte er ohne Einleitung. Während der Fahrt redeten sie kaum. Valerie erriet, dass etwas Ernsthaftes geschehen war. Sie hatte weder Alana noch Toria in der Sporthalle angetroffen, wie es in anderen Jahren der Fall gewesen war. Auch Duncan und Helvin waren nirgendwo zu sehen.

In Clems Haus wurde sie von Meteor aufgeregt begrüßt. Valerie kraulte ihn am Kopf und rief ein ums andere Mal: »Nicht so stürmisch, mein Lieber, nicht so stürmisch.«

Das musste sie Clem nicht sagen, denn er ließ sich Zeit, Tee zu machen und Holz im Ofen nachzulegen. Sie beobachtete ihn mit einem Prickeln im Bauch.

Mit mir trinkt er Tee und nicht Wodka wie mit Sedna, dachte sie. Sie schalt sich gleich dafür. Sein ernstes Gesicht machte sie nervös. Er hatte sie bisher nicht mal leicht berührt. »Komm, spann mich nicht länger auf die Folter«, sagte sie schließlich. Er setzte sich zu ihr an den Küchentisch und fing an zu erzählen.

Es war schlimmer, als sie sich hätte vorstellen können. Gisèle und Duncan. Duncan und Toria. Toria und Gisèle. Die Eisstraße. Toria und Booster. Gisèles einsamer Tod. Alanas Zusammenbruch.

Als er geendet hatte, saß sie wie erschlagen da.

Dann stammelte sie: »Ich kann es nicht glauben ... Toria, ich meine ... ich hab sie wirklich gemocht. Sie war immer so großzügig mir gegenüber. Sie hat ... sie hat mir Türen in Inuvik geöffnet. Sie war so hilfsbereit, ich ...«

Ihr fehlten die Worte. Sie fühlte Clems Blick auf sich.

»Warum?«, fragte sie.

Clem drehte die Tasse um ihre Achse. »Langeweile? Eifersucht? Neid? Unzufriedenheit? Leichtsinn? Überheblichkeit? Eine Mischung aus allem?« Er warf die Worte aus wie ein Fischer seine Köder.

Er kratzte sich am Kopf. »Ich weiß es nicht. Was ich sicher weiß, ist, dass sie unglücklich in ihrer Ehe ist. Und dass sie Alana nicht ausstehen kann. Alana nimmt kein Blatt vor den Mund, wenn es um Hunde geht.«

»Was wird Alana jetzt tun? Sie muss am Boden zerstört sein.«

»Sie nimmt Duncan in Schutz. Sie will ihn nicht fallen lassen.« Clem strich Meteor über den Schädel. »Und ich hab ihr unwissentlich die erlösende Formel geliefert.« Er starrte ins Leere. »Jeder Truck und jeder Pick-up von Suntuk Logistics ist mit einem Satellitentelefon ausgestattet. Weil wir nie wissen, wann wir auf der Eisstraße sind, und wir können es uns nicht leisten, das zu vergessen.«

Sie sah in sein müdes Gesicht und dachte: Ich mag ihn wirklich sehr.

Oh mein Gott, ich finde ihn total gut.

»Ich habe das gegenüber Alana erwähnt«, fuhr er fort. »Jetzt redet sie sich ein, dass Gisèle mit dem Satellitentelefon hätte Hilfe herbeiholen können. Dass ihr Tod nicht von Duncan mitverschuldet wurde. Dass er unschuldig ist.«

»Aber Gisèle hat das Satellitentelefon nicht benutzt.«

»Sie konnte nicht wissen, dass es dort war, und sie hat nicht danach gesucht. Val, sie ist ein Mädchen aus einem Dorf in Quebec. Ein Winter in Dawson macht dich noch nicht zu einer Einheimischen.«

»Hätte mir auch passieren können, meinst du?«

Er sah sie mit einem unergründlichen Ausdruck an, ohne zu antworten.

Ich hätte mich nicht küssen lassen sollen, er wird mir das Herz brechen.

»Weiß die Polizei davon?«

Er nickte. »Ja, Duncan ist mit Alana gleich zur Wache gegangen. Was Toria vorhat, weiß ich nicht.«

»Und Helvin?«

»Hab keinen Ton von ihm gehört. Was in letzter Zeit ab und zu vorkommt.«

Sie nippte an ihrem Tee.

»Was wird nun mit Duncan und Toria geschehen?«

Er zuckte die Schultern. »Ich will nicht verteidigen, was vorgefallen ist, Val, dennoch glaube ich nicht, dass die beiden Gisèles Tod einfach in Kauf genommen haben. Sie waren sehr wütend auf sie und wollten ihr eine Lehre erteilen. Normalerweise kreuzt immer ein Wagen oder Truck dort auf. Nur in jener Nacht nicht.«

Er räusperte sich. »Ich meine, was für ein schrecklicher Zufall, dass kein Fahrzeug vorbeigefahren ist. Sonst gibt es ab und zu Leute, die nachts die Eisstraße benutzen. In jenen Stunden hatte sich alles gegen die arme Gisèle gewandt.«

Ihr lag etwas auf der Zunge. Aber sie hielt es noch zurück. Stattdessen sagte sie: »Stimmt es also, was Toria sagte: dass Phil Niditichie dich niedergeschlagen hat, damit du nicht am Schneemobilrennen teilnehmen kannst?«

Clem ließ sich Zeit mit der Antwort. Es fiel ihm offenbar schwer, einer solchen Möglichkeit ins Gesicht zu sehen.

»Selbst Duncan hält es für möglich. Phil ist offenbar in jener Nacht in der Nähe meines Hauses gesehen worden. Wenn es um Schneemobile geht, ist Phil ein Fanatiker.«

Er verstummte und hielt den Blick gesenkt. Valerie hielt es für ratsam, das Thema zu wechseln.

»Weiß die Presse schon von Duncans Geständnis?«

»Bisher noch nicht. Lange wird es allerdings nicht mehr dauern. Die Polizei braucht einen Erfolg nach dem Mist, den sie in Tuk gebaut hat. Man hat euch also trotzdem in den Eiskeller gelassen?«

»Ja. John Palmer war sehr zuvorkommend.« Sie ließ einige Sekunden verstreichen. »Ich habe Laz getroffen, er meinte, du wirst ihm helfen. Er will einen guten Anwalt für Tanya.«

»Wir arbeiten daran.« Er nahm einen Schluck Tee. »Es klingt merkwürdig, aber ich denke, Roy Stevens wird Tanyas bester Anwalt sein.«

»Wie? Ich versteh nicht.«

»Roy entgeht die Hoffnungslosigkeit unter manchen der jungen Inuvialuit nicht. Viele haben keine Arbeit, keine Zukunft, nichts zu tun. Sie fangen an zu trinken oder zu kiffen. Roy hat oft mit mir darüber gesprochen.«

Er blickte auf Meteor, der ausgestreckt zu seinen Füßen lag, den Kopf auf den Pfoten. »Roy will ihnen helfen. Er sagt immer, eine Synthese zwischen dem traditionellen Lebensstil und der Moderne sei möglich. Man müsse es nur richtig anpacken. Die Eltern könnten das aber für die Jungen nicht tun. Die seien überfordert. Das Wichtigste seien Arbeitsstellen. Und da muss ich ihm recht geben. Ausbildung, Arbeit, Auskommen.«

Er lachte, er klang resigniert. »Jetzt haben die Ärzte und Leute im Krankenhaus Arbeit bekommen, und das sind fast alles Weiße.«

Valerie wollte nichts mehr zurückhalten.

»Ich glaube, Roy ist der Junge, der meine Eltern begleitet hat.«

Clems Tasse blieb in der Luft hängen.

»Was sagst du da?«

»Sein Vater ist William Anaqiina aus Tuktoyaktuk. Das hat mir Gary erzählt, einer der Männer, die uns im Eiskeller geholfen haben. Die Familie ist vor dreißig Jahren nach Yellowknife gezogen. Nur wenige Monate nach dem Tod meiner Mutter.«

Sie fuhr mit dem Finger über die Oberfläche des Tisches. »Wie gesagt, John Palmer war auch in Tuktoyaktuk. Beim Eiskeller. Die wollen wirklich verhindern, dass noch mal eine Tragödie passiert. John hat gesagt, dass Christine Preston mir unbedingt etwas mitteilen wollte. Nämlich dass es nicht Roys Fehler war.«

Sie ließ den Satz im Raum stehen, weil sie sich selbst keinen Reim darauf machen konnte. Sie atmete tief ein und aus in dem Versuch, sich zu entspannen. »Ich werde wohl erst mehr erfahren, wenn sie im Krankenhaus Besuch empfangen darf.«

Er fasste ihre Hand. Die Berührungauf ihrer Haut war elektrisch. Sein Ton dagegen besänftigend. »Eines Tages wird sich alles auflösen. Eines Tages wirst du die Wahrheit erfahren. Jetzt erscheint alles wie ein wildes, unentwirrbares Knäuel. Es ist nur eine Frage der Zeit.«

Sie fühlte seine Nähe fast schmerzhaft. Jede Faser ihres Körpers war auf ihn eingestimmt.

Nimm mich in die Arme. Bitte, jetzt gleich.

Als hätte er ihre Gedanken gelesen, stand er auf und zog sie an sich.

In diesem Moment war ihr egal, dass es nicht klug war. Es war ihr auch egal, dass er einen One-Night-Stand mit Sedna gehabt hatte. Es war ihr sogar egal, dass Meteor eifersüchtig wurde und sich zwischen ihre Umarmung drängte.

Aber es machte sie unglücklich, dass Lazarusie wenige Minuten später ins Haus platzte und dem Tête-à-tête ein nüchternes Ende bereitete.

»Sie haben Roy aus dem Koma geholt«, sagte er.

32

»Des einen Freud', des andern Leid«, sagte Poppy Dixon und strahlte übers ganze Gesicht. »So viele Kunden an einem Tag!«

Valerie und Faye sahen sich an. Ursprünglich hatte Valerie auch eine Hundeschlittenfahrt mit Booster Adventures geplant. Alana und Duncan hatten aus naheliegenden Gründen keine Zeit dafür. So wich sie auf Poppy Dixons Schneemobilverleih aus. Selbst Anika war bereit, sich an dem Ausflug zu beteiligen. »Ich hab früher ein Motorrad gehabt«, erzählte sie lachend. Poppy erklärte geduldig, wie die Schneemaschinen funktionierten. Sein Sohn verteilte die Schutzhelme. Valerie hatte der Gruppe eingetrichtert, sich wirklich warm einzupacken. Die Sonne schien erneut, trotzdem war es bitterkalt. Wenn sie die Handschuhe auszog, waren ihre Finger innerhalb kürzester Zeit gefühllos.

Mit Poppy an der Spitze und seinem Sohn als Nachhut fuhren sie aus Inuvik heraus und überquerten den gefrorenen Mackenzie. Anika steuerte ihr Gefährt erstaunlich sicher und selbst Trish gab nach anfänglichen Bedenken auf der flachen Ebene Gas.

Valerie tat es ihr nach. Sie hatte das Gefühl zu fliegen. Alle Sorgen und Ängste fielen von ihr ab. Ein Geschwindigkeitsrausch überfiel sie, der sie mit einem unerwarteten Glücksgefühl erfüllte. Aber das würde sie nie zugeben. Heimlich ärgerte es sie, dass Glen und Jordan immer wieder haltmachten, um die verschneite Landschaft zu filmen. Sie wollte weiterrasen, bis sie vor Müdigkeit vom Schneemobil fallen würde.

Sie drangen in bewaldetes Taigagebiet vor, in das eine Schneise für Schneemobile geschlagen worden war. Eine halbe Stunde später erreichten sie eine Trapperhütte, deren Fenster mit Sperrholz verbarrikadiert waren. Die Hütte stand auf einem Hügel, der sich zu einem kleinen See hinuntersenkte. Die einzigen Laute kamen von der Gruppe, die Pause machte und einen Snack aß, ohne die Handschuhe auszuziehen.

Über eines würde sich niemand später beklagen müssen: über das Wetter. Es war spektakulär. Blauer Himmel, Sonne, Schnee. Jeder Winterskiort in den Rocky Mountains hätte sich damit brüsten können. Valerie sah lauter fröhliche Gesichter um sich.

Kurz nach Mittag machten sie sich auf den Rückweg. Valerie stellte fest, dass die Tourmitglieder nun fast ein wenig waghalsig auf ihren Schneemaschinen wurden. Glen und Jordan hielten die Gruppe nicht mehr auf. Glen bretterte über das weite Schneefeld. Oder war das überhaupt Glen? Sie zählte die Teilnehmer. Jemand fehlte.

Sie preschte auf ihrem Schneemobil vor und gab Poppy das Zeichen zum Anhalten.

Alle setzten die Helme ab und Valerie schaute prüfend in die Gesichter. »Glen fehlt. Wir müssen zurück.«

»Ich geh ihn suchen«, sagte Poppy sofort. »Rory, du fährst langsam mit den andern zurück. Ganz langsam, hörst du?«

»Ich fahre mit Poppy«, sagte Valerie.

Faye verstand sofort. »Kein Problem. Ich pass' auf die anderen auf.«

Valerie hätte sie in diesem Augenblick am liebsten umarmt.

Poppy brach sofort auf und sie folgte ihm dicht auf den Fersen. Diesmal glitten sie viel gemächlicher durch das Gelände. Ihre Augen suchten die Umgebung und die Spuren vor ihnen ab.

Nirgendwo konnten sie sehen, dass ein Schneemobil vom Weg abgewichen wäre.

Valerie kam es ewig vor, bis sie die Hütte über dem See wieder erreicht hatten. Davor war ein Schneemobil geparkt. Und die Tür der Hütte stand einen Spalt offen.

Poppy musste dasselbe bemerkt haben, denn er hielt direkt davor. Valerie betrat nach ihm die Hütte. Ihre Augen mussten sich zuerst an das spärliche Licht gewöhnen.

Eine jähe Bewegung in einer dunklen Ecke. Sie erkannte Glen. Er kniete vor einer grob gezimmerten Bettstatt und wandte sich zu ihnen um.

»Sie atmet nicht! Sie ist ganz kalt.«

Seine Stimme klang ungläubig. Er stand auf und trat einige Schritte vom Bett weg. Valerie blickte in sein entsetztes Gesicht. Die Sicht auf die Person auf der Pritsche blieb ihr verstellt.

»Sie ist tot! Wie kann das sein? Warum ist sie tot?«

Poppy fasste sich und trat näher heran. Er beugte sich hinunter und fühlte den Puls eines Arms, der schlaff herunterhing.

»Wir können ihr nicht mehr helfen«, sagte er. »Trotzdem müssen wir die Polizei und die Ambulanz rufen.« Er bewegte sich auf Glen zu und gab den Blick auf die Liegestatt frei.

Wie von unsichtbarer Hand geführt, schritt Valerie auf die Liegestatt zu. Sie erkannte die Frau, die da reglos lag, sofort. Ihr Gesicht, umrahmt von bunten Haarsträhnen, sah friedlich aus, wie im Schlaf. Ein Schrei entfuhr ihr.

»Sedna!«

»Wer ist sie? Kennst du sie?«, fragte Poppy.

Valerie wollte etwas sagen, aber sie bekam keine Luft.

Von irgendwoher hörte sie Glens Stimme.

»Sie ist meine Schwester.«

Valerie zuckte zusammen. Sie sah Glen vor sich stehen, das Gesicht schmerzverzerrt.

›Was?‹, wollte sie rufen, aber ihre Kehle war wie zugeschnürt. Sie schüttelte den Kopf.

»Doch, Valerie, Sedna ist meine Schwester. Du wirst es nicht wahrhaben wollen, dass unsere Mutter Bella Bliss ist. Oder Bella Wakefield, wie sie sich später nannte.«

Poppy lief nervös hin und her. »Was hat sie hier gemacht? Das ist Petes Hütte.«

Glen ignorierte ihn. Er hielt seinen Blick unverwandt auf Valerie gerichtet. »Sie hat uns verlassen, um deinen Vater zu heiraten. Sie hat ihre Kinder einfach zurückgelassen. Sedna und mich.«

Valerie schüttelte wieder den Kopf. »Das … das kann nicht sein. Das …«

»Wir haben lange nicht gewusst, wo unsere Mutter ist. Aber Sedna hat alles herausgefunden. Es war ein Schock für sie. Unsere Mutter hatte andere Kinder. Unserer Mutter waren fremde Kinder wichtiger als ihre eigenen Kinder«, schrie er.

Poppy unterbrach ihn. »Wir dürfen keine Zeit verlieren. Wir müssen die Polizei und die Ambulanz benachrichtigen!«

»Sehen Sie nicht, dass es zu spät ist? Sedna ist tot. Wer hat sie umgebracht?« Glen war völlig außer sich. Er packte Poppy bei den Schultern und schüttelte ihn. »Wer wollte sie loswerden?«

Poppy befreite sich aus Glens Händen. »Beruhigen Sie sich, Mensch. Die Polizei wird alles abklären. Kommen Sie zurück mit uns.«

»Sind Sie von allen guten Geistern verlassen? Ich lass Sedna hier nicht allein zurück. Jemand hat sie umgebracht!«

Poppy sah Valerie Hilfe suchend an. Sie war die Tourenleiterin, sie war verantwortlich für ihre Kunden. Doch diesen Mann vor sich erkannte sie nicht wieder. Es war ein Fremder, ein bedrohlicher Fremder.

Als sie zu sprechen versuchte, kamen krächzende Töne heraus.

»Glen, wir müssen uns um Sedna kümmern, du hast recht. Wir lassen sie nicht allein zurück. Es wird sich alles aufklären, aber jetzt …«

»Aufklären? Da ist nichts aufzuklären, Valerie. Sedna wollte alles aufklären. Sie hat es fast geschafft. Die Welt wird erfahren, was für ein Hurensohn dein Vater Peter Hurdy-Blaine war. Wie er Mary-Ann Strong umgebracht hat, damit er unsere Mutter heiraten konnte.« Glen trat an den kleinen Tisch, auf dem eine Propanlampe und ein Teller standen. Daneben lag ein Bündel von Papieren und Notizheften. Er packte es und hielt es hoch. »Hier! Hier steht alles drin!« Dann warf er es wütend in die Ecke.

Poppy packte Glens Arm. »Fass nichts an, das ist wichtig für die Polizei.«

Glen stieß ihn zu Boden. Ein Gerangel entstand, und das Nächste, was Valerie sah, war eine Pistole in Glens Hand.

Poppy suchte Schutz unter dem Tisch.

Glens Augen sahen nur Valerie.

»Du denkst, du bist unantastbar, du und deine feine Familie. Eine Familie von Mördern. Du hast Sedna umgebracht, weil du Angst hast, dass die Wahrheit ans Licht kommt. Jetzt wird es die ganze Welt erfahren.«

Valerie wich langsam vor ihm zurück. Panisch suchte sie nach einem Ausweg. Der einzige Fluchtweg war die Tür. Sie musste Glen mit Worten in Schach halten, solange es ging.

»Bella hat uns nie darüber in Kenntnis gesetzt, dass sie Kinder hat. Wir konnten das unmöglich wissen. Warum hat mich

Sedna nicht darauf angesprochen? Wir waren befreundet. Was können Kinder dafür?«

»Was können Kinder dafür? Was können Kinder dafür?« Glens Stimme wurde immer lauter. »Da hast du tatsächlich etwas Richtiges gesagt, Valerie. Wir Kinder konnten nichts dafür. Aber jetzt sind wir keine hilflosen Kinder mehr, sondern Erwachsene. Sedna und ich ...«

Etwas krachte durch die hintere Wand. Glen schrak zusammen. Valerie sah einen Schatten an ihr vorbeihechten. Eine Gestalt hatte sich durch die offene Tür auf Glen geworfen, und beide Personen stürzten zu Boden.

Die Pistole landete neben ihren Füßen. Sie hörte Schritte, jemand griff nach der Waffe. Unvermittelt wurde sie von kräftigen Armen über die Schwelle nach draußen gezogen.

»Keine Angst, Sie sind in Sicherheit«, sagte die Person. »Gehen Sie hinter dem Schneemobil in Deckung.«

Selbst hinter dem Mundschutz und der Biberpelzmütze erkannte Valerie das Gesicht. Die Karibufrau.

33

Die Minuten, als sie allein draußen hinter der Schneemaschine kauerte, dauerten eine Ewigkeit. Durch die offene Tür drangen aufgeregte und entschlossene Stimmen an ihr Ohr. Die Karibufrau lief einmal auf die Rückseite der Hütte und schien über ein Gerät mit der Polizei zu sprechen. Dann ging sie wieder in die Hütte.

Valerie verharrte unbeweglich wie eine der Tannen im glänzenden Schnee. Die Sonne schien ihr ins Gesicht. Die Ränder ihrer Ohren wurden gefühllos. Sie zog sich die dünne Kopfbedeckung, die sie unter dem Helm getragen hatte, über den Kopf, nur die Augen blieben frei. Eine Welle der Verzweiflung drohte sie zu begraben. Sedna ist tot. Sedna ist tot. Wie konnte das nur geschehen?

Plötzlich gingen ihr Marjorie Tamas Worte über ihre Mutter durch den Kopf.

›Ihre Seele ist immer noch hier. Sprich zu ihr, Valerie. Sie wird dir Rat geben und dich führen.‹

Und so schloss sie die Augen und rief nach ihrer leiblichen Mutter. Gib mir ein Zeichen, dass du hier bist, dass du mir beistehst. Lass mich nicht allein in diesen dunklen Stunden. Ich brauche deine Hilfe, unbekannte Mutter, begleite mich mit deiner Liebe und deinem Rat. Tränen stiegen ihr in die Augen. Sie gefroren an den Wimpern. Sie blinzelte und blinzelte. Und dann sah sie ihn. Ein Polarfuchs hockte nur einige Meter vor ihr neben einer Tanne. Ein Polarfuchs! Valerie wusste, dass es diese weißen Füchse in der Umgebung von Tuktoyaktuk gab. Aber nicht in Inuvik. Hier lebten nur Rotfüchse. Was sie jetzt sah, war indes eindeutig ein Polarfuchs.

Er beobachtete sie mit seinen dunklen Knopfaugen in dem weißen Pelz. Er drehte den Kopf nach hinten und dann wieder in ihre Richtung. So sahen sie sich gegenseitig für lange Sekunden an. Und Valerie wurde in einem Augenblick der jähen Eingebung klar, dass das Leben für alle ein Kampf war, für diesen Eisfuchs in der Arktis und für sie und für alle Menschen. Das Einzige, was sie in diesem Moment tun konnte, war, diese Tatsache zu akzeptieren und sich dem Leben zu stellen.

Der Polarfuchs zuckte plötzlich zusammen und verschwand mit wenigen Sätzen. Jemand war aus der Hütte getreten. Immer noch konnte Valerie laute Männerstimmen hören.

»Kommen Sie«, sagte die Karibufrau. »Wir geh'n da rüber, damit wir in Ruhe reden können. Die Polizei wird bald eintreffen, aber ich muss Ihnen vorher noch erklären, warum wir hier sind.« Sie umrundeten die Hütte, und Valerie sah, dass auf der Rückseite drei Schneemobile geparkt waren.

»Ich bin Ellen Sukova und mein Partner heißt Alex Firth. Wir sind Angestellte einer Sicherheitsfirma in Vancouver. Ihr Bruder Kosta hat uns beauftragt, Ihnen zu folgen und für Ihre Sicherheit zu sorgen. Ich weiß, dass Sie das überraschen wird, am besten, Sie rufen Ihren Bruder heute noch an, und er wird Ihnen alles bestätigen.«

Ellen Sukova sprach schnell und ohne zu stocken, als hätte sie sich lange auf diesen Moment vorbereitet. Valerie hörte stumm zu. Sednas Tod hatte sie so schockiert, dass sie keine Aufnahmefähigkeit für noch mehr Überraschungen hatte.

Ellen sprach weiter: »Kosta hat uns über die Identität von Glen Bliss informiert. Er ist tatsächlich Sedna Mahrers Bruder. Und Bella Wakefield alias Bella Bliss ist Sednas und Glens leibliche Mutter. Wir wissen, dass Sedna Mahrer die Drohbriefe an Ihren Bruder geschickt hat. Sie und Glen Bliss haben ein Buch mit Enthüllungen über Ihre Eltern geplant.«

Sie stoppte ihren Redefluss. »Verstehen Sie, was ich Ihnen sage?«

Valerie nickte wie ein Roboter.

»Gut. Am besten bleiben Sie hier, bis die Polizei kommt. Wir haben ein Satellitentelefon. Wir wollen, dass von unserer Seite alles ordnungsgemäß ausgeführt wird.«

Wieder sah sie Valerie prüfend an. Ihr Schweigen schien sie nun doch zu beunruhigen.

»Sie fragen sich wahrscheinlich, wie wir von Sednas Aufenthaltsort wussten. Jemand in Inuvik hat uns den entscheidenden Hinweis gegeben. Wir waren schon gestern Abend hier, konnten jedoch keine Bewegung im Innern der Hütte feststellen. Nichts rührte sich. Wir dachten, es sei die falsche Hütte. Heute Morgen machten wir einen zweiten Versuch. Wir wussten von Poppy Dixon, dass Ihre Gruppe heute hierherkommt, Glen mit eingeschlossen. Das wollten wir beobachten. Wir hatten uns hinter der Hütte versteckt. Wir ...«

Valerie hob die behandschuhten Hände und zog den Kälteschutz vom Mund weg. »Bitte, das geht mir zu schnell. Das ist ... das ist alles so ... unbegreiflich.«

»Ja, ja natürlich. Das versteh ich gut.« Ellen klang sehr professionell. »Bitte kooperieren Sie mit der Polizei. Wir wollen das alles sauber abwickeln.«

Valerie nickte. Sie fasste all ihren Mut zusammen. »Warum ist Sedna tot?«

Ellens Stimme blieb sachlich, als sei die Frage einer von vielen Punkten auf ihrer Liste.

»Ich will der Polizei nicht vorgreifen, aber es könnte eine Kohlenmonoxidvergiftung sein. Poppy Dixon hat uns auf den Gasherd aufmerksam gemacht. Sedna hat die Hütte mit diesem portablen Herd geheizt, ohne damit Erfahrung zu haben. Wahrscheinlich gab es ein Leck. Das ist gefährlich. Die Fenster waren verbarrikadiert und die Tür geschlossen. Die Hütte hat sich langsam mit Gas gefüllt, es kam keine frische Luft herein. Das Gas ist geruchlos, man nennt es den stillen Mörder. Sie ist wahrscheinlich einfach eingeschlafen und nicht wieder aufgewacht.«

Valerie erinnerte sich, wie Faye ihr auf dem Festplatz erzählt hatte, dass Sedna einen neuen, mit Propan betriebenen Campingherd in Inuvik kaufen wollte, weil sie Probleme mit dem alten hatte.

Ellen schaute nach oben. »Da kommt der Hubschrauber. – Wo fliegt der denn hin? Ach, der landet auf dem gefrorenen See da unten.«

Sie legte Valerie die Hände auf die Schultern. »Ich weiß, das ist sehr hart für Sie. Sie werden da durchkommen, glauben Sie mir.«

Valerie nickte erneut.

Nur Sedna kam nicht durch.

34

Fünf Augenpaare waren erwartungsvoll auf sie gerichtet, als sie am Abend mit Faye an den Gruppentisch im Hotelrestaurant trat. Sie waren glücklicherweise außer Hörweite anderer Gäste, was sie sich vom Oberkellner erbeten hatte. Die Ereignisse des Tages lasteten auf ihr wie Bleigewichte. Die Bilder und Eindrücke ließen sie nicht los. Sednas Leiche auf der Bahre, die von Sanitätern in den Hubschrauber geladen wurde. RCMP-Beamte, die Spuren in der Blockhütte sicherten. Die Befragung durch John Palmer und seinen Kollegen aus Yellowknife, Franklin Edwards, der sie wieder mit seinem durchdringenden Blick einschüchterte. Ellen Sukova und Alex Firth, die angeregt mit den Ermittlern sprachen.

Und Poppy Dixon, der sie unter seine Fittiche nahm, bis sie am Hotel angelangt waren, wo Faye auf sie wartete. Im Hotelzimmer hatte sie Valeries gehetzter Schilderung zugehört und viele Fragen gestellt.

Erst dann war Valerie in Tränen ausgebrochen.

»Ich werde Sedna nie fragen können, warum sie mir nicht einfach alles erzählt hat«, hatte sie unter Schluchzen hervorgestoßen. »Wir hätten über alles sprechen können. Dann wäre sie heute noch am Leben. Ich hätte vielleicht eine Schwester gewonnen...«

»Halt«, hatte Faye sie unterbrochen. »Hör sofort auf. Es war alles Sednas freie Entscheidung, und diese Entscheidung hat nichts mit dir zu tun.«

Dann hatte Faye Valerie den Arm um die Schultern gelegt und sie heulen lassen, bis keine Tränen mehr kamen.

Valerie setzte sich an den Tisch. Sie war sich sehr wohl bewusst, dass ihre Augen immer noch gerötet und aufgequollen waren.

Sie brauchte sich nicht einmal zu überlegen, womit sie ihren Bericht anfangen sollte, denn Paula fragte sofort: »Wo ist Glen?«

»Er ist immer noch auf dem Polizeiposten«, sagte Valerie und staunte, wie gefasst ihre Stimme war. »Wir haben eine tote Frau in der Blockhütte gefunden, wo wir heute eine Rast eingelegt hatten. Die tote Frau ist Glens Schwester. Sie hat hier Urlaub gemacht, aber Glen wollte diese Tatsache nicht preisgeben, aus welchen Gründen auch immer. Sie hat sich in der Blockhütte aufgehalten und Glen wollte nach ihr sehen.« Sie blickte in die Runde, bis sie bei Jordan Walker landete, dessen Gesicht dieselbe Verblüffung wie die anderen Gesichter ausdrückte.

»Warum ist sie tot?«, fragte Anika Forman.

»Es ist wahrscheinlich ein Unfall gewesen. Es ist möglich, dass sie an einer Kohlenmonoxidvergiftung gestorben ist, da Tür und Fenster hermetisch verriegelt waren und sie einen Campingherd benutzt hat, der mit Propangas betrieben wird. Da sie kein Feuer im Ofen angemacht hatte, hat sie wahrscheinlich den Herd als Heizung benutzt. Vielleicht hatte er ein Leck. Wie auch immer, die Polizei muss das noch abklären.«

Sie machte eine Pause und entschied sich, die von Kosta beauftragten Sicherheitsleute und ihre eigene Beziehung zu Sedna nicht zu erwähnen. Es war schon alles kompliziert genug.

»Habt ihr Glen also in der Hütte gefunden? Bei der Toten?«, fragte Anika. Sie klang neugierig, nicht beunruhigt.

»Ja. Er war natürlich völlig aufgewühlt, wie ihr euch vorstellen könnt. Er … denkt, jemand habe seine Schwester umgebracht. Irgendwie muss er sich bedroht gefühlt haben, denn … in seiner Aufregung hat er mit einer Pistole herumgefuchtelt.«

Rufe der Überraschung ertönten in der Runde.

»Was? Der hat eine Pistole im Gepäck gehabt?« Carol stand der Mund offen.

Valerie hob beide Hände. »Pssst. Nicht so laut. Die andern Gäste müssen das nicht hören. Es war keine richtige Pistole, das hat mir die Polizei mitgeteilt. Es war eine Art Attrappe.«

»Warum nur hat er eine Pistolenattrappe mitgenommen?«

»Er ist Amerikaner, und die sind besessen von Waffen und haben immer das Gefühl, sie müssten sich gegen irgendwas verteidigen.« Ihre Blicke wanderten zu Jordan, der die Bemerkung gelassen hingeworfen hatte.

»Wusstest du davon?«, fragte Paula.

»Natürlich nicht, ich hätt ihm das sonst ausgetrieben.«

»Wie hat er denn die Pistole durch die Flughafenkontrolle gebracht?«

Jordan zuckte die Schultern. »Ich nehme an, er hat sie in Whitehorse erworben. Ich weiß es aber nicht. Glen und ich, wir kennen uns nicht so gut. Wir haben gemeinsame Hobbys, die Orchideenzucht und Naturfilme. Wir haben uns auf einer Orchideenschau kennengelernt. Als er mich gefragt hat, ob ich Lust auf die Eisstraße hätte, hab ich Ja gesagt.«

Ein Kellner näherte sich, und Valerie gab ihm ein Zeichen, später wiederzukommen.

»Als die Polizei unser Auto untersucht hat, war Glen ziemlich nervös«, warf Anika ein. Valerie und Faye tauschten einen Blick aus. Der alten Dame war das also nicht entgangen.

Trish mit ihrer warmen, zögerlichen Stimme meldete sich. »Ich dachte … damals, beim Picknick auf dem Dempster Highway, als ich … mal austreten musste. Da ist Glen doch auch aufs Klo gegangen. Denkt ihr nicht, dass er das gewesen ist?«

»Was gewesen ist?«, fragte Carol.

»Der mir gefolgt ist? Der mir Angst eingejagt hat. Es war ja sonst niemand dort.«

Nun redeten alle durcheinander.

Valerie musste an die Schamanenrassel denken, die sie und Faye in der Nähe der Klohäuschen gefunden hatten. Natürlich. Sedna muss die Rassel Glen gegeben haben! Und der hat sie absichtlich hingelegt, um Verwirrung auszulösen.

Bloß warum wollte er Trish erschrecken? War das die Absicht der Geschwister von Anfang an: Unruhe in Valeries Gruppe zu stiften? Oder Valerie zu schaden, ihr einen Knüppel zwischen die Beine zu werfen? In der Blockhütte hatte sich Glens Hass eindrucksvoll gezeigt. ›Eine Familie von Mördern‹, hatte er geschrien.

»Valerie?«

Fayes Stimme riss sie aus den Gedanken.

»Wie geht es jetzt mit unserer Reise weiter? Kannst du uns das sagen?«

»Ja, klar. Es gibt zwei Optionen: Wir fahren morgen ohne Glen denselben Weg auf dem Dempster nach Whitehorse zurück. Oder wir bleiben drei Tage länger hier und fliegen dann von Inuvik über Whitehorse nach Vancouver.«

Wieder war es Jordan, der sich mit großer Gelassenheit ausdrückte.

»Ich würde gern noch drei Tage hierbleiben und nach Glen sehen.«

»Ich möchte auch hierbleiben und noch einmal die Eisstraße runterfahren, bevor sie gesperrt wird«, rief Paula. »Und dann eisfischen in Tuktoyaktuk.«

»Jemand muss doch den Chevy nach Whitehorse fahren«, gab Trish zu bedenken und sah Valerie fast bekümmert an, so als wäre der Minibus eines ihrer Kinder.

»Dafür finden wir bestimmt jemanden. Ihr könnt es euch ja noch überlegen.«

Sie bestellten ihr Essen, und am Ende des Mahles, nach lebhaften Gesprächen, stand die Entscheidung fest. Drei weitere Tage in Inuvik.

Valerie hätte alle vor Erleichterung in die Arme nehmen und herzen können.

Sie ließ die Gruppe in Fayes Obhut zurück und ging auf ihr Zimmer.

Sie sehnte sich danach, Clem die Ereignisse des Tages zu schildern. Zuerst musste sie jedoch unbedingt mit Kosta sprechen, den sie bereits in einer E-Mail über das Wesentliche informiert hatte.

Sie wählte seine Nummer, er meldete sich nach dem fünften Summton.

»Ich kann nicht glauben, was alles passiert ist«, sagte sie anstelle einer Begrüßung.

»Mit Sednas Tod haben wir auch nicht gerechnet. Hat die Polizei die Todesursache schon bestätigt?«

Kosta klang sachlich wie immer. Es war sein Modus Vivendi. In diesem Augenblick beneidete ihn Valerie darum.

»Offiziell noch nicht. Die bürokratischen Mühlen mahlen langsam. Warum hast du mir so vieles verschwiegen?«

»Um dich zu schützen. Um deine Arbeit leichter zu machen. Was hättest du getan, wenn ich dich informiert hätte?«

Sie überlegte. Ja, was hätte sie getan?

Hätte sie Glen zurückgelassen? Ihn konfrontiert? Was hätte das für ihre lang geplante Tour bedeutet? Vielleicht war es wirklich besser gewesen, dass sie nichts geahnt hatte.

»Ich kann dir jetzt einiges erzählen«, fuhr Kosta fort. »Aber erzähl mir vorher noch mal in allen Einzelheiten, was sich abgespielt hat.«

Sie atmete tief ein, fing zunächst langsam an, doch dann brach alles mit Macht aus ihr heraus. Kosta sagte nicht viel, nur ein Ach oder tatsächlich oder aha hie und da.

Dann begann er seinen Bericht. Seine Stimme erschien ihr tiefer als sonst.

»Bella Wakefield, die vorher Bella Bliss hieß, war in den USA mit einem Amerikaner verheiratet, Theodore Bliss. Sie hatte zwei Kinder mit ihm, Glen und Sedna. Sednas damaliger Name war Iris. Sie hat ihn später geändert. Bella war unglücklich in ihrer Ehe. Sie traf Papa auf einem Ereignis für Spitzensportler, dessen Programm sie organisiert hatte. Es war offenbar Liebe auf den ersten Blick. Sie schrieb ihm ein Jahr lang, und dann trafen sie sich wieder, als er in den USA war. Dann gab es weitere Treffen, ein halbes Dutzend oder so. Irgendwann entschloss sie sich, ihren Mann zu verlassen, denn Papa war bereit, sie zu heiraten. Es muss offenbar für beide sehr ernst gewesen sein.«

Kostas Worte machten sie sprachlos.

»Bist du noch da?«, fragte er.

»Ja, ja. Es ist nur alles so erdrückend.«

»Es kommt noch viel mehr. Bella hat offenbar versucht, ihre Kinder nach Kanada mitzunehmen. Illegal. Ihr Mann hat es im letzten Moment verhindert. Kein guter Schachzug von Bella. Sie konnte sich zwar noch rechtzeitig nach Kanada absetzen, Sedna und Glen blieben jedoch in den USA zurück. Du kannst dir vorstellen, wie verfahren die Situation daraufhin war.«

Ja, das konnte sie. »Sprich bitte weiter«, sagte sie.

»Theodore Bliss hat mithilfe amerikanischer Gerichte jeglichen Kontakt der Kinder zu Bella verhindert. Er fürchtete eine Entführung. Seine Verwandten und auch Bellas streng gläubige Familie wandten sich von ihr ab. Niemand hat den Kindern gesagt, wo ihre Mutter auf einmal war. Sie …«

»Das muss schrecklich für sie gewesen sein.«

»Ja, für Mama und ihre Kinder.«

»Und wir wussten nichts von all dem.«

»Nein, Papa hielt es offenbar für besser, seine eigenen Kinder da rauszuhalten.«

»Mein Gott, Kosta, wie muss Mama gelitten haben!«

Er sagte sekundenlang nichts. Das war seine Art, mit Gefühlen umzugehen.

So sprach sie weiter: »Sie hat all ihre Liebe und Fürsorge, all … die unterdrückten Gefühle uns gegeben, Kosta.«

»Sie war eine wirklich gute Mutter.«

»Für uns war es ein Glück, für Sedna und Glen dagegen …«

»Ein unersetzlicher Verlust, da hast du recht.«

In ihrem Kopf drehten sich die Gedanken wie in einer Zentrifuge.

»Warte, warte. Woher weißt du das alles? Über Mama und überhaupt.«

Er räusperte sich.

»Weißt du noch, dass Mama dir gegenüber immer das Wort Wasserfall erwähnt hat, wenn du sie nach Papas Tagebüchern gefragt hast? Ich konnte mir einfach keinen Reim darauf machen. Bis es mir eines Tages doch klar wurde … Du erinnerst dich an das Gemälde mit dem Wasserfall im Musikzimmer?«

»Ja, natürlich.«

»Ich habe mit den neuen Hausbesitzern gesprochen, wir haben die Wand abgeklopft, dort, wo das Bild war. Es musste etwas dahinter sein. Wir haben dann die Wand geöffnet und eine Nische dahinter entdeckt. Und da waren sie.«

»Wer?«

»Mamas Aufzeichnungen.«

»Oh mein Gott! Sie hat alles aufgeschrieben?«

»Ja. Und sie hatte die Dokumente gut versteckt.«

Valerie stand auf, dann setzte sie sich wieder hin, stand erneut auf und lief die gesamte Länge des Zimmers auf und ab. Die Umgebung vor dem Hotel, der Schnee, der immer noch helle Himmel, das Gewirr von Röhren über dem Permafrostboden, alles wirkte irreal wie in einem Film.

Kostas Stimme drang wie durch einen Nebel zu ihr.

»Sie hat immer wieder versucht, den Aufenthaltsort ihrer Kinder zu ermitteln. Es ist ihr nicht gelungen. Theodore Bliss hatte ihnen andere Namen gegeben, ist häufig mit ihnen umgezogen. Sedna hat sich erst viel später Sedna genannt. Wahrscheinlich, um dich neugierig zu machen. Das hat ein amerikanischer Kollege für mich herausgefunden.«

Ihr Handy meldete eine Textnachricht, aber sie musste weiterfragen.

»Wie hat sie denn ... wie hat Sedna mich gefunden?«

»Einer der Verwandten hat schließlich doch ausgepackt. Du weißt ja, wie das ist. Familiengeheimnisse lassen sich nicht ewig verbergen. Sedna fand Mama und besuchte sie im Pflegeheim in Vancouver. Mama hat auf ihre Fragen nur mit Verwirrung reagiert. So wie bei uns. Sie hat ihre Tochter nicht erkannt. Eine Angestellte des Heims hat es mir erzählt.«

»Sedna ist zu spät gekommen. Was für ein Schock muss das gewesen sein, als sie das realisiert hat.«

»Wir kommen auch zu spät, wir hätten ihr Mamas Aufzeichnungen zeigen können.«

»Ich habe so viel Hass in Glens Augen gesehen, Kosta. Sie hassen uns für das, was ihnen geschehen ist.«

»Vielleicht ... ist es eher Verzweiflung, Schwesterherz. Glen wird hoffentlich verstehen lernen.«

Die alte Frage kam in ihr hoch.

»Warum hat Sedna nicht mit mir gesprochen? Wir waren ja befreundet. Ich versteh das nicht, ich versteh das einfach nicht.«

Wieder stiegen ihr Tränen in die Augen.

»Vielleicht hatte sie Angst, wir würden sie daran hindern, die Wahrheit zu veröffentlichen. Sie hatte ein Buch geplant, das hast du gehört, nicht wahr?«

»Ja.«

»Dieses Buch, Val, das musst *du* jetzt schreiben. Du musst jetzt diese Geschichte zu deiner eigenen machen. Sonst stürzen sich andere darauf, und wir wissen nicht, was dabei herauskommt.« Er machte eine Pause. »Ich glaube, das sind wir unsern Eltern schuldig.«

Sie wartete mit ihrer Antwort. Sie wartete so lange, bis Kosta fragte: »Val, bist du noch da?«

»Ja. Ich … ich muss mir das alles durch den Kopf gehen lassen, Kosta.«

»Natürlich, Schwesterherz. Ellen und Alex nehmen übrigens den nächsten Flug Richtung Vancouver. Ihre Mission ist beendet.«

»Ja, ich kann jetzt gut auf mich allein aufpassen, Kosta. Aber wir müssen uns auf Medienberichte gefasst machen.«

»Das lässt sich wohl nicht mehr vermeiden. Deswegen wär's gut, wenn wir als Familie die Geschichte unserer Eltern aufklären würden. Niemand ist besser geeignet, sie aufzuschreiben, als du, Val. James sagt das auch. Hoffentlich werden wir endlich die ganze Wahrheit erfahren.«

Die ganze Wahrheit. Sie ließ Kostas Worte in Gedanken auslaufen wie eine Welle am Sandstrand.

Vielleicht konnte sie einen Teil dieser Wahrheit anderswo aufspüren. Und sie hatte bereits eine Ahnung, wo.

35

Clem hörte den Hubschrauber, als er im Büro den täglichen Bericht über den Zustand der Eisstraße ergänzte. Helvin war – aber das überraschte Clem nicht mehr – nirgendwo aufzufinden und beantwortete auch Anrufe auf seinem Handy nicht.

Er fragte sich, ob sein Boss den Rundfunkbericht von Waldo Bronk über die Explosion auf dem Eis und andere seltsame Vorkommnisse in der Arktis gehört hatte. Waldo hatte sich nicht von den Regierungssprechern in Ottawa mit vagen Ausreden abspeisen lassen. Der junge Reporter hatte aufgedeckt, dass die Explosion einer von vielen unerklärlichen Zwischenfällen in einer langen Reihe von verdächtigen Ereignissen in den vergangenen Jahren war.

Bronk hatte Berichte von unbekannten U-Booten in der Nordwestpassage ausgegraben, von Soldaten fremder Nationen, die in Inuit-Siedlungen auftauchten und wieder verschwanden, von Hubschraubern, deren Identität nie aufgedeckt wurde, wenigstens offiziell nicht. Er erwähnte Meldungen bewaffneter Schiffe, die durch die arktischen Gewässer Kanadas fuhren, ohne die Erlaubnis der Kanadier.

Clem hörte Waldos Stimme immer noch im Ohr. ›Man kann sich fragen: Was hätte unser Land dagegen tun können? Unsere Küstenwache ist nicht bewaffnet. Ihre Eisbrecher sind alt und müssen ständig repariert werden. Sie können auch kein wirklich dickes Packeis im Winter durchbrechen. Unsere Rangertrupps sind klein, und sie müssen in einem unvorstellbar riesigen Gebiet patrouillieren. Aber ist es richtig, beunruhigende Geschehnisse einfach unter den Teppich zu kehren, weil Kanada nicht in der Lage ist, möglichen Übergriffen fremder Nationen auf unser Territorium Einhalt zu gebieten?‹

Nach diesem kritischen Bericht stieg Waldo wie ein Komet in Clems Wertschätzung auf. Der Mann hatte Courage, das musste er dem Reporter lassen. Entweder kostete Waldo dieser Bericht den Job oder er machte Karriere.

Clems Aufgabe war das Überwachen der Eisstraße. Vielleicht interessierte die Explosion seinen Boss einen Dreck. Den Hubschrauber dagegen konnte Helvin West nicht ignorieren. Ein Hubschrauber war immer ein Alarmzeichen. Hatte es einen Unfall auf der Eisstraße gegeben? Als Erstes wählte Clem die Nummer des Krankenhauses. Dort bestätigte man ihm, dass die Ambulanz in der Luft unterwegs sei, aber nicht zur Eisstraße. Während er telefonierte, hörte er noch einen Hubschrauber. Diesmal rief er die RCMP an. Die Frau auf der Polizeiwache bestätigte ihm, dass auch dieser Hubschrauber nichts mit der Eisstraße zu tun habe. Mehr wollte sie nicht sagen. Clem hakte nach.

»Ich brauche mehr Informationen – falls Leute hier anrufen.«

Die Dispatcherin kannte ihn und gab nach. »Eine Touristin wurde tot aufgefunden, in einer der Jagdhütten. Das ist alles, was ich dir sagen kann.«

Sofort machte er sich Sorgen. Valerie war mit ihrer Gruppe auf Schneemaschinen unterwegs, das hatte sie ihm getextet. Er rannte zu seinem Pick-up und fuhr zu Poppy Dixons Haus. Er traf nur Poppys Sohn an, dessen Bericht ihn jedoch nicht beruhigte: Sein Vater sei mit Valerie zur Blockhütte am Fowler-See zurückgefahren, weil ein Mann aus der Reisegruppe vermisst wurde. Der Rest der Gruppe warte im Hotel. Von einer toten

Touristin wusste Poppys Sohn nichts. Vielleicht hatte sich die Dispatcherin geirrt, vielleicht war der Tote ein Mann.

Clem legte den Rückwärtsgang ein und lenkte seinen Pickup auf die Straße, als ihm ein blauer Pick-up entgegenkam und auf seiner Höhe anhielt. Helvin West ließ die Scheibe nach unten gleiten. Clem bemerkte sofort seine rot unterlaufenen Augen. Das Resultat schlafloser Nächte oder von zu viel Alkohol? Er stellte mit einer gewissen Befriedigung fest, dass die vergangenen Ereignisse Spuren im Gesicht seines Chefs hinterlassen hatten. Er informierte Helvin über die beiden Hubschrauber.

»Haben offensichtlich nichts mit der Eisstraße zu tun.«

Helvin musterte ihn. »'ne Tote in einer Hütte? Jagt dir das nicht den Puls in die Höhe?«

Clem schwieg. Er hatte nicht erwartet, West in guter Stimmung anzutreffen, nach allem, was über Toria herausgekommen war. Helvins Ton war ätzend, als er fortfuhr: »Diese Frauen sollten nicht hierherkommen. Die haben keine Ahnung von dem Leben hier. Die bringen andere nur in Schwierigkeiten mit ihrem Leichtsinn. Kriminelle sind das. Stehlen Fahrzeuge und verkaufen Drogen.«

Clem schwieg weiter.

»Noch 'ne Tote. Das ist wirklich gut. Fantastisch. Etwas Besseres konnten wir uns gar nicht wünschen. Das wird den Tourismus beflügeln, du wirst sehen.« Helvins Stimme troff vor Sarkasmus.

Clem hängte den Ellbogen aus dem Fenster. »Wie steht's mit Toria?«

Helvin schaute in den Außenspiegel, dann richtete er seinen Blick wieder auf Clem.

»Sie hat 'nen guten Anwalt. *Sie* hat nichts zu befürchten. Andere vielleicht schon.«

Falls er auf eine Reaktion von Clem gehofft hatte, wurde er wieder enttäuscht.

»Deine Schöne ist also Peter Hurdy-Blaines Tochter. Sieh mal an. Na, das ist bestimmt ein gefundenes Fressen für die

Medien. Das interessiert die garantiert mehr als Helvin Wests Ehefrau. Darauf kannst du Gift nehmen.«

Clem hörte, wie sein Handy eine Textnachricht meldete. Er zog den Arm ins Wageninnere.

»Ich kann dir einen Tipp geben, Helv. Gisèle hat Toria erzählt, dass sie das Goldnugget von dir gekriegt hat. Für geleistete Dienste. Aber das musst du mit Toria bereinigen. Und mit der Polizei.«

Er fuhr los und schloss das Fenster.

Sein kleiner süßer Triumph währte nur kurz. Er konnte ein beklemmendes Gefühl nicht abschütteln. War der vermisste Mann aus Valeries Gruppe tot? Das könnte das Ende ihrer Touren bedeuten, das Ende ihrer Reisen nach Inuvik. Verdammt, das Ende ihrer jährlichen Begegnungen.

Fuck. Fuck. Fuck.

Er erinnerte sich an die neue Textnachricht und hielt in der Nähe des Great-Polar-Hotels. Zwei Botschaften. Die eine war von dem Jungen, den er für einen Spaziergang mit Meteor bezahlte. Er hatte den Hund sicher nach Hause gebracht.

Es war der zweite Text, der ihn völlig überraschte.

Hast du Zeit? Muss dir was berichten. Ich bin in der Kirche.

Clem wusste sogleich, welche Kirche gemeint war. Die Iglu-Kirche. Er befand sich ganz in der Nähe. Es war Monate her, dass er die Iglu-Kirche betreten hatte. Er war nicht katholisch, die Vermählung eines Bekannten hatte dort stattgefunden. Jetzt, da er vor dem kreisrunden Gotteshaus stand, das wegen seiner Iglu-Form eine Attraktion für Leute aus der ganzen Welt geworden war, nahm er die ungewöhnliche Architektur wieder bewusst war: die Außenmauern mit den geraden Linien rechteckiger Schneeblöcke, das silbrige Domdach, das von einer viel kleineren Kuppel gekrönt war, auf der ein Kreuz stand.

Er öffnete das Kirchenportal und schritt die Bänke ab, bis er die still dasitzende Gestalt erreicht hatte. Es war ein guter Treffpunkt: Der Kirchenraum war sonst leer.

»Das ist wirklich ein Ort der Ruhe«, bemerkte er und setzte sich.

»Ja«, sagte Marjorie Tama, »und jetzt, da wir genügend Geld für die horrenden Heizkosten gesammelt haben, erfrieren wir hier drinnen auch nicht.«

Der Humor dieser mutigen, tatkräftigen Frau verfehlte bei ihm seine Wirkung nie.

»Für wen genau soll ich jetzt beten?«, gab er zurück.

»Vielleicht für die Tote, die in Petes Hütte gefunden wurde.«

»Es gibt wirklich nichts, was du nicht weißt. Wer ist es?«

»Pete hat seine Hütte an eine Frau aus Vancouver vermietet. Sie nennt sich Sedna, weiß der Kuckuck, warum eine weiße Frau den Namen einer Inuit-Göttin trägt.«

»Sedna ist tot?« Sein Mund wurde trocken.

»Ob diese Sedna tot ist, weiß ich nicht. Aber Pete hatte ihr die Hütte vermietet.«

»Gütiger Himmel! Was ist dort geschehen?«

»Keine Ahnung. Heute Abend werden wir bestimmt mehr wissen.«

Er schüttelte fassungslos den Kopf.

»'n bisschen viele Tote in letzter Zeit, findest du nicht?« Er sah zur Rosette im Zentrum der Decke hoch, roter Blütenkopf, weiße Zungenblüten auf türkisfarbenem Hintergrund.

»Das Eis muss aufbrechen, wenn es schwach wird und die Lasten nicht mehr tragen kann. Gut, dass jetzt alles aufbricht.« Sie stieß ihn mit dem Ellbogen in die Seite und lachte. »Das solltest du doch am besten wissen, Herr Eismeister.«

Er wollte, er hätte die Macht des Lachens gegen die Unbill des Lebens gelernt.

»Glaubst du, dass sich die Vorfälle negativ auf Inuvik auswirken werden?«

Sie schürzte die Lippen. »Wir Inuvialuit haben immer mit dem Tod gelebt. Der Tod lauert überall. Es ist nicht der Tod, den wir fürchten, sondern das Leiden. Unsere Vorfahren sind manchmal an Hunger gestorben. Jetzt hungert niemand mehr.«

Er ließ nicht locker. »Die Reporter werden wahrscheinlich wie Heuschrecken über Inuvik herfallen.«

»Dann werden wir ihnen zeigen, was wir hier erreicht haben. Dass wir unser Schicksal in die Hand genommen haben. Dass wir wirtschaftlich etwas bewegen. Wir können uns nicht von Ängsten einschüchtern lassen. Wir haben unsern Stolz. Sie sollen kommen, und wir werden ihnen nicht nur eine Geschichte von Tod und Unglück, sondern auch von Schönheit und Selbstbestimmung erzählen.«

Er wartete einige Sekunden. Sie hatten von anderen Dingen geredet, und Inuvialuit fanden es nicht höflich, gleich mit der Tür ins Haus zu fallen.

»Und weshalb wolltest du mich treffen? Was wolltest *du* mir erzählen?«

Statt zu antworten, fing sie an zu singen. Ein Lied in ihrer Muttersprache Uummarmiutun. Sie sang es leise, es war fast ein Summen. Clem konnte nur einige wenige Worte verstehen, aber nicht den Zusammenhang. Er blieb geduldig sitzen, denn wenn er etwas von den Inuvialuit gelernt hatte, war es, nie Ungeduld nach außen zu zeigen.

Mitten im Gesang fing sie an zu sprechen: »Du hast mich vor einigen Tagen nach der Geschichte von Pihuk Bart gefragt.«

Wieder sang sie einige Töne. Clem wartete.

»In unserer Gegend lebte damals ein Schamane. Er nannte sich *Qilalugaq hupumiyuaq*, Atem des Belugas. Eine Zeit lang war er ein guter Schamane. Dann veränderte er sich, die Geister mochten ihn nicht mehr, berichteten die Leute. Sie trauten seinen Ratschlägen immer weniger. Und er hatte Konkurrenz bekommen. Ein anderer Schamane, ein Verwandter, gewann immer mehr Einfluss. Das ärgerte Qilalugaq hupumiyuaq. Nur noch die Bewohner von Inuliktuuq glaubten ihm. Er prophezeite diesen Leuten, ein Feuer werde ihre Häuser zerstören. Vielleicht hat er die Atombombe der Russen gemeint. Früher hatten die Menschen hier keine Ahnung, was in der restlichen Welt passierte. Die Radartürme und Militäranlagen jedoch konnten dann alle sehen. Und so erfuhren sie von der Bedrohung durch die Russen. Sie machte den Menschen Angst. Qilalugaq hupumiyuaq schürte diese Angst, um wieder Macht zu erlangen. Und die Leute folgten ihm in den Tod. Nur das Baby ließ er zurück, er erklärte den Leuten, in dem Säugling stecke das Verderben. Sie ließen das Verderben in der Welt zurück. Das Baby war Pihuk.«

Clem erwartete eine Fortsetzung der Geschichte. Marjorie sagte indes unvermittelt: »Ich habe gehört, das Tagebuch von Valeries Vater sei aufgetaucht. Es soll sich um die Aufzeichnungen vom Dempster-Gedenktreck handeln. Das Tagebuch ist damals offenbar verschwunden, und die Polizei hat es vergeblich gesucht, jemand muss es die ganze Zeit versteckt gehalten haben. Du musst versuchen, es in deinen Besitz zu bringen, bevor es in die falschen Hände fällt.«

Clem war verblüfft. »Hast du eine Ahnung, wer das Tagebuch hat?«

»Jemand, den du kennst. Das ist alles, was ich dir sagen kann.«

Sie fing wieder an zu singen. Ihre Stimme folgte ihm noch, als er aus der Kirche eilte.

Vor seinem Haus sah er ein zweites Schneemobil stehen. Das musste Lazarusie sein, dem er einen Schlüssel gegeben hatte.

Meteor erwartete ihn bereits freudig hechelnd hinter der Tür. Clem sah in der Küche nach, dann im Wohnzimmer. Auf dem Sofa schlief jemand. Das konnte Meteor nicht gefallen haben, da er dem Irrglauben verfallen war, das Sofa sei sein Schlafplatz. »Hey, wach auf«, rief Clem.

Lazarusie Uvvayuaq öffnete verwirrt die Augen. Als er Clem erblickte, richtete er sich erstaunlich flink auf.

Clem setzte sich ihm gegenüber in einen Sessel. Diesmal verzichtete er auf höfliches Geplauder.

»Laz, weißt du, wo Peter Hurdy-Blaines Tagebuch ist?«

Lazarusie sah ihn erstaunt an. »Was … warum …?«

»Hat Tanya das Tagebuch?«

Lazarusie schüttelte den Kopf.

»Weißt du etwas über dieses Tagebuch, Laz?«

»Sie hat im Dorf danach gefragt.«

»Wer?«

»Diese Frau, die im Eiskeller war.«

»Sie hat sich nach dem Tagebuch erkundigt?«

»Sie hat nach … Dingen vom Dempster-Gedenktreck gefragt. Sie erzählte, dass irgendwo noch ein Tagebuch sein müsse, das damals verschwunden ist.«

»Hat Tanya das Tagebuch in die Finger gekriegt?«

»Nein, hat sie nicht.«

Er schien noch etwas sagen zu wollen, schloss aber wieder den Mund.

»Laz, das Tagebuch ist wichtig. Sag mir, was du darüber weißt.«

»Sie hat Geld dafür geboten. Hätt ich das Tagebuch gehabt, hätt ich es ihr verkauft. Dann hätt ich jetzt Geld, um mir einen guten Anwalt für meine Tochter zu leisten.«

Clem stand auf.

»Laz, Tanya bekommt einen Anwalt von der Mackenzie Resource Corporation. Kostenlos. Diese Organisation ist für euch Inuvialuit da. Das steht im Statut. Ich kümmere mich jetzt um das Tagebuch. Bleib hier, wir … lassen uns was einfallen.«

Er ging in die Küche und wählte Valeries Nummer.

36

Die Fassade des Krankenhauses wirkte wie eine verspielte Komposition aus blauen, gelben und roten Bauklötzen. Im Weiß des Schnees leuchteten die Primärfarben noch greller als Fisher Price-Spielzeug. Faye setzte Valerie vor dem Haupteingang ab. Heute hatte die Gruppe einen freien Tag, nur das Wetter machte den Teilnehmern zu schaffen. Ein kräftiger Wind trieb lockeren Schnee hin und her, und die Sicht durch die Windschutzscheibe reduzierte sich auf wenige Meter.

Faye hatte im Hotel gehört, dass sich einige Touristen in der Hoffnung auf einen Wetterwechsel trotzdem auf die Eisstraße gewagt hatten. »Ich möchte nicht in deren Haut stecken«, sagte sie. Valerie konnte für ihre eigenen Schützlinge nur hoffen, dass der Tag möglichst problemlos verlief. Was sie selbst betraf, war sie da nicht so sicher. In den Korridoren des Krankenhauses folgte sie den Anweisungen der Empfangsdame und fand das Zimmer schneller als erwartet. Das Herz pochte ihr bis zum Hals, als sie an die Tür klopfte und eintrat. Eines der zwei Betten war leer, im anderen lag eine blasse Frau, die Valerie nicht sofort erkannte. Sie hatte Christine Preston nur einmal gesehen, und das schien sehr, sehr lange her. Die Patientin dagegen begrüßte sie ohne Zögern.

»Valerie! Ich hab so lange auf Sie gewartet.«

Christine Preston trug kein Make-up und ihr Haar lag platt am Kopf. Aber Valerie erkannte die melodiöse, hohe Stimme wieder.

»Wie geht es Ihnen?«, fragte sie.

»Viel besser, sehr viel besser. Die Leute hier sorgen gut für mich.« Sie zeigte auf den Stuhl in der Ecke. »Setzen Sie sich doch.«

Valerie rückte den Stuhl näher ans Bett. »Wie konnte das nur passieren?«

»Verrückt, nicht? Das kommt eigentlich nur im Film vor.« Christine strich die Bettdecke mit ihren schmalen, eleganten Fingern glatt. »Roy Stevens wollte mir etwas im Eiskeller zeigen. Er ist ja ein Ranger, ich hab ihm voll vertraut. Dann kam die Sache mit dem Rucksack. Ich stand schon auf der Leiter, da fiel mir mein Rucksack ein. Er wollte ihn holen … und kam nicht mehr zurück. Und zwischenzeitlich wissen wir ja, warum.«

»Sie hatten also keine Ahnung, was oben los war?«

»Nein, ich hab Geräusche gehört, die ich mir nicht erklären konnte, und dann fiel der Deckel zu, und ich saß buchstäblich im Dunkeln.«

»Das muss furchtbar gewesen sein.«

Christine nickte. »Ja, am Anfang hatte ich Panik, ganz klar. Dann erinnerte ich mich, dass Sie und Ihre Gruppe den Eiskeller besuchen wollten. Das wusste ich von Roy. Es konnte sich nur um einen Tag oder zwei handeln. Sie waren meine Rettung, Valerie!«

»Clem Hardeven und Lazarusie Uvvayuaq haben Sie gerettet.«

»Und meine kleinen Wärmekissen. Ich habe sie in meine Schuhe und Handschuhe gepackt. Die haben mir die Extremitäten warm gehalten. Und ich habe gebetet.«

Valerie betrachtete Christine mit wachsendem Erstaunen. Sie wirkte ganz heiter. Manche Menschen kamen aus traumatischen Situationen besser davon als andere. Sie wagte, etwas tiefer zu bohren.

»Warum sind Sie überhaupt allein nach Inuvik gereist, Christine?«

»Ich wusste, Sie würden mir diese Frage stellen. Ist ja auch legitim. Die Antwort ist ganz einfach: Mein lieber Mann ist gestorben und ich habe viel Zeit. Zuerst habe ich meine Tochter besucht. Ich muss etwas tun, um nach dem Krebstod meines Mannes nicht in Depressionen zu versinken. Mary-Ann hab ich all die Jahre nicht vergessen. Ich hab Ihnen ja bei unserer ersten Begegnung erzählt, dass sie meine beste Freundin war. Nach ihr habe ich nie wieder eine beste Freundin gehabt. Freundinnen schon, aber nicht diese tiefe Verbindung.«

»Verzeihen Sie mir die Frage … Sie hätten mit mir reisen können, mit unserer Gruppe.«

Christine lächelte. »Ich hatte mir das auch überlegt. Vor allem, nachdem ich Sie getroffen hatte. Sie können es sich vielleicht nicht vorstellen, Sie gleichen Mary-Ann sehr. Nicht so sehr das Gesicht, nicht die Stimme, vielmehr Ihre Haltung, Ihre Körperbewegungen. Das Lächeln. Manche Gesten. Es ist fast unheimlich.«

Ihr Blick verlor sich in der Ferne.

Ein starkes Band hatte diese beiden Frauen zusammengehalten, das verstand Valerie jetzt. Und es hielt immer noch, selbst dreißig Jahre nach Mary-Anns Tod. Aber ein Mann war dazwischengekommen, ein von den Massen angebetetes Idol, Peter Hurdy-Blaine.

Sie hörte Christine weitersprechen. »… wollte allein sein. Ich wollte die Erinnerungen an Mary-Ann für mich allein erleben. Auf diese Weise konnte ich noch einmal intensiv mit ihr zusammen sein. Wenigstens hatte ich mir das erträumt.«

Christines Stirn legte sich in Falten, dann lächelte sie wieder. »Sie denken sicher, ich sei sonderbar. Wissen Sie, manche Menschen und Erfahrungen aus der Kindheit wirken lange nach. Und irgendwann muss man sich ihnen stellen. Sehen Sie, ich war dagegen, dass Mary-Ann Ihren Vater heiratet. Ich wusste, er würde sie dominieren wollen. Ich ahnte, dass er ihr seinen Lebensstil aufzwingen würde. Ich hab kein Geheimnis daraus gemacht, und Peter Hurdy-Blaine hat es eines Tages mitbekommen. Mary-Ann und ich zerstritten uns deswegen, und sie brach den Kontakt zu mir ab.«

Christine ließ sich auf ihr Kissen zurückfallen, als hätte sie von irgendwoher einen Stoß erhalten.

Valerie zog den Stuhl noch näher. Der Moment war gekommen. »Warum haben Sie den Leuten hier Geld für das Tagebuch meines Vaters offeriert?«

Sie hatte mit allen möglichen Reaktionen gerechnet. Nur nicht mit dem Aufleuchten in Christines Gesicht.

»Ich wäre so froh gewesen, wenn ich das für Mary-Ann hätte tun können – das Tagebuch wiederbeschaffen. Und für ihre Tochter. Für Sie, Valerie«, sagte sie mit einer Stimme, die vor Wärme zerfloss. »Ich hatte Gerüchte gehört, dass jemand das Tagebuch versteckt hat. Roy Stevens hat mir davon erzählt. Wäre es nicht wundervoll gewesen, ich hätte es Ihnen schenken können? Leider ist es mir nicht gelungen.«

Christines Augen wurden feucht. Dann sagte sie: »Roy hat mir alles erzählt.«

Jeder Muskel in Valeries Körper spannte sich an. »Was ist damals geschehen? Sagen Sie es mir bitte.«

Christine richtete sich wieder auf und Valerie schob ihr ein Kissen in den Rücken.

»Es war ein Missgeschick. Roy hatte sein Jagdgewehr dabei, und sie wollte ihm zeigen, dass sie damit schießen kann. Die

Kugel prallte an einen Baum und kam wie ein Bumerang zurück und traf sie.«

Sie machte eine Pause und fasste sich nach einigen Atemzügen wieder. »Ihr Vater hat den ganzen Vorfall beobachtet. Und ich muss sagen, dass ich ihn jetzt viel mehr achte als damals. Trotz der Trauer um Mary-Ann wollte er sichergehen, dass Roy, der ja erst vierzehn war, nichts angelastet wird. Es war die Kugel aus Roys Jagdgewehr, die in ihrer Brust steckte. Aber Ihr Vater wollte den Jungen unbedingt schützen.«

Die Tür öffnete sich und eine Krankenschwester steckte den Kopf herein. »Alles in Ordnung?«, fragte sie.

»Ja, alles bestens«, erwiderte Christine, und die Krankenschwester verschwand wieder.

»Wirklich nette Leute hier«, murmelte Christine. Valerie brachte kein Wort heraus, machte jedoch eine Geste der Zustimmung, als Christine besorgt fragte: »Soll ich fortfahren?«

Das Schneegestöber vor der Fensterscheibe war so dicht geworden, dass es alle Umrisse in der Umgebung verwischte.

»Ihr Vater hat die Ausbildung des Jungen und den Umzug seiner Familie nach Yellowknife bezahlt. Glauben Sie ja nicht, dass die Familie zum Wegzug gezwungen wurde. Es war ein Wunsch der Anaqiinas, weil sie im Streit mit einigen Verwandten lagen. Sie …«

»Es war also kein Schweigegeld?«

Christine sah sie verwirrt an, dann verstand sie. »Nein, nein. Es gab nichts zu verbergen. Oh, Sie wissen es vielleicht gar nicht, es gab noch weitere Zeugen. Eine andere Familie war auch dort unterwegs, auf Karibujagd. Die drei waren nicht allein.«

»Wo ist diese Familie? Wo kann ich sie finden?«

Christine seufzte. »Roy hat mir erklärt, dass die Familie nicht gefunden werden will. Sie tragen jetzt englische Namen und haben jegliche Spuren hinter sich gelöscht. Vielleicht hat

Peter Hurdy-Blaine hier seinen Einfluss spielen lassen. Er wollte auch seine Privatsphäre schützen.«

Noch eine Frage lag Valerie auf der Zunge.

»Sind Sie unter dem Namen Phyllis Crombe im Museum in Whitehorse gewesen?«

Die Patientin stutzte kurz, dann antwortete sie: »Phyllis Crombe ist eine Bekannte von mir aus Whitehorse. Eine Cousine meines verstorbenen Mannes. Sie war mit mir im Museum. Wahrscheinlich hat man sich dort an ihren Namen erinnert, weil Phyllis aus Whitehorse ist. Warum?«

»Weil eine Phyllis Crombe dem Direktor des Museums durch die Sekretärin ausrichten lassen hat, dass die Tochter von Peter Hurdy-Blaine mit einer Gruppe das Museum besuchen würde. Niemand dort kannte vorher meine Identität.«

Christine schlug die Augen nieder und rieb sich die Finger.

»Das war ich, es tut mir schrecklich leid. Ich habe erst hinterher realisiert, dass es indiskret gewesen sein könnte.« Sie suchte Valeries Blick. »Aber ich verspreche Ihnen, dass ich fortan nichts über Sie oder Ihre Eltern öffentlich machen werden ohne Ihr Einverständnis. Ich kann Ihnen das auch schriftlich geben, wenn …«

Das Telefon auf dem Nachttisch klingelte. Christine griff nach dem Hörer und reichte ihn nach einigen Sätzen an sie weiter. Es war Faye.

»Ich möchte dich gleich zurückfahren, denn später ist es vielleicht nicht mehr möglich, weil es draußen immer schlimmer wird.«

Valerie verabschiedete sich rasch von Christine und versprach ihr einen weiteren Besuch in den nächsten Tagen.

Faye hatte recht. Der Chevy kam nur im Schritttempo vorwärts. Sie fuhren in eine beängstigende undurchdringliche Mauer hinein, ›eine weiße Dunkelheit‹, nannte es Faye.

Nervös suchten sie nach winzigen Hinweisen, wo sie sich gerade befanden.

Endlich erreichten sie den Parkplatz des Hotels, und Faye ließ einen lauten Seufzer hören.

»Du verdienst einen Orden, meine Liebe«, erklärte Valerie.

Faye nickte. »Ja, das find ich auch.«

Sie wandte sich Valerie zu. »Ein Mann wartet am Empfang auf dich.«

»Polizei?« Sie dachte an Franklin Edwards, den Polizisten aus Yellowknife mit dem seltsamen Starrblick.

»Nein, Glens Anwalt.«

Jetzt war es an Valerie zu seufzen. Sie wollte die Autotür öffnen, doch Faye hielt sie zurück.

»Bevor wir reingehen, verrate mir doch noch das Neuste.«

Valerie kam ihrer Aufforderung nach. Faye war ihre Komplizin in diesem Drama geworden.

»Ich weiß nicht, was ich von all dem halten soll«, schloss sie ihren Bericht. »Was mir Christine vom Tod meiner Mutter erzählt hat, ist irgendwie nicht logisch. All diese angeblichen Zeugen, die plötzlich anwesend gewesen sein sollen. Davon hat mir Kosta nichts gesagt. Irgendetwas stimmt hier nicht.«

Faye gab ihr recht. »Es wäre gut, wenn das Tagebuch auftauchte. Das könnte sicherlich vieles erklären.« Sie zog ihre Kapuze über. »Ich frage mich, was Sedna alles herausgefunden hat.«

Valerie zuckte nur die Schultern. Sie konnte Faye nicht sagen, was sie vermutete. Falls Sedna Vaters Tagebuch oder sonst etwas Wichtiges in der Blockhütte aufbewahrt hatte – vielleicht unter den Papieren, die Glen auf den Boden geschmissen hatte –, dann hatten Kostas Sicherheitsleute Ellen und Alex es wahrscheinlich in dessen Auftrag eingesteckt, bevor die Polizei den Fuß in die Hütte setzte. Vielleicht war das der Grund, warum sie sich so eilig aus dem Staub gemacht hatten.

37

Valerie lag in der Badewanne und versuchte, sich im heißen Wasser zu entspannen, als sie ihr Handy hörte. Nach ihren langen Gesprächen mit Faye und Kosta wollte sie eigentlich nur noch mit sich allein sein. Aber als Tourenleiterin konnte sie es sich nicht leisten, das Signal zu ignorieren. Sie wischte den Film aus Dampf vom Display, um die Nachricht zu lesen: *Es war ein brutaler Tag. Nur du kannst ihn noch retten. Darf ich dich zum Essen einladen?*

Anstelle von Worten sandte sie Clem fünf Ausrufezeichen.

Sie legte das Handy auf den Fliesenboden, denn sie fürchtete, es vor Aufregung fallen zu lassen. Dann ließ sie noch mehr heißes Wasser einlaufen und streckte die Beine, so gut es in der kleinen Wanne ging. Voller Erwartung ließ sie ihren Gedanken freien Lauf, schönen und geheimen Gedanken, die sie nicht einmal Faye verraten hätte.

Nur ungern stieg sie aus dem Bad und trocknete sich ab. Sie hüllte sich in den weichen Bademantel und textete Faye: *Macht es dir was aus, wenn ich den heutigen Abend nicht mit dir verbringe?*

Die Antwort kam postwendend. *Nein, solange du ihn nicht mit Jordan verbringst.*

Jordan Walker? Valerie schaute verdutzt. Dann konnte sie sich ein Lächeln nicht verkneifen. Dieses Miststück! Und sie hatte nichts gemerkt.

Sie zog sich einen langen weißen Pulli mit Glitter ums Dekolleté über und entschied sich für eine dunkle Stretchhose. Clem würde allen Grund haben, sie wieder Schnee-Eule zu nennen. Sie föhnte und formte das kastanienbraune Haar, bis es ihr in gezähmten Locken über die Schultern fiel.

Der Lohn für all ihre Mühen war Clems bewundernder Blick, als sie die Zimmertür öffnete. Gegen seine volle Arktismontur kam sie sich wie eine Sommertouristin vor.

»Du brauchst den Parka«, sagte er.

Sie sah ihn ungläubig an. »Wir gehen doch nicht in diesen Sturm hinaus?«

»Sturm?« Er lachte und zeigte seine starken Zähne. »Wenn du einmal einen arktischen Sturm erlebt hast, wirst du das als hübschen Flockenwirbel bezeichnen.«

Fünf Minuten später führte er sie durch den beißenden Wind zu seinem Pick-up.

Sie hatte keine Ahnung, wohin sie fuhren, aber es war nicht zu ihm nach Hause.

Clem stellte leise Countrymusik ein. »Ich war heute auf der Eisstraße unterwegs. Österreichische Touristen waren in einer Schneewehe stecken geblieben. Der Motor lief noch, Gott sei Dank! Sie mussten vier Stunden auf den Abschleppwagen aus Tuktoyaktuk warten. Der musste zuerst 'nen Truck abschleppen. Es war das reinste Chaos.«

Valerie wurde augenblicklich kalt. »Die hätten erfrieren können.«

»Glücklicherweise hatten sie mehrere Reservekanister mit Benzin. Und ein Satellitentelefon. Einigen war schon der Schreck in die Glieder gefahren, als ich mit ihnen sprach.«

»Wie hast du denn die Fahrt geschafft?«

»Mit dem GPS und einem Pflug.« Er lachte und drehte ihr sein kühnes Gesicht zu. Gleich wurde ihr wieder warm.

Der Pick-up hielt, und Valerie konnte einen großen Schatten durch die Windschutzscheibe ausmachen. Erst als sie in den Schnee hüpfte, erkannte sie das Gemeindegewächshaus von Inuvik.

»Komm!«, rief er und zog sie im Schein einer Taschenlampe zum Eingang.

Im Innern war es nicht so kalt, wie sie befürchtet hatte.

»Ich hab das ganze Haus gemietet. Ein Refugium für arme Pflänzchen wie uns.« Er grinste schelmisch. »Folge mir!«

Sie tastete sich hinter ihm durch die Halle. Aus den Augenwinkeln sah sie ein Lichterflackern. Sie erkannte einen Reigen brennender Kerzen in Aluminiumschalen, die mit etwas Wasser gefüllt waren. Er musste alle Wachskerzen in Inuvik aufgekauft haben. Sie verbreiteten eine erstaunliche Wärme. Auf einer aus Holzkisten gebauten Plattform lagen Felldecken und daneben standen Einkaufstaschen aus Papier.

Er entledigte sich seiner Handschuhe und der Mütze und machte eine einladende Handbewegung.

»Machs dir gemütlich.«

Sie musste zuerst die Szene in sich aufnehmen.

»Clem, ich ... das ist ...« Ihr fehlten die Worte.

»Ich hatte zuerst an ein Iglu gedacht, nur habe ich niemanden auf die Schnelle gefunden, der mir eins gebaut hätte. Außerdem wär's wirklich ein Klischee gewesen. Hey, und wer hat schon ein Gewächshaus in der Arktis!«

Er packte Weißwein aus, ein gebackenes Hühnchen, Käse, Oliven und Tomaten, die erstaunlich frisch aussahen. »Brot, direkt aus dem Backofen.« Clem strahlte und Valerie glühte auch.

Den Glitzerpulli und die Stretchhose konnte sie zwar nicht zur Schau stellen, weil sie der Parka und die Skihose warm hielten. Aber kein Luxusrestaurant in Vancouver konnte diese Erfahrung übertreffen.

Sie setzte sich auf das Podest mit den Fellen und Clem reichte ihr ein Glas Wein. Kein Kristall, sondern Limonadengläser für Kinder mit bunten Luftballons drauf. Nie hatte Valerie Kristallgläser weniger vermisst.

»Erzähl mir von deinem Tag«, bat Clem.

Sie berichtete ihm von dem Gespräch mit Christine und vom Treffen mit Glens Anwalt. Clem ließ Christines Enthüllungen unkommentiert, was sie verwunderte. Nur als sie den Anwalt erwähnte, machte er große Augen.

»Sein Anwalt! Der war aber schnell in Inuvik.«

»Ja, ich hab mich auch gewundert. Vielleicht ist Glen wohlhabender, als wir annehmen.«

Sie steckte sich eine Olive in den Mund. Diese kleine Grüne hätte sich auch nicht träumen lassen, dass sie, von den Hainen Südfrankreichs kommend, in der Arktis landen würde, dachte sie. Dann nahm sie den Faden wieder auf.

»Ich war überrascht, dass der Anwalt niemanden für Sednas Tod verantwortlich macht. Er war mehr darauf erpicht, seinen Klienten, das heißt Glen, möglichst schadlos aus dem Ganzen herauszuholen. Er hat signalisiert, dass er zu einem Deal bereit wäre.«

»Und – was hast du gesagt?«

»Er soll sich an Kosta wenden, meinen Bruder. Ich kann das nicht allein entscheiden.«

Clem biss ein Stück vom Hühnerbein ab und sprach mit vollem Mund: »Du musst trotzdem wissen, was du willst.«

»Ich will, dass Faye ihr Geld zurückbekommt, damit sie ihr Haus renovieren kann. Was hat sich Sedna nur dabei gedacht?«

»Ich nehme an, dass sie Zeit mit Richard Melville verbringen wollte. Vielleicht hatte er sie dazu überredet. Richard kann den Eskimos Kühlschränke verkaufen, sagen die Leute in Dawson.«

»Vielleicht hatte sie sich in ihn verliebt, wer weiß.«

Clem schnitt die Tomaten mit einem Taschenmesser in kleine Stücke und häufte sie auf einen Plastikteller.

»Du meinst, Liebe macht blind?«

Sie zog in gespielter Empörung die Augenbrauen hoch.

»Ich möchte noch etwas«, sagte sie, »ich möchte, dass ich die Geschichte meiner Eltern aufschreiben kann, sodass ich allen Beteiligten gerecht werde. Und mit allen meine ich auch Sedna und Glen.«

Clem wiegte den markanten Kopf hin und her, während er genüsslich kaute.

Sie musste unbedingt noch etwas loswerden, bevor sich die Dinge mit Clem in eine bestimmte Richtung entwickelten.

»Ich bin dir noch eine Antwort schuldig«, begann sie. Der Wein machte ihr Mut.

Clem sah sie fragend an.

»Als du mir das von dir und Sedna erzählt hast … zuerst war ich … nun ja, nicht gerade angenehm berührt. Aber ich habe genügend … sagen wir, Lebenserfahrung, um zu wissen, was alles passieren kann. Als ich aus meiner Ehe ausbrechen wollte – nicht weil mein damaliger Mann ein schlechter Mensch war, im Gegenteil –, ich hab das nicht auf anständige Weise fertiggebracht. Ich … wurde ihm untreu. Und er wusste nichts davon, bis ich es ihm sagte.«

Sie sah ihn an, dann sah sie weg. Er fischte eine Papierserviette aus einer der Tüten und wischte sich die von Fett glänzenden Lippen ab.

»Wenn das die Stunde der Geständnisse ist, dann muss ich dir auch etwas erklären.« Er nahm die Flasche und füllte ihr fast leeres Glas. Sein Gesicht war ihrem sekundenlang ganz nah, aber sie wagte nicht, ihn zu küssen. Bisher hatten sie sich nicht einmal berührt.

»Du hast mal eine Bemerkung gemacht«, begann er, »du hättest gehört, dass die Männer hier, die weißen Männer, meist vor etwas in den Norden geflohen sind.«

Er sah dem Flackern der Kerzen zu, den Kopf leicht von ihr abgewandt.

»Das trifft wahrscheinlich – nein, ziemlich genau auf mich zu. Ich habe in Ottawa im Außenministerium als Nahostexperte gearbeitet. Na, da staunst du, nicht wahr? Ich bin früher viel im Nahen Osten herumgereist, es war mein Fachgebiet, ich hab als Hydrologe gearbeitet, als Wasseringenieur. Von der Sandwüste in die Eiswüste, was für eine Laufbahn.«

Valerie spürte, dass er jetzt seine Verletzlichkeit überspielte.

»Und Wunder über Wunder, wer verliebt sich in mich? Die Tochter von Außenminister Claude Duchéné. Und ich mich in sie. Ich war natürlich geschmeichelt. Ich geb zu, sie war bezaubernd, wirklich hübsch. Sie war auch … unberechenbar. Instabil. Mit heftigen Stimmungswechseln. Das hat unsere Beziehung sehr belastet.«

Sie fühlte seinen Blick auf sich, während sie ihm schweigend zuhörte.

»Kurzum: Ich hab die Beziehung abgebrochen. Sie hat zuerst wütend und rachsüchtig reagiert, was es leichter für mich machte. Leichter, als wenn sie … am Boden zerstört gewesen wäre. – Drei Wochen später beging sie Selbstmord.«

»Oh!«, entfuhr es Valerie.

»Ja.« Er drehte das Weinglas in den Händen.

»Es war die Hölle. Ich hatte Schuldgefühle, natürlich. Und ich musste damit leben, dass ich fast augenblicklich Persona non grata in Ottawa wurde. Ein Aussätziger. Es war klar, dass ich jegliche Karrierepläne begraben musste. Ich wurde wie ein Paria behandelt. Später hab ich erfahren, dass sie schon als

Sechzehnjährige suizidgefährdet gewesen war. Da hab ich schon in Inuvik gelebt.«

Valerie sah ihn an, versuchte, seine Miene zu ergründen. Sie packte den Stier bei den Hörnern.

»Hast du Angst, dass ich mir etwas antun würde, wenn … wenn du zum Beispiel nicht willst, dass wir uns nach meiner Rückkehr nach Vancouver wiedersehen?«

Er reagierte so heftig, dass er fast seinen Wein verschüttete.

»Nein, Val, nein. Das meine ich überhaupt nicht. Um Himmels willen, nein.« Er kroch näher zu ihr, bis er direkt vor ihr kniete. »Was ich am meisten fürchte, in diesem Moment, ist, dass ich dich ein Jahr lang nicht sehen werde.« Im nächsten Augenblick küsste er sie sanft auf den Mund. »Ich möchte mit niemandem lieber zusammen sein als mit dir.«

Seine Stimme klang rau und nackt.

Sie fühlte seine fordernden, suchenden Lippen auf ihrem Gesicht, auf dem Mund, auf allen bloßen Stellen, die er trotz des Parkas erreichen konnte.

Sie sanken auf die Decken, und aus weiter Ferne hörte sie ihn sagen: »Ich habe Karibufelle aufgetrieben. Die werden uns warm halten.«

38

Das war seine Chance.

Er musste es tun.

Der Wettergott hätte ihm und seinem Plan nicht günstiger gesonnen sein können. Ein sonniger, klarer Tag.

Die Eisstraße war offen. Der Pflug hatte den Schnee vom Eis geräumt und die Planiermaschine die Oberfläche griffig gemacht. Dieser Clem Hardeven machte seine Arbeit gut. Gestern, so hatte er mitbekommen, hatten Touristen aus Österreich Clems Warnungen in den Wind geschlagen. Das taten viele Leute in Städten bei schlechten Straßenverhältnissen auch.

Er war früh aufgebrochen, bevor die Sonne den dünnen Schneefilm von der Piste schmolz und die Straße in eine Rutschbahn verwandelte. Er spürte, wie die Autoreifen auf der Oberfläche den richtigen Griff bekamen.

Die Zeit drängte. Noch einige Tage mit dieser Sonnenintensität, und die Eisstraße wäre nicht mehr sicher. Aber das war nicht, was ihn am meisten vorantrieb. Valerie Blaine hatte einen Rückflug für ihre Gruppe gebucht, es blieben ihm also genau zwei Tage.

Manchmal brauchte es diesen Druck, um jemanden zu einer Entscheidung zu zwingen. Die Ereignisse der vergangenen Tage hatten alles beschleunigt. Er konnte der Sache nicht mehr ausweichen, das Schicksal hatte ihn eingeholt.

Heute, da er sich zu dem Schritt entschlossen hatte, flossen seine Gedanken ruhiger. Sein Verstand arbeitete völlig scharf. Er war mit sich und seinem Entschluss im Reinen. Nervös, aber bereit.

Er sah die Pingos am Horizont auftauchen und wenig später die Radartürme der Distant Early Warning Line.

Er parkte den Pick-up in der Nähe des Holzhüttchens über dem Eiskeller. In den Stunden und Tagen zuvor hatte er sich diesen Augenblick immer wieder vorgestellt. Jetzt lief alles ab wie im Traum. Schließlich kannte er sich aus. Er schloss die Tür auf, klappte die Abdeckung hoch und befestigte das Seil am Pfosten vor dem Eingang. Dann band er es sich um den Oberkörper. Die Stirnlampe warf einen beruhigenden Lichtschein auf die Umgebung. Ein kleiner Eispickel, den er mitgebracht hatte, baumelte an seinem Gürtel.

Vorsicht lautete sein oberstes Gebot. Selbst wenn jemand den Deckel zuklappen und die Tür abschließen würde, wie es Christine Preston passiert war, würde er mit dem Pickel das Holz zertrümmern und sich befreien können.

Langsam stieg er die vereisten Sprossen der Holzleiter hinunter, eine nach der anderen. Hatte er geahnt, dass er so schnell wieder hierherkommen würde? Vielleicht, unbewusst. Es war nicht Christine Prestons schlimme Erfahrung, sondern Sedna Mahrers Tod, der ihn mit den Folgen der einstigen Tragödie konfrontiert hatte.

So konnte es nicht weitergehen. Plötzlich war es ihm völlig klar.

Nicht noch mehr Tote.

Er wusste, was er zu tun hatte.

Im Schein der Stirnlampe tastete er sich vor. Er kannte die Nummer auf der Tür zur Kammer. Er wusste, dass sie leer war, bis auf eine Tonne mit Robbenöl. Hinter der Tonne fand er das eisverkrusteteObjekt.

Er zückte den kleinen Pickel und hackte den eisigen Klumpen vom Boden. Hernach zog er eine Plastiktüte aus der Jackentasche und legte ihn hinein.

Er konnte es nicht erwarten, ihr Gesicht zu sehen, wenn er ihr das Objekt, befreit vom Eis, übergeben würde.

39

Valerie konnte nicht glauben, wie lange es Jordan und Faye in der Kälte von minus dreißig Grad Celsius aushielten. Sie beobachtete die beiden vom warmen Chevy-Bus aus, wie sie sich beratschlagten. Jordan stand mit der Kamera am Rand der Eisstraße, Faye hielt das Stativ. Sie wollten für den Ausgang des Hundeschlittenrennens bereit sein. Jordan musste für die Filmaufnahmen ohne Glen auskommen. Was wohl in ihm vorging? Und in Glen?

Trotz der möglichen Bedrohung, die Sednas Bruder für ihre Familie darstellte, fühlte sie mit ihm. Er musste sich nicht nur mit der juristischen Bredouille auseinandersetzen, sondern auch mit Sednas Tod. Es gab tagsüber kaum eine Minute, in der Valerie nicht an sie dachte, aber wie viel stärker hatte es Glen getroffen.

Sie stülpte sich die Mütze über und stieg rasch aus.

»Wollt ihr nicht reinkommen? Es wird noch eine halbe Stunde dauern, wenn nicht länger. Die Rennstrecke ist achtzig Kilometer lang!« Sie spürte, wie sich die eiskalte Luft sofort an ihre Gesichtshaut heftete und durch die Bekleidung fraß. Sie rettete sich in den Wagen. Faye und Jordan kamen zum Bus zurückgestapft.

Valerie verstand Jordan. Die Hunde würden urplötzlich aus dem Nichts auftauchen. Vielleicht gab es kurz vor der Ziellinie einen Kampf um den ersten Platz. Jordan wollte das unbedingt auf Film bannen, und ohne die Assistenz von Glen konnte allerlei schiefgehen.

Sie wünschte sich nichts sehnlicher, als dass Alana das Rennen gewinnen würde. Sie hatte die Musherin kurz vor dem Start getroffen, sie umarmt und ihr Glück gewünscht. Sie wusste, was das Rennen für Alana bedeutete, vor allem jetzt, da sonst alles in ihrem Leben ins Wanken geraten war. Duncan hatte sich am Start nicht sehen lassen. Aber Clem hatte sie dort angetroffen. Die Nähe der vergangenen Nacht machte sie beide schüchtern.

Sie warfen sich verstohlene Blicke zu und versuchten, sich vor den anderen nichts anmerken zu lassen. Gespräche waren ohnehin praktisch unmöglich, denn sie gingen in dem wilden Bellen der Hunde unter. Faye war diskret und stellte keine Fragen. Sie verriet Valerie auch nicht, wie ihr Abend mit Jordan verlaufen war.

Marjorie Tama war ebenfalls da, sie gab später das Zeichen zum Start. Pihuk Bart tauchte auf. Valerie musste daran denken, dass er ihr Schönheit und Schrecken für dieses Jahr prophezeit hatte. Sie konnte nur hoffen, dass der Schrecken vorbei war und ihr nur noch Schönes bevorstand.

In ruhigeren Augenblicken tröstete sie sich damit, dass ihre Gruppe offensichtlich überaus zufrieden mit der Reise war. Die Nachricht von Sednas Tod hatte zwar alle schockiert, sie kannten indes Sedna nicht, sie bedauerten nur Glens schmerzlichen Verlust. Nicht nur Sednas, sondern auch Christine Prestons Alleingang fand die Gruppe leichtsinnig. Sie wurden sich jeden Tag erneut gewahr, wie riskant ein Aufenthalt in der Arktis auch heute noch war.

Valerie schenkte mit Fayes Hilfe heiße Schokolade aus Thermosflaschen an ihre Truppe aus. Als sie sich wieder nach vorne wandte, sah sie einen Mann vor dem Seitenfenster stehen. Sie öffnete das Fenster einen Spalt.

»Kann ich Sie kurz sprechen?«, fragte Franklin Edwards.

Valerie tauschte einen Blick mit Faye aus, dann zog sie den Reißverschluss ihrer Daunenjacke hoch, zurrte die Kapuze fest und stieg aus.

»Sie sind heute in Zivil?«

Er wirkte älter, gesetzter als in seiner arktischen Polizeibekleidung. »Ja, es ist mein freier Tag. Wenn es Ihnen recht ist, setzen wir uns einige Minuten in meinen Wagen.«

Valerie hatte ein mulmiges Gefühl. *Darf er an seinem freien Tag Polizeiaufgaben ausführen?*

Sie stiegen in Edwards Pick-up. Er griff nach einem kleinen Gegenstand auf der Ablage, der in ein Tuch eingeschlagen war, und reichte ihn ihr.

»Das gehört Ihnen.«

Sie sah ihn unsicher an.

»Packen Sie es aus.«

Doch nicht etwa ein Goldnugget.

Sie zog die Handschuhe aus und wickelte das Objekt aus.

Es war ein rundes Medaillon an einer dünnen Goldkette mit einem filigranen Metalldeckel. Es sah wie ein altmodischer Schmuckanhänger aus.

»Sie können das Medaillon öffnen.«

Er zeigte ihr, wie, und gab es ihr zurück.

Sie zog den Deckel hoch. Und erstarrte.

Sie kannte das Foto. Drei Kindergesichter. Valerie, James und Kosta. Die Zwillinge waren damals sechs Jahre alt, sie war erst zwei. Eine Kopie des Bildes klebte in ihrem persönlichen Album. Eine Vergrößerung davon hatte all die Jahre in einem Silberrahmen in ihrem Elternhaus auf einem Salontisch gestanden.

»Dieser Anhänger gehörte Ihrer Mutter. Sie hat ihn getragen, als es passierte.«

Als es passierte.

Sie sah ihm direkt ins Gesicht.

»Hat die RCMP den Anhänger bis heute verwahrt?«

»Nein, jemand anders hatte das Medaillon an sich genommen.«

»Wer?«

»Ich weiß es nicht genau. Aber ich habe herausgefunden, wo es schließlich versteckt wurde. Roy Stevens wusste davon. Wahrscheinlich hat es jemand aus seiner Familie dort verborgen.« Er blickte gedankenverloren durch die Frontscheibe.

»Sehen Sie, nachdem Ihre Mutter gestorben war, herrschte Chaos. Zwei Familien aus Aklavik waren in der Nähe gewesen, sie haben dabei geholfen, Ihre Mutter auf einen Schlitten zu betten. Und einen zweiten Schlitten haben sie mit dem Zelt und den Habseligkeiten Ihrer Eltern bepackt. Das herbeigerufene Buschflugzeug landete in einiger Entfernung. Die Anwesenden waren sehr bestürzt, alles ging sehr schnell. Irgendjemand muss Ihrer Mutter die Kette vom Hals genommen haben. Nicht um sie zu stehlen, sondern um nach der Schusswunde zu sehen. Und dann hat jemand das Medaillon irgendwo reingepackt und es verschwand. Bis mir jemand verriet, wo es ist.«

»Warum sind Sie mit den Umständen so vertraut?«

»Weil ich dort war. Mit Ihren Eltern.«

»Sie ... Sie waren bei den zwei Familien aus Aklavik?«

Er schüttelte den Kopf. »Nein, ich habe Ihre Eltern begleitet.«

»Das war doch Roy Stevens. Er hieß damals Siqiniq Anaqiina.«

»Nein, Roy war nicht dabei. Er sollte zwar ursprünglich Ihre Eltern begleiten, denn sie wollten unbedingt die Karibuherde sehen. Aber Roy war krank. Roys Vater und sein älterer

Bruder waren bereits auf der Jagd. Die Anaqiinas wollten Ihre Eltern nicht enttäuschen, so fragten Sie mich.«

»*Sie* waren also der Junge, der bei meinen Eltern war?«

Edwards nickte. »Roy nimmt es manchmal nicht so genau mit den Tatsachen. Er erzählt gern wilde Geschichten über sich … Er liebt die Wirkung, die er damit erzielt. Vor allem auf Touristen. Er möchte sich gern als Held sehen. Sonst, ich meine bei der Arbeit, ist er ein zuverlässiger Kerl. Nur ein bisschen geltungssüchtig.«

Valerie hörte Edwards gebannt zu. »Es stimmt also nicht, dass meine Mutter Roy zeigen wollte, dass sie mit einem Jagdgewehr umgehen kann und dass die Kugel von einem Baum abprallte und sie tötete? Das hat er Christine Preston erzählt. Aber ich dachte damals schon, dass da irgendwas nicht stimmen kann.«

»Hat er das erzählt? Typisch Roy.« Edwards schüttelte den Kopf. »Nein, so hat sich das überhaupt nicht zugetragen. Da hat Roy wirklich heftig fabuliert.«

Valerie hoffte, dass sie jetzt endlich, endlich erfahren würde, was sich wirklich abgespielt hatte.

»Bitte erzählen Sie mir alles ganz genau«, sagte sie mit heiserer Stimme.

Franklin Edwards stellte die Heizung des Pick-ups herunter. »Ich war nicht gerade begeistert, Ihre Eltern zu begleiten. Eigentlich wollte ich lieber mit meinem Vater auf die Jagd. Er war schon einige Tage früher mit einem Bruder und einem Vetter losgefahren, um das Winterlager vorzubereiten. Aber die Anaqiinas erzählten mir, dass Peter Hurdy-Blaine ein berühmter Eishockeyspieler sei und dass ich auf den Film kommen würde.«

»Welchen Film?«

»Ihre Mutter hat Filmaufnahmen gemacht.«

Wieder etwas, das ihr Vater verschwiegen hatte. Wo waren diese Filmaufnahmen?

»Ihre Eltern dachten, ich sei Roy, der sich damals Siqiniq nannte. Ich habe ihnen meinen Namen lange nicht verraten, denn ich fürchtete, sie würden mich wegschicken. Ich wollte aber mitgehen. Ihr Vater erfuhr erst nach ... nach der Tragödie, wer ich wirklich war.«

Valerie hörte ihm gebannt zu.

»In den ersten Tagen ging alles gut, kein Sturm und nur wenig Schneefall. Ihr Vater war sehr freundlich, er hat mir seine Ausrüstung gezeigt und wie alles funktioniert. Das gefiel mir. Ich durfte auch ein Schneemobil fahren. Ich besaß keine eigene Maschine. Ihre Eltern hatten eine für mich organisiert. Ihre Mutter ... sie hat ein Notizbuch geführt. Auch Zeichnungen hat sie angefertigt. Skizzen. Sie hat mir Karamellbonbons geschenkt. Sie waren gefroren, nur im Mund wurden sie weich. Am vierten Tag entdeckte ich die Karibus. Ich hab mich gefreut, denn dann würde ich bald meinen Vater und Bruder treffen. Wir hatten ihr Winterlager bereits am Morgen erreicht, aber niemand war dort. Ihre Eltern waren ganz aufgeregt wegen der Karibus. Sie wollten filmen und dann allein aufbrechen und mich bei Vater zurücklassen.«

Edwards räusperte sich. Valerie sah ihn nicht an. Wem hatte er diese Geschichte bisher erzählt? Wahrscheinlich nicht vielen, sicher öfter sich selbst als anderen Leuten. Und er hatte sich bestimmt nie vorgestellt, dass er sie der Tochter von Mary-Ann Strong erzählen würde.

»Ich sah die Herde von Weitem kommen. Sie kam diagonal auf uns zu. Ich hatte mein Jagdgewehr dabei. Ich war im Jagdfieber. Karibus sind sehr wichtig für mein Volk. Sie schenken uns so viel: Fleisch, Fell, Leder, Sehnen, Knochen, Geweihe. Karibus sind unser Leben. Ihre Mutter hat alles zum Filmen vorbereitet. Ich hab das irgendwie alles nicht so richtig wahrgenommen. Ich wollte meinem Vater zeigen, dass ich ein Karibu erlegen kann. Für die Familie. Ich war vierzehn, aber ich wollte ein richtiger Jäger sein. Ich schlich mich an die Herde heran. Mit dem Gewehr im Anschlag.«

Er machte eine Pause, als müsste er Luft holen, wie ein Wal beim Auftauchen.

»Plötzlich hat sie sich auf mich gestürzt. Sie wollte mir das Gewehr wegnehmen. Ich verstand nicht, was geschah. Ich hielt das Gewehr fest. Es war *mein* Gewehr. Ich war stolz darauf. Ich wusste nicht, was sie wollte. Ich hörte Ihren Vater laut rufen, er rief ›Mary-Ann, Mary-Ann!‹. Dann ging der Schuss los.«

Valerie sah, wie ihre Gruppe eilig aus dem Chevy-Bus stieg und sich auf die Schneebahnen zubewegte. Das Hundeschlittenrennen. Wie fern das alles schien. Sie befand sich in der verschneiten Tundra, mit drei Personen, eine davon tödlich von einer Kugel getroffen.

»Sie war nicht sofort tot. Wir haben sie ins Zelt getragen, Ihr Vater hat versucht, die Wunde zu verarzten. Sie wollte etwas sagen, doch sie konnte nicht mehr, es war zu spät. Ich wusste noch vor ihm, dass sie nicht mehr lebte.«

Seine Stimme wurde brüchig. »Er war gefasst, meinte, wir müssten sie in ein Krankenhaus schaffen. Er rief um Hilfe übers Satellitentelefon. Erst als er sah, wie aussichtslos alle Rettungsversuche waren, ist er zusammengebrochen.

Noch bevor das Buschflugzeug landete, kamen mein Vater und einige andere Jäger dazu. Ihr Vater erklärte, es sei ein Unfall gewesen. Es sei niemandes Schuld. Höchstens seine. Das erklärte er später auch der Polizei.«

Valerie versuchte, sich in diesen Schilderungen zurechtzufinden, einen Sinn daraus zu ziehen.

»Meine Mutter wollte filmen, und Ihre Schüsse hätten die Karibus aufgeschreckt und vertrieben. Sie konnte nicht laut rufen, weil das die Karibus gehört hätten. Deshalb wollte sie Ihnen einfach das Gewehr wegnehmen.«

»Das glaubte Ihr Vater auch.«

»Und Sie?«

»Für mich war das damals alles unverständlich. Alles, was folgte, war auch unverständlich.«

»Die Polizeiuntersuchung?«

»Ja. Und dass Ihr Vater meiner Familie geholfen hat. Und meine Schule bezahlt hat. Er war mir nicht böse, obwohl seine Frau tot war.«

»Wollten Sie denn überhaupt wegziehen aus Aklavik?«

»Meine Eltern wollten weg. Es gab einen schwelenden Konflikt mit Verwandten, die ihnen das Leben schwer machten. Ich möchte darüber nicht sprechen, was Sie sicher verstehen werden. Ich war erst nicht so glücklich über den Wegzug. Für einen Vierzehnjährigen ist es immer hart, Freunde und die Heimat zu verlieren. Aber sehen Sie mich jetzt: Mir geht es gut, ich habe einen Beruf und eine Familie, die ich liebe. Für meine Eltern und meine Geschwister war es auch gut.«

Valerie schaute auf das Foto in dem Medaillon.

»Woher wussten Sie, wo dieser Anhänger versteckt war?«

»Indirekt von Roy. Er hat damals den Anhänger von einem Verwandten, der bei der Bergung Ihrer Mutter dabei war, bekommen. Als Trost, weil Roy krank war und nicht beim Treck hatte dabei sein können. Verrückt, nicht? Aber Roy hat das Versteck nach dem Überfall nun schließlich seinem Vater verraten und der kontaktierte die Polizei in Yellowknife. Meine Kollegen in Yellowknife haben die Information an mich weitergegeben, weil ich für diese Sache zuständig bin.«

»Wissen andere Leute, wer Sie sind? Sedna Mahrer zum Beispiel, wusste sie es? Oder Leute in Inuvik?«

»Nein. Mein Vater hat den Familiennamen anglisiert. Er wollte nichts mehr mit den Verwandten und Aklavik zu tun haben. Sie hatten ihn … ziemlich schlecht behandelt.«

Er zog ein Papiertaschentuch heraus und putzte sich geräuschvoll die Nase. »Hier hat mich niemand erkannt. Ist auch kein Wunder – die ganze Sache ist dreißig Jahre her.«

»Darf ich diese Informationen meinen zwei Brüdern weitergeben?«

»Ja. Wenn Sie etwas veröffentlichen, dann ändern Sie bitte meinen Namen. Ich möchte nicht, dass meine Identität gelüftet wird. Können Sie mir das versprechen?«

Valerie überlegte. Franklin Edwards ging mit seinem Geständnis ein großes Risiko ein. Er wollte ihr trotzdem Gewissheit verschaffen. Gewissheit über das Schicksal ihrer Mutter.

»Ja, das kann ich Ihnen versprechen. Das hätte auch mein Vater gewollt. Er wollte Sie schützen. Und meine Mutter wahrscheinlich auch.«

Von draußen hörten sie Gejohle und laute Zurufe. Valerie sah ein Hundegespann vorbeiflitzen. Dann noch eins. Eine auberginefarbene Jacke. Alana.

Sie wickelte das Medaillon wieder in das Tuch ein.

»Danke, danke für alles. Ich hoffe, wir bleiben in Verbindung.«

»Natürlich. Hier ist eine Karte mit meiner persönlichen Adresse. Warten Sie ...« Er griff nach einer Plastiktüte, die zwischen den Sitzen gelegen hatte, und legte sie ihr in den Schoß.

»Das darf ich auf keinen Fall vergessen.«

Sie nahm die Tüte entgegen. Ihre Finger waren etwas klamm geworden, aber sie schaffte es, einen schmalen Karton herauszuziehen und zu öffnen.

Darin war ein Buch mit einem Ledereinband.

Sie schlug es auf. Tagebucheinträge und Skizzen. Alles mit Bleistift. Sie suchte eine Erklärung in Edwards Gesicht.

»Das Reisetagebuch Ihrer Mutter«, sagte er. »Ich hab es im Polizeiarchiv gefunden. Es wurde jetzt freigegeben.«

Er legte beide Hände aufs Lenkrad. »Ich glaube, man sucht Sie.«

»Ich ... ich weiß nicht, was ich sagen soll.« Valeries Kehle verengte sich und Tränen stiegen ihr in die Augen.

Seine Stimme war belegt, als er sagte: »Sie können mich jederzeit kontaktieren.«

Valerie sah Faye auf den Pick-up zukommen. Sie versteckte die Plastiktüte mit dem Notizbuch unter ihrer Jacke und schlüpfte mit einem kurzen Wort des Grußes ins Freie. Die Kälte traf sie mit brutaler Wucht.

»Komm, wir müssen feiern«, rief Faye. »Wir müssen Alana feiern! Sie ist Zweite geworden.«

Sie hakte sich bei ihr unter und raunte ihr zu: »Alles in Ordnung?«

»Ja«, sagte Valerie, »alles in Ordnung.«

Am Ziel wurde Alana von vielen Zuschauern umringt, die ihr gratulierten. Valerie entdeckte Clem, der eine Champagnerflasche in den Händen hielt. Sie schlich sich an ihn heran und rief: »Krieg ich auch was?«

Sein Gesicht verwandelte sich zu einem glücklichen Grinsen. »Haben wir etwas zu feiern?«, scherzte er.

Poppy Dixon tauchte hinter ihm mit Plastikbechern auf. »Wenn du nicht bald einschenkst, hast du Eis statt Champagner!«

Clem ließ sich das nicht zweimal sagen. Er füllte die Becher, und im Nu war die Flasche leer.

Er beugte sich zu ihr. Kam ganz nah, so nah.

»Komm, ich muss Meteor aus dem Wagen befreien. Er darf auch feiern.«

Als sie auf den Pick-up zuliefen, sagte Valerie: »Ich hab gehört, du seist einer der Sieger.«

Clem blieb stehen und sah sie an. Dann verstand er.

»Wir beide haben gewonnen, Val«, sagte er. »Wir beide.«

40

Vancouver Times: Valerie Blaine, Ihr Buch »Im Zauberkreis der Arktis« hat großes Aufsehen erregt und steht seit Wochen auf der Bestsellerliste. Überrascht Sie das riesige Interesse an der Geschichte Ihrer Eltern?
Valerie Blaine: Ja und nein. Mein Vater war in den Achtzigerjahren und auch danach ein Idol für viele. Und das nicht nur in der Sportwelt. Was mich überrascht, ist die Tatsache, dass Peter Hurdy-Blaine nach so vielen Jahren immer noch diesen Stellenwert in den Herzen der Menschen innehat.

In Ihrem Buch spielen auch Ihre Mutter und ihr tragischer Tod eine zentrale Rolle. War die Aufarbeitung dieser Ereignisse schwierig für Sie?
Ich wollte – und ich hoffe, das ist mir gelungen – nicht nur Licht in das Dunkel um den Tod meiner Mutter Mary-Ann Strong bringen, sondern auch in ihr Leben, das leider viel zu kurz war. Dank ihrem Reisetagebuch habe ich Zugang zu einer Frau gefunden, die ich nicht kannte. Sie war eine mutige, spannende Person, und es ist schade, dass ihr nicht die Zeit vergönnt war, ihr Potenzial voll zu entwickeln.

Mutig ist auch Ihr Buch, Frau Blaine. Sie scheuen sich nicht, auf schmerzliche und kontroverse Tatsachen in der Geschichte Ihrer Familie einzugehen. Zum Beispiel auf die Erkenntnis, dass Ihre Stiefmutter Bella Wakefield zwei Kinder hatte, von denen Sie überhaupt nichts wussten.
Das Schicksal und tragische Ende von Sedna Mahrer, der Tochter von Bella Wakefield, hat mich und meine Brüder sehr berührt. Die Geschwister Sedna und Glen wuchsen in dem Glauben auf, dass ihre Mutter nichts von ihnen wissen wollte. Das muss furchtbar gewesen sein. Glen Bliss, mit dem wir weiterhin in Verbindung stehen, hat zwischenzeitlich angesichts der Fakten und Dokumente einen neuen Zugang zu seiner Mutter gefunden und ein gewisses Verständnis für sie. Aber für Sedna und auch für meine Stiefmutter Bella, die an Alzheimer erkrankt ist, kommt mein Buch leider zu spät.

Sie erwähnen in Ihrem Werk, dass die Filmaufnahmen von Mary-Ann Strong verschollen sind. Was denken Sie, ist damit passiert?
Ich wollte, ich wüsste es. Vielleicht sind sie in einem Polizeiarchiv verschwunden und niemand weiß etwas davon. Oder sie sind von jemandem vernichtet worden. Es ist ein großes Rätsel.

Sie waren früher Journalistin und haben als Reiseleiterin zahlreiche Touren in die Arktis und zu anderen Destinationen durchgeführt. Werden Sie nun weitere Bücher schreiben?
Mein Reisebüro betreibe ich immer noch, und meine Geschäftspartnerin Faye Burton, die auch in meinem Buch vorkommt, kümmert sich weitgehend um die Organisation. Ich begleite Clem Hardeven, der heute für Parks Canada arbeitet, auf seinen

vielen Reisen in die kanadischen Nationalparks, die von der Regierung verwaltet werden. Ja, ich möchte noch mehr Bücher schreiben und habe bereits damit angefangen.

Was mich gewundert hat: Warum sind Sie an den Ort des Unglücks in der Arktis zurückgekehrt, wo Sie doch einen so starken inneren Widerstand dagegen verspürten, in die Vergangenheit Ihrer Eltern einzutauchen? War es Zufall?
In der Mythologie der Inuit wäre es sicher kein Zufall gewesen. Zudem besteht nun mal ein großes Interesse der Touristen an der Arktis, deshalb war es wohl nur eine Frage der Zeit, bis ich dort landen würde. Aber Sie haben recht, ich musste praktisch von den Umständen gezwungen werden, mich mit der Geschichte meiner Eltern zu befassen. Heute bin ich froh, dass es dazu kam.

Werden Sie wieder einmal in diese Gegend der Arktis reisen?
Es wird Sie überraschen – Clem Hardeven und ich planen einen Dempster-Gedenktreck. Wir wollen das Vorhaben meiner Eltern zu Ende führen. Die Vorbereitungen sind schon im Gang. Wir werden unseren Hund Meteor mitnehmen, und eine Hündin, die den Namen Sedna trägt. Zwei Inuvialuit-Führer werden uns begleiten, denn es ist ihr Territorium und niemand kennt es so gut wie sie.

Die Aufdeckung von Familiengeheimnissen übt eine starke Faszination auf Leserinnen und Leser aus. Sind nun alle Geheimnisse um Ihre Familie gelüftet?
Ich habe alle Vorgänge enthüllt, die wichtig sind, um die Tragödie zu verstehen, die meine Eltern und die mit ihnen

verbundenen Menschen heimgesucht hat. Daneben gibt es Informationen, die nur für meine Familie wichtig sind. Die würde ich niemals der Öffentlichkeit preisgeben. Es gibt in meinen Augen eine Grenze, an der man haltmachen soll.

Vielen Dank für dieses Gespräch, Frau Blaine!

EPILOG

14. Februar 1985

Kalt. Kalt. Kalt.
    Minus 48 Grad Celsius.
    Halten den kleinen Holzofen im Zelt die ganze Nacht am Laufen.
    Die Karibufelle sind wärmer als unsere Schlafsäcke. Das darf unser Sponsor aber nicht wissen.
    Kleine Eiszapfen hängen an Peters Schnurrbart.
    Wie kann die Sonne scheinen, und es ist immer noch so kalt? Wir konnten die Sonnenbrillen nicht aufsetzen, weil sie innerhalb von Sekunden am Gesicht anfroren.
    Wünschte, wir wären allein im Zelt, nicht mit Siqiniq. In wenigen Tagen können wir ihn bei seinem Vater abgeben. Dann will Peter weiter, mit mir allein. Ohne Inuvialuit-Führer.
    Verrückt.

Gespräch am Abend, weil wir vor Kälte nicht einschlafen können.

Wir reden darüber, was aus uns geworden wäre, hätten wir uns nicht getroffen. Es ist eines der seltenen entspannten Gespräche zwischen uns. Meist ist Peter gereizt und frustriert.

Ich erzähle ihm von Kenneth, der hinter mir her war und heute mit einer Getränkefabrik Millionen verdient. »Du wärst eine Vorzeigefrau geworden«, sagt Peter.

Bin ich das jetzt nicht auch? Alle bewundern Peter Hurdy-Blaine, niemand kennt Mary-Ann Strong. Noch nicht.

Peter erzählt von einer Frau namens Bella, die er in den USA kennengelernt hat. Sehr hübsch, sagt er, aber sehr häuslich. »Keine Abenteurerin wie du.«

Vielleicht hat diese Bella nicht die Uni abgebrochen, so wie ich, damit ich Peter heiraten kann. Habe keinen Beruf, drei Kinder, die ich sehr vermisse. Lasse sie bei seinen Eltern zurück, damit er seine Träume verwirklichen kann.

Doch das wird sich bald ändern.

15. Februar 1985

Wir müssen einen Tag aussetzen. Tobende Winde.

Es ist laut im Zelt. Versuchte, Musik mit Walkman zu hören, aber Batterien schon tot. Zu kalt. Peter lacht mich aus.

Er verpasst keine Gelegenheit, mich zu verspotten, wenn ich einen Fehler mache.

Hatten Mühe, Holz für den Ofen zu finden.

Siqiniq und ich stellten mit Peter das Zelt auf. Er fluchte und beklagte sich.

Was hat er erwartet? Täglich Sonnenschein? Wir könnten zwei Wochen lang schlechtes Wetter haben. Ist ohne Weiteres möglich.

Peter nennt mich paranoid. Ich bereite mich immer für den Ernstfall vor. Das ist doch realistisch. Das Wetter. Die Gefahren.

Peter hat einen schlechten Moment nach dem anderen. Er hat Schmerzen. Er glaubt, ich sehe nicht, wie viele Pillen er schluckt. Manchmal verzieht er das Gesicht vor Schmerz. Gelenkverschleiß. Rheuma.

Er redet nicht. Ein Eishockeyspieler ist alt mit 45. Will er nicht wahrhaben.

Vielleicht alte Verletzungen, die sich jetzt bemerkbar machen. Er erzählt mir nichts von seinen gesundheitlichen Problemen.

16. Februar 1985

Wunderschöne Nacht. Ein Meer von Sternen am Firmament. Zauberhaft.

Heute kamen wir gut vorwärts. Erreichten das Winterlager vor Siqiniqs Vater. Niemand war dort. Die stellen wahrscheinlich Fallen auf.

Siqiniq sagt: Die Karibus sind nicht mehr weit.

Woher will er das wissen?

Wir setzten unseren Weg fort, Siqiniq kam mit uns. Ich habe mich an seine Präsenz besser gewöhnt. Ein erwachsener Führer wäre mir lieber als ein vierzehnjähriger. Ein Teenager mit einem Jagdgewehr.

Peter findet nichts dabei. Aber mich macht es nervös.

Peter nimmt meine Bedenken nicht ernst.

Habe meine Vermutung, warum Peter keinen erwachsenen Führer dabeihaben will. Er ist es nicht gewohnt, seinen Ruhm zu teilen.

Dass ich filme, toleriert er gerade noch, weil Peter Hurdy-Blaine immer mit auf dem Bild ist. Mal sehen, ob er im Vorspann erscheinen will. Schließlich mache ich die ganze Arbeit.

17. Februar 1985

Früh aufgewacht. Bin voller Erwartung.

Die Karibus können nicht weit sein.

Gestern Abend fragte ich Peter erneut, ob er Siqiniq erklärt hat, dass er sich während des Filmens absolut still verhalten muss.

Peter hatte es wieder vergessen. Absichtlich? Muss ihn ständig an alles erinnern. Er versprach, es nachzuholen. Warum hat er es nicht schon längst getan? Ich habe das Gefühl, er will meine Filmarbeiten sabotieren.

Diese Stimmungsschwankungen. Kein gutes Zeichen. Die Strapazen sind einfach zu viel für ihn. Er ist physisch nicht in der Lage, diesen Treck durchzustehen. Er wird das nie zugeben. Also werde ich schlappmachen.

Wenn die Karibus im Kasten sind, stelle ich mich krank. Er kann das Gesicht wahren, und ich habe trotzdem meinen Film.

Ich weiß schon, wie ich es mache. Werde sehr überzeugend sein. Er wird keine andere Wahl haben, als schnellstens nach Inuvik zurückzukehren.

Das ist vielleicht Peters letzte Reise in die Arktis. Nur weiß er es noch nicht.

Siqiniq kommt von seiner Erkundung zurück. Ich frage Peter, ob er es dem Jungen jetzt gesagt hat, dass er sich beim Filmen still verhalten soll. Peter sagt Ja. Es klingt nicht überzeugend. Aber was kann ich tun?

Heute ist mein großer Tag. Los geht's.

DANK

Vor einigen Jahren legte ich dieselbe Route wie meine Heldin Valerie Blaine zurück, eine unvergessliche Reise, die ich nur empfehlen kann. Die Orte entlang der Strecke, vor allem Dawson City, Inuvik und Tuktoyaktuk, haben mich zu diesem Roman inspiriert. Abgesehen davon, dass einige Schauplätze real existieren, lebt allerdings keiner meiner imaginären Protagonisten in diesen Siedlungen, dafür viele interessante, hilfsbereite, souveräne und beeindruckende Menschen. Inuvik ist eine wirklich multikulturelle Gemeinde mit den unterschiedlichsten Bewohnern, die alle in bewundernswerter Weise diesen entlegenen Ort in der Arktis zu einem vielfältigen Lebensraum und einer einzigartigen Begegnungsstätte machen. Ich kann nur respektvoll meinen Hut vor ihnen ziehen.

Ich hoffe, dass einige meiner Leserinnen und Leser nach der Lektüre der Verlockung erliegen, ans Polarmeer zu reisen, und ebenso fasziniert zurückkehren werden wie ich. Sie werden dort keine Personen wie Clem Hardeven, Helvin West oder Marjorie Tama antreffen. Die Romanfiguren habe ich alle mit großem Vergnügen erfunden. Und meine Beschreibung von Orten wie Inuvik und Tuktoyaktuk kommt den Originalen zwar nahe, aber genauso vieles – das werden Ortskundige sicher feststellen – entsprang meiner Vorstellungskraft. Ein bisschen Spielraum für meine Fantasie muss ich als Krimiautorin schon haben.

Mein erster Dank geht an die Menschen, die mir geholfen haben, meine Erinnerungen und meine Kenntnisse von Inuvik und Tuktoyaktuk aufzufrischen, zu korrigieren und zu ergänzen. Sie haben dabei viel Geduld gezeigt, obwohl es sicher nicht leicht gewesen sein kann, auf all meine Fragen einzugehen.

Beverly Amos vom *Inuvialuit Cultural Ressource* Centre in Inuvik half mir unermüdlich mit einheimischen Namen, örtlichen Dialekten und Gewohnheiten, vom Verbreitungsgebiet von Tieren bis zur Entzifferung von Ausdrücken wie *Alappaa-Brrr*. Sie lehrte mich auch die Übersetzung von Danke schön in Inuvialuktun, der Sprache der Inuvialuit, was mir hier zustattenkommt: *Quyanainni*, Beverly.

Es wird oft zitiert und ist auch entsprechend wichtig: Alle Fehler, die sich trotz intensiver Recherchen eingeschlichen haben könnten, gehen wirklich auf mein Konto. Ich habe mir in manchen Aspekten gewisse Freiheiten erlaubt, namentlich bei der Beschreibung von Schamanen und Inuit-Mythen. Die im Buch erwähnten Mythen sind nicht spezifisch der Inuvik-Region oder der westlichen Arktis zuzuordnen. Ich hoffe, man wird mir diese kreative Abweichung nachsehen.

Amie Hay arbeitete drei Jahre lang als Sprachheillehrerin in Inuvik und hat mir viel Interessantes aus dieser für sie erlebnisreichen Zeit erzählt. Der kanadische Paläontologe Dr. Grant Zazula vom Ministerium für Tourismus und Kultur in Whitehorse gab mir Einsicht in die Ära von Beringia, als Menschen und Tiere während der letzten Eiszeit aus Asien über eine gletscherfreie Landbrücke in das heutige Yukon-Territorium auf den nordamerikanischen Kontinent einwanderten. Beth und Peter Lamb frischten für mich ihre spannenden und hilfreichen Erinnerungen an die Jahre auf, in denen sie mit ihren Kindern in Inuvik gelebt haben. Margot Grants mündliche Berichte von ihren zwei journalistischen Reisen nach Inuvik und Tuktoyaktuk waren eine wertvolle Bereicherung und Ergänzung meiner eigenen Reiseerfahrungen.

Meine Testleserinnen und -leser erlösten mich mit ihrer Begeisterung von geheimen Befürchtungen und steuerten unschätzbare Einsichten und Vorschläge zur Vollendung dieses Buches bei. Seid herzlich umarmt, Peter Stenberg, Erika Imhof, Gisela Dalvit, Oswald Abersbach, Margot Grant und Susanne Keller. Wie sagt man doch in Kanada? – You rock!

Mein Dank geht auch an den Schweizer Fotografen Rudolf Grütter, der mir tolle Fotos von der Eisstraße zwischen Inuvik und Tuktoyaktuk zur Verfügung stellt. Der Schweiz-Kanadier Benno Jaeger war *mein* Reiseleiter in diese Arktisregion, und ihm habe ich eines der besten Abenteuer meines Lebens zu verdanken. Die scharfen Augen, die bewundernswerte Sprachsicherheit und die untrügliche Logik meiner Lektorin Gisa Marehn haben mein Buch erst zu dem gemacht, was es heute ist. Eine gute Lektorin wie sie ist ein Geschenk des Himmels.

Ohne Franz Edlmayr in München, der meinen Roman für Amazon Publishing akquirierte und produzierte, gäbe es »Die Fremde auf dem Eis« in der vorliegenden Form nicht. Er hat die Entstehung meines fünften Buches mit der richtigen Dosis Ansporn und Geduld begleitet und das Baby sicher auf die Welt gebracht. Dank der Bemühungen des großartigen Amazon-Teams ist bereits mein Krimi »Die Bucht des Schweigens« ein Erfolg geworden. Allen Menschen, die mich als Autorin unterstützen und inspirieren, bin ich von Herzen dankbar.

Bibliografie

Walter Lanz: »Along the Dempster, An Outdoor Guide to Canada's Northernmost Highway«, Oak House Publishing, Vancouver 2002

Charlotte Foltz Jones: »Yukon Gold, The Story of the Klondike Gold Rush«, Holiday House, New York 1999

Laura Beatrice Berton: »I Married the Klondike«, Harbour Publishing, Madeira Park B.C. 2005

Keith Billington: »House Calls by Dogsled«, Lost Moose, 2008 (now Harbour Publishing, Madeira Park, B.C. Canada)